U0116027

台灣文學

林文寶 / 林淑貞 / 林素玟 / 周慶華 / 張堂錡 / 陳信元 合著

目 錄

序言　我們的台灣文學

林文寶

　　台灣新文學是二十世紀的產物，也是長期殖民統治刺激下的產物。

　　以台灣新文學發源的日據時期而言，新文學是新文化運動的一環，更是民族運動的重要精神標示，新文學作家和他們的創作，與反日抵抗運動之間，無從明顯區隔，文學和歷史、現實的交融，已成爲台灣文學的一種性格，無從撇開台灣的歷史命運來談台灣文學的演變。

　　而戰後台灣地區的文學運動，除了文學應和內在的律動，爲求新求變而動之外；文學以外的非文學因素，尤其是政治、經濟對文學的影響，可說是直接而絕對的。「戰後初期，時局的瞬息丕變，接連發生的政治事件，可以說把整個台灣的發展，擠出了軌道，台灣文學亦然，台灣作家無法在平穩、順直的軌道上發展屬於自己的文學，總有過多的曲折與傷害等著台灣作家去接受考驗，是台灣作家的苦與痛。戰前已然建立自己文學性質與風格的台灣文學，已然有一定方向的文學運動，戰後，無疑又一次地走進飛沙走石、雲霧瀰漫的命運棋局中，重新經由沉思、探索、掙扎、爭辯、戰鬥的程序，走一趟時光的煉獄再尋求重生。」（見彭瑞金《台灣新文學運動 40 年》，

〈序〉，頁 16。）

　　七〇年代是自我覺醒的時期，其關鍵是緣於政治性的衝擊：

　　1970 年 11 月的釣魚台事件。

　　1971 年 10 月，政府宣佈退出聯合國。12 月，台灣長老教會發表國是聲明，希望台灣變成「新而獨立」的國家。

　　1972 年 2 月，尼克森和周恩來發表〈上海公報〉。

　　1972 年 9 月，日本承認中共，同時廢除中日和平條約。

　　1975 年 4 月 5 日，總統蔣中正去世。

　　1978 年，中美斷交。

　　1979 年 12 月，發生高雄美麗島事件。

　　這些衝擊具有足以動搖國本毀滅性的衝擊，使國人提高了反省的層次，也使得社會上層建築的文化掀起了壯大的覺醒運動。在這覺醒過程中，就新文學而言有三件大事發生：

一、唐文標事件

　　時間是 1972 年 2 月至 1973 年。最初是關傑明在《中國時報》發表了〈中國現代詩的困境〉（1972 年 2 月 28～29 日），與〈中國現代詩的幻境〉（同年 9 月 10～11 日）兩篇文章，而後引發詩壇熱烈的反應。但震撼文壇的是唐文標連續發表的四篇文章：

• 〈什麼時代什麼地方什麼人〉　1973 年 7 月《龍族》9 期評論專號，頁 217～228。

- 〈僵斃的現代詩〉 1973 年 8 月《中外文學》2卷3期，頁18~20。
- 〈詩的沒落〉 1973 年 8 月《文季》1期，頁12~42。
- 〈日之夕矣——《平原極目》序〉 1973 年 9 月《中外文學》2卷4期，頁 86~98。

　　這四篇文章像一顆顆炸彈，落在已經爭爭吵吵的詩壇；顏元叔稱之爲「唐文標事件」（見 1973 年 10 月《中外文學》2 卷5 期）。這一回，與其說是一場現代詩的論戰，不如當它是對現代文學的本質與意義的考察。

二、報導文學

　　1975 年，高信疆在他主編的《中國時報》〈人間〉副刊推出「現實的邊緣」專欄之後，「報導文學」這個名詞才開始出現在台灣文壇，並且逐漸受到矚目。報導文學是從社會關懷出發的。

三、鄉土文學論戰

　　大約開始於 1976 年前半期，一直到 1979 年底王拓和楊青矗雙雙因高雄美麗島事件被捕繫獄爲止。其中，導火線的關鍵性文章是 1977 年 5 月，葉石濤在《夏潮》發表的〈台灣鄉土文學史導論〉一文（1977 年 5 月《夏潮》第 14 期）。

　　當時《大學雜誌》、《書評書目》、《中外文學》、《夏潮》等刊物，都先後展開有關台灣文學傳統與特質的座談和討論，終至引爆了一場規模巨大的鄉土文學大混戰。論戰所以淪爲一場混

戰，最主要的原因當然是雙方都離開了文學這個主題，陷入意識型態的決戰；尤其不可原諒的是動輒在「愛國」、「忠貞」這些與論旨無關的問題上大作文章，似乎存心再掀起白色恐怖的復甦。

事實上，如互射空炮彈遊戲的鄉土文學論戰，真正的影響是在論戰之後。實際扎根於土地，具有現實使命感，無言默默的鄉土文學耕耘者，雖然只旁觀了這場火拼；但戰火不但未能傷及鄉土文學，更證明鄉土寫作的方向是正確的，給予本土作家經由迷惘摸索而萌芽再生的本土意識文學極大的鼓勵，而帶來真正鄉土文學寫作風潮。

其實，鄉土的追求與認同並非僅始於七〇年代。早在1927 年 6 月鄭坤五在《三六九小報》中，在《台灣藝苑》上登載白話小說，以「台灣國風」為題，連載民間的情歌，並在若干小品，強調用台語寫作，首先提出「鄉土文學」的口號，但缺乏一套完整的理論，未曾引起一般的注意。

其後，黃石輝於 1930 年 8 月 16 日起，於《伍人報》第 9 號至 11 號，陸續發表了〈怎麼不提倡鄉土文學〉一文。而郭秋生於 1931 年 7 月 24 日於《台灣新聞》報上，發表〈再談鄉土文學〉一文。於是台灣語文運動正式展開了，並引發了所謂的「鄉土文學論戰」。

許俊雅認為：

> 　　鄉土文學與台灣運動是台灣在日本殖民統治下，必然走上的趨勢，也因鄉土語文提倡，台灣主體性的思

考，更被突顯出來，得以獨樹一幟，既非日本文學之
流，亦非中國文學之主流。

（見 1997 年 10 月國立編譯館《台灣文學論：從現代到
當代》中〈再議三十年代台灣的鄉土文學論爭〉，頁
158。）

綜觀所謂的唐文標、報導文學、鄉土文學論戰等事件，一
言以概之，皆是在於立足本土，落實現實；亦即是在於抗西
化、抗國民黨、抗中共，落實的說：是台灣意識的重現與重
建。

以下謹以「台灣」爲名，以見台灣文學的流變軌跡與受害
歷史。

「台灣文學」一詞，在日據時代即有之，就《日據時期台
灣文學雜誌總目・人名索引》（1995 年 3 月前衛出版社）一書
中，可見者有：台灣新文學、台灣文學、文藝台灣、台灣文藝
等。又黃得時於 1942 年亦曾用日文撰有〈台灣文學史序說〉
（見 1996 年 8 月春暉出版社，葉石濤編譯《台灣文學集——日
文作品選集》，頁 3～19）

戰後國民黨政府採取的台灣文化政策，一言以蔽之，是中
國化。首先必須把台灣「中國化」，把台灣人「中國人化」，
最後把台灣社會徹底統合成一元的「中國化」。

光復初期，似乎仍有台灣意識的存活空間。

1946 年 5 月 4 日台灣文藝社在台北市成立，發起人有林
紫貴、姜琦、葉明勳、林茂生等，曾發行過「台灣文學」月刊

一期。

同年 6 月 16 日台灣文化協進會在台北市中山堂召開成立大會，選游彌堅爲理事長。9 月 15 日《台灣文化》月刊在台北市創刊，主編楊雲萍，迄 1950 年 12 月 1 日出版六卷三、四期合刊後停刊，共發行 27 期。

1948 年 8 月 10 日《台灣文學叢刊》第一輯在台中市創刊，發行人張歐坤、主編楊逵。前後共出三輯。第二輯 9 月 15 日出版；第三輯 12 月 15 日出版。

1949 年 12 月國民黨政府遷台後，則是徹底的實施「中國化」。而「台灣」一詞，也就成爲魔咒。

解除台灣文學魔咒者，當首推吳濁流。吳氏於 1964 年 4 月成立「台灣文藝社」發刊《台灣文藝》。《台灣文藝》和稍後創刊的《笠》詩刊是本土文學刊物的兩大支柱。1964 年，吳濁流六十五歲，從事業職場上退休，決心把他的餘生奉獻給台灣文學重建的工作。他創辦《台灣文藝》的目的很清楚，是要建立落實在台灣這塊土地和人民上，承繼台灣新文學精神傳統的戰後台灣文學。他要提供缺少發表園地的本土作家足以耕耘的地方，以便培植後起的台灣新本土作家，以及召集昔日共同作戰過的日治時代新文學作家。

《台灣文藝》創刊的第二年，設置「台灣文學獎」，五週年時，正式設立「吳濁流文學獎」基金，鼓勵新作家，鼓勵創作。

1965 年 11 月，葉石濤於《文星》97 期發表〈台灣的鄉土文學〉一文，開啓了他日後論述台灣文學與建構台灣文學史的基

礎。

1970 年，張良澤於成功大學開始講授台灣文學，可說是首開全台之先。

1977 年 5 月，葉石濤於《夏潮》14期發表〈台灣鄉土文學史導論〉一文，這篇文章即使不是有意點燃鄉土文學論戰，也是有強烈撥開台灣文學定義的烏雲暗霧的決心，七〇年代蓬勃的「鄉土文學」作品，逐漸蔚爲文學實際的主流，但作家爲何而寫？爲誰而寫？作家的立場？作品的定位？事實上是處於極端曖昧的狀態，至少沒有人公開站出來批判反共文藝的不是，長期用來文化殖民的「中國文學」和蜂擁而起的鄉土文學作品，明顯的楚河漢界，也沒有人出面釐清。〈導論〉顯然是基於歷史使命召喚的登高一呼，它以「台灣意識」賦予台灣文學淸楚準確的定義。雖然日後因此爆發了長達十數年的統獨爭論，但以台灣意識檢驗，建構台灣文學，則沒有爭議。

雖然，1981 年，有詹宏志於《書評書目》93 期發表〈兩種文學心靈〉一文，文中憂心台灣文學。可能只是中國文學的邊疆文學。由此引發一場「台灣文學地位論」的爭辯，可說是鄉土文學論戰的餘波。

八〇年代以後，鄉土文學的名稱已被揚棄，改稱爲台灣文學。1984 年，葉石濤寫成《台灣文學史大綱》，分別發表於《文學界》第十二集（1984 年 11 月）十三集（1985 年 2 月）、十四集（1985 年 8 月），其後 1987 年 2 月與林瑞明〈台灣文學年表〉一文合刊，改名爲《台灣文學史綱》，由《文學界》雜誌社出版。在書中第七章第二節〈什麼叫做台灣文學？〉有云：

　　進入了八〇年代的初期，台灣作家終於成功地為台灣文學正名，公開提倡台灣地區的文學為「台灣文學」。儘管有人仍然反對使用「台灣文學」的名稱，但重要的是台灣文學既有六十多年的歷史，無論用什麼名號，都無法抹煞鐵錚錚的內涵。由於台灣海峽兩岸中國人的政治體制、經濟、社會結構不同，同時台灣的自然景觀和民性風俗也跟大陸不完全相同，所以台灣文學自有其濃厚的地方色彩和特具的創作使命。

　　一九八二年三月回國的留美作家陳若曦曾下結論說：「北部作家希望學習第三世界反帝國主義、反殖民主義、反封建主義的經驗，與南部作家主張植根鄉土最眼前的事做起，這兩種不同的追求方向都應受到重視，同時彼此也要互相尊重，不要發展出對立或互相排斥的局面來」。這是明智的呼籲。

　　參加此種討論的有葉石濤、陳映真、宋冬陽、李喬、彭瑞金、宋澤萊、高天生、詹宏志、呂昱等諸作家，然而此種問題很容易受台灣未來命運的影響，只好讓時間之流去做根本性的澄清，留待歷史之手去處理。

（頁 172～173）

　　1987 年 7 月 15 日零時起宣佈解除長達三十八年的戒嚴令，同時公佈實施「國家安全法」。

　　「發現台灣」似乎是 90 年代初期台灣政治文化的一個熱門話題。1991 年 11 月《天下雜誌》發行一本〈從歷史出發〉特

刊，以「『打開歷史，走出未來』發現台灣」為標題，並於
1992年2月印製成書（上、下兩冊），隨即又策畫《認識台灣
系列》。既言「發現」，顯然台灣過去一直處於被遺忘的狀
態。台灣原本有史，只是幾百年來的被殖民經驗迫使它的歷史
回憶被壓抑放逐。如今，台灣塵封的過去再被發現。

　　所謂發現，一言以蔽之，即是發現台灣被殖民的歷史，而
「台灣意識」即是被殖民的事實標記。沒有歷史，沒有記憶是
所有被殖民社會的歷史。而重建、重新發現被消逝的歷史，則
是被殖民社會步入後殖民時代，從事「抵殖民」文化建設工作
的第一步。

　　1933年12月16～19日，聯合報系文化基金會主辦「四
十年來中國文學會議」，在會議中用「中國文學」作總題，把
「台灣文學」納為與「大陸文學」、「海外文學」、「香港文
學」等併列的子題，引起許多人的不滿，「中國文學」的霸權
性格再度被凸顯批判，「台灣文學」主體性問題也再一次被熱
烈討論。

　　1997年7月，私立淡水工商管理學院（1999年8月起改
名為眞理大學）成立台灣文學系。

　　2000年8月，成功大學成立台灣文學研究所。

　　自民進黨執政以來，強化台灣意識，且因應九年一貫課程
將自2001年9月起，從國小一年級逐年實施鄉土語言必選課
程，於是鼓勵大學設立相關台灣語文系所。

　　總之，自80年代以降，台灣文學被公認為是「顯學」。
其間，除前衛出版社自1983年起率先編印以台灣為名的年度

小說、散文、新詩及文學選之外，可見以台灣為名的文學選集有：

文學選集名稱	編著者	出版地	出版者	出版年
台灣政治小說選㈠	李喬 高天生合編	台北市	台灣文藝雜誌社	無出版日期，當為1983
悲情的山林——台灣山地小說	吳錦發編	台北市	晨星出版社	1987.01
台灣小說半世紀（1930~1980）	林雙不編	台北市	前衞出版社	1987.03
台灣當代小說精選1.2.3.4.（一九四五~一九八八）	郭楓主編	台北縣	新地文學出版社	無出版日期，當為1989
二二八台灣小說選	林雙不編選	台北市	自立晚報文化出版部	1989.02
願嫁山地郎——台灣山地散文選	吳錦發編	台北市	晨星出版社	1989.03
台灣新世代詩人大系（上、下册）	簡政珍 林燿德主編	台北市	書林出版有限公司	1990.10
台灣鄉土文學選集㈠	林川夫主編	台北市	武陵出版有限公司	1991.08
台灣鄉土文學選集㈡	林川夫主編	台北市	武陵出版有限公司	1991.10
台灣鄉土文學選集㈢	林川夫主編	台北市	武陵出版有限公司	1991.12

日據時代台灣小說選	施淑編	台北市	前衛出版社	1992.12
台灣喜劇小說選1.2	王文伶編	台北縣	新地文學出版社	1993.03
台灣鄉土散文選	黃錦鋐主持編輯	台北市	教育部人文及社會學科教育指導委員會	無出版日期，當為1994
客家台語詩選	龔萬灶 黃恒秋編選	台北縣	客家台灣雜誌社	1995.08
台灣文學集1——日文作品選集	葉石濤編譯	高雄市	春暉出版社	1996.08
台灣文學集2——日文作品選集	葉石濤編譯	高雄市	春暉出版社	1999.02
閱讀台灣散文詩	莫渝著	苗栗縣	苗栗縣立文化中心	1997.12
日據時期台灣小說選讀	許俊雅編	台北市	萬卷樓圖書有限公司	1998.11
島嶼妏聲——台灣女性小說讀本	江寶釵 范銘如主編	台北市	巨流圖書公司	2000.10
台灣文學讀本㈠㈡	陳玉玲主編	台北市	玉山社出版公司	2000.11

　　由上可知，正可說是多元共生，百花齊放。然而，卻亦有其隱憂，陳芳明於〈台灣新文學史的建構與分期〉一文中說：

　　　　豐碩的台灣文學遺產，誠然已經到了需要重估的時代。自 1980 年以降，台灣文學被公認是一項「顯學」。然而，這個領域逐漸提升為開放的學問時，它又

　　立即成為各種政治解釋爭奪的場域。從這個角度來看，它其實也是一項「險學」。淪為危險學問的主因，乃在於台灣文學主體的重建不斷受到嚴厲的挑戰。

　　　挑戰的主要來源之一便是中華人民共和國學者在最近十餘年來已出版了數冊有關台灣文學史的專書；例如，白少帆等著的《現代台灣文學史》（遼寧大學，1987），古繼堂的《靜聽那心底的旋律——台灣文學論》，黃重添的《台灣新文學概觀（上）（下）》（鷺江，1986）年，以及劉登翰的《台灣文學史（上）（下）》（海峽文藝，1991）。這些著作的共同特色，就是持續把台灣文學邊緣化、陰性化。他們使用邊緣化的策略，把北京政府主導下的文學解釋膨脹為主流，認為台灣文學是中國文學不可分割的一環，把台灣文學視為一種固定不變的存在，甚至認為台灣作家永遠都在期待並憧憬「祖國」。這種解釋，完全無視台灣文學內容在不同的歷史階段不斷在成長擴充。僵硬的、教條的歷史經驗，也沒有真正生活的社會經濟基礎。台灣只是存在於他們虛構的想像之中，只是北京霸權論述的餘緒。他們的想像，與從前荷蘭、日本殖民論述裡的台灣圖像，可謂毫無二致。因此，中國學者的台灣文學史書寫，其實是一種變相的新殖民主義。

　　（見《聯合文學》163期，頁172。）

綜觀台灣近代的歷史，先後歷經荷蘭人占據三十八年

（1624～1662 年），西班牙局部占領十六年（1626～
1642），明鄭二十二年（1661～1683 年），清朝治理二百餘
年（1683～1895 年），以及日本占據五十年（1895～1945
年）。其中，相當長時間是處於殖民地的地位，因此，除了漢
人的移民文化外，尚有殖民文化的滲入；尤以日據時期的殖民
文化影響最為顯著，荷蘭次之，西班牙最少。是以台灣的文化
在光復前是以漢人文化為主，殖民文化為輔的文化型態。

　　光復後，大陸人來台，注入文化的熱血液。又 1949 年 12
月 7 日國民黨政府遷都台北，更是湧進大量的大陸人口。特別
是日本統治時代的五十年和光復後的四十年時間，在跟大陸完
全隔離的狀態下吸收歐美文學和日本文學，而逐漸喪失了自主
性格。尉天驄認為台灣光復以後的新文學具有下列四種性格：

　　一、移民性格
　　二、殖民地性格
　　三、飄泊性格
　　四、工業化的消費性格
　　（見聯經版《海峽兩岸學術研究的發展》，頁 112～
　　113）

　　嚴格說來，八〇年代以來台灣地區的文學，似乎已從飄泊
與尋根中走向多元化的文學時代；它已邁向更自由、寬容、多
元化的途徑。鄉土文學的名稱已被揚棄，而所謂的台灣文學已
然成立。

現代台灣文學的重要課題之一,便是如何在傳統民族風格的文學中,把西方文學的技巧融入,建立具有台灣特質及世界性視野的文學。

無史、歷史消逝是所有被殖民社會的歷史,而重建、重新發現消逝的歷史,則是所有被殖民社會步入後殖民時代,從事「抵殖民」文化建設工作的第一步。而台灣文學史的論述,則是重建的起步。有關台灣文學史的論述可見者有:

書　　名	編／著者	出版地	出版者	出版年
台灣新文學運動簡史	陳少廷編撰	台北市	聯經出版事業公司	1977.05
三百年來台灣作家與作品	王國璠 邱勝安著	高雄縣	台灣時報社	1977.08
日據時代台灣新文學作家小傳	黃武忠著	台北市	時報文化出版公司	1980.08
台灣文學史綱	葉石濤著	高雄市	文學界雜誌社	1987.02
台灣文學入門文選	胡民祥編	台北市	前衛出版社	1989.10
台灣新文學運動40年	彭瑞金著	台北市	自立晚報文化出版部	1991.03
復活的群像——台灣卅年代作家列傳	林衡哲 張恒豪編著	台北市	前衛出版社	1994.06
台語文學運動史論	林央敏著	台北市	前衛出版社	1996.03
台灣文學入門——台灣文學五十七問	葉石濤著	高雄市	春暉出版社	1997.06
台灣客家文學史概論	黃恒秋著	台北縣	客家台灣文史工作室	1998.06

申言之,台灣自 1987 年解除戒嚴令,使台灣從此走向多元開放的道路。但仍有本土化與國際化之爭。這種爭執主要是

對殖民文化的反動，因此，它也是一種自然的趨勢。每個人都將成爲世界公民，但在同時又不能失去根本源頭的認同，每個人都必須在所屬的國家與社區扮演積極參與的角色。我們雖然要邁入國際化，但相對的，地方化、區域化的觀念愈來愈受到重視。國際化和地方本土化到底如何去化除緊張，亦是不可避免的事實。吉妮特・佛斯（Jeannette Vos）、高頓・戴頓（Gordon Dryden）於《學習革命》（The Learning Revolution）中認爲塑造明日世界有十五個大趨勢，其中之十是「文化國家主義」，他們說：

> 當全球愈來愈成爲一個單一經濟體，當我們的生活方式愈來愈全球化，我們就愈來愈清楚的看到一個相反的運動，奈斯比稱之爲文化國家主義。
>
> 「當世界愈來愈像地球村，經濟也愈來愈互賴時」，他說，「我們會愈來愈講求人性化，愈來愈強調彼此間的差異，愈來愈堅持自己的母語，愈來愈想要堅守我們的根及文化。即使是歐洲由於經濟原因而結盟，我仍認爲德國人會愈來愈德國，法國人會愈來愈法國」。
>
> 再一次的，這其中對於教育又有極爲明顯的暗示。科技愈加發達，我們就會愈想要抓住原有的文化傳統──音樂、舞蹈、語言、藝術及歷史。當個別的地區在追求教育的新啟示時──尤其在所謂的少數民族地區，屬於當地的文化創見將會開花結果，種族尊嚴會巨幅提

升。

（見 1997 年 4 月中國生產力中心出版，林麗寬譯，頁 43～44）

本土化、國際化，皆不悖離多元化。所謂多元化、本土化的主張，不是口號，是趨勢。在歷經長期的努力，我們已經有了對台灣與本土文化自然的情感。因此，論述台灣文學史是我們無可避免的事實。

萬卷樓圖書有限公司委託本人策畫有關編選台灣文學事宜，且得慶華兄鼎力相助，其間幾經商討，確定有關編選原則，並決定全書篇章與撰稿人如下：

第一章　台灣文學的界定與流變　林淑貞

第二章　台灣文學特色與作品舉隅　林淑貞

第三章　台灣文學作家的分佈與成就　林淑貞

第四章　台灣的文學批評與批評家　林素玫

第五章　台灣文學的傳播與教學　張堂錡

第六章　台灣文學史的書寫與爭議　周慶華

第七章　台灣的兒童文學　林文寶

第八章　海峽兩岸的文學交流　陳信元

第九章　台灣的文學美學研究　林素玫

第十章　台灣文學的展望　周慶華

葉石濤認為要認知台灣文學的結構，必須從三個切入點進

去。分別是種族、歷史與風土。（見 2000 年 9 月春暉出版社《舊城瑣記》〈台灣文學的三要素——種族、歷史與風土〉，頁71。）台灣是個多族羣的地區：原住民、平埔族、福佬、客家與外省族羣。他們各有自己的語言與文化，是以母語文學的發展是不可避免的趨勢。而本書論述對象仍以北京官話的中國白話文書寫為主。其中論述可能不盡周延，但我們仍樂見多元共生與衆聲喧嘩。

　　當然，我們更盼望在多元共生與衆聲喧嘩中，走出悲情與對抗，並重現台灣文學的主體性與自主體。

第一章　台灣文學的界定與流變

林淑貞

第一節　前言

　　本章旨在說明台灣文學的界定及流變。

　　首先，攸關台灣文學「界定」的部分，針對「台灣文學」的指稱、內容作一充分的說明與界定，使我們在運用「台灣文學」此一名詞或概念時，能有全面、正確的理解與透視，而非執意識形態或偏狹的觀念來籠罩、理解台灣文學的意義。時人、學界對於「台灣文學」的界定眾說紛紜，故論述之始，先梳理當代人對「台灣文學」的論見、看法，再說明本書對於「台灣文學」的定義。而「台灣文學」涵括的內容有古典文學及新文學兩大領域，本文論述的範疇以台灣新文學為主，亦即白話文學為主述。

　　其次，關於「流變」的部分，為求以簡馭繁，使讀者對於台灣文學發展歷程有一基本了解，本文將對台灣新文學發展的流變作一概述。一般而言，論述台灣文學流變史的方式有三，其一是採世代說，以時間為斷限，每十年作為一個世代，例如為台灣文學書寫歷史者，厥推葉石濤《台灣文學史綱》，該書將

台灣文學的流變採用十年一個世代的方式來論述，即是擘分為五○、六○、七○、八○年代等等。其二是採主流說，即以文學流派為主述，將不同時代的文學主流標示出來，使能綱舉目張，例如以「反共文學」（或「戰鬥文學」）、「現代主義文學」、「鄉土文學」等等來畫分。其三是分期說，將社會的重大變化及文學主流結合審識，例如黃重添《台灣新文學概觀》將之分為五個時期。第一時期是 1923 年至 1945 年，通稱為日據時期的鄉土文學；第二期從 1945 年至五○年代末，又被稱為「戰鬥文學」期或停滯期；第三期是六○年代；第四期是七○年代；第五期是八○年代。（黃重添：1992）

　　此三種方式各有優劣，且有時也會互相涵融，例如黃重添的《台灣新文學概觀》前二期為社會分期，而後三期則又混成世代分期；而葉石濤雖明顯採用每十年一個世代分期，但是他又嘗試以主流文學來概括該世代的文學特色，此一論述方式，簡明易懂，頗能指出各世代的特色，但是，其局限也正在此，有時文學之主流與非主流思潮並非可採用十年一個世代來簡化，故該書一刊行，頗受學界質疑。職是，將文學流變強作分期，有其限制、不周延之處，因為造成時間、世代的轉移、變化並非截然可以分畫的，有時文學主流反受非主流的影響，有時世代分期並非確始於某一世代，而是有流衍的過程，其變因並非單純、統一的，是故，無論採用何種方式皆有其不周延處，此所以白少帆等主編的《現代台灣文學史》摒棄分期說而逕以作家特色為主述，即是揚棄分期之不足，職是，本文將採用世代來說明文學的流變，主要是沿用台灣文學界的習慣用法。例如中

國寫作協會舉辦的八〇年代台灣文學論（後由孟樊、林燿德合編成《世紀末偏航：八〇年代台灣文學論》）即以八〇年代的文學現象作回顧式檢視；《文訊》於 1995 年所舉辦的《台灣現代詩史研討會》（後集結出版爲《台灣現代詩史論》）亦以五〇、六〇、七〇、八〇、九〇年代來分析各世代現代詩的特質、意義與思潮；林亨泰在回顧台灣詩潮的演變時，亦以世代爲主述（林亨泰：1990）。許俊雅在論述戰後台灣小說亦以十年一個世代爲主述（許俊雅：1996）以上諸家雖皆採用「世代說」，然而他們在論述時皆有意識地反省「世代說」的危險與不周延，於是，儘量能在不周延處作補足，亦爲權宜之計。因此，本文仍將採用習慣的「世代說」，並將流衍變化中的主流、非主流的文學作概述，使能避開單一論述的危險性。

　　本文採用時間發展的脈絡，以世代爲說，將之擘分爲日治時期、戰後及五〇、六〇、七〇、八〇、九〇年代諸期來論述，冀能以時間爲經線，文類爲緯線，勾勒出台灣文學的風貌。

第二節　台灣文學的界定

一、「台灣文學」名稱原始

　　「台灣文學」的名稱，最初是等同於「鄉土文學」，經過不斷的論辯、修正才賦予新的內容、意義。

　　二〇年代台灣的新舊文學論爭時，已觸及「鄉土文學」的

課題，而最早創作鄉土文學者，厥推鄭坤五在 1930 年於《三六九小報》中使用台灣話文來書寫文學短文。至於提出「鄉土文學」口號是在台灣新文學運動展開的階段，由黃石輝於 1930至 1931 年之間，在《伍人報》、《台灣新聞》發表〈怎樣不提倡鄉土文學〉、〈再談鄉土文學〉時，揭示鄉土文學就是描寫「台灣事物」的文學。職是「鄉土文學」的名稱與定義已被黃石輝提出，此一主張影響整個日治時期台灣作家的創作方向。

　　歷經五〇年代反共文學的制式發展及六〇年代西方現代主義入侵，大家開始反省、質疑台灣文學的走向，遂有七〇年代的鄉土文學論戰，許多學者專家針對台灣地區文學的內容提出省思。基本上，以本土論為主軸的一派認為文學應是如實的表現社會與人生，所以主張以鄉土文學作為文學描寫的內容，此一論戰延燒到八〇年代，以葉石濤《台灣文學史綱》為首的本土派支持者遂將鄉土文學正式命名為「台灣文學」，以關懷台灣在地的文學稱為「台灣文學」，職是之故，「台灣文學」幾乎成為鄉土文學的代名詞。事實上，「台灣文學」一辭之使用由來已久，1932 年日人平山勳、別所孝二成立「台灣作家協會」編出三本《台灣文學》，1934 年「台灣文藝」出刊發行迄今，1935 年楊逵創辦《台灣新文學》雜誌共十五期，1941 年張文環、黃得時創辦《台灣文學》季刊，1942 年《台灣文學雜誌社》創辦「台灣文學賞」等等（鄭明娳：1988：268），皆證明「台灣文學」一詞的使用甚早，而意義與葉石濤將「台灣文學」等同於「鄉土文學」亦有所不同，我們認為「台灣文學」的實質內容不應只是包括「鄉土文學」而已。

二、「台灣文學」的實質內容

　　黃石輝於二〇年代提出以描寫台灣事物爲鄉土文學的內容時，指引台灣文學發展的路徑，迄四〇年代，學者專家開始在新生報「橋」副刊，對台灣文學的實質內容展開激烈論辯，外省作家雖然肯定台灣文學的內容可以是「反帝反封建」的文學，但是也憂心忡忡，深懼以台灣鄉土文學爲主的發展途徑會截斷與中國文化的關連性，而走向偏狹的地域主義之路。省籍作家則努力發皇台灣文學應以描寫台灣現實爲主，方是眞正的歸趨。六〇年代中期以吳濁流爲主的「台灣文藝」仍是秉持鄉土文學的路線，以台灣寫實爲依歸。七〇年代鄉土文學論戰更激烈地討論台灣文學的實質內容，兩派人馬各持己見，一派人士指出鄉土文學最後會淪爲地域文學，成爲「邊疆文學」或是走向「工農兵文藝」的路線，一派人士仍堅持以鄉土文學爲台灣寫實文學，最後在協調中以「愛鄉更愛國」的口號結束此一論戰，而鄉土文學在本土派的簇擁下，到了八〇年代堂皇更弦易轍，成爲「台灣文學」的代名詞。

　　由於「台灣文學」此一名義在本土論作家及學者的發揚下，幾乎成爲台灣地區的文學象徵，但是，學界也開始反思「台灣文學」的實質內容應不僅僅包括鄉土或本土的文學作品而已，於是開始想爲「台灣文學」尋找一個可以兼容並蓄的內容，使能含納整個台灣地區文學的脈動、流變與特色。

　　在新的反省中，意識到「台灣文學」的內容不應只是堅持日治時代反帝反封建的思考模式，史不應只是逼入狹仄的鄉土

或本土的文學作品之中，因爲擺脫日治反帝反封建之後，難道
不能再有文學出現？文學是否只能書寫反帝反封建的內容或課
題呢？而本土或鄉土文學的書寫固然是台灣文學的一部分，難
道異於此的題材內容皆不可納入台灣文學的軌道中嗎？於是新
的思考點出現，使現代文學、鄉土文學、台灣文學有可以鈎連
之處。

　　「現代文學」是指民國初年新文化運動以後所倡導的白話
文學，亦即書寫的語言形式是採用白話文，與傳統古典文學以
文言文體系爲主者迥異，所以「現代文學」亦可稱爲「新文
學」或「新文藝」，是用來與傳統古典文學作爲對稱的。其發
展的路徑主要有二：一是大陸的新文學，一是台灣地區的新文
學，而在大陸地區對於「新文學」有一明確的界定，民國初年
迄 1949 年的新文學稱爲「現代文學」，而 1949 年以後的新文
學則稱爲「當代文學」，在台灣地區並無如此嚴謹的畫分，可
統稱爲「現代文學」或「當代文學」。有部分學者亦沿用大陸
用法。

　　「鄉土文學」是指以特定地域爲主的文學書寫，例如台灣
地區，即以書寫台灣地區所生發的人、事、物等爲主要課題，
摹寫的手法以寫實爲主，內容以反映當地特殊的社會民情爲主
述；但是若以「鄉土文學」來涵括「台灣文學」，我們認爲定
義太狹隘了。

三、「台灣文學」的界定

　　討論「台灣文學」的定義時，形成眾說紛紜的態勢，各秉

一己之說來範圍、說明「台灣文學」實質內容應指涉什麼。我們可以簡單的分為幾個類型來說明。

第一類型：從地域性論述

本類型的界定，剋就台灣地區特殊的地理環境立說，例如：

1、指在台灣這個地方所形成、發展出來的文學，文字書寫包括中文、日文（日治時代）、文字化台語。（李瑞騰《台灣文學風貌》：1991）

2、在台灣地區所創作的文學作品及其有關的理論、批評等，是屬於中國文學的部分，二者不可分割。（張健〈台灣文學研究的問題〉：1996）

3、台灣文學是生發於島嶼台灣的文學，隨著歷史的進程，不同的族羣先後移民入台，不同的文化和語言相激相盪，因政經社會的變化，而呈現獨特的多元的面貌，範疇包括：民間文學、傳統詩文、日據時代的台灣新文學、戰後台灣文學。（陳萬益〈台灣文學是什麼〉：1996）

以上三家所論，主要是剋就台灣地區來論述，當然也加入語言文字的書寫及歷史的脈絡，以證明其來有自。

第二類型：從意識型態或立場論述

主要是堅持某一理念，來說明「台灣文學」應涵括的內容，例如：

1、以「台灣為中心」的文學為台灣文學，其政治體制、經濟、社會結構不同、自然景觀、民性風俗與大陸不同，台灣文學自有其濃厚的地方色彩和特具的創作使命，以反帝、反封

建的共通經驗以及與大自然搏鬥的共通記錄，而絕不是站在統治者意識上所寫出來的，背叛廣大人民意願的任何作品。（葉石濤《台灣文學入門文選‧台灣鄉土文學史導論》：1987）

2、所謂台灣文學，就站在台灣人的立場，寫台灣經驗的文學。所謂「台灣人的立場」，是指站在台灣這個特定時空裡，廣大民眾的立場；是同情、認同，肯定他們的苦難、處境、希望，以及追求民主自由的奮鬥目標——的立場。這個立場與先住民、後住民、省籍等等文化、政治、經濟因素無關。（李喬〈我看台灣文學——台灣文學正解〉：1992）

3、從歷史、政治、文化分析，台灣文學是中國新文學的一個支流，具有愛國的反帝反封建的性質，1949年以後，所表現的現實意識仍是以往精神回響與延續。（黃重添等合著《台灣新文學概觀》：1992）

基本上，本類之論述是以政治立場爲出發點，指出台灣文學在歷史變革中，所應負荷的內容是具有反帝反封建的意識型態。

上面兩大類型的論述各自突出其堅持的立場，各有其長，亦有其短，我們則認爲「台灣文學」的界定，應從幾個角度來思考，使能朗現台灣文學特殊的風貌：

1、從歷史發展的脈絡來論述，應包括歷代宦遊文士、在台文士之古典詩文之創作、荷蘭占領時期、明鄭時期、日治時期，以迄於今日之現、當代文學。是中國文學一支脈流，具有台灣特殊的歷史景觀，有別於中國大陸。

2、從地域來考察，主要以書寫「台灣」地區生發的人、

事、物爲題材、經驗的作品，亦即關懷台灣地區之文學作品屬之。

　　3、從語文來考察，包括中文、原住民、客族、台語化文字、日治時期以日文書寫之作品皆屬之。

　　4、從題材內容來考察，應包括明鄭、清代在台之紀遊文學或詩社聯吟，及日治反帝、遷台之反共文學，甚或現代主義、鄉土、寫實、魔幻現實、消費文學等，普遍關懷台灣爲主的作品，或是生於斯長於斯，純以文學創作爲主之作品皆屬之。

　　5、從創作者而言，不論是原住民、早期遷台、或1949年以後遷台之創作者，甚或留學海外、留居海外之台灣作家以關懷台灣風土者皆是。

　　根據上述，我們以發展流變圖來說明台灣地區政治實體的轉變及文學發展的走向。

政治變化	台灣文學走向
荷蘭入台	古典文學
西班牙入台	1624年
鄭成功治台	1626年
清滅鄭成功	1662年
日本治台	1683年
	1895年
	1920年 新文學開始
	20年代新舊文學論戰
	1937年皇民化運動
日人退台	1945年
國民政府遷台	1949年
	50年代反共文學
	60年代現代主義文學
	70年代鄉土文學
	80年代多元化文學
	90年代世紀末文學

　　從上圖觀覽，台灣本有的文學是承繼傳統的古典文學，迄
1920 年，受大陸新文學的觀念與書寫方式影響，台灣之文學
始進入新文學的階段，而在新文學發展的過程中，歷經日治時
期、戰後政府遷台以迄於今日，這些文學發展的歷程皆是台灣
文學的一環，共構台灣文學的場域。所以「台灣文學」本應涵
括古典與現代兩大範疇，而本文所指稱的「台灣文學」專以
「新文學」爲主述，不涉古典文學的部分。

第三節　台灣新文學流變㈠

一、日治暨抗戰時期台灣文學概述

㈠台灣文學的源流

　　台灣由於特殊的歷史、政治背景，使文學的景觀亦呈現多
變的姿彩。明朝時期歷經荷蘭（1624 年）、西班牙（1626 年）
的殖民經營，鄭成功的拓墾與實施文教（1662 年），其後，清
朝滅鄭（1683 年），設置文職機關使得建設有長足的進步。對
於台灣人民影響最鉅的是 1895 年馬關條約割讓台灣予日本，
使台灣子民又進入不同文不同種的日治時代，迄 1945 年才脫
離日治，1949 年國民政府播遷來台，台灣又進入新的政權世
代。由歷史的發展脈絡來觀察，台灣地區，政治統治權迭經變
更，由荷蘭、西班牙、明鄭、清朝、日治時期以迄於國民政府
遷居，歷經四百年的歲月，使台灣地區的文治教化、社會建設
呈現多元與繁雜化，展現在文學上亦有多元化傾向。

　　從文學史來論衡，台灣文學可擘分為傳統文學及新文學兩
大類型，傳統文學即所謂的古典文學，是沿承歷史進程而來，
新文學，在大陸則是指民國以來胡適等人所倡導的白話文運動
的脈流；在台灣則是指 1920 年蔡培火新文學運動展開。之
前，是隸屬於傳統文學的發展、流變期，文學作品以傳統的詩
文來表現，是故，台灣古典文學源遠流長，基本上可分為宦遊
文人及本土文人兩大族類，宦遊文人自明代以後始多，創作亦
頻繁，明代文人有沈光文、季麒光在台自組東吟詩社，其他主
要來台文士有盧若騰、徐孚遠、張煌言等人。清代時期 1697
年有郁永河的《稗海紀遊》、《竹枝詞》；1716 年有陳夢林的《紀
遊草》、《遊台詩》、《台灣後遊草》等；1722 年有黃叔璥《台灣
使槎錄》、藍鼎元《鹿洲全集》；1763 年有朱士玠《小琉球漫
誌》、姚瑩《東溟文集》、《東槎紀略》；同光年間有王凱泰《台灣
雜詠三十二首》、《續詠十二首》；唐景崧《詩畸八卷》、《外篇一
卷》等等。至於本土作家有王克捷〈台灣賦〉、陳肇興《陶村詩
稿》八卷、黃敬《觀潮齋詩》一卷、鄭用錫《北郭園全集》、林占
梅《琴餘草》、洪棄生《寄鶴齋詩話》、連雅堂《大陸詩草》、《寧
南詩草》等等。創作量雖不多，但是仍然是台灣文學史上不容
忽視的重要成就。（葉石濤：1987：2～13）

　　自 1920 年開始，台灣受大陸五四運動之鼓吹，也逐漸形
成對傳統文學的質疑，開始反思白話文運動的可能性，然而此
時期的政權是隸屬於日治時期，所以在日本統治之下，要推動
白話文運動有其困難性，但是知識分子仍然戮力為之，從

1920 年迄台灣光復的 1945 年為止，台灣的新文學已發展、推動了二十五年，但是在此期間，日本推動日文化政策及皇民化政策，使台灣的文學家一面以漢文維持傳統書寫的模式，一方面又必須克服日文教育的語文障礙，所以整體而言，在日治時期的台灣新文學，其實有漢文書寫，亦有日文書寫的局面，迄政府遷台後，全面禁用日文，才使紊亂的語文回歸漢文系統，但是在此時期，歷經日文教育的作家們，因禁用日文，而要全面改用漢文，自有其困難度存在，成為跨越語文障礙的一代。自 1949 年以後，台灣地區因國民政府的播遷，使漢文得以再持續，此後，在語文的使用上，也趨於統一。而西方文學的思潮不斷的風起雲湧，引介進入台灣，使台灣文壇也展現波瀾多變的樣貌。

　　傳統文學是台灣文學的根基，新文學則是台灣文學發展的動脈，成為新的主導文學。1895 年馬關條約割台，台灣正式進入日治時期，直至 1945 年第二次世界大戰抗戰勝利，台灣才又回歸中國人的懷抱。在日治的前二十五年當中，台灣的文學仍以古典文學為發展主線，至 1920 年，才進入新文學的世紀。而新文學的引進，主要是由留日青年及留學大陸青年所倡導的。 1920 迄 1945 年當中，政治的實體雖然歸屬日本，但是文學的版圖逐漸由古典文學轉向新文學。

㈡台灣新文學的萌芽：新舊文學之爭

　　受到大陸新文學運動的啟導，台灣地區的新文學發展史，可斷自 1920 年，主要是因為蔡培火在東京成立《台灣青年》刊

物，使台灣新文學運動皇皇展開。此時期以提倡新文學、白話文為主，並揭示文學對社會的重要性，有陳炘〈文學與職務〉、甘文芳〈實社會與文學〉、陳端明〈日用文鼓吹論〉。 1922 年黃呈聰、黃朝琴發表〈論普及白話文的使命〉、〈漢文改革論〉繼續提倡白話文學。（葉石濤：1987：28～29）

　　基本上，台灣的白話文運動是受大陸五四運動的啓發而推展開來，然而在台人士的洞見尚未清晰，須以留日知識分子例如蔡培火，或是留學大陸的知識分子，例如黃呈聰、黃朝琴、張我軍諸人親見耳聞白話文學之助益，返台後遂大力鼓吹，台灣地區才能堂皇進入新文學的境域，本時期的重要文學觀念在揭示傳統文學的使用，導致文明低落，遂主張提倡新文學。尤其以張我軍提倡「白話文學的建設，台灣語言的改造」最有特色，但是日治時期的台灣同胞們每日經營生活倍覺苦辛，要以白話文作為溝通的工具，尚須大力推行。而此時期的文學作品較少，以提倡新文學理念為職務。

㈢日益壯大的台灣文學

　　在新舊文學論爭過程中，鄉土文學與台灣話文建設運動相伴而生，黃石輝在 1930 至 1931 年短短一年中提倡鄉土文學，亦即是以描寫「台灣事物」為主。

　　從 1926 至 1937 年，本時期的文學刊物漸次出現，文藝團體也逐漸發展，這些刊物與團體通常負載反日本統治的情結，以激發台灣同胞的愛國情操。刊物有 1932 年的《南音》，附屬於台灣藝術研究會的《福爾摩沙》、《先發部隊》； 1934 年的《台

灣文藝》。文藝團體也逐漸創設成長，例如 1927 年由陳滿盈、
賴和、陳紹馨成立的新生學會，留日學生許乃昌、楊雲萍、楊
貴等人組織「社會科學研究部」；1932 年在東京成立的台灣
文藝術研究會，成員有張文環、巫永福、王白淵、吳坤煌劉
捷、蘇維熊等人。1933 年組成「台灣文藝協會」成員有郭秋
生、廖漢臣、黃得時、陳君玉、林克夫等人；1935 年楊逵夫
婦的「台灣新文學社」刊行《台灣新文學》。（葉石濤：1987）

　　由於有文藝團體可以凝聚力量，再加上文藝刊物提供發表
園地，使得本時期的新文學日益茁壯成長，台籍作家亦嶄露頭
角，主要的文學作家有賴和、張我軍、楊雲萍、楊守愚、蔡愁
洞、朱點人、虛谷、郭秋生、楊華、王錦江（王詩琅）、張慶
堂、張深切、黃得時、巫永福、吳天賞、王白淵等人，逐漸綻
放台灣新文學的光彩。

㈣壓不扁的玫瑰花：戰爭時期的台灣文學

　　1937 年，第二次世界大戰在中國宣戰後展開，一直到
1945 年日本投降，台灣才又重新歸回中國人的懷抱。在這一
段抗戰時期，台灣新文學的發展仍未中輟，文藝團體及文學刊
物更盛於前期。刊物方面有 1937 年創刊的《風月報》是中日並
刊的雜誌，至 1941 年更名為《南方》。文藝團體有：1939 年
「台灣詩人協會」成員有日本在台作家西川滿、北原政吉、中
山侑，台籍作家有楊雲萍、黃得時、龍瑛宗等人；同年十二月
改組為「台灣文藝協會」，次年並發行附屬刊物《文藝台灣》。
1941 年張文環成立啓文社，刊行《台灣文學》。

在戰爭過程中，日本以政治力量干涉文學的創作，希望藉由知識分子的力量來幫助日人完成「大東亞共榮圈」的夢想，並且舉行三次「大東亞文學者大會」作為統戰的工具，台籍作家在這樣的環境中，不得不保持緘默態度。雖則如此，但是文學家亦在靜默中記錄台灣日治下的生活情態。主要的作家有：吳濁流、張文環、呂赫若、龍瑛宗、楊千鶴、葉石濤、翁鬧、周金波、王昶雄、吳新榮等人。

戰爭時期的台灣文學是指二次大戰對日抗戰之八年，由1937至1945年期間。在此時期當中，1937年4月1日台灣總督府禁用漢文，1939年日本作家西川滿、北原政吉、中山侑等人成立「台灣詩人協會」，12月4日改成「台灣文藝協會」；1940年黃宗葵成立「台灣藝術社」；1941年2月，台灣文藝家協會響應日本的皇民化運動。1941年張文環脫離「文藝台灣」成立「啓文社」，1943年11月13日《文藝台灣》、《台灣文學》廢刊。本時期的代表作家有張文環、呂赫若、龍瑛宗諸人。

二、戰後的四〇年代文學

本時期主要是指1945年8月15日日本正式宣布投降，十月三十一日台灣光復以迄於1949年國民政府遷台，在這四年間，台灣文學的發展並未停頓，反而充滿回歸祖國的期待與想望。除了有一羣偉大的台灣作家不及見到台灣光復的景象，例如1936年楊華自縊、1943年賴和病逝、1944年林永修逝世、1945年黃石輝去世之外，文學界基本上充滿活力，其

中，活動力最強的當屬楊逵，楊逵除了刊行《一陽周報》之外，另外也擔任《台灣文學》、《力行報》等編務，並且將大陸刊行的作品傳輸進來。

文學組織部分，首先是 1945 年，林獻堂、楊雲萍等人成立「台灣文化協進會」，並且發行《台灣文化》，主要的代表作家當中，省籍作家有楊守愚、吳新榮、呂訴上、洪炎秋、呂赫若、廖漢臣、黃得時，省外作家有許壽棠、臺靜農、袁珂、雷石榆等人，其後「台灣文化」由陳奇祿接編。1947 年，《中華日報》創刊、發生二二八事件、《新生報》由何欣主編的〈文藝〉停刊、〈橋〉副刊創刊。此時期的代表作家除本省籍作家有龍瑛宗、吳濁流、吳瀛濤、葉石濤、黃昆輝、邱媽寅之外，尚有省外作家例如：許壽裳、臺靜農、黃榮燦、黎烈文、雷石榆等人共同經營台灣文學這塊園地。

在此時期各類報紙紛紛創刊，其積極的意義在藉由報紙傳導思想，鼓吹文藝創作，使台灣文學的火種繼續發光。

◆戰後四〇年代文壇大事紀要◆

時間	社會大事紀	文壇大事紀
1945	8月15日本投降 10月25日台灣光復 台灣文化協進會成立	《一陽周報》創刊 《民報》創刊 10月25日《台灣新生報》創刊 《政經報》創刊 《新新》創刊 《鯤聲報》創刊

1946	台灣民眾協會成立 國語普及委員會成立 中等學校禁用日語	《人民導報》創刊 《台灣民聲日報》創刊 《中華日報》創刊 《興台新報》創刊 《台灣文藝社》成立 《台灣文化》創刊 《台灣月刊》發刊 《新新》停刊 《自由日報》創刊
1947	二二八事件 台灣省政府成立 三七五減租	《文化交流》創刊，僅一期 《台灣月刊》停刊 《新生報》〈橋〉副刊創刊 《台北晚報》創刊 《自立晚報》創刊 《公論報》創刊 《南方週報》創刊
1948	台灣省新聞同業公會成立 台灣省地方自治協會成立	銀鈴會發行《潮流》中日文油印 　詩刊 《大漢日報》創刊 《台灣文學》創刊，三輯停刊 《國語日報》創刊 《華報》創刊 《忠誠報》創刊 《台灣人報》創刊 《中央日報》發行

1949	實施三七五減租 發生台大、師大「四六學生運動」 發布全省戒嚴令 國民政府遷台	《新生報》〈橋〉廢刊 銀鈴會解散 《寶島文藝》創刊 新生副刊展開「戰鬥文藝」討論 《台灣新聞報》創刊 《建國日報》創刊

△說明：本章文壇大事紀要參考林瑞明編《台灣文學史年表》及行政院文化建設委員會主編之《台灣地區文壇大事紀要》

由上可知，報章刊物紛紛創刊發行，使文學家有發揮的園地，盡情耕耘、灌溉。而在此時期當中，比較有衝突的意識型態是省籍作家對台灣本土文學創作的堅持，而省外作家則將台灣文學納入中國文學的軌道中，不應過分強調台灣文學地域的特殊性格。

二、五○年代：戰鬥文學風起雲湧

㈠文藝現象採擷

1、報刊雜誌紛紛創刊

承繼戰後文藝刊物及報章的刊行，遷台政府更有意識的運用文學刊物作為推行政治口號的有利武器，在這個階段創刊的報紙有：民族晚報、大華晚報、台灣新生報〈每週文藝〉創刊、中華日報〈文藝〉創刊、中國時報、徵信新聞、民眾日報、中國日報、自立晚報〈新詩週刊〉、青年戰士報、公論報〈藍星週刊〉

創刊、聯合版改名聯合報等。

　　創刊的雜誌有：半月文藝、暢流、自由談、野風半月刊、火炬、旁觀雜誌、文藝創作、台南文化、台灣風物、中國郵報、新文藝月刊、中國文藝月刊、人人文學文壇、綠洲半月刊、海島文藝、台北文物、文藝列車、文星等。

　　報刊雜誌紛紛創刊，提供文人發表的園地。

　　2、文藝社團紛紛成立

　　文藝團體之成立，可凝聚向心力或糾合眾力，例如 1950 年成立「中華文藝獎金委員會」並刊行《文藝創作》、「中國文藝協會」，1955 年成立「台灣省婦女寫作協會」等等。另有「中國語文學會」及「中國青年寫作協會」成立，使文藝社團的發展更蓬勃。

　　㈡文類的並行發展

　　1、詩歌：三大詩派鼎足而立

　　1953 年紀弦《現代詩》創刊，1956 年 1 月 15 日紀弦成立現代派，主張西化，重要詩人有方思、楊允達、蓉子、季紅、葉泥、羅行、辛鬱、林亨泰、黃荷生、鄭愁予、林泠、梅新、羊令野、秀陶、沙牧、大荒、白萩、葉珊等人。

　　1954 年覃子豪、鍾鼎文、夏菁、余光中、鄧禹平籌組「藍星詩社」。1954 年 10 月瘂弦、洛夫、張默「創世紀」創構，1959 年改版後，以現代主義為主導路線，以軍中詩人為主要成員，另有季紅、林亨泰、李英豪、葉維廉、商禽、鍾鼎文、紀弦、鍾雷、墨人、上官予、李莎、彭邦楨、葛賢寧等人

加入創作的陣容。

五〇年代文藝界的盛事即是三大詩派：現代派、藍星、創世紀同時於五〇年代成立，形成三大詩社族羣。

2、小説：反共文學獨占鰲頭

五〇年代的特殊景觀即是以戰鬥文學爲主導，首先是由「中華文藝協會」倡導軍中文藝運動、文化清潔運動，其次於1955年提出「戰鬥文藝」，又稱爲「反共文學」，使五〇年代的台灣文學標示出獨有的特色。當時文學家在各種獎項的誘導下，紛紛寫下所謂的「戰鬥文學」，例如反共文學以軍中作家朱西寧、司馬中原爲主，另有姜貴《旋風》、陳紀瀅《荻村傳》、端木方《疤勳章》、潘壘《紅河三部曲》、潘人木《蓮漪表妹》、《馬蘭自傳》等等。（葉石濤：1987）

小説文類，以反共文學應合時尚，蔚爲大宗，能獨播清音，不被時代戰鬥文藝所披靡的應數鍾理和的《笠山農場》。

3、散文：清音獨奏的懷鄉組曲

五〇年代的散文世界以大陸來台家作爲主，尤其是女性作家爲多，創作的內容以懷鄉作品並多兼有生活紀實或以專欄雜文方式針砭社會現況者，女作家有：徐鍾珮、艾雯、張秀亞、潘琦君、鍾梅音、王文漪、張漱涵、林海音、陳香梅、張雪茵、羅蘭、葉蟬貞、邱七七等人。男作家部分則有：梁實秋、劉心皇、宣建人、季薇、周亮君、江應龍、孫陵、蕭白、何凡、尹雪曼、應未遲、程兆熊等人。

(三)文學刊物匯聚菁英作家、兼容並蓄

1956 年四月羊令野、葉泥創刊《南北笛》；陳錦標創《海鷗》。

1956 年夏濟安創刊《文學雜誌》有朱立民、余光中、林文月、林以亮、周棄子、夏濟安、梁實秋、陳世驤、勞幹、劉紹銘、鄭文德等。

1957 年 6 月《文壇》創刊，穆中南發行，主編朱嘯秋，主要發表的作家有王岳、王藍、公孫嬿、朱西寧、林海音、孟瑤、師範、陳紀瀅、彭歌、琦君、楊念慈、劉枋、蕭傳文、王文漪、艾雯、季薇、咸思、上官予、亞汀、紀弦、覃子豪、彭邦楨、鍾雷等人。

1957 年 11 月 5 日《文星》創刊，以「生活的、文學的、藝術的」為宗旨，有文心、王尚義、汶津、李敖、何欣、金玉艮、於梨華、林海音、孟瑤、郭衣洞、莊因、鍾肇政、趙滋蕃、朱介凡、李霖燦、東方望、思果、梁實秋、梁容若、張秀亞、錢歌川、王洪鈞、沈甸、童世璋、夏菁、徐道鄰、孫如陵。

1958 年尉天聰創辦《筆匯》，主要發表的作家有任卓宣、何欣、劉大任、姚一葦、郭楓、白先勇、葉笛、陳映真、余光中等人。

在戰鬥文藝的風潮之下，有一批省籍作家，正以不同的姿態，展現風姿，其中有：黃騰輝、黃靈芝、李政乃、謝東壁、邱瑩星、葉笛、何瑞雄、郭文圻、廖清秀、鍾理和、李榮春、

陳火泉、施翠峯、文心、鍾肇政、鄭煥等人正蓄勢待發，創作以沿承日治時期寫實的風格爲主。

◈五〇年代文壇大事紀要◈

時間	社會紀要	文壇紀要
1950	蔣中正復職 公佈「戡亂時期匪諜檢舉條例」 禁止日文版刊物	《半月文藝》創刊 《暢流》創刊 中華文藝獎金委員會立 刊行《文藝創作》月刊 「中國文藝協會」成立
1951	第一次縣市長選舉 公布徵兵令	林海音主編聯副 諸報合併成《聯合版》創刊 自立晚報〈新詩週刊〉創刊
1952	地籍整理完成 公布戶口臨時檢查辦法 中國青年反共救國團成立	《新文藝》月刊創刊 《中國文藝》創刊 《文壇》創刊 《青年戰士報創刊》
1953	耕者有其田實施細則公布 美總統尼克森訪台 韓總統李承晚訪台	紀弦創刊《現代詩》 中國青年寫作協會成立
1954	公地放領 省府改組 平均地權實施條例通過	覃子豪籌組「藍星」詩社 瘂弦、洛夫、張默組「創世紀」 「中國文藝協會」成立「文化清潔運動促進會」

1955	中美共同防禦條約通過 大陳島民撤退台灣	「台灣婦女寫作協會」成立 蔣中正提出「戰鬥文藝」
1956	實施平均地權 東西橫貫公路施工 省政府遷台中	紀弦成立「現代派」 羊令野、葉泥創刊《南北笛》 陳錦標創刊《海鷗》 夏濟安創刊《文學雜誌》
1957	公布出入境管理辦法 美第七戰鬥中隊移駐台灣	《文壇》創刊 《文星》創刊
1958	成立台灣警備總部 八二三砲戰	胡適演說，主張恢復五四革命 　精神
1959	成立國家長期科學發展委員 　會 立法院通過兵役法 實施「大陸來台國民調查」	《筆匯》創刊，尉天驄主編 「中國文藝協會」成立台中分會 《公論報》》休刊 《亞洲文學》創刊，王臨泰主編

第四節　台灣新文學流變(二)

一、六○年代的文學世界

㈠西方文藝思潮的引介

　　西方的文藝思潮曾多次被引進台灣，五○年代雖以「反共文學」為主導，但是在紀弦引領下，將西方流行的「現代主義」引介進入台灣，主張「橫的移植」，在現代詩陣營中，燃

起論戰的火焰，直至六○年代在王文興、陳若曦、白先勇等人創辦的《現代文學》雜誌後，「現代主義」始有系統的引進台灣，這股思潮儼然成為六○年代的代表性文學。在這股思潮當中，被引進的西方文藝思潮尚有佛洛伊德的精神分析法、潛意識與意識流、超現實主義、存在主義等等。這些文學思潮的引進，為何能逼進台灣文人的心靈呢？主要是因為一羣年輕學子在面對西力東漸的洗禮中，厭惡樣板式的反共文學，而對於台灣歷史進程中的日治時代並無所體會，對於中國大陸的祖國情懷又不如親身體驗變革流離來台的長輩，遂興發「無根」的感覺，在人心失落、徬徨、幽微中，西方以探討人類存在價值及追求內在心靈安頓的思潮襲捲而來，立刻攻占文壇，成為一股不可遏止的力量，是創作者取靈的源頭活水。例如以意識流寫作的有水晶的〈悲憫的笑紋〉、王文興〈日曆〉、〈母親〉、王令嫻〈漩渦〉、七等生的〈放生鼠〉、〈精神病患〉等等。（周伯乃：1973）

　　超現實主義譯入、引介，主要是在擴大人類的心象活動，以暗喻、象徵、暗示、歧義等來張顯寫作的表現技巧，突破語言的邏輯語法及思考模式。在文類中，運用超現實的手法來創作者，以詩歌為多，著名的詩家有洛夫、季紅、商禽、葉維廉等人。

　　存在主義在六○年代也曾掀起一陣熱潮，卡繆的《異鄉人》、卡夫卡的《變形人》所逼顯的問題是人存在的價值，追求自我存在的意義及生存的責任。

　　在西方思潮引進的狂飆中，創作的主流儼然以現代主義為

圭臬，但是，暗潮洶湧的是另一股清流逐漸浮現，那即是不被西潮襲捲的鄉土文學作家日漸匯成力量，創生與萌芽。

㈡風雲聚會的文學刊物

六〇年代的盛事是在現代主義的浪潮下，由白先勇、王文興、李歐梵、陳若曦、歐陽子諸人於 1960 年創辦了《現代文學》刊物，除了譯介引進西方的存在主義、意識流、超現實主義等文學理論與寫作技巧外，同時也培養新生代的作家，讓他們馳騁在創作的草園中，盡情奔馳。此時期嶄露頭角者，除上列諸人之外，尚有：黃春明、七等生、施淑青、李昂、李永平、林懷民、忻約、陳映眞等人。

代表鄉土文學的族裔有吳濁流於 1964 年 4 月創辦《台灣文藝》，其後由鍾肇政、陳永興接棒，第一代作家有張文環、楊逵、龍瑛宗、黃得時、王詩琅、吳濁流、巫永福、林衡道、吳瀛濤、鍾肇政、張彥勳、鄭煥、林鍾隆、文心、葉石濤、廖清秀、陳千武、鄭和鄰。第二代作家有鄭清文、李喬、施明正、李魁賢、黃文相、林宗源、非馬、許達然、東方白、許其正、鍾鐵民、七等生、江上、黃春明、張艮澤、黃娟、趙天儀、劉靜娟、洪醒夫、彭瑞金、高天生、陳映眞、陳若曦、宋澤萊、吳錦發。（葉石濤：1987）

詩刊部分有《葡萄園》於 1962 年創刊，主要發表的作家有王在軍、李佩徵、藍雲、古丁、史義仁、宋后穎、文曉村、陳敏華、徐和鄰、楊奕彥諸人。

1964 年 6 月《笠》詩雙月刊創刊，這是一本標榜本土化的

詩刊，與《台灣文藝》成為省籍作家發表的園地。主要的成員有白萩、陳千武、杜國清、趙天儀、林亨泰、王憲陽、詹冰、錦連、吳瀛濤、黃荷生、古貝、薛柏谷。其後有葉笛、李魁賢、林宗源、非馬、鄭炯明、陳明台、李敏勇、拾虹、陳鴻森、郭成義、曾貴海、陳坤崙、黃樹根、莊金國諸人，是一本號召省籍作家凝聚向心力的詩刊。

1966 年《文學季刊》創刊，主要成員有尉天驄、陳映真、黃春明、王禎和、施叔青、七等生。批判六○年代現代主義和游離現實的創作態度，重新省視文學創作應走的方向，逐以《文學季刊》成為一本導引方向的指針。接著 1967 年林海音《純文學》月刊創刊，成為六○年影響台灣文壇的一本重要刊物，標榜純文學的創作。

㈢鄉土文學自拓疆域

由於有了發表的園地，作家們乃能戮力從事創作。尤其是《台灣文藝》、《笠》詩刊二種刊物，有鼓舞、凝聚本土作家力量之作用，逐有「鄉土文學」此一名詞出現於六○年中期，其主要的創作內容是以鄉土、寫實為題材，以別於西力浸染的現代主義、省外作家的懷鄉憶舊之作，表現關懷本土的一種創作態度，所以無論是省籍或省外作家，只要是創作的立足點是以關懷鄉土者，皆可稱為鄉土文學。此時期嶄露頭角的作家主要有：鍾肇政、葉石濤、鄭清文、李喬、黃春明、王禎和、七等生、楊青矗、王拓、陳映真等人。

基本上，「鄉土文學」應是指稱創作時題材選擇的問題及

創作者的寫作立場，是屬於文學性質的，但是發展至七○年代，擴大成為政治議題，牽涉極廣，成為七○年代主導性的一個論戰。

　　從紛紛創辦的文學刊物來觀覽，六○年代充滿了文學創發的活力，展示文學家在對日治時代的西力東漸時的迷思與追求、肯定，所呈展的文學樣貌也非制式的反共文學所能範圍。尤其是以本土化的刊物為主的《台灣文藝》、《笠》詩刊的前導下，往下開出了鄉土文學論戰的局面。

◆六○年代文壇大事紀要◆

時間	社會大事紀	文壇大事紀
1960	「動員勘亂時期臨時條款修正案」三讀通過	《作品》創刊，主編章君穀 《文藝週刊》創刊，主編孫陵 《現代文學》創刊，發行人白先勇 《文學雜誌》停刊 《中國詩友》創刊，主編黎明
1961	台銀發行五十元券	《半月文學》停刊 《縱橫詩刊》創刊，主編劉國全 《中國新詩》創刊，主編張湘元 《詩、散文、木刻》季刊創刊，主編朱嘯秋 《創作園地》創刊，主編周玉銘 《人間世》停刊一年

		《筆匯》停刊
1962	台灣電視公司開播 黃杰就任台灣省主席	《仙人掌》創刊，主編林佛兒 《野火》創刊，主編綠蒂 《傳記文學》創刊，主編劉紹唐 《葡萄園》創刊，主編陳敏華 《創作》創刊，主編周佐民 《縱橫》詩刊停刊
1963	花蓮港開放為國際港 嚴家淦就任行政院院長	郭良蕙《心鎖》查禁 《詩、散文、木刻》停刊 《詩與潮》停刊一年 《中華雜誌》創刊 《文星叢刊》出版 《文藝沙龍》創刊，發行人唐賢翔 《作品》停刊
1964	日文電影停止放映 石門水庫完工 彭明敏被捕	《現代詩》停刊 「笠詩社」成立 《藍星年刊》創刊 《劇與藝》創刊，主編許希哲 《台灣日報》創刊 《笠》詩刊創刊 《中國新詩》創刊

1965	陳誠逝世 彭明敏判刑確定	《自由青年》推出「作家羣像」 　專欄 《劇場》創刊，發行人陳夏生 《野風》停刊 《小說創作》創刊 台灣文學獎成立 《歐洲雜誌》創刊 國防部總政戰部國軍新文藝運 　動輔導委員會成立 《文星》停刊
1966	中共文化大革命 蔣中正當選中華民國第四任 　總統 台灣警備總司令實施全省保 　安檢查	《陽明》創刊 第一屆「台灣文學獎」頒獎 中山文藝獎成立 《書目季刊》創刊 《文學季刊》創刊，尉天驄主編
1967	台北市升格爲直轄市 總統令國民教育延爲九年	《純文學》創刊，主編林海音 《經濟日報》創刊 「中華文化復興運動推行委員 　會」成立 「中國新詩學會」成立 《草原雜誌》創刊
1968	通過都市平均地權 實施九年國民教育	《大學雜誌》創刊 《南北笛》停刊

		《青年戰士報》〈詩隊伍〉創刊，主編羊令野
		《中國時報》創刊
		《作品》復刊，主編馮放民
		《文藝評論》停刊
1969	中共蘇聯爆發珍寶島大戰 中國電視公司正式開播	《創世紀》停刊
		《陽明》停刊
		《後浪》詩社中部正式成立
		隱地主持《六十年度小說選》出版
		《文藝月刊》創刊
		「吳濁流文學獎基金會」成立
		笠詩獎成立頒獎周夢蝶、李英豪、陳千武

二、七○年代鄉土文學論戰與本土化議題的開發

㈠鄉土文學論戰

　　「鄉土文學」一詞始自日治時期即被提出討論，主張語言與文字統一，用以描寫日治時期台胞悲苦的境遇，七○年代一些省籍作家描寫小人物以貼進鄉土的現實生活，使得鄉土文學再度被重視，尤其自 1976 年前半期開始，由何言對社會文學提出質疑，引發不同立場的朱炎寫出〈我對鄉土文學的看法〉，自是鄉土文學論戰開始，壁壘分明地區分為兩大陣營，一是以

台籍作家爲主流，堅持創作的路線必須以鄉土寫實爲主，例如
王拓主張寫實主義的文學，又如葉石濤的〈台灣鄉土文學史導
論〉揭示台灣的鄉土文學應以「台灣爲中心」；又如尉天驄主
張文學創作要關心現實等等，另一路線則以省外作家爲主，指
出文學創作非僅僅以寫實爲主，並且質疑鄉土文學的褊狹的鄉
土地域觀念，例如銀正雄指出鄉土文學會導向普羅文學或「工
農兵文學」；彭歌指出不談人性，何有文學？余光中則在〈狼
來了〉文中揭示鄉土文學是「工農兵文學」；凡此論戰主要是
由於對文學本質的體認不同，進而引發對政治、文化意識型態
的對壘，最後，融歸於愛鄉更愛國的口號中，才結束這場論
戰。

㈡政治、文學刊物順勢而起

　　1976 年鄉土論戰之前後，即有政治刊物創刊，醞釀及催
化論戰的激烈化，例如 1975 年 8 月的《台灣政論》由黃信介、
康寧祥創刊；1976 年 2 月鄭泰安、蘇慶黎的《夏潮》；1977 年
7 月張俊宏《這一代》等，這些刊物皆提供在野人士發表政治立
場的園地，在政治日趨民主化的過程中，發言霸權不再僅僅被
操控在部分人士的手中，刊物即是一種發言的方式與流通的管
道。至於文學刊物則在時流中不受影響地創辦，例如鄉土文學
論戰之前有《大學》雜誌之創刊，之後有《仙人掌》、《小說新
潮》、《前衛》，《書評書目》等相繼成立，使文學創作刊物更形
多姿。

㈢詩刊蓬勃發展

七○年代的詩刊及詩社蓬勃發展是台灣新詩史上的一個高峯期也是一樁時代盛事，根據張默《台灣現代詩編目》所載，從1971 年至 1979 年約有三十餘種詩刊創刊發行，而在陣容龐大的詩隊伍中，主要的刊物以《龍族》、《主流》、《大地》、《詩人季刊》、《草根》、《詩脈》、《創世紀》、《陽光小集》等是影響力頗鉅的詩刊或詩社，新世代的青年作家多崛起於此期，有吳晟、向陽、羅青、渡也、白靈、劉克襄、蘇紹連等人，另外，笠詩刊成為本土化的象徵，主要的作家有巫永福、陳秀喜、黃騰輝、詹冰、陳千武、林亨泰、錦連、趙天儀、白萩、杜國清、李魁賢、林宗源、周伯陽、杜芳格、非馬、許達然、林鍾隆、鄭炯明、李敏勇、陳明台、拾虹、莫渝等。

㈣海外作家的關懷與投入

一羣因留學或政治因素而留住在異國的海外作家們，仍舊關懷台灣文學發展的動向，不斷地耕耘文學的園圃，使得台灣文學界能打開閉鎖的島國型態，以兼容並蓄的方式含納多元的視域來觀覽世界格局中的台灣文學的發展樣貌，同時也共構台灣文學的風貌。主要的作家有聶華苓、夏志清、劉大任、劉紹銘、水晶、葉維廉、許達然、楊牧、鄭樹森、吉錚、張良澤、李歐梵、叢甦、洪素麗、陳芳明、喻麗清、莊因等人。

㈤報導文學（Reportage）

報導文學（Reportage）又稱為報告文學，是一種結合文學與新聞的新敘述文類。中國報導文學當始於三〇年代抗戰時期，至於台灣則始於 1966 年由「國軍文藝金像獎」設立的報導文學獎，到了 1975 年副刊主編高信疆提倡報導文學的寫作是為了替時代、歷史作見證，首先在《中國時報‧人間副刊》設立報導文學的專輯「現實的邊緣」，又於 1976 年成立報導文學獎鼓勵創作，激發強烈的認同意識，共同熱愛社會、國家乃至於喚起民族大愛。其後各種傳播媒體亦加入這股文學風潮中，例如《台灣時報》的副刊、《戶外雜誌》、《綜合月刊》等皆是。（鄭明娳：1988）有許多的傑出作家作出一系列的報導，引起廣大的迴響。描寫的層面有社會各階層、百行百業的人，亦有專作歷史尋根的報導、生態環境的報導、各種人物的專訪等等。

傑出的報導者有古蒙仁，主要的作品有〈黑色的部落〉寫泰雅族抗日精神及日益被文明遺忘的族羣；〈破碎了的淘金夢〉寫礦工的淘金夢碎；〈小蘋果的滋味〉寫美國蘋果大量傾銷台灣所造成的農業衝擊；〈飛車生涯〉描寫送貨工人的悲苦生活；〈失羣的羔羊〉寫少年犯應如何重新面對人生；其他尚有〈失去的水平線〉、〈蓬萊之旅〉、〈台灣社會檔案〉等作品，在當時皆為傳誦一時的佳作。

陳銘磻的〈賣血人〉揭露台北街頭一羣以賣血維生人的悲苦情狀；〈最後一把番刀〉刻畫進入文明都市求生存的原住民，如

何自我調適及接受文明的洗禮，以及在與平地人通婚後的婚姻
狀況；〈最後的妝扮〉描寫殯儀館洗屍工人的工作生活；其他尚
有〈鷹架上的夕陽〉、〈出草〉、〈悲泣的愛神〉等等。

　　林清玄報導文學的切入點著重在人文、藝術、文化，從不
同的藝術工作者的訪談及報導中，呈現、省思台灣地方藝術、
文化的現象，《長在手上的刀》（1979）以民間藝術或活動為
主，報導台灣戲的沒落、中國民俗的宋江陣八家陣、北港媽祖
誕辰鹿港民俗大戲、木雕藝術……等；《難遣人間未了情》
（1980）報導文化藝術工作者為主，有王禎和、席德進、原文
秀、許博允、陳必先、林昭亮、郭小莊、林懷民、周夢蝶等
人；《在暗夜中迎曦》（1980）分兩輯，第一輯以文化、歷史、
音樂、中國功夫、地方戲曲等為主，第二輯以文化人物訪談或
對話為主；《在刀口上》（1982）承續報導文化工作者為主，有
畫家蕭勤一、礦工畫家洪瑞麟、畫家韓湘寧、陽元太的陶雕藝
術……等，從上述一系列的報導中可以管窺林清玄專注於報導
文學的成就，為台灣雕刻家、攝影家、畫家、書法家、舞蹈
家、音樂家或民俗藝家等留下珍貴的文字記載。

　　其他傑出的報導文學作家尚有心岱、韓韓、馬以工、李利
國、徐仁修、藍博洲、趙滋蕃、翁台生、眭澔平、胡台麗、楊
錦郁、姬小苔、七七等人。比較特殊的是陳映真於1985年創
辦《人間》雜誌，以報導文學的方式去記錄生活實景，是一本質
感甚佳的雜誌。（劉登翰：1993：702～716）

㈥風靡華人世界的武俠文學

　　在台灣地區，武俠小說雖非主流文學閱讀，但是它的閱讀人口從未消減過，從五〇年代開始，《大華晚報》即連載郎鐵青（郎紅浣）的小說，其後又推出《古瑟哀弦》、《碧海青天》、《瀛海恩仇記》、《劍膽詩魂》等一系列作品；六〇年代各報副刊大多會連載武俠小說來吸引閱讀羣眾，主要的作家有上官鼎、司馬翎、伴霞樓主、獨抱樓主等人（劉登翰：1993：759）；七〇年以古龍獨領風騷，主要的代表作品有：《楚留香》、《多情劍客無情劍》、《絕代雙驕》、《陸小鳳》、《天涯明月刀》、《流星蝴蝶劍》、《蕭十一郎》等作品，小說中的人物成為典型代表。而金庸的小說在開禁以後大量進駐台灣，迄今風潮未減，形成一股金庸熱潮，甚至有學者專文探討金庸小說所建構的世界、人物形象、情節結構等等，1999 年更展開國際性的金庸武俠小說的研討會，來自各國的專家學者齊聚台北，熱鬧滾滾地討論金庸小說，甚至宣稱有華人的世界即有金庸小說，殆非虛言，其受歡迎的程度，不僅在庶民階層流行，在學院派亦有專研的學者，且在跨媒體視聽中，不斷地改寫成劇本，拍攝成電影、電視，其影響度歷久不衰，甚至在台灣有搶拍、翻拍，同時兩三部在頻道中播出，可謂盛況一時，無人能出其右。世紀末，張大春的《城邦暴力團》凡四冊，是以後設手法寫成的新武俠小說，技法深具突破性。

◈七〇年代文壇大事紀要◈

時間	社會大事紀	文壇大事紀
1970	行政院公佈「台灣地區戒嚴時期出版物管制辦法」 新建梧棲港命名為台中港 國人自造十萬噸油輪有巢號，命名下水典禮 第一座核電廠在石門破土興工 省府訂四年貧民生活改善計畫	《詩宗》創刊，發行五期
1971	國內響應保釣運動 台灣環島鐵路規畫完成 美將釣魚台列嶼交日本，外交部聲明不接受 通令全國加強推行國語實行計畫 美季辛吉潛赴北平密談 台獨份子自日本歸來，宣佈解散台獨組織	《文學》雙月刊創刊，尉天驄主編 《中華文藝》創刊 《龍族詩刊》創刊 《台灣時報》創刊 「吳濁流新詩獎」成立
1972	尼克森訪大陸發表上海公報 蔣中正連任第五屆總統 立法院通過蔣經國繼任行政院長 日本與中共建交，中日斷交	關明傑發表〈現代詩人的困境〉，引發現代詩論戰 《中外文學》創刊 《書評書目》創刊 《後浪詩刊》創刊

1973	季辛吉五度訪大陸，互設辦事 　　處 曾文水庫落成 台中港開工興建	《現代文學》停刊 《文學季刊》創刊 唐文標引發現代詩論戰
1974	中日斷航 蘇澳港擴建開工	《中外文學》三卷一期出版現 　　代詩專號 《大學雜誌》舉辦日據時代台 　　灣新文學與抗日運動座談 　　會
1975	蔣中正逝世 中日續航 增額立委投票	國家文藝獎成立 《草根》創刊 「台中文藝作家協會」成立 《文學評論》創刊 《台灣政論》創刊，發行人黃 　　信介 《中國論壇》創刊 《後浪詩刊》更名為 《詩人季刊》
1976	周恩來逝世 北京天安門事變 毛澤東逝世	《夏潮》創刊，主編蘇慶黎 《明道文藝》創刊，社長陳憲 　　仁 「聯合報文學獎」成立

1977	中壢事件	《台灣文藝》革新號出版,主編鍾肇政 《小說新潮》創刊,主編周浩正 《三三集刊》創刊 8月,鄉土文學論戰開始
1978	蔣經國就任第六屆總統 南北高速公路通車 軍事全面戒嚴	吳三連文藝獎基金會成立 《潑墨》創刊 《台灣近現代研究》創刊 《前衛》文學叢刊創刊 「中國時報文學獎」成立
1979	開辦出國觀光護照 中正國際機場啓用 許信良事件,休職二年 高雄市升格直轄市 高雄美麗島事件	《夏潮》停刊 《美麗島》創刊,11月奉令停刊,共發行4期 鹽分地帶文藝營開辦 《陽光小集》創刊

三、八〇年代多元化的文學圖象

八〇年代是台灣政治、經濟、社會急遽變化的時代,伴隨著西方文學思潮的湧入,造成文學版圖,急欲掙脫傳統的書寫態勢。

㈠政治、經濟、生態環境的急遽變化

八〇年代在政治方面終止「動員勘亂時期條款」開放報禁、解嚴，使得原本禁忌、敏感的政治神壇，成為無人膜拜的廢墟。反對黨的勢力日益抬頭，政治神話解除，象徵言論自由時代的屆臨，政治的議題，漫延在文學的國度中。

在社會、經濟方面，由工業文明的社會步向後工業文明的過程中，一方面享有科技進步的便捷與資訊，同時，在變革的社會中，日益物化與異化的心靈，反而淪喪了精神的主體性，人在科技不斷地進化中，慢慢將心靈神殿拱手讓予機械世界，書寫疏離、冷漠、變遷、流動不居的都市文學於焉萌生。

在逐步喪失人類主體的優位性格中，一批有自覺性的文學家，在觀察洞識客觀人文條件的改變後，逐漸反省，欲回歸人類的思考本位，並且以有情之眼來觀看地球村，生態、環保文學的催生，象徵人類欲回歸大自然的本能呼喚，然而田園不在，童年不再，宣示變革社會時期的蒞臨，人與人勢必在新興的都市空間建構生存的法則。

㈡西方文學思潮的衝擊

在西方思潮不斷湧入之下，台灣的文學家開始以新的寫作方式來逆反傳統的思維方式，例如後設理論：後現代、後結構、後殖民等，以及各種文化思潮的引入：現象學、讀者反應理論、新馬克思主義、女性主義的灌注，使得台灣文學的創作、批評皆受到相當程度的衝擊與影響。再加上文學內部的衍

化與演變，由現實主義、現代主義走向後現代主義，以質疑語言的言說功能乃至於批判既有的傳統思考方式，從後設的觀點解構既存的價值標準，在在宣告後設文學、解構文學時代的到來，猶如狂飆似地自平地拔空捲起，尚來不及品味後設文學質疑、批評言說功能的當頭，多元的文學浪潮又千鈞萬馬似地莽莽奔來。

㈢文學思維的變革

歷經現代主義、寫實主義的拉鋸戰之後，文學的寫作向度，不僅多維開發，且互相涵融與指涉。在創作的題材方面，呈現紛歧多枝的情形伴隨著解嚴而裂變，象徵政治的圖騰日益減消其影響力與禁忌，政治文學的掘起，正是此一時代下的必然趨勢，而探親文學又是另一組懷鄉的組曲，隨著兩岸接觸的頻繁，大陸的出版品也堂而皇之的進攻台灣出版的版圖，挹注另一股鮮活力量。社會的流動變遷致使都市文學新興，消費性的大眾文學紛紛抬頭，宣告讀者消費性格與作家明星化的排行榜於 1983 年成立，從此出版的態勢進入另一個戰國時代。

在經濟過度的開發下，環保生態文學的產生，象徵捍衛大自然的勇士，奮力掘起，而商戰小說的日益發展。使得文學呈現多彩多姿的稜面，各自擁有不同的閱讀羣衆，各有一片天地。

㈣出版環境的消費性格化

文學與多媒體結合，使得文學電影化、電視化、圖象化、

聲光化，意味科技資訊的進展無遠弗屆。而自七〇年代中後期以降，各大報副刊或文藝團體文學獎的推波助瀾，使得文學世界呈現紛紛攘攘，光華而綺彩的桂冠花環輝耀文壇。而在提昇文學素質的文學獎的背後，大眾文學的出版，揭示另一戰場的開闢。出版市場的消費性格化，形塑明星般的作家，同時也創造出輕薄短小的作品充斥市場，希代的小說族，吸引新興消費者投入；1983 年金石堂創構的暢銷書排行榜，成為銷售指標，大眾文學在哄抬下，成就、開創另一股閱讀風潮，再加上文學與多媒體的結合，文學的精純性格日益消弱，而附加價值也隨之水漲船高，隨著廣播媒體的造勢，電影、電視、聲光多媒體的運用，文學不再是案頭上的文學，而是可以利用電子媒體創造新的魅惑力量的新興媒體。

㈤文學團體的聚歛性與輻射性

八〇年代沿承七〇年代文學刊物的蓬勃，有繼續擴張的態勢，然而，離心與向心力宣告文學理念的聚歛與輻射性格，文學家自主獨立的思維，使得文學團體聚合甚速，而避離解散亦甚快，理念合者相聚，不合者求去，不再單獨地依戀於某一個團體，文學理念與觀念成為文學團體或文學刊物凝聚與散發人氣的功能指標。

出版社、雜誌刊物之風起雲湧，正標示蓬勃的氣象，欣欣向榮。八〇年代創刊的文學刊物有《文學界》、《文季》、《文訊》、《聯合文學》、《新書月刊》等等，詩刊有：《漢廣》、《掌握》、《詩人坊》、《詩友》、《湧流》、《心臟》、《台灣》、《洛

城》、《春秋小集》、《鍾山》、《空間》、《四度空間》、《地平
線》、《南風》、《春風》、《晨風》、《草原》、《詩隊伍》、《握
星》、《象羣》、《新陸》、《曼陀羅》、《海風》、《兩岸》等等。
（文曉村，1996）。衆多的文學團體、刊物，其實只說明一個
事實，單打獨鬥的時代已落伍，打羣仗的時代正悄悄降臨，憑
藉刊物或團體才能凝結力量，形成文壇新勢力，例如《創世紀》
綿亙三十年，仍然屹立不搖，除了有龍頭駕馭方向之外，尚須
有一批志同道合的詩人羣策羣力，共朝目標前進，方能形成詩
壇一股中堅力量。

㈥電影文學的浮湧

　　將文學作品以電影手法表現出來者稱爲「電影文學」。從
台灣電影文化發展的歷程來觀覽，戰後迄五〇年末期以符應反
共文學爲主導，電影事業亦納入反共的色彩，例如〈奔〉、
〈碧海同舟〉、〈歧路〉等作品，六〇年的電影秉承健康寫實的路
線，創作出清新的電影：〈養鴨人家〉、〈蚵女〉、〈我女若蘭〉、
〈寂寞的十七歲〉等作品，與文學作品的結合性尚不高，迄七〇
年代始有溫馨小品的電影出現，例如：〈小城故事〉、〈早安台
北〉、〈汪洋中的一條船〉，也有以尋根爲主的：〈源〉、〈香
火〉、〈原鄉人〉等作品，與之分庭抗禮的是商業電影的萌發，
色情、暴力、言情、搞噱頭的電影充斥市場，形成電影事業惡
性循環。七〇年代末期呼應鄉土文學乃有鄉土電影的產生，一
直延燒到八〇年代，其中校園電影（學生電影）有：〈學生之
愛〉、〈一個問題學生〉、〈拒絕聯考的小子〉、〈不妥協的一

代〉、〈同班同學〉、〈奔放的新生代〉、〈野性的青春〉、〈龍的傳
人〉等等，鄉土電影有〈小畢的故事〉、〈兒子的大玩偶〉、〈看海
的日子〉、〈嫁妝一牛車〉、〈油麻菜籽〉、〈台上台下〉、〈在室
男〉、〈莎喲那啦，再見〉、〈玫瑰玫瑰我愛你〉等作品。八〇年
代末九〇年代初期的電影在商業電影充斥下形成寒索蕭條的景
況，但是有幾部新銳導演的執導電影，榮獲國際獎項，提振台
灣電影業的士氣，其中有〈悲情城市〉、〈青梅竹馬〉、〈戲夢人
生〉、〈霸王別姬〉等。

　　七〇年代末期台灣電影業者須與香港電影市場競爭，形成
商業化的電影充斥，八〇年代有所謂的「台灣新電影」（1982
～1986 年）出現，內容題材改編自小說或採用原劇本，以呈
現本土意識爲主的寫實主義手法，表現的形式上則採用長拍
（long take）及深焦（deep focus）以突顯場面調度爲表現的
敍事語法。（吳其諺：1996）電影工作者紛紛從小說中取材，
以展現文學作品豐沛人文關懷、本土意識及作家長期累積的聲
望，故 1984 年至 1989 年間形成小說電影的風潮，是台灣新電
影與文學結合最密切的時侯。重要的作品有黃春明〈兒子的大
玩偶〉、〈看海的日子〉，朱天文〈小畢的故事〉；白先勇〈孽
子〉、〈玉卿嫂〉、〈孤戀化〉、廖輝英〈油麻菜籽〉、蕭颯〈找兒漢
生〉、〈我這樣過了一生〉；蕭麗紅〈桂花巷〉等等。九〇年代電
影事業逐漸萎縮，爲因應生存，日漸以市場爲導向的商業爲主
流，此時逆反的走向是邁入「作者電影」的時代，作者、導演
以自我實現爲主，展示獨特的風格，不趨附於商業主流，以侯
孝賢〈戲夢人生〉（1993 年）爲代表作。目前台灣的電影獎項

有：金馬獎、金穗獎，文化工作館則於 1979 年成立電影圖書館，1989 年更名為電影資料館，1990 年井迎瑞上任大力整理電影文化資產，迄 1992 年始更名為「國家電影資料館」，讓台灣的電影資料的保存邁入國家級的文物保存。

四、九○年代眾聲喧嘩的文學圖象

九○年代文學圖像，猶如蒙太奇手法拼貼成奇兀的圖案、意象，共構出多元化而無聚焦的文學思考，在文學的國度中，形成各自言說、眾聲喧嘩（heterglossia）的態勢產生。

後設文學取消、質疑文字書寫的功能，於是形成各自言說表述的狀態萌發，語言不再是溝通的河渠，反而成為障蔽的圍牆，人人活在自己言說的世界中，生活在自己的語言囚牢中，形成不同的聲響在對話，但是每個人卻仍然意氣風發地肯認自己的語言成就。

新的文學題材更觸發、引曳新的書寫內容，同志文學、病痛文學、旅行文學、情色文學，在百無禁忌之下，一一如奇花異葩開綻在文學園圃中。

同志文學的書寫早在白先勇的《孽子》時代已開其端，然而閉塞的社會風氣，仍未敢堂而皇之的開放，直至九○年代，作家挑戰人類心靈的私秘，對於同性戀的題材，不僅公然書寫，且對於情欲的探究，更深、更廣，朱天文的《荒人手記》、邱妙津的《鱷魚手記》、曹麗娟的《童女之舞》等等皆為一時之選。

情色文學的書寫，對於禁忌、諱深莫測的情欲糾葛作更大膽露骨的張揚、揭示，書寫的目的並非一意地張顯人類對情欲

無窮無盡的需索，而是人類在面對疏離的、冷漠的、隔閡的人際關係中，亟欲把握與掌控，然而越強力索求，越沈淪無底深淵，將人類的無奈一一鋪陳開來，如冷水澆背似地予人活水一振。

在題材多樣之下，九〇年代較有特色的文學成就，我們分作四方面介紹。

㈠網路文學打破閱讀的習慣

歐美國家約自 1980 年中期進入以電腦爲載體（carrier）的文學創作，台灣地區則濫觴於民間撥接式的BBS站發表個人的言論，迄八〇年代後期，BBS站如雨後春筍般竄起，「網路文學」便風起雲湧，掀起一股熱潮，大家在網路上建構電子文學以供大眾創作與閱讀，打破平面的文字閱讀型態。

網路文學又稱爲電子文學，刊布的文學作品有二類型：

1、將「平面文學」（或書籍文學）輸入電腦，發佈於架設的網站內，供大眾閱讀，此一型態即是將「平面文學」電子數位化，以廣流傳。此種方式只是將網站視爲發表流傳的工具而已。

2、直接在網站上發表文學作品，此即是「超文本文學」（hypertext literature）。此種方式比較注重創作者與閱讀者的互動，一篇作品經由不同的閱讀羣眾電子書信往返討論，改正缺失，使之臻於至善。

八〇年代後期唐皇進入網路世代，文學作品另闢疆域，以網路爲創作的媒體，打破書籍閱讀的模式，對於出版業的衝擊

不可謂不大，但是對於文學創作新手而言，網路文學的建構，
正可以大顯身手，不必名家出手，亦能輕鬆將自己的作品刊布
在電子書中，以前出版書籍可能要考量閱讀群眾、消費市場及
作家的知名度，但是網路世界完全顛覆名作家的霸權時代，任
何新手皆可在電子書中馳騁，並且快速溝通往來，甚至連載在
電子書中，亦可透過網友投票表決，通過一定人數可以書籍型
態出書，例如《傷心咖啡店之歌》、《第一次親密接觸》、《哭泣
吧恆河》……等等即是其例。除了小說的電子化，不少名家亦
架設網站，讓讀者能第一手閱讀自己的作品，或是提供相關的
電子資訊供大家進入檢索，人與人之間的距離似乎無遠弗屆，
無論文學刊物、新聞副刊、詩刊、詩社相繼架設網站後，文
字、書籍閱讀在短時期中尚未見消減，但是，在可預見的將
來，書籍亦將在逐漸電子化後日益消退其重要性與主導性。儘
管電子書有其利便性與流通性，但是新世代人類閱讀的能力及
文字的敏感度亦將日趨減退，在政、經、流行風尚高舉的時代
中，電子書的強化與普及化將迫使文學出版業必須轉型，或與
商業結合，才得以生存，或是萎縮出版的榮景，縮編與裁併益
使文學閱讀人口銳減，而形成負面的惡性循環。但是網路文學
並非只有負面效應而無正面效應，創作的互動討論，可以修改
作品，增加可讀性與文學性；打破名作家迷思，使名不見經傳
的無名小卒亦可藉由網站來創作文學作品，甚至肯定自己，開
發文學萌種，而不用擔心主編或審稿人的「把關」流程；由於
網路文學流通性大，普及面廣，所創作的作品內容，較符合大
眾的口味，有通俗化、大眾化的傾向，較無精純洗鍊、字斟句

酊的作品出現，形成通俗易懂的庶眾文學，恐將日益悖離文學的精純度。復次，匿名創作，雖然保有創作者的神秘性，但是不具名、匿名的結果容易產生不重視作者與文本之關涉性，易形成一堆文字山而無法興發作者的認知系統；且短小輕薄的作品，往往有流於膚淺、無精純度的文字垃圾。

網路文學發展已成必然的趨勢，新絲路網路書店搶先於2000 年 5 月推出「新絲路網路書店」發展隨選列印技術（Print On Demand），探索、開發隨選列印技術的各種應用與服務。新絲路不僅有實體書網站（www.silkbook.com）提供服務，也有POD網站（pod.silkbook.com）提供書店對讀者與創作者「知識服務新思路」的服務，重新定義網路書店互動的定義。11 月 9 日新絲路再推出「個人出版」（Personal Publishing）服務，讓新絲路網路書店扮演出版促成者（Publishing Enabler）以POD為印刷技術，有需求才進行生產，以網路為通道，提供作者與讀者接觸的管道，這項服務突破「平面書籍」選、管、銷的標準化，而走向有需求才生產的供需平衡。這樣的特殊出版管道，勢必為未來的出版界投入更大變因，或有重新洗牌的可能性。2000 年 11 月出版《詩路1999 年詩選》，是第一本網路純文學的詩集，並頒發詩路「網路年度詩人獎」予筆名「遲鈍」的林康民，這是一項劃世紀的肯定，正面肯定網路文學的作者。

沿承八〇年代聲光文學發展的脈絡，網路文學以新興之星的態勢掘起，文字構寫以簡短的對話方式呈現，內容則以都會男女愛情為主導，連載的網路小說吸引網路族的投入，無遠弗

屆，但是令人憂心的是，喜歡上網的電子新貴多為新世代人類，其用字遣辭不甚精準，形成新的錯別字文盲，而大家又以訛傳訛，或是形成新的電腦用語（術語），廣為流傳，又衍化成新興語言族羣。例如「粉」即是「很」之意，「爸爸」成了「爸²」，新興術語，形成新世代的言說系統。

㈡病痛文學抒發生命的熱愛

中國人向來諱疾忌醫，對於病痛往往刻意迴避，文學家也極少關涉此一命題，但是在世紀末的偏航中，不可言說、諱忌的病痛內容反成為一種誠實的自我剖析，作家們以個人的親身體驗撰寫真實的經歷，引發大家對生命熱切的關懷，病痛文學儼然以出版新貴之姿出現在台灣的文壇中。

病痛分為生理器官與心理精神疾病二大類別，生理器官的疾病往往可以借助醫療、手術來斬除，如若罹患絕症或病入膏肓無藥可解時，那種生命被撕裂的孤助無援，非親歷其境者所能體會的，而心理官能方面的疾病，往往須以毅力與藥物相輔配合才能脫離折磨，遂有一些作家透過文字書寫，來傳遞這種刻骨銘心、椎心之痛。這類書籍書寫的方向有三：

1、揭示自己病痛的過程及對生命的感悟與省思。

2、以醫學知識傳導、提高閱讀羣衆對該病症的專業知識的認知。

3、將疾病視為人生必經之途，解除世人疑慮恐慌，指引迷津，而非引起別人的同情與憐憫。尤其是曹又方女士罹患末期卵巢癌，在《淡定與積極》新書發表會時，以一種貞定的態

度,希望藉由此書將自己的遭遇及感受傳達給需要幫助的朋友
們。

目前市面上相關的出版品當中,關涉心理疾病的摹寫,目
前尚少,有黃子音《另一種清醒:與憂鬱症共舞的日子》寫自己
在罹患憂鬱症後的生活情形,並細細爲讀者自剖罹病的原因與
經歷。攸關生理疾病的作品除上述曹又方的《淡定與積極》,中
國時報記者冉亮的《風聞有你,親眼見你》是描述自己罹患乳癌
後的心境變化及生活影響。成功高中學生林正揚《沒有終點的
旅途》是罹患骨癌後的自剖,正當青春,尚未在人世大海中奮
鰭力游的他,娓娓寫出生命力的昂揚與無奈。李茣修教授的
《走過帕金森幽谷》詳述自己罹病後奮力走出痛疾的勇氣與奮鬥
歷程。(張志清:2000)閱讀此類作品,讓我們感受到作者堅
韌的生命力,在人生的旅程中,多一道不同的窗口供我們瞻
仰、省思與體悟。病痛文學,是將自己私密隱疾,以文學之筆
書寫出來,欲藉由一己經驗來傳遞病痛之無可避免及自己對治
療時的心態與風清雲淡的心情點染。

㈢視聽文學蠱動閱讀風潮

瓊瑤的言情小說在台灣有一定的閱讀羣眾,六〇年代的文
字型態的文學閱讀,迄七〇年代轉成電影文學的閱覽,八〇年
代又與電視媒體結合,形成新的閱讀模式,不僅在電視上網羅
婦女觀眾的收視,在文學市場亦將國、高中女生、勞工婦女一
一收羅在閱讀的視界中,形成一股瓊瑤風潮,皇冠出版社因而
大發利市。其後,電視媒體結合出版業,將文學作品改拍成電

視劇，或是將劇本以書籍型態呈現，並附上主要的劇照以招徠
閱讀羣眾的青睞，也形成一種另類的書籍攻占出版市場。

在電視媒體與出版業互動下，最成功的例子是〈人間四月
天〉所引發的效應。千禧年初期，台灣的公共電視播出〈人間四
月天〉以描摹徐志摩與張幼儀、林徽音、陸小曼三個女人的情
愛世界為主，推出後引發台灣地區的徐志摩效應，收關〈人間
四月天〉的文學作品搶購熱潮歷久不衰，其中有徐志摩全集、
林徽音文集、愛眉小札等作品，相關的出版品有《小腳與西服》
是張幼儀侄孫女張邦梅訪談其姑婆的作品，蔡登山《人間四月
天——名人的愛情故事》是一系列民初愛情故事專輯，林杉《林
徽音傳》、梁實秋《談徐志摩》、梁錫華《徐志摩新傳》等書也引
發效應，因而大賣。因應出版界促銷《林徽音文集》，甚至林徽
音的愛子梁從誡亦遠從大陸赴台來宣傳，此波風潮牽動台灣一
股〈人間四月天〉的熱潮歷久不衰，視聽傳播的影響可見一斑。
其後，公視再播出的〈汪洋中的一條船〉、〈將軍碑〉、〈輾轉紅
蓮〉顯然就不如〈人間四月天〉所激發的文學效應。

㈣旅遊文學

遊記，從古至今一直是文學作品當中的小品，台灣地區自
八〇年代後期開放大陸探親，再加上國民生活所得提高，出國
旅遊觀光成為一種休閒的風潮，在這種氛圍下，旅遊的書寫因
應而生。華航公司創辦「華航旅行文學獎」迄 2000 年已有三
屆之多，並將得獎作品輯錄出版成書：《國境在遠方》、《在夢
想的地圖上》，揭示旅遊文學時代的到臨。旅行文學，象徵無

國界、地球村時代的到來，文學家藉由各種深度旅遊，傳示自己的感懷，介紹各地風俗民情及文化深沉的思緬。

第五節　結論

　　台灣新文學的發展自 1920 年開始萌芽，中間經過日治時期的殖民時代，二次大戰時期的悲憤抗戰，再經國民政府遷台等政治主體的變化，在遷台以後又發展出體貌不一的文學風貌，五〇年代的反共文學、六〇年代的現代主義引介、七〇年代的本土化勃發，點燃鄉土文學論戰，八〇年代的多元化性格，以及九〇年代眾聲喧譁的文化視域，使得台灣新文學展現迥異前世代的書寫方式，這些皆共同豐富了台灣文學的內涵與意義。

❖參考及徵引資料

文曉村（1996）：〈台灣光復以來的詩社與詩刊〉，收於文訊雜誌社
　　主編《台灣現代詩史論》，台北：文訊雜誌社，頁 635～639。

王溢嘉（1997）：〈新感官小說的情色認知網路〉，輯入《蕾絲與鞭
　　子的交歡：當代台灣情色文學論》，時報文化出版，頁11～30。

李　喬（1992）：〈我看台灣文學——台灣文學正解〉，輯入《台灣
　　文學造型》，高雄：派色文化出版社，頁3～18。

李瑞騰（1991）：《台灣文學風貌》，台北：三民書局，頁3～11。

林亨泰（1990）：〈從八〇年代回顧台灣詩潮的演變〉，輯入孟樊、
　　林燿德合編《世紀末偏航：八〇年代台灣文學論》，台北：時報文

化出版公司。

林燿德（1990）：〈總序：以當代視野書寫八○年代台灣文學史〉，
　　收入《世紀末偏航：八○年代台灣之學論》，台北：時報文化出版
　　公司，頁11。

林水福（1997）：〈序〉《蕾絲與鞭子的交歡：當代台灣情色文學
　　論》，時報出版企業有限公司，頁6～8。

徐嘉陽（1997）：〈情色內外：初探新人類作家的文學空間〉輯入
　　《蕾絲與鞭子的交歡：當代台灣情色文學》，時報出版公司，頁
　　301～314。

焦　桐（1997）〈身體爭霸戰：試論情色詩的話語策略〉，輯入《蕾
　　絲與鞭子的交歡：當代台灣情色文學論》，時報出版公司，頁
　　197～232。

張清志（2000）：〈人痛己痛：淺論病痛文學出版現象〉，《中央日
　　報・中央閱讀》2000 年 1 月 10 日第二十六版。

張　健（1996）：〈台灣文學研究的問題〉，輯入文訊編《五十年來
　　台灣文學研究會論文集㈡台灣文學發展現象》，台北：文建會，
　　頁39～43。

黃重添（1992）：〈台灣新文學的性質、特點、和分期〉，見《台灣
　　新文學概觀》，稻禾出版社，台北：1992 年 3 月版，頁1～16。

許俊雅（1996）：〈戰後台灣小說的階段性變化〉，輯入《台灣文學
　　發展現象》，台北：文訊編印，文建會出版，頁77～121。

陳萬益（1996）：〈台灣文學是什麼〉，輯入《台灣文學發展現象》，
　　台北：文訊編印，文建會出版，頁13～20。

葉石濤（1987）：〈台灣鄉土文學史導論〉，輯入《台灣文學入門文

選》，台北：前衛出版社，頁21～43。

劉登翰（1993）：《台灣文學史》，福州：海峽文藝出版社。

鄭明娳（1988）：〈談文學史綱〉，輯入《當代文學氣象》，光復出
　　版公司。

❖進階暨專題研究書目

尹章義：台灣近代史論　台北：自立晚報 1986 年 9 月

文訊雜誌社：光復後台灣地區文壇大事紀要（民 34～80 年）台
　　北：文建會 1995 年 6 月二版

文訊雜誌社：1996 年台灣文學年鑑　台北：文建會 1997 年 6 月初
　　版

文訊雜誌社：1997 年台灣文學年鑑　台北：文建會 1998 年 6 月初
　　版

文訊雜誌社：1998 年台灣文學年鑑　台北：文建會 1999 年 6 月初
　　版

文訊雜誌社：五〇年來台灣文學研究會論文集㈠台灣文學中的社會
　　台北：文建會 1996 年 6 月初版

文訊雜誌社：五〇年來台灣文學研究會論文集㈡台灣文學發展現象
　　台北：文建會 1996 年 6 月初版

文訊雜誌社：五〇年來台灣文學研究會論文集㈢台灣文學出版　台
　　北：文建會 1996 年 6 月初版

文訊雜誌社：台灣現代詩史論：台灣現代詩史研討會實錄　台北：
　　文訊雜誌社 1996 年 3 月初版

周英雄、劉紀蕙編：書寫台灣──文學史、後殖民與後現代　台

北：麥田出版股份有限公司 2000 年 4 月初版

胡民祥：台灣文學入門文選　台北：前衛出版社　1989 年 10 月初
　　版

南華大學編譯出版中心：台灣文壇大事紀要（民國 81 至 84 年）台
　　北：文建會　1999 年 9 月初版

黃重添、莊明萱、闕豐齡、徐學、朱雙一合著：台灣新文學概觀
　　台北：稻禾出版社　1992 年 3 月初版

許俊雅：台灣文學論──從現代到當代　台北：國立編譯館主編
　　1997 年 10 月初版

葉石濤：台灣文學史綱　高雄：文學界雜誌社　1987 年 2 月 1 日
　　初版

問題與討論

一、試說明「台灣文學」的定義。

二、試擇一本自己最喜愛的文學刊物說明其風格與特色。

三、試擇一改編自文學作品的電影說明不同媒材的視閱效果。

四、試就自己閱讀武俠小說的經驗，說明其魅惑的原因。

五、試就社會現象，創作一篇報導文學。

第二章　台灣文學特色與作品舉隅

林淑貞

　　本章旨在揭示台灣文學的特色，論述時，擘分爲小說、散文、新詩三種文類來說明，在說明各種文類時，以歷時性的方式敍述，使能掌握流變史的變化。第二節論述台灣小說的特色，第三節論述台灣散文特色，第四節論述台灣新詩特色，依各時期發展特色加以說明。

第一節　台灣小說的特色與作品舉隅

一、日治時期反異族統治的小說特色

　　日治時期台灣新文學的發展，基本上可分爲搖籃期、成熟期、戰爭期，但是對於分期的起迄年限有兩種分法，一是以葉石濤《台灣文學史綱》爲土，搖籃期是指1920年至1925年，成熟期是指1926年至1937年，戰爭期是指1937至1945年。第二種分法是許俊雅主張分爲奠基期、發展期、戰爭期三期，奠基期指1920至1931年，發展期是指1931至1937年，戰爭期是指1937年至1945年爲止，二者略有出入，許俊雅主張第二期是文學社團、文學刊物蓬勃發展期，本文論述台灣小說的特色擬採用許

俊雅之分法。

㈠台灣新文學奠基期（1920至1931年），此一時期以提倡白話文運動爲主，引發新舊文學之爭；並鼓吹「爲社會而文學」的主張，以加強文學的社會性、功能性。1922年4月《台灣青年》改組，更名爲《台灣》，刊布林南陽介紹西方浪漫主義、自然主義等各種文學思潮，使台灣也能接觸西方的文學理論。此一時期的小說作品主要有賴和的〈鬥熱鬧〉、〈一桿稱仔〉、楊雲萍〈光臨〉、涵虛〈鄭秀才的客廳〉、鄭登三的〈恭禧？〉、陳虛谷〈榮歸〉、〈放炮〉、蔡秋桐〈新興的悲哀〉、孤峯〈流氓〉、朱點人〈一個失戀者的日記〉等等，主要發表的刊物是《台灣民報》、《伍人報》、《洪水報》、《明日》，其後，《洪水報》第十五期以後併入《台灣戰線》由楊克培、謝雪紅主編。（許俊雅：1998，頁10）

㈡台灣新文學發展期是指1931至1937年爲止，此一時期社會運動在日本當局的搜捕下，使得知識分子紛紛轉向，不再以參予社會運動、社會活動爲主導，由是，文學社團創立，文學刊物日多，發表的園地驟增，使得文學界呈現一片榮景，文學界得有知識份子的積極投入而重現蓬勃氣象。此時期在文學界興起本土論，引發鄉土文學論戰與台灣話文建立的問題。而在小說的創作方面質與量皆較前期豐富，作家們也開始朝向長篇小說創作，例如陳垂映、林輝焜、賴慶等人，主要發表的報紙是《台灣民報》，該報自1932年改爲日刊，適合小說連載。（許俊雅：1998，頁18）

㈢台灣新文學戰爭時期，是指1937至1945年止，在這八年

當中，日本當局推行「皇民化運動」，加強日語運動，禁止使用漢語、漢文，並取締報章雜誌的漢文欄，全面推廣日語，1941年2月「台灣文藝家協會」改組以配合戰時體制，《文藝台灣》改由「文藝台灣社」發行，後張文環、中山侑等人與《文藝台灣》的編輯理念不合，於1941年五月創刊《台灣文學》，形成戰爭時期兩大對立刊物。《文藝台灣》共發行38期，作品以日人為多，台灣重要作家有：葉石濤〈林君寄來的信〉、〈春怨〉；陳火泉〈道〉、龍瑛宗〈村姑逝矣〉、〈白色山脈〉、〈不知道的幸福〉；相對之下《台灣文學》是一份屬於台灣人創辦的刊物，雖僅出刊11期，但是台灣早期的重要作家的作品皆刊於此，有張文環〈藝旦之家〉、〈閹雞〉、〈夜猿〉；呂赫若有〈風水〉、〈月夜〉、〈合家平安〉；楊逵〈無醫村〉；王昶雄〈奔流〉；巫永福〈慾〉等等，統言之，日治時期重要的小說作家有：賴和、楊守愚、蔡秋桐、陳虛谷、張慶堂、林越峯、王詩琅、朱點人、翁鬧、巫永福、王昶雄、楊逵、呂赫若、龍瑛宗、張文環等人。

　　盱衡日治時期小說的特色，我們可從內容題材與寫作技巧兩方面來分析。

(一)從內容題材分析：

　　整體觀覽，日治時期的小說作品，以短篇為多，在內容、題材方面反映台民在日本異族統治下的生活苦況，一方面是統治當局以政策、法令來範圍台民，一方面在一次大戰過後的經濟大蕭條下，物資普遍缺乏，且在文明機器創發下，台民欲以有限的人身，與殖民當局無情的機器搏鬥，顯得相當無奈而導

致愈作愈窮，愈窮愈苦的情形，且法令規章，多如牛毛，稍有不慎即被科罰金或拘役，人民在苟延殘喘下，活得貧困交迫，無力抗拒殖民當局及資本主的壓搾，甚至有鋌而走險的情形發生，例如：賴和〈一桿稱仔〉中的秦得參，本是一個老實、勤儉、務實、溫順的老百姓，在日警強行索取青菜未果，憤而折斷稱桿，又以違反度量衡法，科以二圓罰金，秦得參為省下二圓，寧願被拘三日，妻子不忍，以二圓換回丈夫自由，最後被迫殺警自殺。

孤峯以〈流氓〉的阿B在經濟恐慌尖銳化的當兒，失業成為遊民，不敢回家面對妻兒，最後只好偷偷去賣仙草，結果被捉進衙門，賠了本錢，且尚負了二圓罰金。

呂赫若的〈牛車〉描寫楊添丁原本是以牛車替人運貨營生的殷實工人，在日人引進汔車後，牛車載貨的競爭力敵不過機器設備，生活陷入困境的故事。

小說家除了描摹庶民悲苦的生活情狀為主之外，尚有刻畫各行各業謀生的苦境，例如摹寫農民的有馬木櫪（趙啓明）〈西北雨〉寫繳納水租，卻無水可用，一樣要盼望老天下西北雨，眼見稻禾即將收成，卻可能因無水灌漑而枯萎，大家商議夜半私自啓動抽水機，灌漑即將收成的稻禾，結果被巡查發現，一陣混亂後，天明時，田地全變成亂蓬蓬的荒埔，金黃稻穗被踐踏得很不堪。林越峯（林海成）〈好年光〉以反諷的手法刻畫收成良好，但是穀賤傷農，使得許阿大以賤價糶米，除掉佃租、積欠的醫藥費及耕種的肥料錢，所賸無幾，只得吃三角錢三十斤的蕃薯渡日了。

　　刻畫運轉手（司機）生活的有廢人（鄭明）〈三更半暝〉描寫枝才工作操勞，直折騰到天亮，在回程途中，餓昏在路旁。

　　徐玉書（徐青光）的〈謀生〉寫競英爲佃農，仍然弄得衣食無著，思另謀出路，後退租偕妻子美玉到K市找工作。迷鷗〈夜深〉描寫爲謀三餐，丈夫阿三爲妻子玉梨拉客人，出賣靈肉的悲苦情形。張慶堂〈老與死〉描寫四十八歲的烏肉兄之妻子死後留下六歲女兒要照養，面對稚女，烏肉兄深懼「老、死」無法扶養女兒長大成人；三餐謀食的困境，加上女兒未知母親已死的悲苦，皆深烙在烏肉兄的心坎上。毓文（廖漢臣）〈玉兒的悲哀〉寫玉兒不識字，青梅竹馬的慶兒上學堂以後移情別戀，攀結富貴千金，雙雙留日，而玉兒的父親堅持八百塊聘金，致使有意提親者皆打退堂鼓，因此而青春流逝，蹉跎婚嫁。楊華〈薄命〉寫表妹愛娥爲童養媳，命運坎坷，致發瘋而死。

　　刻畫台民處在中國大陸、日本殖民及身爲台民的身分認同問題者，有吳濁流的《亞細亞的孤兒》，該小說以日文創作於1943年至1945年台灣光復的前夕，結構共有5篇48章。這部長篇小說刻畫胡太明一生處在台灣、日本、大陸夾縫中生存的知識分子的覺醒，面對苦難亂離的時代，他由不涉政治的保持自我清高的形象到激烈投身反抗日本統治與抗戰的隊伍中，象徵知識分子的覺醒，同時也揭示台灣人民在當時如孤兒般的處境。

　　知識分子除了部分追求騰達者外，在日治時期具有提振社會正面的力量，成爲反對運動的主導力量，但是在殖民當局的

逮捕、圍剿的政策下，反對運動一直未能如願成功，知識分子在現實與理想的衝突下，日益沈淪，成為默默無聲的一羣，例如王詩琅的〈沒落〉描寫李耀源本是一位積極推動反殖民運動，被捕入獄二年後，性情大變，日日花街柳巷銷磨黃金似的歲月，無力提振日益衰頹的鬥志。而楊守愚〈決裂〉是描寫朱榮加入農民組織後，與妻子湘雲的想法漸行漸遠，二人遂告決裂。

在經濟大恐慌下，民不聊生已是意料中事，而殖民統治嚴刑竣罰，再加上資本主義的興起，代替密集的勞力生產，使得民眾在一求溫飽不得下，只好以激烈的手段反擊，或襲警，或走向反抗的運動隊伍中。〈流氓〉中說明反對資本主義，自己才有求生的餘地；楊逵〈送報伕〉也描寫被壓榨的送報伕，集體反對資主的勞力搾取，終於為自己掙得一點工人的自尊。

從上所述，可知日治時期的小說，主要以反映當時日本統治下的台民生活的景況，或是知識分子在面對異族的統治下，所生發的自覺與反省，這些作品成為珍貴的歷史版畫，刻鏤在台灣人的心版上。

(二)從形式技巧分析

小說與詩歌的藝術表現手法不相同，詩歌重在意象的搏造凝鍊，而小說則在人物的刻畫、情節的鋪陳、架構，以及場景的運用以釀造氛圍。基本上，雖然三〇年代曾流行過超現實主義的創作手法，但是盱衡日治時期的小說作品，大抵以鋪陳故事為主，手法技巧的運用尚在起步階段，所以表現在小說的營構上，不如新詩側重寫作技巧、不論是修辭格的使用或是情節

的鋪陳都較簡明易懂。

　　而在平鋪直敍當中，有一篇例外的寓言體的故事產生，即是無知的〈神秘的自制島〉，以第一人稱——無知（我）的視點作切入的觀察，從寓言的結構言之，以自治島樂於帶枷的人民及黃金力士爲寓體，而背後指涉的本體即是日治下的台民心甘情願地帶項具，饑不欲食、寒不思衣、勞不知疲、辱不知恥、不需新學問新思潮，來譬況日治下的台民，甘心受統治，不求解脫，是一篇絕佳反諷的寓言體故事。敍事主體雖未明說是何島？但是對於台灣人民甘心戮力供養日本統治當局的奴性，有著深感悲切而痛心的反諷。張文環〈閹雞〉以林月里一生遭逢爲主線，以鄭三桂家族盛衰爲副線，交織傳統女性在道德輿論的壓力下，嘗試衝破自己的人生困境，最後與阿凜雙雙投水自殺，身殘的阿凜與心殘的月里，屍體被打撈出來時的形象是月里揹著跛腳的阿凜，象徵二人形神相守，也互補人生的缺憾，而閹雞的意象有二，一是鄭三桂家族敗勢無後的象徵，二是月里丈夫阿勇無能無後的象徵。

　　除了刻畫庶民的勞苦之外，亦有小說家諷刺追求高官厚祿的知識分子，陳虛谷〈榮歸〉即是以反諷的手法來描寫追求名利者，該小說敍述王秀才送兒子再福去日本留學七、八年，其後高中日本高文（高等文官），從日本歸來的情景。文中運用冷熱映襯手法來摹寫王秀才的心情變化，接著再運用反諷的手法描寫榮歸時宴會的情景，再福上台演說時以日語演講，表示是一種尊嚴、體面、身分象徵的語言，不管台下交頭接耳聽不懂的情形，諷刺「做官人講官話」的心態。

　　這樣的困境下，也有自甘墮落的知識分子，徐青光（徐玉書）〈榮生〉寫胡榮生幼年喪父，寡母獨立扶養他，並供給他上公學校、高等科，希望他能有出頭天，故事先由胡榮生接獲一封匿名信開始，導引他進入恐懼、害怕的情境，接著再逆敍他三十年歲月經歷，由幼年喪父，直敍到與秀蘭分離，復次再敍某一日報某一則新聞，說明胡榮生因調戲夜歸貝家婦女而被拘的事件，首以書信始，末以新聞作結，造成前後呼應的效果，是一則採用逆敍手法的小說。

　　由寫作技巧而言，日治時期的小說仍以平鋪直敍為主，較有特色的是前面所述的〈神秘的自制島〉以寓言體的形態出現，另外，具有強烈象徵意涵的是張文環的〈閹雞〉及龍瑛宗的〈植有木瓜樹的小鎮〉，後者刻鏤知識分子陳有三在不斷向上提昇生命時，周邊的環境及社會條件迫使他不斷地向下沈淪，向上與向下的力量交雜在陳有三的生命中，形成一種困頓與矛盾，終於在勢利的社會、貧寒的生活處境中不斷地沈淪再沈淪。高聳直立的木瓜樹本是象徵傲視羣倫的品格風範，纍纍豐盈木瓜本是豐實的象徵，此時反成為對陳有三的諷刺，原本懷抱卓犖不羣的姿態，與豐厚的學養想在社會上爭得一席之地，出人頭地，但是拗不過現實的打擊，終至扑倒在社會的大染缸中。

二、戰後及五○年代的小說特色

　　五○年代的小說特色可區分為兩條並行發展的主線，一是大陸來台作家為主線，其中大部分作家在文藝政策的主導下，為了因應政策及親身體驗寫出來的反共文學，另外亦有小部分

的懷鄉感舊的作品，但是比起反共小說而言，格局似乎小了些。二是以本土性作家爲主，承襲日治時期寫實的路線，不談人生大道理，而以務實的手法寫出庶民眞實深刻的生活。

(一)戰鬥文藝攻占文學堡壘

五〇年代最具影響力的官方文藝團體是「中國文藝協會」，由張道藩主持領導，以積極促進三民主義建設，推動反共抗俄爲宗旨，並隨之倡導軍中文藝、發起文化清潔運動、提出戰鬥文藝等等，反共文學即在這樣的推波助瀾下，形成時代的風潮，重要的作家有姜貴、陳紀瀅、姜貴、潘人木、王藍、朱西寧、司馬中原、段彩華等人。姜貴的《旋風》、端木方的《疤勳章》、潘壘《紅河三部曲》、潘人木《蓮漪表妹》、《馬蘭自傳》皆爲反共文學小說的代表作，標示時代反共的浪潮。

姜貴的《旋風》又名《今檮杌傳》，刻摹共產黨在山東發展一直到太平洋戰爭爲止，共歷二十多年的歷史，將土共的生長衰亡過程刻畫生動。故事內容以方鎮中的方祥千爲主人公，祕密參加共黨組織，抗戰期間在共黨省委代表指導下，設立地方政府，勾結日軍、驅逐國軍，在認清共黨傾軋、鬥爭的本質後，大夢初醒，然而卻被兒子出賣被凶，方祥千才幡然醒悟，而共黨的興盛，終必如一陣旋風，乍然而起，倏忽而逝的成爲歷史中的一陣風。

陳紀瀅的《荻村傳》描寫農民順常一生經歷遭逢爲主線，對農民的悲苦有深刻的描摹，曾參加義和團農民起義、日軍班長、共黨扶持之村長，最後在洞識共黨本質後，高喊消滅共產

黨及馬克斯，揭示中國農民徹悟後的吶喊。

王藍的《藍與黑》以主人公張醒亞與唐琪、鄭美莊三角戀情為經線，穿插反共的故事題材，因受共黨襲擊才認清共黨本性，而文中的兩位女主角各自象徵不同的意涵，藍色代表唐琪，象徵自由、光明、坦白、誠實、善艮；黑色代表鄭美莊，是一位境遇優越，卻自甘墮落沈淪。

潘人木的《蓮漪表妹》寫蓮漪對國民政府的抗日政策不滿，將共黨延安視為抗戰希望所繫，不畏阻難，投奔延安，到延安後才發現共黨鬥爭、傾軋的本質，結果成為共黨的犧牲品。《馬蘭自傳》寫動亂的時代中，程馬蘭與萬同的愛情故事，小說架構在共黨動亂的背景下，穿插濃厚的反共意識。

張愛玲的《秧歌》寫於1954年，是以勞動模範譚金根一家為發展主線，刻畫中共土改後貧苦的農村生活。

這些反共作品，根據古繼堂分析，有四種固定的模式：一、愛情加上反共題材；二、共黨勾結日本人打國民黨；三、知識分子誤入共黨後幡然醒悟；四、共、日、匪合夥製造人間荒原。（古繼堂：1989：157）。

㈡鄉土寫實文學的持續發展

戰後，本土性的作家在文藝政策的導向以及語言轉換的過程中，有作家淡出，有作家緘默不語，亦有作家仍然努力從事創作，欲克服語文的障礙。重要的作家有鍾理和、吳濁流、楊逵等人。

鍾理和一系列的作品仍延續日治時代以寫實精神反映個人

的生平遭逢爲主，放在時代的格局中，雖然與戰鬥文學表現的
主題相去頗鉅，但是仍然成爲五○年代本土作家代表之一。鍾
理和的〈貧賤夫妻〉於1954年刊載於聯副，描寫自己因病住院三
年歸來，重新面對生活的困境，妻子平妹爲三餐操勞而主外，
鍾理和因身體不堪操作粗重工作，遂主內，後，平妹爲多賺點
錢，遂加入盜伐林木的行列，其後，爲躲避巡查，導致傷痕纍
纍，鍾理和心痛愛妻爲家付出一切，而自己卻未能力挽家貧如
洗的景況，刻畫貧賤夫妻相互信任扶持的深情。

三、六○年代敲響現代文學之鐘的現代派

六○年代的小說特色基本上可分爲四類，一是西力東漸，
西方文學思潮的襲捲下，產生所謂的現代派，二是以本土作家
爲主的作品，沿承寫實路線，刻畫中下層社會民眾的面向。三
是以高陽爲主的通俗歷史小說掘起，鼓動一股風潮。四是以瓊
瑤爲主的愛情通俗小說的風行。其他較特殊者有張系國的科幻
小說。

(一)現代派的創作成就

六○年代現代派的創作方向類別大抵有三：一是白先勇撫
今感昔的作品，二是掘發人類幽微心理的作品，以歐陽子、陳
若曦、王文興等人爲主。三是以七等生爲主的存在主義的刻
摹。現代派擺脫反共小說的格套，從人的自覺、反省去刻鏤人
性幽微的心理變化。

現代派的主要創作者有白先勇、歐陽子、陳若曦、王文

興、王禎和等人。

　　白先勇小說的主要題材有兩方面，一是描寫來台人士爲主的今昔對照系列的台北人，一是以留學困境爲主的小說，此二類小說中的人物，皆是白先勇所熟悉的人物。大陸來台人士的遭遇寫成一系列台北人，有舊時王謝堂前燕，飛入尋常百姓家的感喟。

　　白先勇今昔對照的作品當中，膾炙人口的有〈永遠的尹雪艷〉、〈遊園驚夢〉等。1965年發表在《現代文學》的〈永遠的尹雪艷〉描寫十幾年前上海百樂門舞廳的紅牌尹雪艷，來台以後仍具有壓倒羣倫式的美艷與旋風。喜著素白蟬翼紗的旗袍，可惜八字帶重煞，犯白虎，沾上的人，輕者家敗，重者人亡。刻畫尹雪艷的風華及一羣緬懷上海百樂門的人士，交織出一場圖景。1966年發表〈遊園驚夢〉描寫錢夫人原爲上海得月台藍田玉曾風光一時，後嫁錢鵬志，來台後，錢將軍死，過著雖富貴卻孤寂的生活，因一場台北竇公館聚會，得與舊日相識重聚，但是撫今感昔，不勝歔嘆。

　　存在主義曾在台灣風行，七等生的〈我愛黑眼珠〉是典型代表作之一，發表於1967年，描寫李龍第在洪水泛濫時救助一病弱的妓女，而妻子晴子卻在對面隔著洪水滔滔呼喚他，李龍第無視於妻子的呼喚，執意救助病弱的妓女，妻子絕望欲泗水過來，反被洪水沖走。敍事中的水淹城市，情節如夢似幻，讓人覺得既眞又虛，是以超現實的手法來敍述，這一篇短篇小說是七等生以存在主義的思考路向來反省存在的價值及環境變遷後，是否仍有責任與義務的課題。

陳映眞〈唐倩的喜劇〉描寫唐倩先遇到崇信存在主義的胖子老莫與之同居,其後又認識新實證主義的大頭羅仲其,三遇美國喬治H.D周,並隨之遠赴美國,在美國又遇軍火公司主持高級研究的物理學博士,在唐倩與一羣男子的遇合中,顯示年輕時的理想壯志,及至人事歷鍊後,轉向功利的追求,同時也象徵精神文明的淪喪。

㈡鄉土寫實小說的特色及成就

六〇年代的鄉土寫實作家以李喬、吳濁流、黃春明、陳映眞、葉石濤等人爲主。本土性的作家秉承一貫的寫實風貌,仍然以現實生活爲題材編織小說內容。此時期的小說作品以刻畫各階層社會的面向爲主,例如有描寫妓女心理變化的〈看海的日子〉;有描寫農民與大自然爭地的堅毅精神,例如〈青番公的故事〉;有刻畫客家人在台的故事,例如李喬的《寒夜三部曲》是屬於大河小說,描寫客家人在台勤奮努力的家族發展史;亦有針對日治時期的回憶所寫的作品,例如陳千武的〈輸送船〉,或是大陸來台人士在台的生活情狀的描摹,例如陳映眞的〈將軍族〉等等。

其中須特別說明者是吳濁流,吳氏寫作橫跨日治及戰後兩時期,戰後的作品將文學之筆轉向描寫遷台之後的社會面向,第一類是以回憶或補綴的心情刻繪日治時期的社會情景,第二類作品是剋就當下社會景況或庶民生活情形所作的描繪。吳濁流1965年發表的〈幕後的支配者〉是屬於第二類的作品,描寫物質匱乏的年代裡,阿九嫂美雲入教會以換取生活必需品,再轉

換成金錢，以供家需，刻繪美國文化入侵台灣及台民物資缺乏的生活情景。

黃春明1967年發表的〈看海的日子〉敍述妓女白梅渴求成爲母親，遂刻意在嫖客中留下一位老實善戾漁民的種，懷孕後的白梅立刻返鄉待產，刻鏤出白梅回鄉後獨立產子的喜悅與抱著孩子看海的期待心情。

黃春明〈青番公的故事〉描寫宜蘭農夫青番公一生在農田中討生活的情形，將農夫與大自然——洪水——搏鬥的精神與毅力刻鏤生動，而在日漸老邁中，一方面已累積相當豐富的農事經驗，一方面又感嘆後繼無人，年輕人不肯再以務農爲業而感到憂心，遂有意培養年方七歲的阿明成爲可以接手的人選。小說刻畫農夫一生勤奮與知足的樂觀生活態度。

陳映眞於1964年發表〈將軍族〉敍述大陸來台近四十歲的退役軍人「三角臉」和康樂隊結識的十五歲「小瘦個兒」二人因接觸、相識而了解，三角臉將僅存的三萬元財產給小瘦個，作爲贖身之用，詎料反被嫖客弄瞎一只眼睛，最後步向死亡時，彷彿結伴脫離悲苦人間，感受解脫與即將新生的喜悅。

1967年《台灣文藝》刊出陳千武〈輸送船〉，敍述者以「我」寫日治時代時期被強迫參加台灣陸軍特別志願兵，前往南洋作戰的情形，在運輸船中，有日人、台人、慰安婦等，文中刻畫日本侵略者強徵殖民地的民兵、慰安婦的行徑；在死生一線之隔中，幸與不幸是神明難祐的情形，同時也反映志願兵的無奈，或不幸喪生異域，或僥倖生還，皆是一種徹底的死亡：肉體的死亡與精神的死亡，最後作者點出，生死之間比一錢五厘

郵票還不值。

㈢高陽的歷史小說與瓊瑤的言情小說

　　高陽的歷史小說，標幟一個新的里程碑，瓊瑤的言情小說成爲風靡台灣女性讀者的旋風，二類相映成趣。

　　在台灣的文學世界中，別開生面地以歷史小說見長者厥推高陽，一生創作量大約有60部左右，其作品大約可簡約分爲數類：㈠以慈禧爲系列的作品，有《慈禧前傳》、《玉座珠廉》、《清宮外史》、《母子君臣》、《胭脂井》、《瀛台落日》等。㈡是以胡雪巖爲系列的作品，有《紅頂商人》、《胡雪巖》。㈢紅樓夢斷系列的作品：《秣陵春》、《茂陵春》、《五陵遊》、《延陵劍》。㈣以晚清典故、傳奇爲主的有：《八大胡同》、《清末四公子》、《小白菜》等。㈤改寫自其他歷史故事者有：《李娃》、《風塵三俠》、《荊軻》、《林沖夜奔》、《花蕊夫人》等等。（劉登翰：1993）高陽熟稔歷史典故，文筆酣暢爽健，下筆爲文自有一股旺盛的熱火噴發，鎔裁歷史與通俗的功力，使其作品能達致雅俗共賞的獨特格調。

　　瓊瑤的愛情小說在六○年代的台灣地區與八○年代的大陸地區皆曾掀起幾近迷狂的熱潮，解讀這種現象，似乎難用學理推究。瓊瑤旋風，風靡海峽兩岸，她的魅力主要是以流暢之筆書寫世間男女愛情婚姻故事，主人公有千姿百態的面貌化成瓊瑤筆下栩栩如生的鮮活形象，主要的作品有《窗外》、《幾度夕陽紅》、《庭院深深》、《彩雲飛》、《煙雨濛濛》等四、五十部小說。《窗外》描寫江雁容的師生戀；《煙雨濛濛》以陸依萍報復爲

主線，父親陸振華家破人亡、眾叛親離爲緯線，將復仇女性的心理刻畫地淋漓盡致。

盱衡瓊瑤的愛情小說，人物形貌有別，性情不盡相同，而故事的結構有戀愛、婚姻等等，在鋪陳架構這些故事時，以動人的焦點爲起始，遂能製造豐富的情節，吸引無數觀眾如痴如醉沈迷其中。

四、七〇年代鄉土文學的反思

五〇年代反共小說描寫大時代動亂中的小人物或知識份子的悲歡離合；六〇、七〇年代已無大時代動亂的局勢，作家筆鋒轉向刻畫小人物的生活面，有的描寫農村生活，有的描寫社會都市化的小工人，有的則從政治立場寫政治小說，一羣女作家更面對變異遷化中的社會刻繪男女情愛、婚姻，社會結構在不斷的變化扭曲中，人也浮遊、迷失在社會的潮流中，以敏銳之筆書寫社會百態。

㈠女作家羣的小說成就

社會結構的改變，女作家羣的湧現除了有瓊瑤代表通俗愛情文學的作品之外，其他尚有朱秀娟、蕭颯、曹又方、李昂、施叔青等人。至於鄉土文學的承續者有黃春明、王拓、楊青矗、洪醒夫、陳映眞等人。女作家羣所紋寫的小說主要以表現現代人在面對婚姻與愛情時的迷失、沈淪與過度物慾化的享樂主義所引發的人世悲歡離合。蕭颯的小說長篇小說有《小年阿辛》、《如夢令》、《小鎮醫生的愛情》；中、短篇的小說有：〈我

兒漢生〉、〈霞飛之家〉、〈死了一個國中生以後〉、〈唯艮的愛〉
……表現的題材多是圍繞愛情與婚姻，甚至對於「外遇」的婚
姻故事有所偏愛。曹又方、朱秀娟竄起於七〇年代，曹又方短
篇小說有〈風塵裡〉、〈捕雲的人〉，中篇小說有〈綿纏〉、〈雲匆
匆、愛匆匆〉，長篇小說有《碧海紅塵》、《風》、《美國的月亮》
……等。朱秀娟長篇小說有《再春》、《雨荷》、《破落戶的春
天》、《歸雁》、《梧桐月》、《花墟的故事》、《丹霞飛》……等，
其中《女強人》一書榮獲中山文藝獎。女作家羣比較著力於刻繪
社會各種女性的樣貌及在生活羣相。

(二)小人物生活的摹寫

　　七〇年代後期的鄉土文學論戰掀起文壇狂飆，但是所論議
題，仍是延續三〇年代的路線，並無加深擴大，目的似乎在表
述各自立場而已，而在文學的創作方面，則由於論戰而使大家
開始將焦點擺在鄉土文學作家的成就，然而表態的結果，鄉土
文學派堅持的仍是以關懷台灣、書寫台灣爲立場，並以寫實的
精神繼續發揮日治時期，反映生活、反映現實爲主。

　　洪醒夫〈吾土〉曾獲中國時報第一屆小說獎，描寫馬水生兄
弟們爲醫治父母肺結核，只好瞞著父母，在短短兩年內賣掉家
族賴以維生的十多甲耕地，以換取嗎啡給父母注射，使他們能
減輕病痛的折磨，後因妯娌吵架，事情爆發，阿榮伯憤怒一輩
子辛苦掙來的土地竟然拱手讓人，爲了不再拖累兒孫，偕妻子
雙雙懸樑自盡。

　　黃凡於1979年發表〈賴索〉以意識流方式交叉進行今昔時序

的對照與開展，描寫賴索因加入韓志朋領導的台灣民主進步同盟而繫獄，文中一方面由韓志朋流亡海外二十多年，自日本歸來接受電視台專訪時，賴索為了與他會面問安，作為故事開始，以引發懸念；一方面則屢屢回顧賴索成長過程乃至於結婚生子的過程，透過時序交叉進行，可以拼貼出賴索一生。從寫作技巧而言，已跳開平舖直敍的手法。

楊青矗擅長描寫下層工人的生活情狀，1973年發表〈天國別館〉描寫馬坑與一目仔是殯儀館的工人，馬坑在殯儀館工作已二十多年，仍是獨身一人，是一個極端的享樂主義者，因為在生命的底層體悟死亡是最後的歸途，尤其在殯儀館中見過許多的人死人往，遂養成一領薪水即嫖妓、買酒、抽煙的習慣，轉瞬間可以將一個月薪水用光，其餘過著苦哈哈、賒欠過活的日子。而一目仔則是妻死女兒離家出走後再也不回來，遂搬到殯儀館住，與馬坑成為莫逆，但是一目仔常勸馬坑積蓄錢財，好成家立業，然馬坑自願沈淪在嫖妓、酗酒中也不願作任何的打算。最後一目仔心臟病死，馬坑極盡友朋之道，利用豪貴人家送葬排場，將一目仔的薄棺以腳踏三輪車運載，隨著榮貴的出殯隊伍備極哀榮地送到郊外土葬。文中對於人物角色的摹寫、心理的刻畫皆有犀利獨到之處。

另外1971年發表的〈升〉則刻意描寫任職十六年臨時工人林天明升遷為正工的過程，將逢迎拍馬的次級文化刻畫絲絲入扣，〈低等人〉描寫董粗樹在宏興公司的員工宿舍拖垃圾，由於非正工，工作三十年臨退休之際，拿不到退休金，於是他想以殉職的方式獲得正式職缺，如是，可得到一筆優渥的退休金，

刻畫出董粗樹一生辛勞退休時，無法獲得一點生存的保障，最後，終以殉職獲得退休金留予殘障的老父渡過餘生。

鄭清文〈檳榔城〉於1979年7月發表於聯副，描寫洪月華在中部大學就讀，畢業之際，前往檳榔城尋訪其同學陳西林，文中刻畫大學生學非所用的情形，揭示陳西林考三次才考取農藝，而其他人則因為考不好才分發過來讀農藝，一旦畢業以後，立即投入其他行業，造成學非所用的人才浪費，也浪費教育資源。洪月華即是將投入貿易工作的人，文中淡淡的說理，予人有棒喝之感。

王拓〈吊人樹〉由八斗子討海人以舞獅來慶贊媽祖誕辰為開始，故事聚焦在賴海生的妻子阿蘭因神經病，而引發賴海生祈媽祖保祐為主線，村民一直認為阿蘭一定是被外鄉人吊死在賴家門前大樹的鬼魂煞到，所以想以舞獅來祈福，結果，媽祖誕辰翌日阿蘭亦吊死在樹上。事實上，阿蘭與外鄉人之死，是一椿有情人未能成眷屬的悲劇。

東年〈大火〉刻畫下層人物的悲慘生活。阿三一家五口，靠著父親張羅學費，好不容易巴望長子大學畢業服完兵役，又考上法務部調查局的工作，眼看家境可以改善，竟因到海邊戲水，遇上血氣方剛的高中誤殺身亡，一家又陷入生活困境，故事以阿三中斷學業到台北謀生為經緯，結局是阿三心中對人生充滿憤恨之情，終於在血泊中點燃瓦斯引火自焚，蓄意報復打傷他的一羣無賴，這場大火燒出一羣離家客居公寓人的生活悲苦，同時也將人與人的不信任、冷漠、乖離的公寓生活渲染而出。這些小說描寫的幾乎都是小人物的生活面向。

五、八〇年代後現代小說的逆反展示

八〇年代的小說，呈現多樣化的題材內容，不僅沿承原有的題材繼續發揮，並且因爲1985年後半年後現代小說的引入，激盪原有的寫作方式，除了寫作技巧的後設之外，另外，在題材方面亦重新開發一些觀察社會面向，與挖掘人性幽微的書寫方式。

㈠女性主義覺發存在價值

女性主義的覺醒，使女作家開始捫觸女性在社會上扮演的角色。

袁瓊瓊於1980年發表〈自己的天空〉即是一個由家庭主婦成爲成功的職業婦女，故事描寫失婚女子靜敏在面對丈夫夏三有外遇後，堅強活出自己亮麗的生活，並且也成爲屈少節婚姻的第三者。此一小說一方面塑造出堅毅的靜敏在失婚後努力追求自我與實現自我，終於在工作中重拾自己的信心，但是，一方面也揭示靜敏的自覺反而誤入別人的婚姻而不自覺，同樣是介入的第三者，她可以不在意其她女人介入自己婚姻的過失，但是自己卻在成爲別人婚姻第三者時，彷彿找到自我，似是一種陷落與互補的心態，如果以介入別人婚姻而肯定自己，相信這才是最大反諷。

李昂的小說集有《人間世》、《她們的眼淚》、《殺夫》、《暗夜》等，其中以發表於1983年的《殺夫》最引人矚目，故事是以上海市社會新聞詹周氏殺夫事件爲藍本，將場景重新架構在鹿

港，描寫鹿港女子林市面對屠夫丈夫陳江水獸性式地對她性虐待、掠奪，終至精神崩潰，將丈夫斬成肉塊的經過；刻繪女子在傳統束縛下辛酸不為人知的一面。

　　呂秀蓮著有《新女性主義》、《新女性何去何從》、《數一數拓荒的腳步》、《尋找另一扇窗》、《幫他爭取陽光》、《台灣的過去與未來》、《這三個人女》等作品。《這三個女人》刻畫三位台灣新女性，面對不同的人生、婚姻所作的選擇與尋找自我存在的意義。

㈡政治小說的蓄勢待發

　　政治文學是一種深蘊意識型態的文學創作，台灣作家刻畫政治時喜以小說的文類來呈現、反映個人對時代、政治氣氛的想法，政治文學在1987年之前是屬於政治禁忌，由國民黨構建的政治圖騰神聖不可侵犯，解嚴後，作家們如脫韁之馬，奮力馳騁，將避忌中尖銳話題提供書寫。主要的內容大概可以分為：牢獄小說例如楊青矗的〈選舉名冊〉、林雙不〈大學女生莊南安〉、〈黃素小編年〉等；刻摹兩岸情結的有陳映真〈山路〉、〈鈴鐺花〉等；對政治實體的反思，有吳錦發的〈叛國〉、宋澤萊〈廢墟台灣〉、黃凡〈天國之門〉、〈賴索〉等作品，爭取人權的作品有施明正的〈渴死者〉、〈渴尿者〉等，另外，1947年的二二八事件，已成歷史傷痕，亦有一系列的報導與平反。

　　林雙不是一位創作力充沛的作家之一，對於政治文學情有獨鍾，原來筆名為碧竹，八〇年代更名為林雙不，熱衷社會、政治運動，到處發表街頭演講，並撰寫攸關政治評論的文章，

曾於1983年發表〈黃素小編年〉描寫十九歲的黃素剛訂了一門親
事，喜孜孜地與母親前往市鎮添購嫁妝，其中有三塊布料、一
把菜刀，歸程中巧遇暴亂，在慌亂中全身染血，被誤會爲暴亂
分子拘禁，最後父死母病，自己發瘋沿著鐵橋枕木行走，被迎
面而來的火車撞上，結束悲苦的一生。林雙不的小說有很濃的
政治色彩，面對無辜的小人物被捲入政治漩渦中，有很強的反
省力，但是行文中卻能不涉議論，而悄悄將悲情感留駐其中，
供人玩索。

　　羅智成的〈東嶽計畫〉是一篇探討「黑色正義行動」的可行
性，當暴戾的社會不斷地充斥犯罪事件時，能否以暴治暴的方
式來解決此一現象？小說所探討的是「目無王法是正義的危
機」的課題。

　　陳映眞1983年在《文學季刊》發表〈山路〉刻畫蔡千惠原爲黃
貞柏的未婚妻，爲替二哥蔡漢廷出賣朋友的罪行贖罪，自甘假
冒李國坤在外的妻子，在貧困的李家過著自虐自苦的煤礦女工
的生活，文中刻畫白色恐怖事件中，大家諱深莫言的悲苦，故
事最主要傳遞的訊息，是當年蔡千惠與黃貞柏共同走在小小而
又彎曲的小路上，是象徵政治之路難行，而蔡千惠願意陪著黃
貞柏與李國坤同行，文章以懸宕的手法，由一封留給囚禁三十
年的黃貞柏的書信才揭開整個秘密。

(三)都市小說的新興

　　都市文學的興起，一方面揭示社會急遽變遷的事實，一方
面也在變遷中宣告人與人的疏離感與冷漠。

陳恆嘉〈一場骯髒的戰爭〉小說視點為阿蒼———一隻蒼蠅，透過阿蒼的眼中，觀看桃園縣中壢市的垃圾大戰，反諷的意味非常濃厚，並藉此揭發：「對抗垃圾本來是為清潔的戰爭，如今扯上政治恩怨、選舉糾紛，反而像是一場骯髒的戰爭了。」

王幼華1981年發表的〈麵先生的公寓生活〉從麵先生視角表現現代都會生活中的各種面向，小說藉由公寓生活，將都會生活中人與人的陌生、疏離感刻畫生動。

黃凡於1981年發表〈大時代〉觀察點由希波視點進入，描寫蔣穎超為求利達不惜攀龍附鳳，而希波因未存機詐之心，反被董事長重用，後與擔任新聞記者女友朱莉結合，並開始尋思自己發展的方向及適性的工作，而非點綴在霍氏基金會中做一些與性情不相應的應酬式的工作。文中流露出很強的自覺性與反思能力。

朱天心1984年發表的〈淡水最後列車〉以十七歲的高工生黃湍的視角敘寫，在火車上與施記建設公司的父親施老先生遇合的事件為始末，後來老人在火車上失蹤，黃湍與施德輝接洽，最後在清水祖師祭典時巧遇老先生，才知老先生落水住進八里安老院，結束一場幾近鬧劇的尋人過程。

蕭颯於1982年發表〈死了一個國中女生之後〉描寫實習記者採訪溺水死亡的藍惠如為主線，最後抽絲剝繭得知，藍惠如因家庭生活不睦，形成孤癖不合羣的個性與態度，後結交男友高宏輝欲偷嘗禁果時，卻又矜持自守，在狂亂中墜水溺死，整個事件以偵破此案件為主線，在不同的人物敍述中，使一切真相大白。

六、九○年代多元化的小說向度

新世代小說家的崛起，使創作的年齡層下降，寫作方式也迥異前世代的作家，內容刻意追新摹奇，充滿奇詭與感官的刺激，同時也在不斷的思索人類文明的價值與意義。

㈠感官與情色書寫

五○年代的文化清潔運動，除了掃黑，同時也掃黃，禁止色情文學污染潔淨的心靈，在當時蔚成一種風氣。但是情色文學的書寫應是時伏時現、若隱若現、若即若離地浮現在台灣的出版圖景中。隨著時代的變異，書寫視界的開拓，八○年代後期逐漸興起一種所謂的情色文學的書寫，陳裕盛的《騙局》短篇小說集於1988年出版，首先揭開情色文學書寫的序幕，其後陸續出版《實驗報告》（光復版1988）、《杜撰的愛情故事藝術》（尚書版1988）、《岸駭殘夜》（聯合報推薦獎1991）、《欲望號捷運車》（羚傑版1995）。（徐喜陽：1997）將台灣情色文學推往另一新紀元。1995年9月皇冠的《三色菫系列》推出四本「新感官小說」，有曾陽晴《裸體上班族》、紀大偉《感官世界》、洪凌《異端吸血鬼列傳》、陳雪《惡女書》，揭示直探情慾與官能的底層書寫。（王溢嘉：1997）

蔣勳〈牛鞭狄亞哥〉以嘲弄的方式，摹寫中國人的壯陽文化，故事中的吳桑年近七十在嫖妓中尋找盛旺的活力與快樂，出國觀光時因語言不通而遭男妓狄亞哥强塞陽具，還誤以為自己驚險地遇上劫財劫色事件，筆法諧趣，卻又流露反諷的意

味。

　　其實，情色與色情只一線之隔，認定的方式即在於是否構成猥褻爲界線，「新感官小說」的書寫，在情慾的發揮上摒棄傳統對於異性愛戀的刻摹，而以同性戀的情慾揮洩爲多，尤其是攸關女同性戀的書寫，所訴諸的寫作技法即是暴露、猥褻、變態、怪誕及令人不忍卒睹的屎尿書寫，透過感官式、知覺式的詳描，將貪婪、瘋狂、抵死纏綿的愛戀高度、亢奮地擴張，造成血脈賁張的效果，這種效果原欲達到一種快感的宣洩，但是令人感到嫌惡的激情在無限擴張後只剩下空虛感、疏離感，在感官宣洩後，餘留下的仍是情慾的無法饜足的感覺。新世代作家們卻不吝嗇地拋擲更多，更異化，更變態的感官情慾的揭示。

　　情色文學的書寫，揭開性器暴露與私秘性禁忌的張揚，其實是象徵久被壓抑的權力機制得到適當的宣露，但是過度的宣露不僅不能激發美的聯想，反令人嫌惡而走避。

(二)同性戀的仙鄉離索

　　同性戀的書寫，當以白先勇於1977年發表的《孽子》首開其例，將同志的愛慾情仇赤裸裸地展示，在七○年代算是挑戰倫理綱常的重要里程碑，八○年代中的代表有馬森《海鷗》（1984）、《夜遊》（1984）；九○年代有邱妙津的《鱷魚手記》（1994）、《蒙馬特遺書》（1996）；朱天文《荒人手記》（1994）；光泰《逃避婚姻的人》（1995）、《欲望快車》、《夢幻快車》（1995）、洪凌《肢解異獸》（1995）、李岳華《紅顏男

子》（1995）；許佑生《男婚男嫁》（1996）、曹麗娟《童女之舞》（1999）等作品，皆為一時之作。

晚近紀大偉、洪凌的「酷兒」（queer）詮解，以及周華山、張小虹等人將同志文學從避忌、隱諱的禁地，帶往文學批評的領域，或是建構理論，形成解讀次文化意識的軌轍。目前在台灣文學的地圖中，同志書寫漸漸浮現在台灣文學的版圖中，而同志的活動、研究以及專刊討論的書籍，更將同志從隱晦、私秘的角落往外推擴開來。

朱天文《荒人手記》書寫男同性戀的性愛態度與自處之道；邱妙津的《鱷魚手記》以自戕的手法刻畫女同志悲情斬絕的愛戀；曹麗娟《童女之舞》寫十七歲的女學生，對同性肉體與精神的魅惑；許佑生的〈岸邊石〉寫來自台灣的曹玄田與來自大陸的男舞蹈家孟剛相識於美國紐約，同性的愛慾流轉，在現實世界中，同性的愛情價值觀被社會否認與遺棄；舞鶴《鬼兒與妖兒》寫肉慾橫流，這些作品皆在探觸同志之情與慾的糾葛，揭示同性之戀是一條寂寞的路，沒有家庭、孩子，也不能坦白示愛，這樣的同性之愛，其實是自我追求與實現，同時也是指向內化的放逐。

㈢人際網絡的疏離淡漠

平路的《凝脂溫泉》中收有〈微雨魂魄〉寫單身女子為追查天花板水漬的來源，無意中得知住在樓上陌生女子亡故的消息，微雨中，電話鈴聲不絕如縷，彷彿幽魂在傾訴。〈暗香餘事〉寫集集大地震中的死亡名單突然映現離家出走的沈默的、僑生身

分的丈夫的名字，因為身分證上沒有婚姻紀錄，使她不敢認
屍，卻深刻明瞭婚姻早已像大地震一樣，山勢位移，土質液化
了。〈溫泉凝脂〉寫中年失婚女子和舊日已婚的男友約會，私心
幻想舊情復燃，但男友卻被政治盤占心，沒有情愛慾念。

　　張惠菁《末日早晨》中的〈蛾〉的是現代都會女子在情感世中
的作繭自縛；〈哭渦〉寫一個擁有哭渦的女子不斷被愛遺棄，遂
在芸芸眾生中以不哭抗拒身世的悲苦，也以不哭的姿影遊戲人
間。〈玻璃杯的戲法〉藉玻璃杯憑空消失來譬況愛情是一種不可
控挹的，在不斷的沈淪、墮落中，迷失自我。這些作品揭示人
與人之間的不信任、疏離、位移與沈淪、離索。

　　除了上述違逆、離索的刻繪人際關係外，尚有占量不少的
商業化的言情小說也在出版市場中占有席次，以簡單的愛情為
主線，美麗的封面為賣點，娟秀的作者名字編織出唯美的愛情
小說，在商業市場占有青少女的閱讀羣眾，例如有席絹的《巧
婦伴拙夫》、《交錯時光的愛戀》、《搶來的新娘》；唐瑄的《英雄
折腰》、《紅妝獵妻》、《撒旦的羽翼》；于晴《挽淚》、《吉祥
娘》、《乞兒弄蝶》；鄭媛《替身娘娘》、《霸愛狂徒》等等。美麗
的筆名，每月的出書量多過百部，使得作者如過眼雲煙般閃過
讀者的眼簾，而這些限時發行的小說也終將輕不起歲月摩挲、
歷史的汰洗而成為浮花浪蕊乍起旋滅。

第二節　台灣散文特色與作品舉隅

　　散文與詩歌、小說相較，在形式上似乎較平板，無特色，

小說可以利用敍事結構架設情節引人注目，詩歌可以運用迴環反覆的效果、節奏的頓挫引發吟詠，而散文，似乎只能以平鋪的方式展現文字的魅力，在形式上似乎未能有所突破。也正因爲如此，散文文類成爲「易寫難工」的文體，人人會寫，但是巧妙高低不同，作家的才氣在此表露無遺。

李廣田曾經將詩歌、小說、散文作一擬譬，指出詩歌當如珍珠圓滿、完整，以光澤爲生命，且光澤是含蓄的、深厚的，可經過歲月的凝煉與磨洗；小說像一座建築，結構嚴密緊湊，秩序井然；散文則如流水，水流觸處皆有不同景觀，但是有起有終，能順處而流，匯入大海。（李廣田：1976：179～182）這段譬喻貼切而能確實指出各文類的神髓。

在各世代的散文創作中，我們以文學流變的方式來考察台灣散文創作的成果與特色，而一年一選的散文年度選輯仍是我們窺看散文發展、成果、特色的櫥窗之一。

台灣散文發展的情形，日治時期以議論方式來討論文學發展的路向及各種論辯，純文學性的散文較少，三、四〇年代的散文，根據李豐楙所言，以隨筆、小品文爲主，主要的作家有梁實秋、錢歌川，其後賡續者有言曦、吳魯芹、顏元叔、莊因等人。（李豐楙：1985），劉心皇並曾指出1949～1951年是國民政府遷台的關鍵期，許多的文藝政策在此階段有決策性的決定，開發、確定反共文藝的方向。（劉心皇：1984）是故，本文論述，始自五〇年代。

一、五〇年代散文圖景

對於台灣新文學而言，五〇年的新詩三大派成立以及新詩論戰如火如荼展開，夾帶出激烈豪壯的氣勢，如天瀉黃河之水，噴薄而出；且在反共文學的號召下，小說符應於政治體制的氛圍，亦如萬馬奔騰，齊湧而至；相較於新詩與小說的繁榮圖景，散文國度似乎平凡、平淡許多，但是，也正因為平凡平淡而有越積澱越香醇的回甘，悠悠播散清氛。

五〇年代的散文，若從類型來觀察，以隨筆的雜文及小品文為多，雜文的作家有梁實秋、吳魯芹、亮軒、莊因等人；小品文則有張秀亞、胡品清、鍾梅音、蘇雪林、張漱涵等人。若從題材內容來畫分，則有反共、生活雜抒、懷鄉感舊及嬉笑怒罵雜文類的散文。

㈠懷鄉感舊為主述的散文題材

以懷鄉感舊為書寫內容的散文作品，基本上可從兩個面向觀察，一是從地域性來考察，一是從成長歷程來考察。地域性，是指早年由大陸來台的作家以身在台灣，緬懷大陸鄉園的作品為主，或是身在異國，緬懷祖國（大陸、台灣）的作品為主述。若從成長歷程來觀察，則是今日之我對往昔歲月的追撫感喟。

陳之藩的散文是以遠赴異國所示現的懷念故土的情懷及異地生活的感懷為主，在《旅美小簡》中有膾炙人口的〈哲學家的皇帝〉，被選入高中課本。〈月是故鄉明〉說明自己遠赴異鄉留

學的心境，看不慣國內的因循苟且，不圖進步，遂思留學取經，國家雖未至不可醫治的地步，仍要尋求救國的方法，然而思潮起伏，乃興發「月是故鄉明」的感喟。〈惆悵的夕陽〉寫國醫、國學、國劇日漸式微下，令人感慨，在面對文學日趨衰竭，歌聲日就零落、而國醫日益銷歇下，如何力挽狂瀾？所以興發末世悲歌之嘆。（陳之藩：1981）

鍾梅音《夢與希望》中的〈樓〉緬懷兒時外祖母家中的小廂房，小窗外有一缸荷花，可在夜雨中聽荷，後移居台北，住在樓房中，方覺上下樓之不便，尤其是身懷六甲時，舉步維艱，方知辛苦。而〈童年〉一篇則縷縷道出在北平中央公園的茶座乘涼的情形，以及移居南京在玄武湖、高淳的小南湖、雨花台等名勝留下的印象，仍是歲月中不會淡忘、褪色的圖畫，永遠留存。（鍾梅音：1969）

羅蘭的散文亦時時流露出懷鄉感舊的情愫，〈廟裡的日子〉描寫自己曾在「寨上女子完全小學」教書的情形，在物質缺乏的年代中，以減低物累，欣然自足地在異地教書為樂，不求薪水之多寡，甚至被欠薪歸來，回來無車錢，校長借兩元給她搭車回家，最後提供寨上女子學校的鹽商賺錢後，將兩年積欠的薪水匯寄四佰元給她，讓她豁然領悟，所謂的損益，原不必過分執著，當初之損，成就日後之益，如果當時按月領薪，早已花光，何來四佰元意外之財呢？（羅蘭：1985）

㈡抒情小品的美文

主要的作家有蘇雪林、張秀亞、琦君、徐鍾珮等人的作

品。

　　蘇雪林的散文，文筆清雋，時有正面的勵志作用，很適合青少年閱讀，早年〈梧桐樹〉即被選入國中課本，以梧桐樹被風雨侵襲、雷雨劈折，螞蟻唭齧，仍在焦枯的枝幹上，長出青青翠翠的青芽，象徵希望的萌生。

　　張秀亞曾自云，希望自己的作品能含有詩的意趣，都能是詩之延伸。（張秀亞：1985：3）《杏黃月》雖然於八〇年代出版，但是所收輯的作品是早年渡台懷鄉的作品。張秀亞的散文有一股淡淡的懷鄉的憂鬱，例如〈故居〉所描寫的即是重回故居，想望當年，而今人事全非的情懷，筆觸有著輕愁緩緩流寫。（張秀亞：1985：71）。〈種花記〉描寫自己以一元買得一包三色菫的花籽，在貧瘠的庭院中栽種，在期盼與灌漑中，終於挺出青芽，使作者領悟到：神奇、瑰麗的生命力，不是盲目的、衝動的、而是智慧、勇敢、百折不撓的。（張秀亞：1952）

㈢針砭社會及嬉笑怒罵的雜文風貌

　　雜文的題材內容不受繩宥，作家往往夾雜嬉笑怒罵的方式，來反映人生百態，而專欄則以方塊型態，固定在報章雜誌出現，往往以具時效性、針砭社會為主，五〇年代比較有名的專欄作家有鳳兮、茹因、寒爵、劉心皇的雜文專欄，另外柏楊有專欄，輯為《西窗隨筆》、《雲遊集》等作品。其次程兆熊、言曦、吳魯芹以雜文風貌來謔視人生與社會的各種現象。

　　吳魯芹曾於1956年與文友夏濟安、劉守宜等人創辦文學雜

誌，撰寫雜文，後輯爲〈雞尾酒會及其他〉，該書於1957年由「文學雜誌社」出版。吳氏的雜文具有詼諧雋永之味，除了自嘲外，亦有隨意揮灑之妙。〈置電話記〉描寫電話入侵的情形，將裝電話之便與不便，細細寫來，並揭露人與人電話溝通往來應注重電話禮貌。

四跨文類作家的成就

作家雖然有擅長的文類，但是亦有跨文類的作家，能展現不同的文字魅力，例如詩人跨入散文界者有余光中、楊牧、洛夫、蕭白等人，將詩質帶入散文中，自有一股清氣。而小說家跨入散文界者有張拓蕪、朱西寧、司馬中原等人，亦有不錯的成就。

洛夫跨界寫散文，並在〈閑話散文〉中指出寫散文只是寫詩之後的一種休閑活，可爲可不爲。〈一朵午荷〉寫自己的心情，寂寞的心情，邂逅午荷，在冷寂無聲中，一朵將謝未謝的荷花，將孤寂的心情點染出來。而荷與愛情的關連性，是完整的愛應能包容對方的缺點，賞荷，應能愛其嬌美、清香、挺秀，也須能愛其秋季的寥落，及餵養它的污池。（洛夫：1981）

五獨樹一幟的鄉土散文

五〇年代的文學風向球，是以文藝政策爲走向，在時代氛圍下，有反共文學的萌發，文化清潔運動的倡導，在創作上亦以正面提撕生命、生活，符應反共、勵志的作品爲多，且作家多以大陸來台者爲多，能與當時作家齊名的本土性作家的作

品，往往較不易嶄露頭角，如一生孜孜矻矻以創作為職志的鍾理和，生前並未受到應有的重視，因林海音提舉，方能初步文壇，然一生最大憾事，乃《笠山農場》一文未能出版，引為終身之憾。

鍾理和的作品，無論是小說或是散文，皆獨幟其描摹鄉居生活的風味或以貧賤農人的生活景況為主，將一輩為生活而勞碌奔走的庶民生活刻畫得細膩生動，是鄉土文學作家之代表，同時也是橫跨日治時期的作家之一，〈做田〉一文描寫農人耕種的情形，將勤奮努力的農夫，透過筆端，深情地刻鏤出來，雖然勤苦地工作，但是，每一個姿影，閃爍著歡愉的迴旋曲，從南到北，由東到西，明朗快活的笑聲、山歌、鳥鳴、水語，無一不充滿欣悅的聲響，而大自然的土腥、草香、汗臭、爛豆、死的生物，雜揉在一起的氣味在空氣中飄散，一切都朝向一個嚴肅的目的而滾動著，進行著。這就是鍾理和眼中、筆下的農村生活即景，擺脫悲苦無奈的形象，而以欣欣向榮的姿態，認真地過活著。

楊逵是日治時期不屈不撓的民族文學鬥士，國民政府遷台後，乃為民主自由而奔走演說，表現在作品中，有其一貫的不屈不撓的精神，生命的姿勢是越挫越勇，〈送報伕〉已是膾炙人口的小說，〈鵝媽媽出嫁〉亦刻畫在日治時期庶民無可奈何的生存法則，至於散文方面，有一些是生活實錄，有一些仍是秉承奮鬥不屈的精神而寫的，例如〈永遠不老的人〉，描寫一位余姓的老朋友以務農為業，抗日時期，組織農民宣傳民族思想，肩負任務，常須爬山越嶺到深山部落，然而他從來不喊累，亦無

倦怠，直到七十歲去逝仍然如此，由是體悟出：身體與精神是
磨練出來的。

二、六〇年代散文風貌

〈現代文學〉創設，豐富小說園地；〈笠〉、〈葡萄園〉創刊，
擴增新詩版圖；散文世界中，〈文學季刊〉、〈純文學〉成立，也
成為文學風景之一，但是，仍以各大報的副刊為主要的發表園
地。

㈠專欄作家的社會關懷與雜文園圃的百花開綻

六〇年代專欄作家有彭歌、王鼎鈞、趙滋蕃諸人，自言是
半下流社會成長中的人，無什麼豐功偉業令人範式的趙滋蕃，
在《文學與藝術》一書中輯入68篇長短不一的談文論藝之作品，
顯示其關懷面不必是《半下流社會》中的景況，而可以是藝術哲
學、美學與心理學的論見，將自己對於文、哲思考的範圍展示
出來，有〈文學與語言〉、〈作品的外在標準與內在標準〉、〈談
未來主義〉、〈什麼叫做韃韃主義〉、〈論不朽〉、〈論永恆〉等
篇。（趙滋蕃：1970）

言曦的專欄寫作態度是嚴謹的，選意造詞先求其正、立其
誠，不複述陳言，不堆砌故實，不浮詭媚時，不淵奧駁俗等，
方寸之間硜硜自守，所以曾在〈思維的足印〉指出，專欄作家必
須是獨立的理性獵者，而非一羣人的代書，必須使自己的思維
具有燭照的光度，照出自己在自由社會中思維的軌轍與方向。
其後將專欄所寫的280餘篇短文，分為觀教化、評藝文、論政

事、鑒世情四部分合集爲《言曦散文全集》。例如〈鑒世情〉中的〈辨窮達〉明確指出財富名位非最後窮達的尺度，燃燒生命的光度之強弱與久暫才是窮達的本體，能摒棄顯赫、困頓，而以提高自己的生存價值才是窮達的意義，若社會能多一些瞭解窮達之理的人，則社會將會更平和而高尚。〈論才位〉指出「才」是智能與道德能量，「位」是自社會所接受的一種契約性的特定責任，「才」是體，「位」是用，君子憂才不憂位，恥才不足濟世，不患位不足以展才，才能名至實歸。言曦所論，有傳統儒家的風範，以回歸本心才能具足、體悟自身價值，而非由外爍。

　　洪炎秋於六、七〇年代在《國語日報》寫專欄，主要內容是宣導個人生活理念或哲思，例如〈從清貧說起〉揭示從事教育者必須耐得住清貧，才能過著心安理得的恬靜生活，而〈向清富邁進〉則以日本本多博士致富的故事引導大家能以清貧的心態過活，但也要爲自己提供獨立生活的財產，從節儉儲蓄再轉投資，以創造自己的財富。（《洪炎秋自選集》）

　　鳳兮的雜文是以專欄的方塊文字出現，所以一方面須能反映當時的社會現狀，一方面也以正面的肯定態度抒發一己看法，例如〈中饋將虛〉是從觀察社會現狀入手，指出受過高等教育的女性，不願以主中饋、相夫教子終其一生，卻要向社會進軍，外出工作，將會衍生社會問題。此文發表於民國58年，當時已看出教育日益普及化，經濟結構不再以男人爲主柱，女人踏出廚房，一方面是負擔家庭經濟，但是同時也讓小孩乏人照顧、家務無人理會的情形下，新的社會問題將衍發出來。又如

〈萬事如意〉一文是從正面提撕作用而發，指出「事為客觀的存在，意乃自心之所出。欲求萬事如意，必須客觀事物與主觀意向之一致。」，故而明確說明如要萬事如意，還當從自我修省與努力作起，方能化坎坷為坦途，化失意為得意。（《鳳兮自選集》）

㈡性靈獨抒的清音獨奏

此時期的女散文作家，仍然是一支亮麗耀眼的隊伍，主要有張秀亞、胡品清、張曉風、張菱舲、艾雯、羅蘭、鍾梅音、琦君等人。

琦君的作品，大抵有兩大類別，一類是寫生活中的點點滴滴，一類是懷縣感舊作品，而且懷舊作品散發淡淡的輕愁，成為琦君散文的特色之一，而她在《煙愁》中曾自云：「如果我能忘掉故鄉，忘掉童年，我寧可從此停筆不再寫，但我怎麼能呢？」說明自己對於家鄉、童年、親人的眷戀情深，而這些即是琦君創作的源頭活水。

琦君散文書寫的題材最有特色者厥推充滿懷鄉感舊的作品：《煙愁》、《紅紗燈》、《桂花雨》、《留予他年說夢痕》、《燈景舊情懷》等，以古雅閒淡的筆法娓娓訴說懷舊感傷的情懷。〈下雨天，真好〉所寫的雖是下雨天的時侯可以將她帶至有趣的好時光，但是，我們閱讀她的作品時，同樣也能感受到她將我們帶至另一個歡樂的、與世無爭、充滿兒趣的生活。

胡品清曾自云，不論寫抒情文、描寫文、敘述文、書簡、日記，甚至是短篇小說，都盡力使之具有詩的韻味和詩的境

界，（胡品清：1974：自序）然而也正是如此，胡品清的作品，往往有水仙花似的臨水自顧之姿，自成一個幽寂清新的世界，不染塵氛，又如自築一個美麗的、孤寂的城堡，自在生活。散文中充滿囈語似的夢幻，正是胡品清一貫的寫作風格，最能代表的作品即是〈水仙的獨白〉，以自語式的獨抒水仙的心情，其實是人、物雙寫的托物喻己的寫法：「人確然是應該自愛的，因為沒有誰會真的在愛你，全然無條件地。」（胡品清：1972：62）

㈢跨文類的詩質散文

跨文類的作家當中，由詩跨入散文者除上述諸人之外，另有夏菁《落磯山下》、張健《哭與笑》、《汝津雜文集》、《春風與寒泉》、紀弦《終南山下》、《小園小品》、等、周夢蝶《悶葫蘆居尺牘》等；小說或其他文藝工作者跨散文類的作家則有季薇、歸人、蕭白、子敏、陳克環、林鍾隆等人，例如季薇有《散文花束》、《藍燕》、《薔薇頰》、《淡紫的秋》、《水鄉的雲》、《白茶小品》等作品。

羅青曾經指出，好的詩人的散文不一定永遠好，而好散文家寫的詩也　不定差，任何文類只要選擇恰當，當可達致最高境界。（羅青：1976：自序）羅青的散文，亦是苦心經營出來的一片天地，且因為有繪畫的根柢，所以朗現出來的風格，竟似文中有詩畫的視感，例如〈流水冊：星月記〉云：「樹影樹影，樹影漫漫，在吸墨的黃土地上散開化開，好像苦瓜和尚酣暢的筆法，在發黃的棉紙上散化無痕一般。隱約間，有流水破

墨而來，琮琮琤琤，從你的身邊蜿蜒而去。」（羅青：1976：
33）以詩、以畫的筆觸來寫散文，令人有不同的視覺效果，但
是，早期的作品仍是斧鑿痕太深。

蕭白原是詩人，後轉寫散文，散文筆法有詩歌的質感，最
具代表性的作品是〈摘雲篇〉與〈無花果〉，二篇皆以小語串綴成
文，且透顯蕭白對人生的哲思，例如〈摘雲篇〉篇末云：「我們
生活在空間與時間裡，但是不是為了空間與時間。是的，時間
與空間提供我們生活的場域，然而我們不能只在時空中隱淪或
營營，我們必得豐富我們的生活，如是方能擺脫時空的流逝與
追趕，而不在迎春花的金黃小瓣上找尋歲月，我也不在氣溫的
升降上去確定季節。」。〈無花果〉中的淺淺的哲思與淡淡的詩
質成為一種象徵的符碼：「一棵無花果樹，由我的手栽植，植
在每一隻掌心，掌心有時也是天堂。天堂很遠也很近，在於進
入與不能進入。」蘊意深刻，說明天堂遠近在於人們手中的創
造與栽植中，能進則近，不能進則遠，所謂的遠近是不須往外
求索，而應在自己的掌控中。其篇末一段寓意尤其深刻：「雖
然，我的目裡一樹無花果，然而再注視時，不見花，不見果，
也不見枝葉，甚至也不是樹。」，文中頗具禪的興味，取消
「物累」、「我執」一切自在空明。（《蕭白自選集》）

管管的散文一慣有詩歌的暗喻性質，例如〈請坐、月亮請
坐〉一文中的月亮象徵暗戀中的女子，以含蓄溫婉的筆觸寫自
己靦腆的愛意，〈捉住，別讓春再跑〉則是以擬人的筆法寫自己
捕捉春天姿影。〈另一面窗〉寫海港山上的小樓之窗，向海而
望，有波濤有帆影，招待友朋，只能讀幾頁山上的蟲聲，「至

於我的溫柔，我已都送給孤單的海。至於酒，昨天才被獵戶星拿去。我真不懂，船的腳在海上，海的腳在那裡？」（管管：1981）

　　周夢蝶的新詩《孤獨國》塑造幽獨清冷的王國，如苦行僧般地幽居在自我的王國中，而《還魂草》則以哀感頑艷表達絕色的情思，在這樣的風格下，《悶葫蘆居尺牘》以書信方式呈現時，讓我們得以窺視他的神秘王國。在尺牘中，我們讀到了真實的周夢蝶，看他從孤獨神殿走下來，與人交接往來、有情有愛的一個面向，所述所寫皆是生活平常之事，但是，真性情仍在其中汨汨流洩而出，例如〈致蕭碧雲〉中揭示女性因母性而偉大，人類因有母親而能有愛，母親，是人類最後一道美麗的光輝。又如〈致王穗華〉中揭示霎時與永恆只不過是瞬間之感覺而已，而自己仍想望成為宇宙間翩翩往返的蝴蝶。（周夢蝶：1988）

三、七〇年代散文地景

㈠女作家蔚為繁盛的散文花圃

　　散文世界，一直以女作家為主，在七〇年代，仍然承續前期的成果，鋪展而來，主要的作家張秀亞、琦君、胡品清、張菱舲、杏林子、劉靜娟、林文月、洪素麗、季季、丘秀芷、張曉風、艾雯、羅蘭、鍾梅音等人。

　　鍾梅音〈鄉居閒情〉以時間為經，將鄉居一天中的晨、午、晚、夜的景致依序寫出，讓人領略生活中的情趣，文字優美，情思悠然，末段說明江山風月本無常主，唯有閒者才是主人，清風明月是我們耳聞目視可得的塊寶，但是沈淪在忙碌中，一

無所見，實爲可惜，唯有緩緩生命急促的腳步則能重新認識鄉居之樂。

張曉風的散文成就，是大家有目共睹的，余光中稱讚她能一洗中國傳統女性散文過濃的閨秀氣，表現出亦豪亦秀的健筆，揭示張曉風具有爽健英氣的風格。我們閱讀時能體悟其題材視野多方面拓展，且時帶對人生理性的美學觀照，表現出既博又雅的才氣，令人擊節讚嘆，主要的作品有《地毯的那一端》、《愁鄉石》、《再生緣》、《我在》、《玉想》等等，是一位質量俱佳的散文作手。除了散文之外，另有雜文、戲劇等創作。雜文部分，曾以桑科、可叵爲筆名，寫下《非非集》、《幽默五十三號》等；戲劇則有〈第五牆〉、〈武陵人〉、〈和氏璧〉等作品，表現出多面向的才華，享譽文壇。

㈡哲理散文的圖像

哲理散文是以文字構築言簡意賅、發人深省的哲思，或是表達生命的理趣。

王鼎鈞的散文有《人生三書》、《山裡山外》、《碎琉璃》、《左心房漩渦》等，其中，《碎琉璃》是屬於自傳式的散文，他在第四輯〈一方陽光〉曾有喻示性質地說明美麗破碎世界，一旦從裡面脫出，則一切無可追尋，但是這不可追尋反而成爲作家創作的泉源，「時代像篩子，篩得每一個人流離失所，篩得少數人出類拔萃。……躍躍欲試的兒子，正設法掙脫傷感留戀的母親。」遂能展現：「懷舊口吻，敲時代的鐘鼓，每篇文章具有雙重的甚至多重的效果。」說明《碎琉璃》每一篇文章皆有多重

的喻示效果，須靠讀者以豐富的想像力組構經營。

　　許達然的散文寓含深刻的哲思，行文時往往是不刻意經營，卻涉目成趣。例如《水邊》中的〈瀑布與石頭〉云：「……因為是水，跌不死，所以才總是那麼壯烈。其實你並沒有自己，只是水總在推，只好向前，不能再向前時，只好嚷著向下跳。總是跳躍，無時間思考，你覺得沒什麼可讚美。……」文中似有隱喻，時代環境的大局勢是我們無力改變的，唯有順勢前進，才能與世推移，在無可選擇時，只有壯烈犧牲。又如〈廣場〉一文。

　　文字淺白，但是寓意卻在無意中流露。以廣場象徵生命場域，有人有目的而來，有人漫無目的而來，而目的中的教堂，也許不是教堂，若不來，怎知什麼也沒有？我們常在盲目與想望中，對生命某些經歷有過多的期許與企盼，其實有時是傳聞與想望而已，什麼也不是。

㈢議論散文與專欄作家的成就

　　專欄作家，通常以社會議題為著筆點，所以重在議論，罷脫純文學的筆觸。擅寫專欄者有彭歌、王鼎鈞、趙滋藩、亮軒、南方朔等人。南方朔即是有名的《新新聞》的主筆，其文筆顯然帶有刀鋒，用以解剖社會百態，〈願見住者有其屋〉即是針對房屋政策及各種福利措施，指陳應速建立「住者有其屋」的福利政策，使之有恆產有恆心。

　　沿承上期的成就，擅長寫雜文者有梁實秋、何凡、茹茵、鳳兮、仲父、楊子、張健、子敏、臺靜農、吳魯芹諸人。

　　梁實秋的雜文，有一部分作品描寫日常生活瑣事，充滿諧趣與人生理趣，例如《白貓王子及其他》、《梁實秋札記》等；有一部分作品以感懷北京或昔日在大陸的生活景況，略帶人世遷化的感傷，作品有《雅舍小品》三集、《雅舍雜文》等。例如〈聽戲〉寫當日在北平聽戲的種種情形，自己在耳濡目染下，也逐漸培養聽賞的能力，但是隨著聽眾水準每況愈下，戲的水準也隨之下降，成為「大勢所趨，怕難挽回昔日的光榮。時勢異也」，末句點出自己的感懷。又如「時間」末段寫出人生在世，不知從何處來，亦不知將去何處，來時並非本願，去時亦未徵得同意，胡裡胡塗在人世間逗留，在此期間是以心為形役，抑是立三不朽，或參究生死？往往因人而異。將人世困限的無奈點出，但是在無奈中，又似可主觀性的自我操控。

　　吳魯芹的作品有《美國去來》、《雞尾酒會及其他》、《師友‧文章》、《瞎三話四集》、《文人相重》、《台北一月和》等作品，吳魯芹以雜文為多，其中〈數字人生〉最辛辣的表現現代人的無奈：「人生已經淪落到僅剩幾個數字。幾個數字就可以道盡人生。」

(四)勵志散文的成就

　　勵志類散文，在書市中一直居於非主流的地位，但其占量不少，自成格局，成就了策勵人生的另一圖景。

　　杏林子本名劉俠，十二歲罹患類風濕關節炎，全身關節損壞，但是生命昂揚，從不向命運低頭，雖然只有小學學歷，但是寫作不輟，散文集有《杏林小記》、《重入紅塵》、《生之歌》、

《另一種愛情》、《行到水窮處》等作品。她的作品當中有以短箋的方式，指引人生的方向，例如《生之歌》、《杏林小記》、《行到水窮處》等作品文字簡短，揭示人生路向。另外有一類作品以人生經歷為主線，娓娓道出自己對人世的感懷、省思，讓人可從溫潤的筆觸中，感覺堅韌的生命鬥志，激發昂揚的志氣。例如〈濁世〉中的「白髮」一段，寫自己日漸增多的白髮，引發對生命的珍惜，直接指出生命有限，形體有限，只有當下享有人生，容顏之妍媸何能減損生命之風華呢？

(五)生活散文的抒寫

吳晟《農婦》、《吾鄉印象》、《飄搖裡》、《向孩子說》、《店仔頭》等一系的散文作品，皆以家鄉為主述，將自己生活中的點點滴滴寫入筆端，人物親切，情思綿永，我們可從其篇目窺其一端：〈種植的季節〉、〈這樣無知女人〉、〈壞收成望下季〉、〈拌肥料〉、〈不如老農〉、〈死囝仔咧〉、〈嚴母〉、〈菜園〉、〈不驚田水冷霜霜〉……等，取材皆為鄉居種種，為農人生活留下見證。

粟耘《默石與鮮花》曾獲1984年金鼎獎，〈習遊雲山花石間〉（代序）云：「默石，鮮花，都是我喜愛的，城居然，山居亦然。不過，在都市裡，它們往往只是一種嚮往，頂多，僅是為點的接觸罷了，在山林裡，則無不在，成為我們不可或缺生活。」是田園生活的另一種典型。

如日如月流轉的歲月，悄悄留駐與傾洩，生活在時光長流中，生命中的偶然遇合，常教我們感念與感懷，作家們以自己

的聞、見、思，爲我們刻畫各種生活中的臉譜，這些圖譜，構
成生命中交映光輝的姿彩。張騰蛟〈那默默的一羣〉描寫清道夫
工作的執著與認眞，這一羣默默的工作者，雖然平凡，但是謹
守自己職守：「這眞是默默的一羣，默默的表現著一個勞動者
那種敦厚樸實的風範，她們的名字不會被人知道，可是在我心
目中，她們是有資格被稱之爲「人物」的一羣。」小人物平凡
而多見，但是我們常會忽視他們的存在。

四、八〇年代散文版圖

　　題材內容的多元化幾乎是八〇年代文學的共同特色，表現
在散文的國度中，亦是呈現多元化的姿采。

㈠都市散文的題材開發

　　根據鄭明娳所云，都市散文有廣義與狹義之分，狹義是指
「以城市生活描寫題材的市民文學以及掌握社會變遷並運用新
的思考方式創作」；廣義的都市文學則指「它所指的『都市』並
不是指具體可見的地點，更不是高樓大廈堆疊組合而成的布
景。『都市』其實是社會發展中，因各種不同力量的衝激而不停
的處於變遷狀態的情境。」（鄭明娳：1990）。爲都市文學景
觀照相的作品，亦多在這種流動不居中，流露時空變遷後的驚
詫與無奈。

　　例如，阮義忠〈七巧板：爲城市造像的感慨〉即指出「台
北」在他幼弱心靈上是一個美的憧憬，緣由鄰居同伴鐵魯小學
畢業後到台北闖蕩，整個像鍍金般的脫胎換骨，變成有見識的

時髦人，及至自己放棄生活離棄故鄉，在台北三天中被介紹所
騙錢，又被摩托車撞個正著，又餓又餓下，前往尋找鐵魯，發
現他居然住在黑漆漆的違章建築中，此刻對台北的夢想粉碎無
遺。在台北生活十多年後，發現台北變成一個又髒又亂又假的
都市叢林，人與人的疏離感日益膨脹，文中將自己離鄉背景，
在台北居住十多年，親見在解嚴後，政、經操控下的台北。這
是以異鄉客觀察的角度來審視台北成長、變化，由經濟掛帥乃
至於人與人的疏離表露無遺。而在都市中成長的人們如何看待
此一變動不居的社會變化呢？作家以林彧、杜十三、林燿德、
木心、黃凡等人的作品最具代表性。

　　面對都市景觀的冷漠、乖隔，人們開始反思，什麼樣的空
間才是真正屬於人的生活場域呢？陳冠學《田園之秋》宣示一種
生活的美感與大自然相融相攝。文中以日記體裁書寫，以清新
喜悅的方式記載自己鄉居的生活，藉由文章我們幾可感受遠離
塵囂，自成天地的田野鄉居樂趣。文中所敘皆為作者日常生活
的情景，在變動不居的社會格局中，他寫鄉居情趣，反面即在
解除都市生活所帶來的壓迫感。以喜樂之心靜觀萬物，則觸處
皆有可喜可樂，將物質欲望降至最低，那麼煩惱紛爭便不縈心
迴旋。陳冠學的《田園之秋》以平凡的心，盡情享有生活在鄉野
中的樂趣，大自然景觀涉目成趣，與在萬丈紅塵中熙熙攘攘的
都會生活確有不同的生命格調與風姿。以鄉居生活來映襯都會
生活確有不同的感受。而生活在都會中的人們，除了須面對都
會中的種種是非恩怨，但是若能持盈保泰，則雖貧不窮，雖寒
而不困，例如張拓蕪的〈空心菜三吃〉、〈鞋的佳化論〉、〈窮〉等

篇文章，揭示作者在寒貧的物質生活中，昂揚的活出自己的生命堅韌，一道空心菜，在寒貧的歲月中，伴他渡過軍旅生活中的滴滴點點，行年到耄耋，猶能興致昂然地將空心菜三吃。食，何必山珍海味，只要求果腹便是最好的佳餚，勝卻人間的金食玉饌。〈窮〉則揭示物質之匱乏不足為苦，精神的豐盈才是真富有。張拓蕪的作品，通常是以自己的生活經驗為出發點，有感而發寫出來的，未必有博大精深的哲理，但是蘊含省思過後的感懷頗能發人深省，有時我們也會為他困蹇的人生感到心酸，但是他又是活得如此昂揚。

(二)生態、環保散文的重視

由韓韓、馬以工《我們只有一個地球》開始，台灣文學界始重視生存的環境生態，到了八○年代，有風起雲湧之勢。阿盛、韓韓、劉克襄、陳煌、陳冠學、孟東籬、蕭白、粟耘這些作家，或是正面地描寫環境、生態之重要，或是從回歸田園來正視環境的變遷對人類所造成的影響，亦有一些年輕作家，從反對破壞生態的社會活動來抗議台灣子民不愛鄉土的憤怒，例如郭健平〈我愛蘭嶼，不愛核廢料——蘭嶼反核青年的心聲告白〉、王家祥〈消失了的大草澤——大肚溪河口秋冬觀察筆記〉等文章，甚至《聯合報》亦有生態文學獎之設置，廣泛地激發民眾對環境保護的重視。

孟東籬曾在《野地百合》序中指出，文明日漸擴充，野地日少，文明日漸繁榮，野地百合便日漸枯萎，文明代表一切繁華，野地百合代表生命與心靈的本質，而這個本質在日漸文明

的繁華中枯萎消失了。（孟東籬：1985）故而散文以描摹鄉居
與山居生活為主，體現回歸自然的心靈閒適自在的美感。

　　在回歸自然風潮中，阿盛是一個重要的作家，曾經編選
《歲月鄉情：作家的土地風情書》將散文作家懷鄉念舊的心情輯
構成書，在變遷的社會與時代中，這些心聲成為時代的證言。

　　粟耘的〈飄流的鄉園〉寫自己在四十二年的歲月中，後二十
年易地而居有十次之多，每一次離開是一種捨，而每一次進
住，則是一種得，在得與捨之間，鄉園成為飄流的鄉園。最後
遷到南部小鎮邊緣，無山不引客，屋前有大樹，每天可以被鳥
語驚醒的天籟，使他甘心在此定居，彷彿是一種莫大的福份。
（阿盛：1987：37～45）

㈢政治散文突破禁忌與圖騰

　　1987年解嚴前，已有不少文學作家為政治受迫者擎旗吶
喊，解嚴後，作家們更突破舊有的地雷封鎖文學版圖的局面，
除了有爭取人權的作品與活動，更有以受害者的角度描寫自己
受迫的困境與歲月，或是針對某一政治事件而發，例如二二八
事件、美麗島事件等等，來平反或爭取更大更多的公平。曾流
浪居處美國多年的陳芳明，對於黨外人士為爭取民主自由而被
迫流亡異域者，有深刻的體會。陳芳明的〈受傷的蘆葦〉，以蘆
葦象徵在政治弱勢的族羣，用溫婉抒情的筆法，描寫因政治因
素被禁錮的人，以不易折斷的蘆葦象徵他們堅韌的生命力，雖
然寒微卑賤，卻不畏風雨，不會凋萎零落。這股力量來自意志
與土地緊密鎖在一起，所以能為夢想與理想努力付出，而

「我」則如脫隊的野雁，曾飛入分歧的天涯，突然聽到來自小島的遙遠的呼喚，催醒靈魂，雖是孤零者，但不再是消失者。

李敏勇的〈監獄的鴿子〉描寫因政治因素而入獄的人，與「我」往返三個月書信，將素未謀面的人聯繫起來，「鴿子」原是代表和平，卻反被監禁，是一種反諷，而救援被監禁的鴿子，是不同族羣、不同宗教信仰者可以基於人道關懷努力奉獻的共同事業。

八〇年代除開發上述題材外，在寫作技巧上，亦有別於前世代作家的創作方式。

㈣更迭傳統散文的書寫技法

1、詩化散文：重詩歌意象的凝鍊、句式的跳接

簡媜的散文，流漾著一股詩質的晶瑩，遣辭用字，涵融古今，筆法精鍊，純度甚高，是一位善於控馭文字的好手，且具有豐富的想像力，乘著想像的羽翼飛翔在文學的國度中，悠然往返。例如：〈五月歌謠〉以擬譬式的對話語調，盡情揮灑對大地的愛戀。〈五月歌謠〉分為五部分：一、春：獨白，二、蘭嶼古調，三、港都民歌，四、台北搖滾，五、夏：哭。藉由不同的空間，刻摹各地對於季節嬗變中的情思變化與行為的模式。最後歸結春、夏永不再歸來，象徵所有的美好也將凌渡而逝。

新世代的簡媜，詩筆般的散文敍事手法，有一種對話式的淋漓，而前世代的作家中，亦有不遑多讓者，例如蕭白的作品亦有詩歌的質感，〈讀夜〉即是一則小品文，以燈喩湖，以書喩航，以文字喩魚類，潛行在夜的湖光中，以書為航為渡，以文

字爲悠遊往來的游魚，這般錦心似的擬譬，有詩歌的美感，令
人愛賞。

其他尚有周芬伶、方娥眞、羅門、羅智成、杜十三、向
陽、許悔之、林彧、楊牧、席慕容、管管、白靈、陳義芝等人
之作品亦有同質的美感。

2、小說化散文：重情節發展

張紫蘭〈祖母之死——寫給那個名喚「母親」的女子〉以二
十則小短文連綴而成，內容描寫從小與祖母相依爲命，及自己
日益成長的過程。其中20則當中，單數有標點符號，雙數則無
標點符號，運用此一技法，是爲了突顯單數敍述是眞、是現
實，雙數是虛、是意識流，雙線交叉進行，一面是透過回憶來
描述眞實的生活進程，一面透過傾訴與私語式的心識活動寫出
對祖母的眷戀感懷，二線交叉流轉出今與昔、自己與祖母的關
係，透過類小說的筆法婉轉迂曲的呈現出來。讀起來有小說的
興味，也有散文的流麗，稱爲「母親」的人，實際是祖母，
「我」出生時祖母已五十多歲，由於祖母溫柔貼心的照料下，
得以日漸成長，且在祖母人格教育下的熏陶，能夠使「我」開
出人生臨界點的美學與哲學。敍事模式雖是隔斷跳躍，但是卻
能勾勒出祖母的溫婉形象。

㈤變異文化性格的消費體制

八〇年代消費策略、市場導向的散文因應而生，起因於
1983年金石堂的暢銷書排行榜，宣示作家商品化的時代來臨，
鄭明娳曾明確指出，八〇年代的出版品日趨明星化、商品化，

並且有三百字、五百字小語或小品文結集出書，在這樣的導向中，有一羣歷久不衰的作家，成爲名明星作家，最有名的是林清玄的「菩提系列」，及劉墉的系列書籍，而這二位作家的作品橫跨八、九○年代。

七○年代林清玄曾以十年歲月寫成一系列文化、人物的報導文學，八○年代之後，以「菩提」系列十册再度創造散文界新視域：《紫色菩提》、《鳳眼菩提》、《星月菩提》、《如意菩提》、《拈花菩提》、《清涼菩提》、《寶瓶菩提》、《紅塵菩提》、《隨喜菩提》、《有情菩提》。並結合傳媒，書與卡帶一同發行的有拈花、清涼、寶瓶菩提三種。根據林清玄自云，創作「菩提系列」的寫作動機，是要將佛經中的智慧以深入淺出的方式表現，讓人喜歡佛法、親近佛法，加深生命體驗，使生活更加和諧圓滿，遂從生活、生命、情愛、感受、觀照等角度爲出發點，冀能淨化心靈、轉化煩惱、解脫痛苦、超越生死。第十本以「有情」命題主要是緣於《妙吉祥眞實名經》云：「能緣一切有情心，亦解一切有情意，在彼一切有情心，隨順一切有情意，充滿一切有情心，令諸有情心歡喜」，以有情來寫，爲了喚起一切有情內心覺悟及有情品味的芬芳而寫。（《有情菩提·自序》）

劉墉的勵志小品有：《螢窗小語》、《人生的眞相》、《冷眼看人生》、《衝破人生的冰河》、《我不是教你詐》等，文字淺近，對於閱讀者或青少年朋友有正面提撕作用，例如《衝破人生的冰河》的前言指出，我們常以爲外來的幫助最重要，實際是發自內心深處的力量才是使我們熬過冰雪，獲得重生力量的

來源。而在面對人生百態、社會機詐中,如何自保呢?《我不是教你詐》即是一本讓人更看清世界、更了解人性、更反省自己的書,這種直接揭示人生各種機詐面,目的是更使人深入地了解、透視,而不會自陷泥淖。劉墉此一系列作品曾風行一時,榮登金石堂排行榜,歷久不衰。

㈥多元化、多視角的圖寫風貌

文學園圃,因為遍植不同種類的花木,才能有四時可觀之景,因為有不同的生命關懷才能串綴成珠或是滙成長流,如是,方能使文學慧命源遠流長,形成綺麗可觀的文學稜面,80年代在消費性格之外,展現了多元、多視角的書寫面向,主要的作家有司馬中原、龍應台、夏元瑜、柏楊、彭光品、彭歌、趙滋蕃、思果、張系國、丹扉、何凡、李敖、趙淑敏、苦苓、黃碧端等人。

以寫鄉野傳奇為主的司馬中原,八○年代將散文結集出書為《精神之劍》,並且明確說明自己創作散文與小說有不同的自我滿足感:「寫散文讓我快樂,而寫小說卻能讓我吃飽。」(司馬中原:1983)早期司馬中原的散文偏重抒情,緬懷家鄉的意味較濃,略帶感傷,晚近的作品較能冷眼看世事,取材面廣,也就發現其中趣味盎然。例如《精神之劍》中有三輯,一是嬉笑怒罵式的自我嘲諷,二是豪氣干雲下的低吟淺唱,三是收輯書序六帖,以證明自己無文人相輕惡習。

張健的散文也以雜文型態出現,所寫的題材多來自生活中的〈靈思〉、〈感懷〉,呈現人生境遇的面面觀,例如:〈愛護〉、

〈病〉、〈說話〉、〈騙〉、〈抗〉、〈附驥〉、〈眼鏡〉等等,而文中的
理趣,亦自成格局,例如〈說話〉一文指出天下有四種人,一種
是會說話也愛說話的人,一種是會說話而少說話的人,第三種
是喜歡說話而不會說話的人,第四種是不會說,也不大說話的
人,將說話區分四種類型,並分析其利弊,且以此做為警惕:
「甲可為師,飽聽其高論,乙可為良友,益我以莊嚴,丙可為
學生,教其所不能,丁可為殷鑑,自勵以慎言。」(張健:
1982:24)

至於較屬於知性的散文有王鼎鈞、亮軒、喻麗清、曾麗
華、孟東籬、高大鵬等人。

王鼎鈞《左心房漩渦》曾榮獲1988年度優良圖書金鼎獎及
《中國時報》的散文推薦獎,從懷舊的情懷中,尋繹自己失落的
感覺,在聚與散之間,體悟生命的溫度,〈給我更多的人看〉由
觀看故人的照片引發對人類的想望,要看標準化、異化、可
愛、可恨的人,他們都有一場人生,而每一場人生都是生命具
實的存在。〈看大〉寫眼睛之觀,心靈之觀,也寫故鄉之思,山
川大地雖然有所改變,大地萬古千秋,故鄉土地,仍得親眼
見、親腳踏、親身翻滾擁抱。將一份思鄉的情懷淋漓盡致的宣
洩而出。

感性的散文作品仍以琦君懷舊為多,而棻涵的散文以精簡
文字蘊涵勵志的成分,是屬於正面提撕的作品,題材來源是發
自生活中的交接觸發,所以能展現親和力的一面,其散文曾選
入國中課本,可見得文字平易近人,而寓意自在其中,例如
〈陽光〉中寫:「當我們心中有愛,即使走入深谷,我們仍能傾

聽風聲松濤，無所畏懼，因爲，我們恆擁有陽光的溫暖。」
（栞涵：1986：139）又如〈瞬息人生〉云：「人生有千種風
姿，踏實地走去，自也能走出一片寬闊的天地來。……即使橫
逆迎面襲來，也能把自己唱成一首最動人的歌。」（栞涵：
1986：141）

三、九〇年代的散文風貌

㈠奇詭的生活書寫

步向2000年航程中，仍待觀察的散文導覽圖，正在圖繪
中。

後起之秀鍾怡雯的《垂釣睡眠》寫失眠的苦況，不用一般用
詞，而以「垂釣」來設喻，具有視聽的新感動。〈禁忌與秘方〉
寫出古老傳統的禁忌與秘方，歷度悠悠歲月仍能在文明的科學
時代中被一羣庶民奉爲生活經典。

孫梓評的〈鑰匙年代〉將生活中的各種器具、事物以鑰匙來
打開環節，包括一號的單車；二號的信箱；三號的鐵門；四號
的開啓回憶；五號的獨處開啓收音機，聆聽音樂；六號的星座
解讀，七號的開啓閱讀之鑰；八號的鑰匙開啓夢境，其中，最
有興味的是藉出鑰匙省思：「在鑰匙的年代裡，有一天我忽然
這樣的發現。一把鑰匙，放大了我們的感官、空間、時光。同
時，也縮小著延開來的世界、思維、體會。」（八十六年度散
文選：260）

王智威〈遺址通知〉從「我」的視角敍述，來探討生存與死
亡的問題，並帶出古蹟的意義，指出發現石棺遺址，只有岩

石、骨骸才是挖掘者、尋訪古蹟者所重視的，至於石棺的主人是誰並無太大的意義，而且「今日的訃聞，不就是萬年後的遺址通知？」（八十五年度散文：83），並揭示唯有認清死亡就是死亡，不能被代替，才能感到足夠的溫暖、終極的安全。

林文月〈夜談〉以家具中的椅子、鏡台、沙發擬人化的視角敘說不同主人在人生中的遭遇，冷眼旁觀地諦視浮生是非、炎涼、利害與時代遷移，並說明：「宇宙另一種聲音，如此清晰如此委宛，於萬籟沈寂時幽幽傳出，溝通彼此，委實令人訝異。」，一般寫人世炎涼皆是透過「人」來觀察、省視，然而此文卻以各種家具之間的深夜對話勾勒主人翁的生平遭逢，實別出心裁。

(二)多視野的生命光影映現

雅美族夏曼‧藍波安《飛魚Arayo》、《冷海情深》寫出與海相依相戀的關係，將雅美（自稱達悟族）現實生活的困頓偃蹇，以及在文化進化中一羣被文明抑的族羣的辛酸苦楚娓娓道出。在《飛魚Arayo》中刻繪接受文明教育的自己，仍能保有傳統族人釣飛魚的技術，用勞動力來累積自己的社會地位，用勞動深入探討自己文明化的過程。海洋之於達悟族人而言是生命真諦，也是體驗蟄伏在胸膛鬥志的源頭活水，比賜予萬貫家產更有價值。

簡媜1992年發表的〈母者〉刻畫「為母者強」的母親形象。願意為兒女承負世間最大痛苦；願意自斷羽翼，套上腳鐐一生甘為奴隸；願意獨立承擔一切苦厄，去餵養一個可能遺棄母親

的人。將母親至情至性、無怨無尤的堅忍卓絕刻鏤生動。同樣寫母親的作品有子詢的〈蟲蟲蟲蟲飛飛〉藉母親在自己小時候，教導「蟲蟲蟲蟲飛飛，飛到娃娃鼻子尖尖」來建立幼兒自我意識的認知，指出在認同與區分的過程中，讓孩子建立最初的自我意識，爲自己未來的智力結構打下基礎，並回憶母親被紅衛兵鬥垮的過程，藉由憶母，指出維繫中華民族五千年文化歷史，不是僵硬的教條可比擬，而是母性合乎自然情理的生命力來哺育中華兒女，看似平凡、平淡，卻是影響最深遠的。於梨華的〈探母有感〉亦是感念母親的作品，寫母親由一個只受過小學教育的鄉下姑娘，以超人的容忍、毅力，歷經丈夫對婚姻的不貞、走過喪子之悲痛、八年抗戰的苦難、顛沛離中財物盡失、三餐不保的貧困歲月，卻能將六個子女帶大，這份平凡的偉大刻鏤在兒女的心中，永成版畫，難以抹滅。（八十六年度散文選）

　　廖玉蕙《羅馬在哪裡》刻畫讀國中的女兒從畢業典禮至聯考的心理變化，全家人陪著共喜共憂，呵護無微不至，是聯考制度下被扭曲的青少年的圖貌再現，也是千萬個家庭的憂喜來源。《繁華散盡》描寫與父親相處的最後一段時光，從生活瑣事縷縷寫來，形貌躍然紙上。

　　陳芳明〈時間長巷〉寫自己在雨夜中，穿越台北某一暗巷，同時往事歷歷浮現，交織出六〇年代的台北、七〇年代的西雅圖；八〇年代的洛杉磯；九〇年代的聖荷西，作者如同星際旅客，流亡在每一座沒有歸宿的城市，將半生流離的歲月娓娓道出，個中滋味只有自己可以領受。

(三)文化慧命的省思

高大鵬〈汨羅江與桃花源〉寫中國文人的招魂儀式與理想難覓，「汨羅江」寫出中國文人卓犖不羣、堅持風標的傲然神情，「桃花源」則點撥出桃花源永遠是一個理想的世界，無法尋覓，不能落實在人世，遂永成心中的桃源。〈谿山行旅圖〉藉由觀賞北宋范寬名作〈谿山行旅圖〉體會出貫穿日月、沛塞蒼冥的典型寫照，中國人的宇宙本體與自我主體的精神風貌，體現在張載的「為天地立心，為生民立命，為往聖繼絕學，為萬世開太平」之中，面對谿山無盡，吾生有涯，往聖先哲以高山流水般的風標，映現在俯仰無愧的天地造化無窮無盡之中。

顏崑陽〈鼠的傳人〉將鼠輩之膽小貪婪、猥瑣、好偷好騙、官癮特大的特質一一指出，用以反諷人性貪婪百態。

林貴眞〈再望一眼長江水〉對長江築壩，做最後的歷史覽顧，時間是歷史的證明，但是奪得世界第一的長江三峽大壩，是不是會讓中國人痛心疾首於古蹟永埋水底？十二個縣城、一百四十鄉鎮、六百多家工廠永遠沈埋水中，低泣悲吟。「兩岸猿聲啼不住，輕舟已過萬重山」及「即從巴峽穿巫峽，卻向襄陽向洛陽」的景致將永遠成為歷史陳蹟，一份悠然的思古深情悄悄駐立在字裡行間，透露出些許的無奈與悵惘。

第四節　台灣新詩特色與作品舉隅

一、新詩的萌芽與奠基──日治時期到四〇年代

　　本部分論述的範疇從1920年台灣新文學開發創始以迄1949年政府遷台為止，包括日治時期及戰後的台灣文學。

　　1920年《台灣青年》雜誌創刊，宣告台灣進入新文學的世紀，陳炘〈文學與職務〉、甘文芳〈實社會與文學〉、陳瑞明〈日用文鼓吹論〉三文揭示文學必須擔負改造社會的責任與使命，以白話文來改革文學，才能啟發民智，職是，白話文學的提倡成為新舊文學論戰的焦點。黃呈聰〈論普及白話文的使命〉、黃朝琴〈漢文改革論〉發表在《台灣》雜誌（由《台灣青年》改組更名）即是白話文學革命的具體論見。

　　在台灣新詩史上，最早創作新詩的是追風（謝春木）〈詩的模仿〉四首詩寫於1923年5月22日，1924年4月10日發表於《台灣》雜誌。張我軍的《亂都之戀》於1925年12月台北自費出版，成為台灣新詩史上第一本詩集。

　　本時期當中，攸關新詩的發表園地有：1930年8月2日《台灣民報》增闢〈曙光〉專欄作為新詩耕耘的園地。1939年2月邱炳南（邱永漢）創刊〈月來〉詩刊；1940年3月龍瑛宗創刊的《台灣藝術》以詩作為主選內容。

　　詩社方面有：1933年10月由楊熾昌（水蔭萍）、李張瑞、林修二等人共同組織「風車詩社」，揭櫫超現實主義作為創作的藝術手法，擺脫寫實主義的籠罩，然而在中日戰爭之後，乍起旋滅。1942年銀鈴會創社，並於1945年5月創刊《潮流》，共出季刊五期，輯入詩作有144篇，在當時甚有影響力。

　　至於出版詩集的有1930年陳奇雲出版《熱流》、王白淵出版
《荊棘之道》、楊熾昌留日時出版《熱帶魚》、《樹蘭》、《燃燒面
頰》等詩集；1938年邱淳光出版《化石之戀》、1939年出版《悲哀
的邂逅》；1943年楊雲萍出版《山河》等等。

　　楊雲萍〈橘子花開〉、〈這是什麼聲音？〉發表於1924年，
1926年11月《台灣民報》更廣徵新詩，是台灣第一次公開徵求白
話詩的活動，參予者有五十餘首，情況非常熱烈。1930年《台
灣民報》增闢〈曙光〉專欄，以刊載新詩作品為主，有了發表園
地，吸引作家們紛紛投入創作新詩的行列。

　　這段時期，是中日文書寫交互使用的時期，例如王白淵
《荊棘之道》、陳奇雲《熱流》皆是以日文創作的詩集。楊華、賴
和、陳虛谷則以中文創作。

　　台灣新文學的成熟期當屬1932年至1937年期間，此時報刊
雜誌紛紛提供發表園地，供作家們馳騁新詩，使得詩壇新秀有
大顯身手之處。

　　「風車詩社」的創辦，象徵台灣新詩企圖擺脫且努力在吸
收西方文學理論的階段性影響下的社團活動，而「銀鈴會」的
《綠草》季刊則是在皇民化運動下，詩人們發抒性靈的一個窗
口。

　　據秦賢次〈略談台灣光復初期新詩史料〉指出，台灣光復初
期的詩集有三：雷石榆《八年詩選集》、王玉岑《卞和》以及王
黎、葛珍、田野合著之《路》，其他則為發表在各刊物的新詩，
有《前鋒》月刊、《政經報》半月刊、《新新》月刊、《文化交流》、
《台灣文學》叢刊等刊物，發表的作家及作品有：郭秋生（筆名

介舟）〈台灣光復歌〉、林金波（木馬）〈鞭〉、張冬芳〈一個犧牲〉、王白淵之日文詩集《荊棘之道》、楚岫〈祝光復台灣〉、冷雲〈解放〉、吳瀛濤〈浪漫的短章〉、周伯陽〈國姓爺幻想〉……等等，顯示在日治迄光復初期的新詩壇並不寂寞，有新詩作品供養大家的性靈。

　　日治時期的台灣新詩發萌於1924年追風（謝春木）以日文創作〈詩的模仿〉四首詩；張我軍的《亂都之戀》則是台灣第一本詩集王白淵的《荊棘之道》則是第一本日文詩集。除上述作家之外，尚有賴和、楊守愚、黃得時、虛谷、楊華、巫永福、郭水潭、劉捷、蘇維熊、吳新榮、吳瀛濤、啓東、王昶雄、陳千武等人亦表現非常傑出。（林亨泰：1990）

㈠從書寫形式而言，是一個中、日文交互書寫的時代

　　1920年至1932年是台灣白話詩的啓蒙、發軔期，其中1920年至1926年是新詩的推動萌芽時期，迄1927年至1932年爲止幾乎可再分爲二期，前半期主張以白話文來推動，1927年以後則漸轉向台灣話文的運用，發展台灣自己新詩新文學的特色。此時期的作品以日文詩集爲多，除張我軍《亂都之戀》爲中文寫作，餘者多爲日文之創作，例如有王白淵《荊棘之道》、陳奇雲《熱流》、邱淳洸《化石戀》、《悲哀的邂逅》、楊雲萍《山河》、水蔭萍《熱帶魚》、《樹蘭》、周伯陽《綠泉的金月》、陳千武《花的詩集》等等。當時以日文寫詩的有陳奇雲、王白淵、郭水潭；以中文寫詩而較有成就的是楊守愚、楊華、張我軍、虛谷等人。除了詩人戮力寫詩之外，也有幾個詩社點燃創作的火種，

有風車詩社、銀鈴會，銀鈴會的同仁有朱實、張彥勳、詹冰、
詹明星、林亨泰、許育誠、蕭翔文、張有義、錦連等人；鹽份
地帶則以吳新榮、王登山、郭水潭、林方年、徐清吉、莊培初
爲傑出的詩人。

㈡從創作內容、主題而言，以反抗日治、表現人民生活苦
境的作品爲主。

此時期的詩歌作品內容有幾個面向：

1、反映日治時期人民的反抗與無奈。

在異族統治下，不願臣服的義民，不斷起來抗爭，從1895
年迄1915年西來庵事件爲止，是武力抗日的高峯時期，大規模
抗日事件有11起之多，1915年迄1945年間，雖偶有零星抗日事
件發生，基本上是非武力的抗日時期。而在1907至1915年間，
著名的抗日事件有1907年的北埔事件，1921年林杞埔事件，
1913年的羅福星事件，1915年有西來庵事件等等。（李南衡：
1979，439）

在正面的武力抗日下，有賴和的〈覺悟下的犧牲──寄二
林事件戰友〉、〈南國哀歌〉二詩摹寫武裝抗日的悲歌。〈南國哀
歌〉描寫1930年霧社事件時，原住民英勇不屈、氣勢昂揚的反
抗精神，詩中將抗日的英勇、不畏生命被殲滅的氣魄，表現得
淋漓盡致；希望所有的犧牲，能換取子孫們恆久幸福。

2、反映人民生活的苦況

賴和的〈流離曲〉寫作的背景是1925年至1926年12月止，台
灣總督伊澤多喜男將3886甲的土地以低價讓予三百七十的退職

官員承購，造成農民流離失所的悲慘情景。〈流離曲〉共由：
「生的逃脫」、「死的奮鬥」、「生乎？死乎」三大部分共構
的長組詩，詩中以強烈悲憤的語氣，發抒民眾無以為生的流離
顛沛，詩中描寫無田可種的農民，在貧困交迫下，被迫遠走他
鄉，另覓可維生耕種的田地重新開始，但是努力辛勤的結果，
仍是違法，眼見秋收，耕好的田卻歸於官吏，被壓迫的人民、
被搾取的工農，在萬般無奈之下，仍然不滅絕希望地再一次想
遠赴理想之鄉，重覓良田，以安頓生活。

　　其他反映各階層、各種職業的人民悲苦的作品有：楊守愚
〈人力車夫的吶喊〉（一作車夫）、〈女性悲曲〉、〈蕩盪中的一
個農村〉、〈長工歌〉等等；楊華〈女工悲曲〉、克夫〈失業的時
代〉、毓文〈賣花的少女〉、怯士〈貧民嘆〉；漂舟〈討海人〉等
等，在物質困乏的年代裡，每一種討生活的行業，皆流露悽惶
無奈的悲苦，而楊少民的〈餓〉生動地刻畫失業饑餓的景致，詩
中描寫在工作場合中受盡謾罵的工人，一旦失業後所面臨的是
比被謾罵更淒苦的狀況：妻病、子嚎、己困，全家皆陷入貧病
饑餓交迫的困境中，而錦衣肉食、塗抹高貴脂粉的壓搾者，竟
然可以無視這羣無食困餓的失業者的生活景況。這種處境，仍
然澆不熄心中的熱火：「這時候，天空竟然落下雨，但是我滿
腔的勇氣猶是在燃燒！」生存的鬥志依然昂揚挺立。

　　人民的處境，如此不堪，甚至比一光所描寫的〈籠中鳥〉更
不如，籠中之鳥雖然被困於籠中，但是仍能自由自在地歌唱，
人民在日治拑制下，不僅行動不自由，且不能隨意抒發自己的
意見，以比況的手法，將無行動、言語自由的困境，簡略點撥

而出。

3、獨抒個己愛情的感懷作品

日治時期揚名的詩人尚有楊華，其生平雖然貧病交迫，其生命雖然短暫曇花一現，但是卻留給我們豐富詩作，讓我們得以管窺有性靈之美的詩歌在日治殖民統治下，發出一股激越的清流，流蕩在詩的國度裡；他的作品有《心弦集》、《晨光集》、《黑潮集》三集。楊華的作品，除了部分反映日治時代人們心靈之困乏、物質生活之求索外，同時也表達自己抒情似的吶喊，

《黑潮集》是楊華於1927年被日人關於監獄中的未刊稿，共有53首短詩，詩中發抒對生命困境的吶喊，也發抒對時代的悲鳴，及個人敏銳的感懷；《心弦集》則比較側重心靈的發抒，有愛情的憧憬與迷惘。

大抵而言，楊華的詩以小詩的形式抒寫爲多，與賴和的組詩氣勢滂薄相較，楊華表現出來的是婉約的、孤清的陰柔風姿，而賴和則表現出氣勢渾厚的陽剛風格。

光復後，「跨越語言」一代詩人當中，陳秀喜：〈樹的哀樂〉、〈土地被陽光漂白〉；詹冰〈水牛圖〉；林亨泰〈風景〉；陳千武（桓夫）的這些作品皆是膾炙人口的一時之作。

(三)從寫作技巧而言，以直接表露民眾生活情景、宣洩私己情感、或控訴日治之無奈與暴政的不合理現象爲主。

日治時期的新詩，在寫作技巧上，比較採用平鋪直敍的「賦」的手法，例如賴和〈覺悟下的犧牲〉是直接鋪陳彰化二林事件當中，蔗農反抗統治階層的英勇，文句簡略，意義明朗，

並不涉太多的寫作技巧，主要把對抗日本統治的心情描摹出來
即是。〈南國哀歌〉中直接描寫霧社事件中，原住民寧死不屈的
悲壯心情「……兄弟們／來／來／來和他們一拚……」。除了
「賦」法的技巧外，部分詩人也採用「比」的手法，以比況的
方式點出自己存在的困境，例如最常用的是以「鳥」來譬況自
己處境。例如：失名〈失巢鳥〉，描寫耐勞的鳥兒，晝夜不停地
工作，只為了經營牠的愛巢，但是巢被風雨打盡了，被無知的
兒童擊碎了，失去愛巢的鳥兒哀鳴不止，反問人生的意義何
在？明寫鳥兒失去愛巢，實則是寫人們對於生活意義的質疑。
楊鏡秋〈徬徨的小鳥〉也是以小鳥來譬況自己生存的困境，詩中
以譬況的方式說明生存是一種被支配的獵網網住，我們如同驚
惶的小鳥在驚懾獵網的捕捉之餘，看到戰火的鐵蹄在踩躪生
靈。張我軍〈弱者的悲鳴〉亦是以黃鶯的悲鳴來譬況處境，以
「鳥」的孤飛、悲鳴、驚惶來譬況人的遭遇，成為詩家喜用的
技法之一，為例甚多，茲不多舉。

　　楊華在獄中所寫的《黑潮集》，亦常運用比況的手法來揭示
生存之無奈亦不可掌控，刻畫時代樣貌與現實人生，例如〈命
運〉以小砂譬況人的生命，在狂飆之中展示人命淺危的無可奈
何，詩意亦明淺可懂，呈現出大時代的悲劇中，人的處境顛沛
流離。

　　楊雲萍的〈這是什麼聲音〉、〈妻〉；吳新榮〈農民之歌〉、郭
水潭的〈乞丐〉等等皆是直接鋪敍或是以簡單的譬況方式表現詩
人所欲傳達的意旨。

　　以象徵的手法來表達者，為例亦有，例如，而詩歌最能造

境者非楊華莫屬，所創構的孤冷悽清的境界，幽幽而泛發著淡淡輕愁，無論是《黑潮集》或《晨光集》、《心弦集》皆能以簡短二、三行詩來釀製如醇酒似的意象，令人酩酊而醉，詩雖短簡，然明潔能懂，使能想望其幽冷孤憤的心情。

二、五○年代三大詩派的詩歌風格與風尚

政府播遷來台後，主要以大陸來台的詩人為主導，1951年11月《自立晚報‧新詩週刊》創刊，由葛賢寧、鍾鼎文、李莎、覃子豪、紀弦等人創辦主持。1953年2月，紀弦創《現代詩》詩刊；1954年，覃子豪、鍾鼎文、余光中、夏菁、鄧禹平等人籌組「藍星詩社」，並商借《公論報》副刊，創設「藍星詩刊」，由覃子豪主編。同年10月，瘂弦、洛夫、張默創辦《創世紀》詩刊，提倡「新民族詩型」形成三大詩派鼎足而立的情形。是故五○年代的詩壇基本上以三大派別：現代派、藍星、創世紀統有新詩場域，其他的詩社、詩刊雖有，但是影響力不大，主要有陳錦標於1955年成立的《海鷗》、羊令野、葉泥《南北笛》、上官予於1957年元月成立《今日新詩》，呈展新詩場域的活絡與朝氣蓬勃。

其中特須說明者，乃1956年1月15日，紀弦籌組「現代詩社」正式宣告「現代派」成立，主要的籌組會員有：葉泥、鄭愁予、羅門、楊允達、林泠、小英、季紅、林亨泰、紀弦九人，並揭櫫現代派運動六大信條，響應加盟的詩人有102人，主張新詩應以「橫的移植」來接受西方的文學理論，引發藍星詩社社員不滿，展開新詩論戰。五○年代的論戰有二，一是藍

星與現代派的對壘，一是蘇雪林質疑象徵主義而與覃子豪論戰。《現代詩》最後在經費短絀下，於1959年3月停刊，共維持3年。同年4月《創世紀》詩刊第11期以接納西方現代思潮的嶄新內容出刊，摒棄「新民族詩型」的主張，大張「超現實主義」的旗幟；原先在《現代詩》發表的詩人逐漸轉移發表的園地，投入《創世紀》的陣營中，而「藍星詩社」在歷經一年半的論戰後，也在現代派的影響下，日趨以作品、理論來表現「象徵主義」的風潮，大約至1959年，詩壇已在西方思潮的襲捲下，逐漸達到共識下，其後，現代派運動由創世紀主導，並持續到1969年1月止，歷時13年的現代派運動，終於畫上休止符。（林亨泰：1990）

㈠現代派

紀弦於1953年2月創〈現代詩〉刊物，又於1956年1月15日成立「現代詩派」，其中以六大信條所提出的「橫的移植」引發藍星詩社的口誅筆代，展開一場精采的新詩論戰，其他提出的觀點是以西方的寫作技巧為主，成就以紀弦為豐碩，其他詩家有蓉子、羅門等，但是總體觀覽，「現代派」的理念，並非是大家共識或討論所形成的，而是紀弦個己的想法與理念。所以當紀弦在與覃子豪論戰時，只呈現出紀氏單打獨鬥的場面。此時期足以代表現代派詩人除紀弦外，另有鄭愁予、林亨泰、梅新、林泠、羊令野諸人。其後，各詩家或遠離台灣，異邦生根，或在台繼續新詩創作，各自開出一片天地。這些詩人皆曾巧構慧思，為新詩壇增添彩筆。重要的代表作家及作品有：紀

弦〈狼之獨步〉、鄭愁予〈錯誤〉、羊令野〈五衣詞〉、林泠〈阡
陌〉、梅計〈風景〉……等。例如：

　　　　紀弦：〈狼之獨步〉
　　我乃曠野裡獨來獨往的一匹狼。
　　不是先知，沒有半個字的嘆息。
　　而恆以數聲悽厲已極之長嗥
　　搖撼彼空無一物之天地，
　　使天地戰慄如同發了瘧疾；
　　並刮起涼風颯颯的，颯颯颯颯的：
　　這就是一種過癮。

　　　　梅新：〈風景〉
　　不成風景不入山
　　入山成風景
　　握住一山性向奔瀉如瀑布
　　是風景
　　我以漲潮繫住秋月
　　我不風景誰風景
　　昨日黃昏謁風景
　　今日黃昏謁風景
　　發現自己更風景
　　立也風景臥也風景
　　現在我正淋著黃梅雨

而明日入山的那位
跛腳僧
是我唯一的遊客

(二)藍星詩社

　　藍星詩社成立於1954年3月，主要成員有覃子豪、鍾鼎文、余光中、鄧禹平、夏菁等人，自1954年6月起商借《公論報》副刊版面編輯藍星詩刊，以週刊樣貌出現，由覃子豪主編，其後覃氏因主編《藍星詩選》，週刊由余光中主編，一直到覃子豪於1963年10月逝世為止，是藍星活動力最強盛時期，此後進入沈寂期，中間有羅門、蓉子於1964年及1971年主編《藍星》年刊，使藍星命脈得以續而不斷；1984年10月起由九歌出版社贊助，讓《藍星詩刊》得以重新面世，發行人為余光中，羅門任社長，向明則負責主編《藍星詩刊》迄1992年7月為止，達8年之久，其後九歌出版社不再提供奧援，詩刊只得暫停。曾經風華一時的藍星雖然時有起伏，但是對於台灣新詩壇具有相當的影響力。（文曉村：1996：637）重要的詩人作品如下：

覃子豪：「追求」
大海中的落日
悲壯得像英雄的感嘆
一顆星追過去
向遙遠的天邊

黑夜的海風

括起了黃沙

在蒼茫的夜裡

一個健偉的靈魂

跨上了時間的快馬

　　覃子豪早期作品充滿逐日英雄式的堅忍卓絕，〈追求〉一詩，即是典型代表作。余光中（1928～）有〈鄉愁四韻〉、〈五陵少年〉、〈等你，在雨中〉、〈三生石〉；羅門有〈麥堅利堡〉；蓉子（1928～）是台灣第一位女新詩人，《青鳥集》是台灣第一本女詩人專集，她的詩給人的整體感覺是充滿生命力與豐盈的意象跳動，例如〈傘〉中云：「一傘在握／開闔自如／闔則為竿為杖／開則為花為亭／亭中藏一個寧靜的我」，展示傘鮮明的形象及個我與物的涵融。敻虹（1940～）曾被瘂弦讚嘆為「繆思最鍾愛的女兒」早年的作品意象清新，晚近的作品則充滿對佛的禮讚與平和的禪味。周夢蝶（1921～）於1959年出版《孤獨國》奠定其孤絕的詩人王國，1965年出版《還魂草》充滿詩禪融攝的美感，詩中自然涵蘊禪的機趣：「你以青眼向塵凡宣示：／凡踏著我腳印來的，我便以我，和我底腳印，與他。」（還魂草）。向明（1928～）有詩壇儒者之稱，創作謹嚴，重視文學的社會使命（張默：1996：378）：「你們看見麼？／我嘔心瀝血的／就是那一大片蒼茫空白處／拔地而起／堂皇硬朗的一種／占領／它的名字叫做／巍峨。」（〈巍峨〉）以具象拔地而起的高樓大廈象徵不可推卸的責任與不朽的精神。

㈢創世紀

1954年10月10日《創世紀》於左營創刊，由三頭馬車：瘂弦、張默、洛夫共同主持，自12期起有葉泥、葉珊、商禽、碧果諸人加入「創世紀」才進入發展成熟期，其後，1969年1月第29期之後停刊達3年8月，1972年9月復刊（文曉村：1996：636）迄今，成為詩齡最長，凝聚力最強的詩刊之一。當時重要的詩家作品有：瘂弦〈坤伶〉、洛夫〈子夜讀信〉、張默〈無調之歌〉、商禽〈長頸鹿〉、辛鬱〈豹〉……等等。

　　　張默：〈無調之歌〉
　月在樹梢漏下點點煙火
　點點煙火漏下細草的兩岸
　細草的兩岸漏下浮雕的雲層
　浮雕的雲層下未被甦醒的大地
　未被甦醒的大地漏下一幅未完成的潑墨
　一幅未完成的潑墨漏下
　　　　急速地漏下
　空虛而沒有腳的地平線
　我是千萬遍唱不盡的陽關

　　基本上，五〇年代所面對的時代問題顯然已無異族統治之實，三大派中的成員以大陸來台的詩人為主導，在寫作的題材、寫作技法之運用上，覃子豪承襲象徵詩派，而紀弦以現代

主義爲主，至於創世紀，先以「民族型詩歌」爲口號，其後仍走向現代派的路線，援引西方文學理論的寫作方法作爲入手處，點綴了五〇年代詩壇的星空。

三、六〇年代的詩歌特色舉隅

延續五〇年代新詩風潮，現代派影響有增無減，除了詩社林立，詩刊新秀陸續成立，勢力較大的有以下所列諸社，但是在此時有一股不容忽視的鄉土新詩發芽而出，此即是「笠」詩刊於1964年創立，標榜鄉土文學爲主，籌組的會員有：吳瀛濤、詹冰、陳千武、林亨泰、錦連、趙天儀、薛柏谷、白萩、黃荷生、杜國清、古貝、王憲陽12人，其後社員增加至80多位，遍佈美、日各地，《笠》雙月詩刊以提倡「台灣精神」爲最大特色，即以「故鄉——台灣」作爲認同目標的「民族精神」，亦即「關懷本土」。《笠》詩刊除定期隔月出刊外，也舉辦文化演講、文藝講習會，也注重與國際文壇的互動、交流。（林亨泰：1990）

除了「笠」詩社倡導「台灣精神」的旗幟鮮明外，其他尚有葡萄園詩社的創辦。

以下爲各詩刊或詩社的重要代表詩人及其詩歌舉隅。

㈠葡萄園詩社

葡萄園詩社的成立是緣於1962年4月中國文藝協會主辦的新詩研究班結業後，愛詩的學員共同組辦詩社，主要的社員有文曉村、古丁、陳敏華、李佩徵、王在軍、史義仁、宋后穎等

人。7月15日《葡萄園》季刊正式創刊，創刊的理念堅持走健康明朗的路線，迄今仍在詩壇上活躍。（文曉村：1996：678）例如文曉村的〈迴響〉，描寫相思以杜鵑的啼叫來喚醒，文字簡明易懂，此正是葡萄園所堅持要走的健康明朗的路線。

　　例如古丁的〈潭水〉，表象寫潭水，實際上可以指被現實限圍的抱負壯志，因為「現實」的堤岸太高，所有的壯志也被圈成一潭死水。

㈡笠詩社

　　提倡的理念以鄉土寫實為主流，承襲日治時代的寫實精神，主要的詩人有：陳千武、林亨泰、吳瀛濤、詹冰、白芸、趙天儀、李魁賢、非馬、許達然、杜國清等人。

　　林亨泰（1924～）的詩喜歡以排列組合的方式形成類似圖象詩的疊景效果，例如風景㈡：

　　　防風林　的
　　　外邊　還有
　　　防風林　的
　　　外邊　還有
　　　防風林　的
　　　外邊　還有

　　　然而海　以及波的羅列
　　　然而海　以及波的羅列

以詩的行列、間距造成視覺效果，有如防風林一行行一列列地排列，如同海的波湧，一潮潮一波波地起伏，以行列說明詩的形象。

例如李魁賢（1937）〈弦音〉，該詩共有三節，第一節以陶甕自況，讓血液澆潤滿山的杜鵑；第二節以鐘鼎自況，讓聲響震撼胸膛，呼應滿天雲彩；第三節以大地自況，讓風雨成為滋潤的活水，讓風雨聲彈奏成為弦音。詩中的意象豐盈酣暢，所有的捶擊皆可以轉化，象徵遭逢的不幸亦可以轉化，使生命更豐美而有承受挫折的韌性與強度。

四、七〇年代的詩歌特色舉隅

七〇年代新世代詩人紛紛嶄露頭角，創刊的詩刊有：1971年3月的《龍族》、7月《主流》、1972年9月《大地》、1975年5月《草根》、1976年7月《詩脈》、1977年5月《詩潮》、1979年12月《陽光小集》等等。

1972年2月《中國時報》人間副刊發表關明傑〈中國現代詩的困境〉，9月再發表〈中國現代詩的幻境〉引發回響，當年7月「龍族詩社」亦有〈龍族評論專號〉專論現代詩，其後，唐文標又有〈什麼時侯什麼地方什麼人——論傳統與現代詩〉、〈詩的沒落——台港新詩的歷史批判〉、〈僵斃的現代詩〉等質疑現代詩的文章發表，使台灣詩壇掀起一股傳統與現代派爭奪戰，而1977年夏天敲響的「鄉土文學論戰」有推波助瀾之效，傳統與現代成為壁壘分明的戰線，而所謂的傳統並非是真正的傳統，仍然是西方移植之花。（林亨泰：1990）

　　此時期主要新掘起的詩人有白靈、陳義芝、吳晟、蔣勳、高準、羅青、施善繼、林煥彰、向陽、鄭炯明、李敏勇、張香華、朵思、陳明台、渡也、蘇紹連、杜十三等人。此一時期詩社、詩刊如雨後春筍般地掘起，但是詩人創作的風格，並不囿於所屬的詩社、詩刊，反而能突顯出自己獨特的樣貌。例如向陽、吳晟以關懷鄉土生活為主，李敏勇、鄭炯明以寫實為主，至於學院派的羅青、渡也的關懷面自然不同於前二者，而女詩人張香華、朵思的新詩切入點自有一份詩人的溫婉與對人世的關懷。

㈠鄉土關懷的詩歌成就

　　以關懷鄉土，紀錄生活的詩人有主要有吳晟、向陽等人。吳晟（1944～）的〈甘藷地圖〉共分三節，茲舉其第一節如下：

　　　　就如阿公從阿祖
　　　　默默接下堅硬的鋤頭
　　　　鋤呀鋤，千鋤萬鋤
　　　　鋤上這一張甘藷地圖
　　　　深厚的泥土中……

第一節寫世代相傳的農耕在甘藷地圖上；第二節寫所有的悲苦和榮燿在強韌的扁擔，千挑萬挑，一代傳一代；第三節要孩子們莫忘了多難的歷史，以及與甘藷地圖的血緣關係，是一步步艱苦行走過來的。

　　向陽（1955～ ）用台語來表現鄉土情懷，才找到自己發聲的創作路向，其中最膾炙人口的是〈阿爹的飯包〉，茲節錄第三節：

　　　有一日早起時，天還黑黑
　　　阮偷偷地入去灶腳裡，掀開
　　　阿爹的飯包：沒半顆蛋
　　　三條菜脯，蕃薯籤摻飯

該詩共有三節，第一節寫以做苦工維持一家溫飽的父親，每天在天未亮之前就帶著飯包，騎著鐵馬到溪埔替人搬沙石，寫出父親堅毅勞苦的一面；第二節寫自己猜想父親的飯包至少有一顆蛋，才有力氣替人搬沙石；第三節寫自己有一天趁著天未亮，偷看父親的飯包，才知道裡面只有三條菜脯、蕃薯籤摻飯。該詩以小孩子的視角來寫，充滿童稚的想像，也將父親的勞苦及父愛隱隱流露出來，至於語言運用則以台語化書寫，是一首台語詩。

　　㈡生活心象的記錄
　　以記錄生活或是表現社會的某一面，是鄭炯明、李敏勇等詩人的專長，茲舉鄭炯明（1948～ ）〈乞丐〉為例：

　　　我走在黑暗的小巷
　　　沒有人看我一眼

我蹲在閃爍的陽光下
沒有人看我一眼

我躺在公園的椅子上
沒有人看我一眼

我暴斃在一家店鋪的門口
卻吸引成羣看熱鬧的人

寫乞丐行、走、坐、臥，皆引不起大眾的關懷，只有死才能引
發別人的好奇，將人際的疏離、冷漠及乞丐卑微、悲淒刻畫生
動。

㈢學者詩人的詩歌成就

羅青（1948～）是學院派的代表之一，作品有《吃西瓜的
方法》、《水稻之歌》等，是七○年代崛起，被稱爲新生代詩人
中的翹楚，曾創「草根」詩社，其詩具有深刻的反省，茲舉
〈囚人日記〉爲例：

……
低頭趕吃早餐的時候
在發黃的手錶上
我看到我胡亂吞嚥的破碎景像
（哦，那曾經逍遙自在無牽無掛的我）

（如今被囚禁在一只分秒不停的舊手錶裡）

……

詩凡四節，第一節寫曾經年輕美麗活潑的妻子，經過歲月汰洗，如今被囚在一顆冷硬火紅的小戒指裡，第二節則是上面所錄的詩，寫上班族被囚禁在時間的框框裡，第三節寫曾是兒時玩耍的綠樹野草，如被囚在灰暗都市的反光鏡中，第四節寫時光不可再回，而我們被囚禁成必須時時吃早餐的身體裡，其中象徵的意義是：第一節寫妻子被囚在愛情與家庭中，第二節寫自己被囚在時間的浪潮中，第三節寫大眾被囚在都市的框架中，第四節寫自己被囚在身體物質需求中。該詩具有深沈的、無奈的況味，「囚人」其實寫的是人們被囚在時間的、空間的、責任的或職務的框架中，不得逍遙自在。

除了學者詩人之外，另外女詩人亦有不錯的創作成果，例如張香華（1939～）主要的詩集有《不眠的青青草》、《愛荷華詩抄》、《千般是情》；朵思（1939～）主要的詩集有《側影》（1963）、《窗的感覺》（1990）、《心痕索驥》（1994）等等，為例甚夥，茲不多舉。

五、八○年代的詩歌特色舉隅

根據統計，1980年至1986年間，新詩刊共有30份創刊，（林亨泰：1990）數量龐大，象徵詩壇非主流派別形成，益形各自獨立，各以相近的理念結合而成新的詩刊作為發言的場域，彷彿各在建構發言霸權。

　　八〇年代有別於前述世代，在於引進許多西方思潮後，對於題材的開發，繁複而多元，寫作技巧的解構、後設立場的質疑使論述與書寫成為一種無法溝通的語言囚房，各自在自己形成的語言封閉系統中建構屬於自己言說的系統。八〇年代後設文學以小說為主流，相形之下詩與散文顯然在運用上不如小說之易於以寫作技巧來表達，其表現的特色如下所述。

㈠詩與多媒體的結合，象徵求新求變的時代來臨

　　詩的表現形式以文字為主要的表達媒介，在漸進發展中，有以圖象詩來創造文字未能達致的視覺效果，也有以朗誦詩歌的方式突破文字的限制與障礙。根據羅青研究指出，台灣地區在1956年以後才開始有詩人探索圖象詩，其中以林亨泰、詹冰為先驅，其後紀弦、白萩、王潤華、管管、葉維廉踵進，例如前述林亨泰的〈風景〉及詹冰的〈水牛圖〉。

　　圖象詩除了以文字排列組合的錯落形成意象顯明的效果外，亦以類圖畫的技巧來表達詩境，其所欲突破點，即在打破文字平面的效能，進而達致空間多元的視覺效果，但無論如何皆是平面的改造，仍然無法突破文字閱讀時的立體視效，是故在科技引導下，新詩與傳播媒體的結合，勢所難免，職是，利用新的傳播媒體成為一項創新之舉，杜十三的《地球筆記》即是與錄音帶結合的創作方式，這是文學與商業結合的新型態，但是，我們認為偶一為之則可，畢竟詩歌仍以文字為主要媒介，倘若脫離文字，詩的悠遊遐想空間被解消，則一無可觀，視聽效果是一種增進閱讀的方式，仍未能全面取代文字為媒介的態

勢，多媒體的運用，打開文字的局限度，卻一樣未能成爲强勢的手法。

　　最早有錄影詩的觀念應始於1971年羅門在〈詩的預言〉（藍星詩刊）中預測將來的詩人，可將詩錄製成一卷卷的影片供人發表欣賞，迄1985年羅青則以電影分鏡表的操作型態來撰寫「錄影詩」，打破詩歌分行、分段、圖象的型態。錄影詩的出現，彷彿宣告詩歌與媒體結合的新世代屆臨，但是，錄影詩所呈現的效果，僅是以攝影手法爲之，在詩歌之下，加下分鏡頭的敍述，如果取掉括號所加的分鏡頭敍述，則仍與一般詩歌無異，是故，詩歌仍將以文字爲主要的表現媒材。

　　至於「網路詩」則是指在網路上發表詩歌，以饗愛好者。發表的媒體不再是報章雜誌、書刊典籍，而是進入網路中來撰寫、閱讀，傳播的媒體改變，但是作爲表達詩歌的文字形式仍然無可逆改，然而網路詩的傳播無遠弗屆，可吸引新世代青年投入詩的閱讀與創作，對於前世代的詩人而言，則仍無多大影響力。

㈡詩歌的題材展示多面向的深廣度開發

　　現代主義一直流衍在台灣文壇中，從紀弦開始，即已宣示其與台灣詩壇不即不離的關係，「創世紀」亦踵武跟進，進入八○年代雖然日益向後現代邁進，但是現代主義仍然有其影響的魅力。

　　八○年代開發、注重的新題材是多元多面向的，不僅挖掘人性幽微的人與人的關係，對於情色的描摹，益形大膽描摹刻

鏤；1987年解嚴、1988年報禁解除之後，整個文壇充斥批判反省的言論，對於台灣的生態環境、政治立場、都有正面露骨的披露。

環境生態詩的出現，用以反思人與大自然的倫理關係，人類唯有愛護大自然賦予的天然資源，才能免於自致災難及自食地球毀滅的惡果。一直關懷大自然生態的詩人有劉克襄，其他尚有〈笠〉詩社的成員李魁賢、莫渝、趙天儀、洪素麗、李敏勇、向陽等人。（林亨泰：1990：128）

政治詩在八〇年代後期大量湧現，其來有自，主要是因爲解嚴、解除報禁，使言論的尺度更寬廣、自由，許多文學創作者，嘗試以文學的方式表明自己的政治立場，及對政治生態的批判，熱烈的關懷台灣政治局面乃至於放眼天下，眺看台灣在國際間的局勢，這些關懷者以《笠》及《台灣文藝》的成員爲多有林雙不、宋澤萊、苦苓、鄭炯明、李敏勇、白萩、陳千武、莫那能、劉克襄、陳明台、楊渡等人。

㈢前世代與新生代詩人各據領域分途發展

八〇年代掘起的詩人主要有：羅智成、陳克華、焦桐、歐團圓、林彧、林燿德、羅任玲、許悔之、須文蔚、顏艾琳、唐捐等人，是所謂的新世代的詩人，與前世代的詩人在創作觀念、題材開發、技巧運用各方面顯然有不同處，在詩壇上，新舊世代混聲合唱的當中，形成兩股互不相涉的創作領域，各自分途發展，且各自耕耘出一片天地來。例如羅智成〈觀音〉：

柔美的觀音已沈睡稀落的燭羣裡，

她的睡姿是夢的黑屏風；

我偷偷到她髮下垂釣，

每顆遠方的星上都大雪紛飛。

陳克華的詩，充滿生命困頓的悲情感，且不隱諱地摹寫性器官或性意象，使詩歌的內容更尖銳地突顯肉慾發洩後的無聊、無奈感；〈我在生命轉彎的地方〉深刻地摹寫人世遇合與等待、錯失的悲涼感；〈我撿到一顆頭顱〉則是摹寫自己不斷地撿到別人丟棄的手指、乳房、陽具、頭顱、心臟等等，其實在撿的過程也象徵自己一面在遺失與丟棄，到底人在拼貼生命，抑是生命在拼貼人呢？最慘烈地遺失、撕裂其實正是最豐潤地完成。

前世代的詩人們，在感染時代氛圍中，不斷地想脫胎換骨，以天骨開張的姿勢重新翕合於時代的脈動當中，五○、六○年代成名的詩人，仍在詩壇上活躍者，有余光中、周夢蝶、詹冰、桓夫、林亨泰、洛夫、向明、羅門、錦連、彩羽、管管、商禽、張默、瘂弦、辛鬱、白萩、李魁賢、岩上、羅英、夐虹等人，仍然不減當年創作豪情者有余光中、林亨泰、李魁賢等人。

六、九○年代的詩歌特色舉隅

航向世紀末的詩壇，一方面有檢視的澄澈與省悟，欲省視新詩整體發展的成就，一方面同時也陷入各自言說的處境，表

述自己的立場與發言權，形成紛陳交雜的交談亂象。形式上短小輕薄的小詩依然當紅，意象突兀視覺效果驚悚的作品充斥，在題材方面，挖掘人性隱微私秘的新詩打破含蓄敦厚的作品，亦時而有之。

㈠編織世紀末的圖象

簡政珍（1950～）於1998年發表的〈世紀末〉是爲自己的心靈刻畫一幅淪逝的感傷，時間長流往往在我們不經意溫存時，即已浩浩奔逝，來不及記憶，來不及把握，時光已將我們推往另外一段生涯中，不論我們願不願意，新的年歲仍然在我們的追趕中奔騰，招魂無處，追蹤無訊，乃至於在聲光中前瞻，在倒影中後顧，我們依然悽悽惶惶地在被時光之流遺忘逸失，凋零感傷成爲最後心情的寫照：

> ……
> 在奔向時間的旅程中
> 急速展露紅顏
> 花瓣在我的驚心中
> 敞開一、兩條摺疊人生的皺紋
> 然後在我的撫摸中
> 掉落

皺紋刻縷人生，象徵時光飛馳，青春淪逝，令人無限感傷，而杜十二（1950～）的〈二十一世紀第一班列車來了〉則以

迎接之姿來面對世紀交替的當兒，千禧年到來的喜悅象徵無聲
無息的新生嬰兒初臨、落地，在晨曦中嶄新的時光列車駛進，
大家忙著拋棄舊時代的影子，急急趕搭新列車：

> 我們連忙把舊時代的影子拋在月台上
> 相擁擠在車窗前數著躺在軌道兩邊
> 一路上無止無盡
> 來不及逃離二十世紀的殘肢和斷骸

　　詩中以具象的殘肢斷骸來形容流逝的過往印象，實有驚心
震撼的效果。

㈡透視生命底層隱潛宕開的伏流

　　在人類無窮無盡的生存、追索過程中，透視生命，體悟生
命，成為文學必須面對的深沈課題之一，生、老、病、死也成
為書寫的題材之一。李進文（1965～　）的〈謝謝遠方〉描寫生病
的心情是一種暫時歇息，再遠的思念仍以回家為歸途，乍然生
病可視為一段夢境、一段如真似幻的歷程。林泠（1938～　）的
〈20／20之逝〉摹寫眼睛開刀對於人生之色、相、真、假的質
疑：

> ……
> 你若知道大夫
> 我真正憂心的其實

是另一種盲睛：盲於夜
盲於色
盲於——啊一個真盲的可能

　　「真盲」不是物象的執著，亦非具象的存有，而是心眼障翳。除了「生、老、病」是一種檢視生存的刻痕外，死亡對於人類而言，更是一種不可逃避的恐懼與避忌，諱言死亡，使我們憂生懼死，但是死亡仍是悄悄留駐，田運良（1964～）〈關於腐爛〉即是一則「預習死亡」的詩，詩以「信仰腐爛」為始，開展氣勢雄渾的死亡歷程，第一節描摹死亡之冷淒，皮肉毛髮血骨筋脈到處凌散擱著，進入廢敗的永眠；第二節描寫腐爛的過程，所有的腥臭溢滿滄桑，而靈魂卻在輪迴中尋找前世的遺址；第三節死亡的遺骸、陪葬品成為考古學家注目的焦點，死亡的陰鬱，仍然在凋委中拒辭光影與風和日麗絕緣；第四節揭示腐爛是萬念俱灰，但是另一個荒唐生命又即將開始。如此鋪排死亡的過程，讀之令人預歷死亡情事。鄭愁予（1933～）的〈俄若霞〉則是從魂魄的視角，來證明人類的存有與經歷，詩的摹寫視域是從對北極光的尋望中，感悟察覺出那些光影是人類祖先魂魄的凝聚、顯現，生存、死亡是祖先傳承下來的經驗，透過光影——魂魄的交迭顯影，讓我們演述、體驗死亡的不可測與必然。

㈢多元形式新詩型態的開發與賡續
　　九〇年代詩歌的形式展現，仍是紛呈詩家們各自擅長的表

現手法，小詩、長詩相對立而互不相害地各自存有一片揮灑的
天空，而逆反於分行、分段的圖象詩、散文詩仍然在詩壇中占
有變異的分量。

　　撰作小詩，須以精簡文字涵融意象，豁顯四兩撥千斤的氣
勢，非馬（1936～）的〈秋葉〉即是以短短的二十四字突顯秋意
蕭瑟而不著痕跡，是屬於有「意趣」的詩；利玉芳（1952～）
〈孕〉則僅以四行詩揭示孕育生命的喜悅與幸福：

> 懷了一季愛的女人
> 感到那蠕動的生命
> 是用伊的憧憬和心願
> 凸出來的春天

簡單勾勒懷孕的心情，並以春天象徵新生、活力、朝氣、歡
愉、喜樂。

　　長詩須以才氣為資，才能呈現磅礡氣勢，切忌拖宕、延
緩、遲滯的筆力，七〇年代的溫瑞安即是一位擅寫長詩的大
將，氣魄雄渾頗有震撼宇宙的鈞天大手。晚近詩人亦不乏氣魄
傑出者，蘇紹連的〈玉卿姐〉、〈蘇諾的一生〉即是其例，汪啓疆
（1944～）〈晨安吾愛〉、陳黎（1954～）〈蝴蝶風〉亦是不算短
的長詩，〈晨安吾愛〉寫久別深夜歸來的丈夫對於熟睡中的妻子
的體貼、溫婉；〈蝴蝶風〉寫男女情愛的溫柔想望與堅持傷觸。

　　在台灣詩壇中，喜作散文詩者有商禽、秀陶，商禽的〈長
頸鹿〉是他的經典之作，秀陶於1992年發表的〈掛圖〉反諷嚴肅

的演說者如同掛圖一般，肥瘦高矮可以任意想像加大縮小尺碼，而台上的講演或宣揚的內容反倒不被聽者重視聽睬。

　　圖象詩有魯蛟（1930～）的〈水語〉，共有二節，第一節前半部以「喝我」落腳，形成水在底部承花草、樹木、禾稼、山岳吸吮的意象，第二節以錯雜不整的文字收腳，形成水流動意象，這種特殊的排列方式是欲藉由文字的結構形成圖象式的意象或聯想。喬林（1944～）〈台北的空間〉詩句只有七行，最後兩行以「？」為首，形成一種特殊的視覺效果：

　　　　？那一粒灰塵是人的臉給縮小了的
　　　　？那一張人的臉是灰塵給放大了的

以「？」代表問號，也代表灰塵與人臉的具象化。在台北的天空中，所有的過往，無論是塵灰或是急急行人，皆是一種問號。

　　侯吉諒（1958～）〈交響詩〉是以上下兩部分呈現音樂跳躍的方式來組構詩，閱讀的方式可以上下直排的讀，亦可上半部橫的閱讀，再接著下半部橫式閱讀，上下部開始與落腳的部分呈現錯落有致的排列，象徵躍動的音符；根據張默的詮解，利用上下兩層排列，用來突顯音樂綿延不絕的迴環效果，並藉由音樂和聲、對位的技巧打破詩句單線發展的束縛，上半部是以「聲音意象」構成境界，下半部是以「標題音樂」安置豐沛的形象。（瘂弦：1990：75）其說甚確。

　　向陽的〈小滿〉有意精撰迴文詩，詩分兩節，第一、二節皆

為十行，第二節的內容是第一節的迴文反讀順序，但是讀之文理並無阻礙不通處，基本上迴文詩是一種遊戲詩，但是在〈小滿〉中我們彷彿可以體會節候更迭，是一種輪替的現象，時間在反覆迴轉中展示生的活力與恆常性。

　　無論是圖象詩或迴文詩似乎可以造成我們有理可循的思路沿循詩人撒下的文字軌跡——往前躍動前進，但是管管的〈青蛙案件物語〉則是溢出文本的想像，以「前詩、後記」組構一則意象突兀鮮活的情景，「前詩」以青蛙偶入公寓五樓，引發發現者的猜想，「後記」則以意識流手法進行青蛙發現者對於青蛙的拒絕想像，卻反而治絲益棼，最後醉臥在有青蛙的池邊。這是一首無理而妙的詩，逸出詩的格局，反以「後記」為主述，呈現戲劇性變化。

㈣前世代詩人的變與不變

　　九〇年代仍在詩壇活躍，創作不輟的前世代詩人，呈現的詩作有沿承舊風格者，亦有嘗試突破者，顯示不同的樣貌。詹冰（1921～）〈變——我的人生觀〉即揭示自己處在不斷變革的時代社會中，仍保有一顆求真、求善、求美的心靈，不斷地求變，而且越變越好，以創造人生豐美的意義。該詩雖寫得淺白易懂，但是宣示性非常強烈，彷彿要讀者感覺他豐盈的生命力。余光中〈五行無阻〉亦是象徵性強烈的詩作，不懼死亡，無畏金木水火土五行阻擋，並駕著五行重生，重回到壯麗的光中，意喻雖然隱晦，但是追求壯麗光彩的人生，仍是穿透紙背向我們迤邐行來，遍撒亮麗光影。梅新（1933～1997）〈履歷

表〉以履歷表的籍貫、學歷、經歷娓娓道出自己的經歷，個己的成長過程應是獨一無二的，不該有雷同性，但是，這些殊性沈淪在時代的滾輪中，又似乎人人相同了，是故結尾一收，頗有龍行千里，結穴在此的效果：

> ……
> 這份履歷表
> 我還沒有貼照片
> 你要也可以是你的

這份似直而迂，似達而鬱的手法，含藏不盡之意於其中，令人玩索。

　　林亨泰發表於1996年的〈誕生〉是一首隱喻甚強的詩作，根據蕭蕭的說法，應是指稱作者在尋求詩思的誕生。（瘂弦：1999：24）但是我們認為林亨泰不實指是什麼誕生，其跨度甚大，可以用來指稱任何事物：

> ……
> 語言背後的落差
> 未能激出一些意味來
> 植物還在萌芽的內側
> 動物還在出生的內側
> 世界終於面臨一個早晨

早晨象徵新生與朝氣蓬勃，所有的誕生充滿新生的喜悅，當一切尚在萌芽、尚在發展中，期待新生，可以揚棄腐朽的過往，或是將沈寂的心靈重新種植、灌注新鮮的活力。

(五)新世代詩人的追尋與求索

　　楊平（1957～）於1996年發表的〈我孤伶的站在世界邊緣〉刻畫人與人之間的疏離，孤伶伶地站在世界邊緣，一方面可以孤傲地冷眼旁觀世界的變化，一方面又呈現自己無盡的孤寂感，這樣的存在如同孤兒，如同一堆灰燼存活在人間，所有的意義都成為沒有意義了。

　　顏艾琳（1968～）〈超級販賣機〉藉由具象的飢渴的求索過程，將錢、手腳、頭、肢體、靈魂都投入販賣機中，但是最後卻得出「恕不找零」的顯示，這是一則隱喻性甚強的詩作，我們可以解讀成生命歷程的求索與經歷，也可以解讀對人世情愛的追尋與執著，無論如何付出，如何努力，終了仍是一幅索漠的無奈。

　　沈志方（1955～）〈不敢入睡的原因〉指出不敢入睡是憂懼：等待曝光的各種內幕無法延續，害怕高價買入的大筆股票無法處理，更懼所有的美麗人生在睡夢中成為過往，所以只好趴在床上以個己的力量支撐地球的重量，最後更只好怪罪地球自轉讓自己無法入睡，表相如是描摹，其實是反諷人類，困陷在名利、金錢之中無法自拔，以致無法入眠。

㈥永恆題材的關注與歌詠

生態詩、政治詩、愛情詩……等揭示人類永恆的關注，綿亙各世代仍是詩人筆下愛描摹、刻鏤的題材，葉紅（1953～）〈缺席的圓〉刻鏤人世情愛恆有缺口，因為不圓滿，所以才有磨擦與損耗。洪淑苓（1962）〈合婚〉寫初嫁女子甘心守候一份執著的情愛。潘郁琦（1952～）〈橋畔我猶在等你〉寫前世今生不渝的愛情，在無盡的輪迴中，痴情女子猶在奈何橋畔等待伊人，一同歷劫攜手同行，似實若虛的前生今世的約定，是一份真情的印證，造境迷離怡悅，引人無限遐思，情愛可以成為一種堅貞的守候與堅持。

第五節　結論

盱衡台灣文學的特色，基本上我們區分為小說、散文、新詩三種文類來論述。小說部分，日治時期的小說創作在內容方面以反映日治反異族統治的生活情狀為主，形式則以鋪陳直敘的方式表露寫實精神；至於五〇年代則以戰鬥小說引領一代風尚；六〇年代雖然敲響現代主義之鐘，然而鄉土寫實小說正在蓄勢醞釀中，其次高陽的歷史小說與瓊瑤的愛情小說共同蔚成六〇年代出版界的圖景；七〇年代女作家羣的小說成就、鄉土文學描摹小人物的生活情狀以及政治文學初萌，皆使小說創作的面向逐漸多視角化；八〇年代後設小說的創作揭示後現代的來臨，在不斷的反省與對話中形成新的文化視域。而各種主題

題材的開發也使小說圖象更豐富與多元；九○年代的新世代小
說家的感官書寫與情色討論，將文學帶往私密的禁地，而在各
種風潮、風尚鼓動中，文學亦啓航向新世紀揚帆，似乎頗有欣
欣向榮的遠景。

　　散文部分，五○年代的懷鄉組曲、雜文的針砭時局及鍾理
和的生命書寫形成一種特殊景觀；六○年代的專欄作家對於社
會的關懷、性靈獨抒的女作家散文書寫及跨文類的詩質散文，
成就了六○年代的散文地景。七○年代的女散文作家，仍然是
耀眼的閃亮隊伍，將散文花圃妝點繁盛的彩姿，勵志類的散文
也在散文星象中，走出自己的軌道。八○年代出版界的消費性
格，促成林清玄菩提熱與劉墉的小品短文賣座，而在排行榜之
外，各種題材的開發，喻示多元化的文化思考時代的來臨。九
○年散文的奇詭與位移書寫，又揭示眾聲諠譁的世紀到來。

　　新詩部分，日治及抗戰時期是一個中日文交互書寫的時
代，內容則以抗日、表現台民苦況爲主述；五○年代三大詩
派：現代派、藍星詩派、創世紀的風格迥異，形成鼎足而立的
局面；六○年代的詩社主要有笠、葡萄園，保有獨特的風貌，
笠的本土化性格成爲一種表徵，而葡萄園的歷久不衰亦有詩史
上的價值；七○年代的新詩社如雨後春筍勃生，八○年代的圖
象詩及新世代的挑戰寫作方式與內容、九○年代的世紀末圖像
的編織，形成奇特景觀。

　　縱觀台灣各世代各種文類的發展與特色，豐饒而盈潤。

❖參考書及徵引書目

壹、台灣小說

王德威（1998）：《典律的形成：爾雅年度小說選三十年精編》，台北：爾雅出版社。

古繼堂（1989）：《台灣小說發展史》，台北：文史哲出版社

白少帆（1987）：《現代台灣文學史》，遼寧大學出版社

施淑女（1999）：《日據時代台灣小說選》，台北：前衛出版社，1992年初版，1999年11月初版十刷

許俊雅（1998）：《日據時期台灣小說選讀・導論》，台北：萬卷樓圖書有限公司，1997年11月版，頁3至35。

辛　鬱（1977）：《中國當代十大小說家選集》，編者另有張默、張漢良、菩提、管管，輯入小說家有：朱西寧、司馬中原、彭歌、段彩華、白先勇、舒暢、邵僩、七等生、子于、楊青矗，台北：源成文化圖書供應社。

李南衡（1979）：《日據下台灣新文學小說選集》，台北：明潭出版社。

郭　楓（1989）：《台灣當代小說精選》（1945-1988），編委有：鄭文清、李喬、許達然、吳晟、呂正惠，台北：新地文學出版社。

黃　凡（1989）：《新世代小說大系・都市卷》，黃凡、林燿德主編，台北：希代書版有限公司。

葉石濤（1987）：《台灣文學史綱》，高雄：文學界雜誌社

劉登翰（1993）：《台灣文學史》海峽文藝出版社

貳、台灣散文

王鼎鈞（1988）：《左心房漩渦》，台北：爾雅出版社。

司馬中原（1983）：《精神之劍》，台北：九歌出版社。

世茂（1988）：《詩人散文集》，台北：世茂出版社。

李廣田（1986）：〈漫談散文〉輯入《中國現代散文理論》現代散文研
　　究小組編，蘭亭書店。

李豐楙（1985）：《中國現代散文選析·緒論》，台北：大安出版
　　社。該文又輯入《當代台灣文學評論大系·散文批評》，台北：正
　　中書局，1993。

何寄澎（1993）：《當代台灣文學評論大系·散文批評·導論》，台
　　北：正中書局。

孟東籬（1985）：《野地百合》，台北：洪範書店。

阿　盛（1987）：《歲月鄉情──作家的土地風情書》，洪健全教育
　　文化基金會，書評書目出版社。

阿　盛（1989）：《海峽散文1988》、另有編委：陳煌、林燿德、吳
　　淡如，台北：希代書版有限公司。

阿盛（1990）：《海峽散文1989》、另有編委：焦桐、心岱、廖玉
　　蕙，台北：希代書版有限公司。

洛　夫（1981）：《一朵午荷》，台北：九歌出版社，初版於1979年
　　7月刊行。

胡品清（1972）：《水仙的獨白》，台北：三民書局。（1974）：
　　《芭琪的雕像》，台北：三民書局。

洪炎秋（1971）：《淺人淺言》，台北：三民書局。

許達然（1989）：《台灣當代散文精選》（1945～1988）台北：新地

文學出版社。

陳之藩（1981）：《陳之藩散文集》，輯有〈在春風裡〉、〈旅美小簡〉，台北：遠東圖書公司再版。文中輯入五〇年代作品。

陳義芝（1998）：《散文二十家：台灣文學二十年集》，台北：九歌出版社。

琹　涵（1986）：《忘憂谷》，台北：文經出版社。

張秀亞（1952）：《三色堇》，重光出版社，後由爾雅出版社於1981年再版。

　（1985）：《杏黃月》，台北：林白出版社。該書輯入早年渡台作品。

張　健（1982）：《早晨的夢境》，台北：九歌出版社。

游　喚（1988）：《現代散文精讀》，與張鴻聲、徐華中合編，台北：五南圖書有限公司。

葉石濤（1987）：《台灣文學史綱》，高雄：文學界出版社。

齊邦媛（1984）：《中國現代文學選集》，台北：爾雅出版社。

吳魯芹（1986）：《吳魯芹散文選》，由齊邦媛主編，台北：洪範書店。

鄭明娳（1990）：〈八〇年代台灣散文現象〉輯入《世紀末偏航——八〇年代台灣文學論》，台北：時報文化出版企業有限公司，頁15～92。

鄭明娳（1992）：《現代散文類型論》，台北：大安出版社。

管管（1981）：《請坐，月亮請坐》，原初版於1979年，再版於1981年。台北：九歌出版社。

劉心皇（1984）：〈自由中國五十年代的散文〉輯入《文訊》月刊第九

期，1984年3月。

劉登翰（1993）：《台灣文學史》，福州：海峽文藝出版社。

趙滋藩（1970）：《文學與藝》，台北：三民書局。

羅　青（1976）：《羅青散文集》，洪範書店。

羅　蘭（1985）：《羅蘭散文》第一輯，榮獲第四屆中山文藝創作獎
　　散文獎，台北：文化圖書公司。

鍾梅音（1969）：《夢與希望》，台北：三民書局。文中輯入五○年
　　代作品。

叁、台灣新詩

文曉村（1996）：〈台灣光復以來的詩社與詩刊〉輯入《台灣現代詩
　　史論》，台北：文訊雜誌社，頁635至643

林亨泰（1990）：〈從八○年代回顧台灣詩潮的演變〉輯入孟樊、林
　　燿德合編《世紀末偏航：八○年代台灣文學論》，台北：時報文化
　　出版企業有限公司。

李南衡（1979）：《日據下台灣新文學：詩選集》，台北：明潭出版
　　社。

張　默（1995）：《新詩三百首》（1917-1995）與蕭蕭合編，台
　　北：九歌出版社

瘂　弦（1999）：《天下詩選》（1923-1999台灣）另有編委張默、
　　蕭蕭，台北：天下遠見出版股份有限公司。

簡政珍（1990）：《台灣新世代詩人大系》編委另有林燿德、游喚、
　　鄭明娳，台北：書林出版有限公司。

孟　樊（1994）：〈當代台灣政治詩學〉，輯入《當代台灣政治文學

論》，鄭明娳主編，台北：時報文化出版公司。

游　喚（1994）：〈八〇年代台灣政治詩調查報告〉，輯入《當代台
　灣政治文學論》，鄭明娳主編，台北：時報文化。

問題與討論

一、試分析日治時期小說的特色。

二、試簡述五〇年代三大詩派的詩歌風格。

三、試說明八〇年代散文書寫技法的特色。

四、請自擇三首新詩閱讀，並嘗試分析其形式特色與內容意
　　蘊。

五、試擇一本小說作品閱讀，並說明自己的讀後心得。

第三章　台灣文學作家的分布與成就

林淑貞

本章從三個面向來分析作家的分布及成就，切入的視角有：

一、台灣文學流派及思潮流衍之下的作家分布。

二、台灣文學重要集團或刊物之作家分布。

三、作家省籍分布

透過不同層次的論述，冀能勾勒台灣文學作家分布的圖譜並展示其殊別的成就。

第一節　台灣文學流派及思潮流衍下的作家分布

台灣文學流派或思潮的推進，深受西方各種文化、文學思潮影響，本部分主要勾勒台灣地區曾經流行過的流派或思潮，以及相關重要作家的成就。

一、寫實主義

寫實主義是文學創作的一種方法，以眞實地反映生活現象爲主，雖然「寫實主義」此一名詞是十八世紀末由歐洲傳布出來，用以取代浪漫主義的主導優位性，迄十九世紀成爲歐洲文

學界成熟發展出來的自覺式的創作方式之一。在中國雖不標示
「寫實主義」的旗幟，卻自有其源頭，例如漢代樂府詩歌「感
於哀樂，緣事而發」、杜甫的「即事名篇，無復依傍」或是白
居易的「文章合為時而著，歌詩合為事而作」，皆是其例（木
鐸：1987）。台灣新文學肇始於1920年，時值日治時代，一直
至1945年主權才回歸中國，在這一段日治時期，作家創作新文
學時，具實反映日治時期人民生活的情狀為主要的表現方式，
較偏於寫實主義的寫作技法，並多採用小說及新詩的方式。

　　檢視日治時期的小說、新詩的寫作技巧，皆一秉寫實精
神，並充分傳達日治時期人民被殖民帝國壓迫宰制的悲情感。
儘管現實主義在不同的歷史時期有不同的審美觀點，但是真實
具現生活的原則是不變的通則。

　　此時期的作家以小說創作為主流，藉由小說人物的生活景
況來刻畫日本統治下的台民悲慘的遭遇，並以單篇發表於各報
章雜誌為多，其後再結集出書，例如呂赫若《清秋》內有〈鄰
居〉、〈柘榴〉、〈財子壽〉、〈合家平安〉、〈廟庭〉、〈月夜〉、〈清
秋〉共7篇。除作家個人彙編結集出書外，亦有選編的作品，例
如1944年台灣總督府情報課編《決戰台灣小說集》乾、坤卷。

　　此時期專心致力新詩創作的詩家則有楊華、王虛谷等人，
詩歌的題材有反映日治生活者，亦有反映個己遭逢感懷者，大
率出以寫實，具現生活情狀。

　　另有一些跨文類創作的作家也有卓犖不羣的表現。

　　此時期較有名的作家如下所述：

　　張我軍（1902～1955）是台灣新文學運動的大將，對於將

大陸新文學的火種傳播進入台灣，積極鼓吹台灣文學邁向新文學的歷程中，居功厥偉。其發表〈糟糕的台灣文學界〉（1924年）、〈討論舊小說的改革問題〉、〈詩體的解放〉等對於建構新文學理論有重要貢獻，尤其揭示新文學觀念是「白話文學的建設，台灣語言的改造」，是建設白話文學的基石。張我軍除了理論的建構及創作的實踐之外，尚引介大陸作家魯迅、冰心、郭沫若、徐志摩等人的作品，使台灣也能感受大陸地區發展新文學的脈動與溫熱。

　　而他個人在文學上的成就，主要是新詩部分，最爲人傳誦的作品是〈亂都之戀〉55首，內容以抒發個人對情愛追求的眞摯感情。除了新詩之外，留存的小說作品有：〈買彩票〉、〈白太太的哀史〉、〈誘惑〉三篇，皆以寫實手法刻畫人物的遭遇。

　　賴和（1904～1943）本名賴河，字懶雲，筆名甫三、安都生等，彰化人。賴和是一位傑出的文學創作者，一生對台灣新文學運動的功績，奠定了他成爲「台灣新文學之父」的地位。他除了積極主編《台灣民報》文藝版（1926年）、《現代生活》（1930年）、《台灣新民報》（1932年）外，尚參與文化運動，有台灣文化協會（1921年10月）、台灣文藝聯盟（1934覺）等，一方面也不斷提攜後進。

　　賴和是一個成功的跨文類作家，其文學創作鎔古裁今，是一位不可多得的文學家，在新文學方面，有新詩十餘首、小說14篇、散文隨筆序文13篇，其中膾炙人口的重要小說作品有〈鬥熱鬧〉、〈一桿稱仔〉等作品。

　　楊逵（1905～1985）原名楊貴，筆名楊逵、楊建文等，台

南新化人。1924年赴日留學，半工半讀期間曾參予政治、勞工運動，1927年返台工作，參加「台灣文化協會」的抗日活動、「台灣農民組合」的農民運動，巡迴各地演講，被日本當局監禁十餘次之多，1934年參加「台灣文藝聯盟」並擔任《台灣文藝》的日文編輯，1936年創辦《台灣新文學》，次年被日本當局查禁，楊逵在日治時期表現出中國人不屈不撓的愛國精神值得嘉許。1945年抗戰勝利後，創辦《一陽週報》，1946年擔任《和平日報》新文學專欄編輯，1948年主編《力行報》副刊，並翻譯魯迅、茅盾、郁達夫等人的作品，1949年因發表「和平宣言」被拘禁達十二年之久，出獄後經營東海花園，曾於1983年榮獲「吳三連文藝獎」，一生為文化、文學奔走努力終獲肯定。

楊逵的文學創作始於1927年，一生重要的代表作以小說、散文為主，而最具有寫實精神的是小說作品有：〈送報伕〉、〈水牛〉、〈鵝媽媽出嫁〉、〈模範村〉、〈泥娃娃〉、〈萌芽〉等，以小說媒材將自己親身經歷的景況表現出來。

楊逵對台灣文學的貢獻是以不屈不撓的精神積極參予抗日活動，並以寫作的方式創造屬於台灣人的抗爭精神，尤其對於三〇～四〇年代的台灣文壇有鉅大的影響力。

三〇年代的台灣新文學創作者當中，以小說知名者除上述的賴和、楊逵外尚有楊守愚、陳虛谷、楊雲萍、蔡愁洞等人，詩歌部分則有：楊華、朱點人、王詩琅等人，然而無論是小說或新詩，其寫作手法以直接鋪陳人民生活情狀為主，具有反抗日本統治台灣地區之無奈感傷，至於抗戰時期有名的小說家

有：吳濁流、呂赫若、張文環、龍瑛宗等人，仍以寫實爲主。

　　楊守愚（1905～1959）本名楊松茂，曾與張深切、賴明弘籌組「台灣文藝聯盟」，創作以中文書寫，在日治時期共發表三十多篇小說，是創作量最多的作家之一。作品多呈現日治時台灣人民的遭遇及社會發展情形。

　　王詩琅（1908～1984）日治時期參予社會組織曾被拘禁，後曾任《民報》、《和平日報》、《台北文物》等刊物務工作，文學創作有新詩、小說，作品多反映日治時期台灣各種社會運動及思潮。

　　吳濁流（1900～1976）以寫實手法揭露日本殖民統治，有短篇小說〈先生媽〉、〈陳大人〉，中篇小說〈波茨坦科長〉，長篇小說〈亞細亞的孤兒〉等作品，並創辦《台灣文藝》刊物。

　　呂赫若（1914～1951？）主要的成就在小說，尤以〈牛車〉發表在東京《文學評論》即深受矚目，另有中篇小說〈季節圖鑑〉、長篇〈台灣女性〉及新詩、隨筆等作品，是一位傑出的文學家也是一位聲樂家。小說特色以刻畫人物、描摹事件見長。思想較偏於社會主義，作品庶幾展現批評意識。

　　張文環（1909～1978）曾留學日本，與王白淵、巫永福創辦《福爾摩莎》，返台後於1941年與黃得時、王井泉等籌組「啓文社」，刊行《台灣文學》，使台民有發表文章的園地。光復以後先後任職縣議員、台灣文獻編纂、金融界等。著作以小說爲多，是日治後期的重要作家，〈閹雞〉是有名的代表作。

　　龍瑛宗（1911～　）是一位創作不輟的作家，日治時期以日文創作，光復前的小說有24篇：〈趙夫人的戲台〉、〈植有木瓜

樹的小鎮〉、〈白色的山脈〉等，光復後有〈青天白日旗〉、〈從汕
頭來的人〉等，又於1980年克服語言障礙，以七十高齡寫出中
文的小說〈杜甫在長安〉。

四○年代光復後仍創作不輟的有楊逵、吳濁流、鍾理和等
人。五○年代，延續寫實精神主要仍以省籍作家為主，有鍾理
和、廖清秀、文心、鍾肇政、施翠峯、陳火泉、李榮春等人。

鍾理和（1915～1960）曾因肺病割除七根肋骨，雖貧病交
迫仍致力寫作從不停筆，主要的作品有小說選集《夾竹桃》、
《原鄉人》，長篇小說《笠山農場》及散文集《做田》等作品，今悉
收編為《鍾理和全集》。

鍾肇政（1925～　）主要的作品有長篇小說《魯冰花》、
《濁流三部曲》、《台灣人三部曲》等共五十多部創作，是一位質
量兼備的文學創作者，尤長於長篇小說的構寫。

六○年代，對於省籍作家而言，有二大盛事，一是1964年
吳濁流創辦《台灣文藝》，吸收一羣省籍作家，主要有巫永福、
林衡道等人。二是同年六月《笠》詩社成立，主要成員有白萩、
陳千武、杜國清、趙天儀、林亨泰、王憲陽、詹冰、錦連、吳
瀛濤、黃荷生、古貝諸人。此二刊物成為省籍作家與省外作家
分庭抗禮的主要發展園地，在這兩塊園圃中，大家默默地耕
耘，成為凝聚向心力的精神堡壘。

六○年代後期有所謂的「鄉土文學」正式登上文壇，所謂
的「鄉土文學」的寫作精神仍是一本寫實主義的初衷，所以在

匯流之後，形成一股力量，在七〇年代成為一股風潮，並引發鄉土文學論戰。綜言之，寫實精神在台灣從未中斷，時隱時顯，雖然未必居主導地位，但是一股長流始終承續日治時期的寫作精神，以具實反映現實生活為主。

　　在七〇年代掘起的作家有陳映真、黃春明、王禎和、施叔青、楊青矗、王拓等人。其中，陳映真、黃春明、王禎和是在尉天驄的《文學季刊》（1972年）發表，而王禎和與白先勇、王文興的《現代文學》亦有關涉，早期皆投稿在這幾份刊物中深受矚目。

　　八〇年代「鄉土文學」的路線，有部分人士以「台灣文學」稱之，主張者承襲寫實主義，繼續發皇寫實精神，使「寫實」路線在不同的世代扮演主流或非主流的角色，重要作家有黃春明、王禎和、王拓、洪醒夫、楊青矗等人。

二、現代主義與後現代主義

㈠現代主義（Modernism）

　　現代主義最大的理論基礎是表現出個人與社會、他人、物質、自然之間的對立、變異的關係，受到現實的扭曲，所產生絕望、悲觀的情緒，著重主觀表現，運用高度的藝術想像、形式結構，充分表現自我，偏重形式是基本特徵。（木鐸：1987：456）國民政府遷台後，最早將現代主義引入台灣者，以五〇年代現代派的紀弦為首，主張「橫的移植」，其次承襲者為六〇年代以《現代文學》為主的台大學生組成的成員，有白先勇、王文興、歐陽子等人。七〇年代是台灣政、經結構改

變、起飛的時代，在創作上仍然以現代主義爲主流，採意識流或潛意識的寫作手法直透人心幽微處，使人的存在價值在質疑中產生不安、焦灼的狀態，圖構出現代人疏離、缺乏安全感的思慮。

事實上，現代主義是一系列的主義展示，象徵主義、存在主義、超現實主義皆含納在其中，只是審美觀點或寫作技法不同而構成不同的支系流衍，基本的特徵是刻意表現自我，將心識活動以意象化的手法表現出來，造成晦澀難明，朦朧變異的意象。

㈡後現代主義（Postmodernism）

後現代主義的理論基礎打破我們所認識的思維和經驗方式，揭示生存無意義，而在語言學及文學理論的發展過程中，則企圖摧毀語言本身所能傳遞的符旨功能，語言成爲不可解決、無法確定的遊戲。（朱金鵬：1990：197）後設小說一詞大約於1970年出現於歐美，台灣則在1985～1986年之間始有後設小說之創作，與傳統結構背道而馳，運用的方式是諧擬（parody）採用雙碼或雙聲進行抗衡或敵對狀態的書寫模式，並且著意對「框架」（frames）進行「破框」的偏離敍述，或是採用離題（digression）方式進行中斷、摒棄結構性書寫，此一種寫作方式是凸顯作品的虛構性，主要有黃凡的〈如何測量水溝的寬度〉（1985年）、蔡源煌〈錯誤〉（1986年）、張大春〈公寓導遊〉、〈四喜憂國〉、〈將軍碑〉、〈寫作百無聊賴的方法〉、〈如果林秀雄〉、〈最後的先知〉；林燿德〈惡地

形〉、〈我的兔子們〉、〈迷路呂柔〉等；葉姿麟〈有一天我掉過臉去〉；黃啓泰〈少年維特的煩惱導讀〉等等，後設理論的提出，皆在解構我們原先所認知的世界，並且質疑虛構與眞實的關係。（張惠娟：1990）

三、超現實主義與象徵主義

㈠超現實主義

「超現實主義」又稱「超寫實主義」，盛行於二〇年代的法國，以後逐漸發展至歐美、非洲、日本等地，流傳至美國出現「新超現實主義」詩歌。超現實主義否認理性作用，揭示超現實、夢幻和潛意識是藝術創作的泉源，比事實本身更能表現精神深處的眞實。（木鐸：1987）在台灣新文學史上，最早提倡者是楊熾昌，他於1935年由日本引進，並與張良典、李張瑞、林永修等人籌組「風車詩社」，並出版〈風車詩刊〉，主張「拋棄傳統、脫離政治、追求純藝術，表現人的內心世界」，事實上，根據楊熾昌所云，採用「超現實主義」的寫作手法，是爲了避免寫實主義直接引發日治時期的文字獄，此一說法是可以被接受的。1942年張彥勳創辦「銀鈴會」，提倡以開放的態度來接受各種文學思潮，是故超現實主義亦曾被引介進入詩壇。另外「創世紀」亦曾在1956年提出「新民族詩型」時，對於詩的獨立性、創造性有另一番體悟，將世界各種文學思潮逐漸引入，超現實主義亦是其一。甚至六〇年代以後竄起的「笠」詩社亦曾譯介日本超寫實主義，從上述得知日治時期雖以現實主義爲主流，但「超現實主義」亦在時流中，時隱時

現。

　　台灣的超現實主義，根據洛夫所云，並非在懂得法國超現
實主義或是在讀過布洛東的〈超現實主義宣言〉或其他相關的史
蹟、傳記、法則以後才倣效而行的，事實上只是早期受到法國
及西方其他國家廣義超現實主義者作品影響，而以個人的體
會、領悟、想像來創作，未必對超現實主義的理論或作品有全
盤理解。（洛夫：1975）超現實主義的代表作家，在日治時期
以「風車詩社」楊熾昌爲代表，他主要的作品有《熱帶魚》、
《樹蘭》、《燃燒的面頰》等書，「銀鈴會」主要的成員有張彥
勳、詹冰、林亨泰、蕭金堆、錦連等人亦有超現實主義的作
品，五、六〇年代的代表作家則有洛夫、商禽、瘂弦、張默、
大荒、辛鬱、楚戈、管管等。

　　洛夫的〈石室之死亡〉是最典型的「超現實」主義作品，共
64首，其後選取25首另加標題，重新出版，每首詩以繁複綿密
的意象組構而成，思索人類生、死、存、亡之困惑，由於解讀
時晦澀玄秘，難窺奧妙，一旦領會，似又惘惘成孤寂，例如編
號一，題爲〈哀歌〉的前半段，以抗衡之姿背叛死亡仍逃不出死
亡的召喚，「我」目光掃過之處，觸處成血，將生之昂然勃憤
與死亡凜然抗拒形成一幅鮮明的圖像，若求索其意，則語言晦
澀，似難直接會通意涵。

　　商禽的〈長頸鹿〉也是一首膾炙人口的詩，以囚犯瞻仰歲
月，象徵自由之渴望，獄卒逡巡守候歲月，以凸顯歲月無可追
蹤而獄卒愚騃無知。

(二)象徵主義

象徵主義是由省外作家覃子豪將大陸三〇年代李金髮等人流行之朦朧、象徵主義傳入，五〇年代的台灣詩壇中，藍星詩派的覃子豪即是因承象徵詩派而來。象徵主義的理論基礎是主觀的唯心主義，指出現實世界是虛幻的、痛苦的，而往內心探索另一個不能把握的世界，此一世界必通過象徵手法來暗示，所有的客觀世界是主觀世界的象徵，運用含蓄曲折的方式引發我們恍惚迷離的聯想，此即是象徵喜用暗示、烘托、對比、聯想的手法來表達。（木鐸：1987：455）

以覃子豪為主的象徵派在五〇年代曾與紀弦、蘇雪林打一場激烈的筆仗，覃氏主要是提倡詩歌創作可以透過朦朧的、隱晦的象徵手法達到巧譬的效能，但是蘇雪林則反駁說這將使新詩走向晦澀的道路。第一場論戰於1957年《藍星詩選・獅星座號》刊出〈新詩往何處去〉開始，與紀弦討論「橫的移植」的路向問題，直至1958年末方歇息；第二場論戰是由蘇雪林於1959年7月正面批評象徵主義為始，11月又有言曦發出〈新詩閒話〉等篇作為回應，使論戰的規模持續延燒下去，所討論的是表現自我，且刻意經營意象，在技巧與形式語言等方面力求新與變。

第二節 台灣文學重要集團或刊物之作家分布

日治時期的文學刊物或文學活動，主要是以反日、抗日、

反殖民爲主述，影響力較大的有《台灣新民報》、《台灣文藝》、《橋》等，主要的作家皆爲省籍作家，故有中日文同刊之文藝欄。

　　五〇年代影響最大的是三大詩社：現代派、藍星、創世紀，各自旗幟鮮明，展示不同的創作理念。文學刊物以《文星》、《文壇》、《筆匯》等雜誌，培育許多作家，成爲台灣文學發展的最佳園圃。

　　六〇年比較爲人津津樂道的是省籍作家成立了兩大刊物，一是《台灣文藝》、一是《笠》詩刊。省外作家則分別由林海音成立《純文學》、台大外文系學生組成的《現代文學》、尉天驄創辦《文學季刊》後改組爲《文季》。

　　七〇年代是詩社蓬勃發展的世代，許多青年詩人結合創建新的詩社，使詩歌的國度蔚爲壯盛，有《龍族》、《主流》、《大地》、《詩人季刊》、《草根》、《詩脈》等詩社或詩刊，網羅優秀詩人。

　　八〇年代的《文訊》是以台灣文學史料的蒐羅或專輯報導爲主，雖非以培育文學作家爲主，但是，對於台灣文學的貢獻是大家有目共睹的。另外，《聯合文學》則是以刊載純文學作品爲主，成爲作家們開闢新戰場的園圃，是一本兼顧質與量的刊物。《中外文學》則是一本屬於綜合性的刊物，有文學創作的發表，亦有西方文學理論的引介，更有文學批評，成爲學界頗重視的一本重要刊物。

　　九〇年代可記盛事，以網路文學爲主，有綜合性質的網站，亦有專以詩刊爲主，網站的架設與消歇甚爲快速，曾經出

現過的網站有：月之海網路文學網、靈犀小築、生活工廠、風之城、台灣詩網、台灣網路詩實驗室、現代詩島嶼、雙子星人文詩刊、詩路台灣現代詩網路聯盟等等。

除了上述網站外，有一些享有盛名的作家亦自架設網站，使自己的作品能上網與讀者作互動式的溝通，例如向陽、林清玄、林彧、焦桐、鍾肇政等等。

◈台灣文學社團及刊物與作家關係◈

社團或刊物	小說作家	散文作家	新詩作家
10年代			
應聲會 說明： 1919年 林呈祿 蔡培火 彭華英 蔡惠如			
20年代			
台灣文化協會			
啓發會之《台灣青年》 後重組為「新民會」 說明： 1920年林獻堂、蔡惠如創辦，1922年更名《台灣》			
《台灣民報》後改名為《台灣新民報》 說明： 1923年4月創刊	張我軍 楊雲萍		

30年代			
台灣文藝作家協會之《先發部隊》 說明： 1934年創刊，廖漢臣主編	郭秋生　廖漢臣 朱點人　林克夫 蔡德音　黃得時 王詩琅		
台灣文藝聯盟之《台灣文藝》中日文並刊 說明： 1934年5月張深切、賴弘明召開			
台灣新文學社之《台灣新文學》 說明： 1935年楊逵夫婦在台中成立，1937年禁用漢文廢刊	王詩琅　黃得時 賴　和　楊守愚 吳新榮　郭水潭 王登山　賴明弘 賴　慶　葉榮鐘		
台灣藝術研究會之刊物《福爾摩沙》 說明： 東京1932年張文環巫永福創辦	張文環　巫永福 王白淵　吳坤煌 劉　捷　蘇維熊		
《南音》	黃春成　張星建 賴　和　葉榮鐘 陳逢源　郭秋生 黃得時		

40年代			
《一陽周報》 說明： 1945年楊逵創辦			
《中華日報・日文文藝欄》 說明： 吳濁流主編			
《橋》 說明： 1949年8月1日～1949年3月29日止，歌雷主編	蔡德本　黃昆彬 邱媽寅　葉瑞榕 王溪清　謝哲智 葉石濤		
《公論報》之〈文藝周刊〉 說明： 1949年9月何欣主編	葉石濤　施翠峯 李辰冬　陳紀瀅 陳祖文　聿　均 何　欣		
《新新雜誌》 說明： 1945年11月～1946年11月	龍瑛宗　吳濁流 江肖梅　呂赫若		周伯陽　吳瀛濤 王白淵
台灣文化協進會之《台灣文化月刊》 說明： 1945年11月創刊，有台省及外省籍文人共同投稿經營。	吳新榮　楊守愚 呂訴上　呂赫若 廖漢臣　黃得時	洪炎秋　許壽裳 臺靜農　李霽野 黃榮燦　黎烈文 雷石楡　林獻堂 黃啓瑞　林呈祿 許乃昌　游彌堅 陳紹馨	

50年代			
《現代詩》 說明： 1953年2月創刊			紀　弦　　方　思 楊允達　　蓉　子 季　紅　　葉　泥 吹黑明　　羅　明 辛　鬱　　林亨泰 黃荷生　　鄭愁予 林　泠　　梅　新 李　莎　　羊令野 秀　陶　　沙　牧 白　萩　　大　荒 葉　珊
《藍星》 說明： 1954年3月創社			覃子豪　　鍾鼎文 夏　菁　　余光中 鄧禹平
《創世紀》 說明： 1954年10月創社			瘂　弦　　洛　夫 張　默　　李英豪 葉維廉
南北笛 說明： 1956年4月創刊			羊令野　　葉　泥
《正氣日報》之〈海鷗〉 詩刊 說明： 1956年創刊			陳錦標
文學雜誌 說明： 1956年創刊	朱立民　夏濟安	林文月　　林以亮 周棄子　　梁實秋 陳世驤　　勞　幹 劉紹銘　　鄭文德	余光中

《文星》 說明： 1957年創刊	於梨華　孟　瑤 郭衣洞　鍾肇政 趙滋蕃	文　心　王尚義 汶　津　李　敖 　何　欣　金玉 艮　林海音　莊 因　朱介凡　李 霖燦　東方望 思　果　梁實秋 梁容若　張秀亞 錢歌川　王洪鈞 沈　甸　童世璋 徐道鄰　孫如陵	夏　菁
《文壇》 說明： 1957年6月創刊	穆中南　朱嘯秋 王　岩　王　藍 公孫嬿　朱西寧 林海音　孟　瑤	陳紀瀅　彭　歌 琦　君　楊念慈 劉　枋　蕭傳文 王文漪　艾　雯 季　薇　咸　思	上官予　亞　汀 紀　弦　覃子豪 彭邦楨　鍾　雷
《筆匯》 說明： 1958年創刊，以政大 中文系爲主	白先勇　陳映眞 余光中	尉天驄　任卓宣 何　欣　劉大任 姚一葦　郭　楓	葉　笛
60年代			
《現代文學》	白先勇　王文興 陳若曦　歐陽子 李歐梵　王禎和 潛　石　杜國清 黃春明　七等生 施叔青　李　昂 李永平　林懷民 忻　約　陳映眞		

《葡萄園》 說明： 1962年創刊			王在軍　李佩徵 藍　雲　古　丁 史義仁　宋后穎 文曉村　陳敏華 徐和鄰　楊奕彥
《台灣文藝》 說明： 1964年4月創刊	吳濁流　鍾肇政 陳永興　張文環 楊　逵　龍瑛宗 黃得時　王詩琅 吳濁流　巫永福 林衡道		
《純文學》 說明： 1967年創刊		林海音	
《文學季刊》 說明： 1966年創刊，1972年 停刊，改組後成為 《文季》	尉天驄　陳映眞 黃春明　王禎和 施叔青　七等生		
《笠》 說明： 1964年6月創刊			白　萩　陳千武 杜國清　趙天儀 林亨泰　王憲陽 詹　冰　錦　連 吳瀛濤　黃荷生 古　貝　薛柏谷 葉　笛　何瑞雄 李魁賢　林宗賢 非　馬　鄭炯明

			陳明台　李敏勇
			拾　虹　陳鴻森
			郭成義　曾貴海
			陳坤崙　莊金國
			黃樹根
70年代			
《笠》 說明： 1964年創刊			巫永福　陳秀喜 黃騰輝　詹　冰 陳千武　林亨泰 錦　連　趙天儀 白　萩　杜國清 李魁賢　林宗源 周伯陽　杜芳格 非　馬　許達然 林鍾隆　靜　修 鄭炯明　李敏勇 陳明台　拾　虹 陳鴻森　郭成義 李勇吉　梁景峯 莊金國　陳坤崙 李篤恭　莫　渝 趙迺定　楊傑美 衡　榕
《龍族》 說明： 1971年3月創刊			林煥彰　林佛兒 羊　牧　喬　林 施繼善　陳芳明 黃榮村　高上秦 景　翔　蘇紹連 蕭　蕭

《主流》 說明： 1971年7月創刊			黃勁連　羊子喬 龔顯宗　凱　若 杜皓暉　德　亮 莊金國
《大地》 說明： 1972年9月創刊			王　浩　王潤華 古添洪　李　弦 余中生　林鋒雄 林錫嘉　林明德 秦　嶽　淡　瑩 黃郁銓　陳慧樺 陳德恩　陳　黎 童　山　翔　翔 藍　影
《詩人季刊》 說明： 1974年11月創刊	蘇紹連　莫　渝 牧　尹　陳義芝 廖莫白　蕭　蕭		
《草根》 說明： 1975年創刊	羅　青　詹　澈 李　男　張春華		
《詩脈》 說明： 1976年7月創刊	岩　上　王　灝 向　陽		
《創世紀》 說明： 1954年創刊	沙　穗　連水淼 汪啓疆　渡　也		

80年代			
《台灣文藝》 **說明：** 持續發展			
《笠》 **說明：** 持續發展			
《中外文學》 **說明：** 持續發展			
《文學界》 **說明：** 1982年1月創刊	李　喬　鄭淸文 鍾鐵民　吳錦發 曾心儀　東方白	陳冠學　洪素麗 許達然　蔡文章 **評論家：** 葉石濤　彭瑞金	黃樹根　陳芳明 非　馬　李魁賢 趙天儀　陳千武 苦　苓
《文季》 **說明：** 1983年4月創刊	黃春明　王禎和 陳映眞　王　拓 楊靑矗	何　欣　許達然 郭　楓　蔣　勳	李魁賢　張　錯
《文訊》 **說明：** 1983年7月創刊，綜 合性刊物，以文學史 料整理爲主。			
《聯合文學》 **說明：** 1984年11月創刊，以 刊載純文學作品爲 主。			

《陽光小集》 說明: 1979年11月創刊，網羅八〇年代新生代詩人	履 彊 陌上塵	劉克襄 苦 苓	向 陽 張雪映 李昌憲 林文義 林 野 陳 煌 陳寧貴 劉還月 張 錯 陳克華 謝武彰

第三節 作家省籍分布

台灣作家省籍分布大抵可分爲本省、省外、海外作家、華裔作家四大類，所謂本省作家是相對於省外作家而言，「**本省作家**」是指明清時期即已移居台灣之族系或原先即已居住在台灣者，又可細分爲閩系、客系、原住民三大族羣，「**省外作家**」則以1949年國民政府遷台爲基準，或前或後到台灣者屬之，由省外人士所生之子弟則通稱爲省外第二代、第三代等，例如朱西寧爲省外作家，其女兒朱天文、朱天心則爲第二代。「**海外作家**」指曾留居在台灣或出生在台灣者，因留學、生活、政治、經濟等因素而留居海外者，所創作的作品仍以關懷台灣地區者屬之。例如於梨華、聶華苓、白先勇等。「**華裔作家**」是指由世界各地的華人，因留學、政、經因素來到台灣，並留居在台灣或雖離去而仍以關懷台灣爲書寫內容者屬之，例如溫瑞安、方娥眞皆來自馬來西亞，曾在台灣就讀，後雖離去，但是其作品曾對台灣有一定的影響度，又如鍾怡雯、陳大爲二人亦來自馬來西亞，來台就讀，現在留居台灣工作，所創

作的作品在台曾榮獲多項文學獎項，並且出版，亦與台灣息息相關，是故仍可納入台灣文學的一部分。

　　因本省、省外作家前多已述及，本部分側重介紹海外作家及原住民作家。

一、海外作家所布示的留學與移民圖景

　　海外文學基本上可區分爲「留學生文學」、「移民文學」兩大類別。「留學生文學」是以留學異國所面對的文化衝擊而書寫的題材爲主，「移民文學」是指移居外國面對生活景況、風俗異情所書寫的文學，在移民文學當中，有早年移民，亦有在台灣工作退休之後才移民者，兩種型態各自呈現不同的內容風貌。

　　留學風潮在台灣有幾個階段性的變化，五〇年代後期至六〇年代時期，留美學生多半是由大陸流寓台灣，對於大陸的想望及台灣的過客心態，遂抱著以離棄台灣，留駐異域爲目標，希望藉由留學的名目，永遠留居異鄉他國，但是由於不同文、不同種所興發的文化、政治的疏離感、夾縫感，成爲「無根的一代」，使得作家筆下所描摹的留學生涯與心態呈現漂泊無根的孤寂，成爲留學文學的主要特色，其中較著名的作家有於梨華、聶華苓、白先勇、張系國、叢甦、水晶……等人，尤其以於梨華被稱爲「留學生文學的鼻祖」的作品最多。小說部分有於梨華《夢回青河》、《變》、《又見棕櫚，水見棕櫚》、《傅家的兒女們》、張系國的《昨日之怒》、叢甦的《中國人》、趙淑俠《我們的歌》、《落第》、《春江》……等，散文部分有陳之藩的《劍河

倒影》、《在春風裡》……等。七○年代以後的留學生,不再以留駐異國或移民爲主要目標,且留學的國家不再以美國爲唯一目標,開始轉移到歐洲其他國家,根據統計,五、六○年代學成歸國者不到3～5％,七○年代以後日益增多,高達80％之多,作品不再呈現飄泊的失落感,而以呈現異國人文圖景爲主。且經過歲月的流轉,五、六○年代留學生已成爲留居海外的學者,作品內容較少刻意表現早年失落焦灼的無根徬徨,而能深刻體察不同的人文景況,例如顧肇森、張錯、楊牧、李黎、保眞等人的作品。(劉登翰:1993)

移民文學中,靑壯年移民者多半歷經生活困頓,或在異域求生存的親身感受,故而以書寫移居海外的心聲及生活的種種樣貌爲主,例如周腓力、黃娟等,而退休後移民者,多能以觀照的心靈去映照異國文化樣態,例如琦君、林文月、黃永武等人的作品。

除了以歐美爲留學、移民的主要區域外,施叔青的香港文學系列,標幟出不同的文化圖景,她以特有的敏銳筆觸刻畫香港景致,爲台灣文學開發了另外的櫥窗。施叔青在七○年代初期移居美國,1977年又隨夫婿施中和到香港定居,主要的作品有《香港人的故事》、《細愫怨》、《香港三部曲》:(她名叫蝴蝶、遍地洋紫荊、寂寞雲園)等,刻畫香港殖民身世及歷史悲情的人文圖景,《香港三部曲》並於1999年獲香港《亞洲周刊》廿世紀中文小說一百強之殊榮。1994年回台定居,又於1999年出版《微醺彩妝》刻畫台灣商業文化及淺薄無根的社會特質,深沈的思考台灣文化的去向。

二、原住民文學

　　原住民在台灣屬於弱勢族羣，共有九族：泰雅、賽夏、布農、曹族、排灣、魯凱、卑南、阿美、雅美族。早年相關的文學創作甚少，迄七〇年代始日益受到重視，八〇年始有人關注其文學創作，一般而言，原住民文學，從創作者而言，可擘分兩類，一是其他族系描寫原住民的作者，例如曾經以原住民爲創作題材者有古蒙仁、李喬、鍾肇政、吳錦發等人；二是原住民自己爲創作者，例如排灣族有陳英雄以小說見長、布農族的田雅各及瓦歷斯・諾幹二人擅寫小說、詩歌創作則有排灣族的莫那能、泰雅族的柳翱、雅美族的波爾尼林等人。

　　目前可見的原住民文學，在選集部分有：台灣原住民文學系列之小說《悲情山林》（吳錦發選）、散文《願嫁山地郎》（吳錦發選）；在著作方面有：田雅各《最後的獵人》、瓦歷斯・諾幹《泰雅腳蹤》、柳翱的散文筆記《永遠的部落》、莫那能的詩集《美麗的稻穗》。漢族作家的原住民作品有鍾肇政的小說《馬黑坡風雲》（商務）、《川中島》、《戰火》（蘭亭）等；林燿德的《1947高砂百合》（聯合文學）；王幼華《土地與靈魂》（九歌）；張老師月刊出版的散文集《久久酒一次》等等。刊物部分有1989年林明德創辦的《原報》、1990年瓦歷斯・諾幹創刊的《獵人文化》等。（劉登翰：1993：796～816）

第四節　小結

　　盱衡台灣文學流派及思潮流衍下的作家分布，我們可從寫
實主義與現代主義二部分來勾勒台灣文學作家的成就，寫實精
神在台灣文學版圖中，從未斷絕，呈現時隱時現的景況，重要
的作家有賴和、張文環、呂赫若、鍾理和、楊逵、黃春明、洪
醒夫、楊青矗、王禎和、王拓等人，具現生活的困蹇、生命的
流離，以及人世哀感頑豔的交接遇合，圖寫出浮世中的人生風
貌、家國悲情。現代主義部分，現代派有紀弦、王文興、歐陽
子、白先勇等人，超現實主義有洛夫、商禽等人，象徵主義有
覃子豪等人，刻意抉發人心之幽微面以及心識活動的流轉。後
現代主義的創作者則有張大春、林燿德、葉姿麟等人展現解構
之後的存在質疑與言說的破框作用。

　　台灣文學重要集團或刊物之作家分布，主要有五○年代的
三大詩派：現代派、藍星、創世紀；六○年代的刊物有《台灣
文藝》、《笠》、《現代文學》、《純文學》等。七○年代是詩刊蓬
勃發展的新紀元，有龍族、主流、大地、草根等。八○年代主
要刊物有《文訊》、《聯合文學》、《中外文學》；九○年代則邁向
網路文學的世代。這些文藝刊物或文學社團，往往具有聚斂與
輻射的效應朗現理念相合，相悖的吸斥作用。

　　至於作家省籍分布，主要區分為本省、省外、海外、華裔
作家等，因不同的經歷，不同的關懷，示現不同的人文圖象各
自開出一片創作的天地，共蔚台灣文學圖景。

❖參考書暨徵引書目

白少帆（1987）：《現代台灣文學史》，另有王玉斌、張恆春、武治
　　純主編，瀋陽：遼寧大學出版社。

木鐸版（1987）：《美學辭典》，未著錄編者，台北：木鐸出版社。

朱金鵬（1990）：《歐美文學術語辭典》，M・H　艾布拉姆斯著，
　　朱金鵬、朱荔譯，北京大學出版社。

古繼堂（1989a）：《台灣小說發展史》，台北：文史哲出版社。

古繼堂（1989b）：《台灣新詩發展史》，台北：文史哲出版社。

洛　夫（1975）：《洛夫自選集》，黎明文化有限公司，1975年，頁
　　263。

張惠娟（1990）：〈台灣後設小說試論〉輯入《世紀末偏航：八〇年
　　代台灣文學論》，孟樊、林燿德主編，時報出版企業有限公司，
　　頁297～326。

葉石濤（1987）：《台灣文學史綱》，高雄：文學界雜誌社。

劉登翰（1993）：《台灣文學史》，另有莊明萱、黃重添、林承璜主
　　編，福州：海峽文藝出版社。

問題與討論

一、何謂寫實主義？日治時期重要的小說作家有哪些？試舉作
　　品證之。

二、試比較《笠》與《創世紀》二詩刊之異同。

三、試選擇一位原住民之作品閱讀，並說明其意蘊。

四、試就自己上文學網站的經驗，說明該網站之特色。

第四章　台灣的文學批評與批評家

林素玟

第一節　前言

　　文學研究理論之範疇與分類，自二十世紀初以來，即定義紛披，諸說並陳。韋勒克（Rene Wellek）和華倫（Austin Warren）合著的《文學論──文學研究方法論》（Theory of Literature）一書，將文學研究區分為文學理論、文學批評以及文學史三類。其中「文學理論」又包括「文學批評的理論」和「文學歷史的理論」兩種（韋勒克、華倫，1976：60～61）。

　　劉若愚的《中國文學理論》則將文學研究區分為兩個主要部門：文學批評和文學史。文學批評又分為「理論批評」與「實際批評」；其中「理論批評」包括「文學本論」與「文學分論」。「文學本論」乃關於文學的基本性質與功用，屬於文學的本體論範疇；「文學分論」則牽涉文學的不同方面，例如形式、類別、風格和技巧等，屬於文學的現象論或方法論。至於實際批評，其主要成分則是詮釋（包括描述和分析）與評價（劉若愚，1981：1～2）。

　　沈謙在《期待批評時代的來臨》一書中，將文學研究區分爲四個主要部門：一爲文學理論：包括文學原理、文學類型、創作理論；二爲文學批評：包括批評原理、批評方法、實際批評；三爲文學史：包括文學史觀、文學通史、文學專史；四爲文學考證：包括作品的考證、作者的考證、背景的考證（沈謙，1979：10）。

　　李正治在〈四十年來文學研究理論之探討〉一文中，認爲文學研究有理論的層域，而將文學研究理論區分爲三類：一爲狹義的「文學理論」，以「文學創作」爲研究對象；二爲「批評理論」，以「實際批評」爲研究對象；三爲「文學史的理論」，以「文學史的撰述」爲研究對象（李正治，1992：5）。

　　以上四說，不論分類如何，皆顯示文學研究部門中，「文學批評」此一範疇之重要性。文學批評在台灣的發展，自1949年迄今，已屆滿五十年。此期間文學批評由草創萌蘗而蔚成大觀，一方面吸收消化西方文學批評方法，以詮釋中國文學；另一方面則開展出中國文學批評的嶄新風貌。五十年來之發展歷程，約有三波重要思潮，牽動著台灣地區文學批評之走向：一則爲「批評方法」之會通；二則對「文學批評」本質之貞定；三則爲後現代批評。

　　以上三大思潮在從事文學批評的理論或實際批評的建構過程中，曾引發了重大的文學論戰，激盪出文學批評的各層面向及重要課題。由論戰各方所討論之焦點，正可突顯文學批評之基本性質與範疇。本文就以上三大思潮，分別敍述該領域五十

年來代表人物之理論建構,並指出各別理論彼此之間的相關性及其發展歷程。

第二節 「批評方法」之會通

1949年至六〇年代初期,台灣的文學批評多半以傳統中國文學批評理論爲主,在從事實際批評之方法運用上,傳統中國文學批評之方式,經常被稱爲「印象式批評」。至六〇年代初期,西方文學批評陸續引進台灣。西方文學理論與批評方法在台灣地區正式興起,除了新批評(又稱形式論批評)之外,歷史論批評、社會文化論批評、心理學派批評以及創作神話論批評等理論,亦相繼譯介於台灣的文學研究界(格瑞斯坦,1979)。至七〇年代比較文學興起之後,中西文學批評方法之會通,始在台灣文學理論界,形成一股盛大的思潮。

七〇年代開始,台灣地區接二連三發生保釣運動、退出聯合國、中日斷交等政治事件,激發台灣地區對傳統中國文化的認同。「回歸中國」的風潮,在各個領域同時興起,文學界亦出現「中西文化論戰」,中國文學之特質,也在中西文化比較中被加以突顯。

同時,以外文系爲主導的比較文學研究,亦於此時在台灣地區生根發展。七〇年代之前,國內少數外文系畢業生赴歐美研讀比較文學,爲台灣接觸比較文學之始。1970年,台大外文研究所創設比較文學博士班,同年淡江文理學院西洋文學研究室出版比較文學半年期刊《淡江文學評論》。1971年淡江文理學

院主辦遠東地區第一屆「國際比較文學會議」，1972年6月，
由朱立民、顏元叔、胡耀恆等人所創辦的《中外文學》月刊，大
量譯介西方文學理論，1973年「中華民國比較文學學會」成
立，1975年第二屆「國際比較文學會議」召開。經此一連串的
努力之後，比較文學才算正式在台灣生根發展，爲台灣地區的
文學研究開展出另一種運用西方新理論的文學批評方法，形成
另一波思潮。比較文學研究者所關注之焦點，主要爲中、西文
化的同異辨識，其對文學理論的建構，則表現在中、西文學的
比較會通上。尤其運用新批評、現象學、詮釋學等方法，對中
國近體詩與英美現代詩兩種文學的比較研究，以及運用結構主
義、神話原型等方法，對中國古典小說之比較研究。

　　台灣地區最早引進的西方文學理論，首推新批評。早在五
〇年代末期，夏濟安即引進英美現代文學批評，然其成果多集
中於翻譯及介紹西方新批評的理論與特色。陳世驤是台灣地區
第一位將新批評的方法與觀念應用到中國古典詩歌探討的批評
家。其〈時間和律度在中國詩中之示意作用〉和〈中國詩之分析
與鑒賞示例〉二文，皆以新批評的觀念與方法來探討中國古典
詩歌。自此以後，新批評在台灣的盛行，主要都集中在中國古
典詩歌的討論上（柯慶明，1987：106～142 ）。

　　新批評引介至台灣文學研究界，基本上仍屬試驗階段。眞
正從事中西文學批評方法之會通，具有理論建構之成果者，要
到比較文學興起之後，方始爲功。

一、現象學、詮釋學

　　五、六〇年代，台灣地區援引西方文學理論，主要集中在新批評一派，七〇年代以後，在比較文學思潮中，最早被引進台灣地區作為中國文學批評的西方理論，首為現象學。

　　劉若愚的〈中西文學理論初探〉(《中國文學理論》，台北：聯經出版公司，1981.9)以及《中國文學理論》一書，即引用現象學的方法，一則以傳統中國「妙悟派」的批評家——如嚴羽、王夫之、王士禎以及王國維的理論作為詩的「境界」理論之依據；再則以西方象徵主義及其後的詩人和批評家——如馬拉美(Stephane Mallarme)、艾略特(T.S. Eliot)等人的理論作為詩的「語言」理論之依據，進行中西文論之會通。在《中國文學理論》一書中，劉若愚認為上述這些持有形上學觀點的批評家受道家哲學之影響，其主張「物我合一」和「情景不分」的文學理論，和西方現象學家所主張的「主體」與「客體」合一、「知覺」與「知覺對象」不分的觀念，具有根本的相似性。劉若愚不僅將道家的「道」與現象學家海德格(Martin Heidegger)的「存在」相比較，更指出「主客合一」的觀念為中國傳統思考的基本模式。此顯然已觸及傳統中國文學的特質——所謂「境界」美學的精蘊。

　　和劉若愚理論相似者，為同時期的**葉維廉**。早在七、八〇年代，葉維廉便先後出版了《秩序的生長》(台北：時報出版社，1973)、《飲之太和》(台北：時報出版社，1980)兩部著作，為其比較文學研究之開端。1983年《比較詩學》出版，大抵

沿承著前二書的論點，逐步系統化，可稱爲葉氏在中、西文學
會通方面理論成型的代表作。由此三書的討論，可明白地顯示
葉維廉早期對中國文學批評的建構。

在方法學上，葉維廉以現象學哲學爲理論架構，由語法分
析的角度出發，研究中國古典詩歌的語言美學，企圖從語言、
語法的分析中，作中、西文化之會通。葉維廉援用現象學作爲
與道家美學的會通理論，並以之作爲中國山水詩與英美現代詩
的美感經驗之比較的基礎，由此建構傳統中國詩歌美學之特
質。其對中國古典詩歌的美感認知是基於語言文法的分析，認
爲中國古典的詩歌乃是要通過語言的表現，臻致「無言」的超
越境界，而此超越境界即是道家美學的內在精神。因此，在葉
維廉的理論建構中，道家美學遂成爲中國美感生成之基礎。

1988年，葉維廉又出版《歷史、傳釋與美學》一書。該書可
以視爲葉維廉對中、西文化會通的後期努力成果。在後期的理
論體系中，葉維廉援引了詮釋學作爲與道家美學相對應的基
礎。葉維廉將「詮釋」一詞改以「傳釋」命名，著重點在探討
「作者傳意、讀者釋意這既合且分、既分且合的整體活動」。

葉維廉對中國文學理論之建構，雖可畫分爲前後兩期，但
前後期之畫分並非截然可以一剖而二的，而是前期以現象學爲
主的討論中，已蘊含了以傳釋學解說的雛型;後期以傳釋學爲
主的討論中，也時常列舉現象學學說，在其他篇章中亦屢屢提
舉現象學大師海德格的言論做爲論據。其對中國文學理論之論
述和思考皆博大精深，在比較文學一系列的研究成果上，不僅
是其間主要的開拓者，也是對中西文學特質之比較，作出系統

性的理論說明之代表者。

　　繼葉維廉以現象學和傳釋學來建構中國文學理論之後，葉氏所指導的學生**王建元**亦從事中西文學會通之嘗試。其於1988年出版《現象詮釋學與中西雄渾觀》一書。該書主要思想沿承其師葉維廉的觀點，以現象學對應中國道家美學。該書藉西方Sublime此一美學觀念與中國文藝傳統中「雄渾」的類同性表現，以探討中、西方美感經驗之異同。該書的理論架構，完全以現象詮釋學爲主，分別論述Sublime與中國古典山水詩、山水畫、文體論之雄渾觀，最後歸結至道家美學的「虛」、「無」境界，以此展開了中、西文化同異的美學會通。

二、結構主義、神話原型

　　七、八〇年代中西文學批評方法會通之思潮，除了引進現象學、詮釋學以與中國文學作爲比較的基點之外，由於以新批評爲方法來詮釋中國文學，產生了許多理論的扞格與不足，於是七〇年代西方結構主義、神話原型引進台灣之際，很快地便被台灣文評界所接受。台灣地區運用結構主義、神話原型以研究中國文學者，大多集中在對中國古典小說之比較分析。

　　就結構主義之比較研究而言，比較文學學者多引用李維史陀「二元對立關係」之理論，將文本擘分爲兩大對立結構。如1972年**楊牧**以及1978年**周英雄**，兩人皆同時採用李維史陀的二元對立關係論來分析〈公無渡河〉一詩。1979年，周英雄在〈賦比興的語言結構：兼論早期樂府以鳥起興之象徵意義〉一文中，又依據雅克愼的「語言兩軸觀」理論，將語言的基本運作

分爲「選擇」和「合併」兩軸,重新探討比興之實際呈現。其意見雖一部分衍生自雅克慎的理論,但另一部分則來自社會文化的歷史角度,突破了雅克慎對民間歌詩「就作品論作品」的形式主義作風(鄭樹森,引自李正治,1988:484)。

1978年,**張漢良**亦發表〈唐傳奇「南陽士人」的結構分析〉一文(《中外文學》7:6,1978.11)。其以三種結構主義模式來分析「事構」、「語意」和「文類」三種結構層次。事構分析採用布雷蒙之敍述邏輯;語意分析援用李維史陀之神話意義分析;文類分析借取托鐸洛夫對「奇幻」敍述、「怪誕」敍述,以及「神妙」敍述之文類模式。張漢良借用李維史陀分析神話的語意分析,令讀者明瞭「南陽士人」故事背後所象徵的,原是從生到死中間所經歷的種種過程,更使吾人領悟到人生的基本哲學原則。

台灣地區最早以神話原型之批評從事中西文學批評方法會通之事者,首推**侯健**。侯健的〈三寶太監西洋記通俗演義——一個方法的實驗〉(《中外文學》2:1,1973.6)一文,即運用神話與原型批評的方法,分析《三寶太監西洋記通俗演義》中的神話原型。侯健指出:《西洋記》的故事是以一個神冑的英雄金碧峯,從事一項尋求傳國玉璽的神話,經過死亡與重生,建立了權威與秩序。此英雄的經歷與終結,經過「置換」的解釋,完全與中東神話裡的原始類型中各項基本因素相符合。侯健運用佛洛依德的潛意識理論,指出作者羅懋登的理智與感情的衝突,反映在小說作品中,變成有意的追求與潛意識的徹底否定。本文旨在說明小說作者一面是匠心獨具爲中國傳統小說燃

放異彩，一面卻暗合西洋現代小說的理論。

其後，侯健又發表〈「野叟曝言」的變態心理〉（《中外文學》2:10，1974.3）一文，該文運用佛洛依德之心理分析方法，指出〈野叟曝言〉的小說主角文白即是作者夏敬渠之化身。文白的性格中具有伊底帕斯情結、拜物狂、自大狂與吃人肉等變態心理，此皆與性心理有關；文白的變態心理，亦是作者的潛意識在無意識之間的坦白浮現。夏敬渠的精神分裂反映在作品中，便是主題的分裂，其超我要表現後天的道德，而其本我卻要表現原始的衝動，這兩種意識因素之爭執，結果是主題與主題的表現背道而馳。

侯健引用佛洛依德的理論之後，**李達三**〈神話的文學研究〉（《中外文學》4:1，1975.6）與**顏元叔**〈原型類型及神話的文學批評〉（《何謂文學》，台北：學生書局，1976.12）亦不約而同地介紹了佛洛依德、容格等人的理論。顏元叔在〈薛仁貴與薛丁山———一個中國的伊底帕斯衝突〉（《比較文學的墾拓在台灣》，台北:東大圖書公司，1976.6）一文中，引用佛洛依德原始類型的學說，指出民間戲曲傳說中薛仁貴與薛丁山的故事，隱含著一個戀母弒父的伊底帕斯情結的模式。此模式顯示了父子之間的衝突，以及母子之間的性影射與父親的性妒嫉。其認為:伊底帕斯情結是人類普遍的一種原始類型。我國的民俗文學，正如西洋的文學及民間神話，也隱隱地不自覺地、確切地把握並呈現了這個原始類型。

1975年**張漢良**發表〈「楊林」故事系列的原型「結構」〉一文，以佛洛依德的心理分析和容格的神話原型的批評方法，分

析了以「楊林」故事爲題材的小說主題和結構。張漢良指出:
《幽明錄》中的「楊林」故事以及以此爲藍本的唐傳奇:沈旣濟
〈枕中記〉、李公佐〈南柯太守傳〉、任繁〈櫻桃青衣〉等四篇,都
是同一深層結構和母題的不同處理,分別依附於其時代的宗
教、政治思想格局上。根據此深層結構,可以導出無數「楊
林」的表層結構。而此深層結構的過程乃經由人類集體潛意識
中「追求」與「啓蒙」兩個原型熔合而成。張漢良認爲:每一
文化的創作原型這條旋轉曲線會繼續下去,保持著同樣的原型
結構,直到產這原型的心理枯竭爲止。

　　1976年張漢良又發表〈關漢卿的「竇娥冤」:一個通俗劇〉
(《中外文學》4:8,1976.1)和〈「水滸傳」的主題與有機「結
構」〉(《中華文化復興月刊》9:6,1976.6)二文,亦運用神話
原型批評作爲中西小說研究的方法。前文認爲〈竇娥冤〉中的女
主角竇娥是一個普遍性原型女性的變型;後文引用樂蘅軍的說
法,認爲《水滸傳》全書中有一股偉大的意志力,在梁山泊締造
之前糾合著各類人物和事件;締造之後,這股意志力分化爲相
對的兩種企圖(即招安與逃避招安),而相互抵消,以致於彼
此吞滅。張漢良指出:梁山泊「這個理想追求下幻滅與神化的
演變經驗,是神話、民間故事與文人作品中屢見不鮮的普遍原
型經驗」,而此原型經驗,乃是《水滸傳》深層結構的主題所
在。

三、記　號　學

　　繼結構主義、神話批評之後，記號學約在八○年代亦引進台灣地區，成爲研究中國古典文學的另一種批評方法。

　　1982年古添洪發表〈記號與文學〉，介紹記號學與文學研究之關係。1984年繼而出版了《記號詩學》一書。該書共分爲二大部分：第一部分介紹記號學先驅瑟許（Ferdinans de Saussure）的語言模式、普爾斯（CharlesS.Peirce）的記號模式，以及其他記號學家的理論，如雅克愼的記號詩學、洛德曼（Lotman）的詩篇結構（資訊交流模式）、巴爾特（Roland Barthes）的語碼讀文學法、艾誥（Umberto Eco）的記號詩學等；第二部分則論述記號詩學在中國古典文學研究上的實踐與開拓。

　　古添洪對中西文學會通之貢獻，王建元曾有所指出：在於採用雅克愼提出的六面及相對之六功能的模式，逐一引證於「宋人『說話』和『話本小說』，從而考察『口頭文學』與『書寫文學』因其在整個語言行爲的區別而做成的差異上。」（王建元，引自賴澤涵，1987:153）

　　縱觀上述以比較文學詮釋中國古典文學作品的諸多新理論、新方法，並非毫無阻礙地符合台灣地區研究中國古典文學的學者。早在五○年代新批評引進台灣，至七○年代比較文學大盛之際，即受到學界相當大的質疑與批判。比較文學研究者對於運用西方文學理論以從事中國文學研究之局限性，亦具有

　　相當深刻之自覺與反省。因而在1976年間形成了一場聲勢浩大
的文學大論戰①。

　　　在這場文學大論戰中，比較文學研究者在援引西方文學理
論來解說中國文學之際，對新理論在中國文學之適用性及局限
性開始進行反省；同時，以傳統中國文學研究為主的學者，面
對西方新思潮之衝擊，亦重新思考中西文化之差異，以及中國
文學的美感特質與藝術精神。前者以外文系學者為主，其著眼
點基於中、西文化在比較對照之下，文化「共相」建立之可能
性、西方文化模式在中國的適用性、局限性，以及中國文化模
式對西方可能產生之啟示；後者以中文系學者為主，關注的焦
點則在於融攝傳統印象式批評與西方形構批評，觀照中、西兩
種文化的差異，進而重新建構屬於中國文學的美感特質及藝術
精神。

――――――――――――

①有關顏元叔、夏志清等人文學論戰的內容，可參夏志清撰：〈追
　念錢鍾書先生――兼談中國古典文學研究之新趨向〉（〈中國時
　報〉，1976.2.9）、顏元叔撰：〈印象主義的復辟〉（〈中國時報〉，
　1976.3.1～2）、夏志清撰：〈勸學篇――專覆顏元叔教授〉（〈中
　國時報〉，1976.416～I7）、顏元叔撰：〈親愛的夏教授〉（〈中國
　時報〉，1976.5.7～8）、黃維樑撰：〈中國歷代詩話、詞話和印象
　式批評〉（〈中國時報〉，1976.6.6～8）、黃青選撰：〈披文入情〉
　（〈中央日報〉，1976.6.11）、黃宣範撰：〈從印象式批評到語意
　思考〉（〈中國時報〉，1976.6.24）、趙滋蕃撰：〈平心論印象批
　評〉（〈中央日報〉，1976.14～16）。

第三節 「文學批評」本質之貞定

　　七、八〇年代之際，面對西方比較文學的衝擊，以中文系學者爲主的傳統中國文學研究者，紛紛興起「危機意識」，開始思索傳統中國文學的本質、文學批評的意義與價值等問題。1979年4月，以師大國文系爲主的學者，創立「中國古典文學研究會」，以推動古典文學的研究風氣，造成另一波思潮。在這一波思潮中，對於中國文學的理論建構，已具備意識的深層反省；對創作者與批評者之任務，亦有本質性之界定。在這一波思潮中，一方面譯介西洋的批評理論和方法；另一方面則對傳統中國文學、美學、藝術加以有系統的整理和評析，重新發揚傳統的文學理論與方法。

　　前者如1976年王夢鷗與許國衡合譯華倫、韋勒克的《文學論》，1979年李宗慬翻譯格瑞伯斯坦（Sheldon Norman Grebstein）的《現代文學批評面面觀》，1985年李正治翻譯〈詮釋學導論〉、〈詮釋學的三十個論題〉、1987年又翻譯現象學理論《意識批評家：日內瓦學派文學批評導論》、1986年蔡英俊翻譯〈語言、經驗與詩的表現〉等；後者如1977年起由中、外文系學者，諸如：姚一葦、侯健、楊牧、葉慶炳、高友工、柯慶明等創辦之《文學評論》、1978年柯慶明、林明德合編《中國古典文學研究叢刊》、1979年起中國古典文學研究會主編之《古典文學》、1979年顏崑陽、蔡英俊、蕭水順、龔鵬程合著的《中國文學小叢刊》、1982年蔡英俊主編之《中國文化新論・意象的流

變》、1988年李正治主編《政府遷台以來文學研究理論及方法之
探索》等。

　　經由上述兩方面進行傳統中國文化特質之思索，兼攝了傳
統中國文學理論與西方文學批評，在中、西文化差異的比較
中，突顯傳統中國文學特質與藝術精神。其間之討論，由對
「文學創作」與「文學批評」理論之建構，形成文學批評理論
之蓬勃發展。

　　六○年代末期，顏元叔即曾發表〈文學與文學批評〉（《純
文學月刊》1:5，1967.5）以及〈朝向一個文學理論的建立〉（《文
藝月刊》第4期，1969.9）二文，針對文學創作與文學批評作一
義界。二文指出：文學的本質有二：一則文學是哲學的戲劇
化；二則借自十九世紀文論家阿諾德（Matthew Arnold）之
見解：文學批評生命。文學創作既為批評生命，其性質是一種
哲學思維的理智活動。文學批評旨在批評文學，考察文學是否
達成批評生命之任務。其範圍可分為兩方面：對作家而言，批
評家以其豐富之閱讀經驗，為作家之作品，作一番檢驗之工
作，同時指出作家在文壇之意義與地位；就讀者而言：批評家
應擔任書評者之工作，使讀者與作品之間，保持一種批評性之
距離。

　　1973年7月，胡耀恆在《中外文學》月刊「中外短評」中，
借用艾伯蘭斯（Abrams）之理論，將台灣文學界對作家與批
評家職責之爭論歸納為「鏡派」與「燈派」兩類理論。「鏡」
派的立場類似西方模擬與實用兩派的結合，主張作者應如鏡
子，來呈現當前社會的形貌、反映羣衆的情感、記錄時代的心

聲，最後讓讀者能獲得快感與明悟;「燈」派則採取表現派與
客觀派的立場，視作家如燈燭，以其內在經驗為能源，以其才
華為鎢絲，在字裡行間燃燒自己，以燭照生命的黑暗與痛苦
（胡耀恆，1973：6）。

　　此文一出，「鏡派」與「燈派」之論爭，愈呈尖銳，兩種
意見相持數年，批評不斷。

　　1976年1月，董保中撰寫〈文藝批評家與作家〉（《中外文
學》4：10，1976.3）一文，批判一些批評家以「導師」自任，
想領導作家，指導作家之寫作，其認為此乃文藝批評家對作家
之威脅與對文藝之摧殘，文藝批評家應尊重作家選擇題材、人
物、形式等的創作自由，其任務應就作品論作品，著重作品的
分析與解釋。

　　此文發表後，引起侯健強烈之質疑。侯健在〈作家、批評
家與文學的程途〉（《中外文學》4:10，1976.3）一文中針對董保
中之論點指出：批評之本義內含衡估與判斷之意味，其標準不
能僅以作家的標準為依歸，批評家對作家有責任，要做作家的
諍友，對讀者亦有更大的責任，因為批評家本身也是讀者；文
學的程途，是作家與批評家應當共走的路，作家與批評家兩者
必需合作，批評者不能僅以欣賞闡釋為主。

　　董保中、侯健兩人對文學批評之本質有不同之理解，導致
兩人對批評家之任務亦有不同之詮釋。兩者爭論之焦點，亦可
歸屬於胡耀恆所謂的「鏡派」與「燈派」之論爭模式。

　　對於「鏡派」與「燈派」之論爭，文學批評界出現了調和
之言論。

首先，侯健在〈中西載道言志觀的比較〉（《文學評論》㈡，書評書目月刊社，1975.11）中指出：中西載道與言志觀念不同，就西洋文學理論而言，載道是客觀的模仿，可擬之於鏡鑑，言志是主觀的自白，可擬之於明燭。此兩種意象二元對立，互不溝通。但就中國文學理論而言，中國的文學批評思想，自始便是以言志的手段，達到載道的鵠的；載道原是肇始於心志，兩者爲主客合一，內外兼修。

其次，姚一葦在〈批評的主觀性與客觀性〉（《欣賞與批評》，台北:遠景出版社，I979.11）一文中，亦試圖調和「鏡派」與「燈派」之爭論。在該文中，姚一葦針對文學批評之性質加以論述。其將批評分爲主觀的判斷與客觀的判斷兩種。主觀的判斷建立在主觀的感情基礎上，又稱「趣味判斷」。趣味因人而異，若將批評建立在個人主觀趣味上，不易爲衆人所信服；客觀的判斷則建立在一定的標準上，是合於嚴密邏輯形式的判斷。然客觀的判斷，卻不易建立有效的基準。因此，姚一葦認爲：文學藝術的批評，是主觀與客觀的融合，其有效程度是相對的，批評家之工作，在於將他自己的審美方式、途徑，用文字記錄下來，作爲其他人欣賞文藝作品的方式與途徑之參考。

侯健、姚一葦對文學批評之認知，中肯持平，調和了長期以來「鏡」與「燈」之論爭。由作家與批評家任務之討論，逐引發了對文學批評本質之貞定。論者皆由主體「生命」或「心靈」的角度出發，爲文學批評之本質，建構了精闢之理論。

一、知性與理性

早在1964年王夢鷗在《文學概論》第二十章「批評」一文中，即針對文學批評之本質作一義界。王夢鷗認為文學批評有廣、狹二義：廣義的文學批評指關於作家或作品本身的研究，此應屬於文學史或文學論的範圍；狹義的文學批評則針對欣賞者之意見而言，此始為名符其實的文學批評。

對於文學批評之本質，王夢鷗認為:文學的批評是由「感」而「知」，同時所要「知」的，亦只限於所「感」的性質。文學創作是將所感的意象表達於語言，文學批評則是循語言的暗示去追蹤還原那可感的意象；因此，作者是主觀地選擇題材加以意象的創造，批評亦是一種主觀地創造，即藉由作者意象的構作去揭發作者隱藏在作品中的企圖。王夢鷗認為：創作是一種想像，一種求知解過程的心靈活動，而批評的意見必然產生於知解之後，故其本質是一種綜合的知解───一個判斷。

在該書中，王夢鷗對於六〇年代流行於台灣的新批評理論，亦提出肯綮之評論。其認為新批評從作品的本文研究而進行批評，有助於語言美學的論證，且不至於曲解文意而逸離文學批評的範圍；然其缺點則易陷入尋章摘句的形式主義。至於將「本文研究」與精神分析的方法結合的文學批評，雖致力於從作品中尋求作者原意，但卻易流於附會而逸離文學批評之本質。

1980年12月，曾昭旭發表〈文學創作與批評的哲學考察〉

（《古典文學》第二集，台北：學生書局，1980.12）一文，目
的亦在界定文學創作與文學批評兩者之本質及功能。其認爲文
學創作之本質是「人生的表現」，其以非理性的理性心靈爲創
作之基礎，而其表現則有初級與進級之不同。初級的表現活動
僅及於「象」的抉發提煉，或者說對文字語言的感度與駕馭能
力的訓練、文體特性的了解、各類風格的揣摩，乃至對某種創
作理論或新體裁的試驗摸索等；而其進級的表現活動，則是在
藉諸象的安排組合，去指示出人生的某一意蘊，以使欣賞者在
純象的欣賞之餘，還能別有所啓發感悟，亦即由技而進至於
道。

　　至於文學批評之本質，乃在對已成的文學作品作理性的審
視、分析、詮釋、批評，並將這些審察的結論以概念符號記錄
下來，以供欣賞者、創作者以及一切後人之參考，而非意在領
導或規範文學創作及文學欣賞活動。換言之，文學批評乃是以
理性的態度與途徑去從事的文學活動，其基礎出自一超越的
「理性的理性」心靈，而其功能則在貞定文學作品的形式與意
義。此貞定活動，又可分爲初級與進級兩種。文學批評的初級
活動僅及於文學創作的純象的貞定，目的在提煉出一純理來；
其進級活動，則要在這些表象之理的基礎上，去詮釋出作品所
蘊涵的奧意、作者所透露的精神、時代所展示的方向、人道所
實踐的歷程，以引領讀者（包括創作者及批評者本身）在品味
文學的最高美感之餘，也了解這美感所代表之意義，以完成文
學創作表現人生、指點全體、洗煉生命的價值。

　　綜觀曾昭旭對文學批評的義界，指出文學批評與文學創作

兩種活動，皆源於人類共有的「理性心靈」。其辨析七、八○年代各種文學批評學說，企圖融合諸說以超越之。文中認為文學創作與文學批評兩種活動之初級表現，是「不涉及價值與美感判斷」，「進級活動才是涉及價值與美感判斷」，顯然對「美」之認知，界定在最後之境界。此說對於新批評及形式主義批評之美在形式、文本之理論，無疑是一大批判。

二、文學知識

　　1976年4月柯慶明發表〈略論文學批評的本質——序高全之的《當代中國小說論評》〉（《中外文學》4：11，1976.4）一文，對文學作品與文學批評之本質，作了精闢之義界。柯慶明指出：文學作品是一種「生命的知識」之架構，是一種同時涵蓋著生命體驗的語言表達、生命存在的心理歷程，以及人類生命的存在與倫理意義的完整一貫之特殊架構。文學批評則是一種對文學知識探求的工作，其目的不僅在對文學作品作一適當之驗證與評估，本身亦是一種知識架構的創造。

　　至於評估之內容，首先，必須瞭解作品所陳述指涉之一切，包括對該作品真正陳述之心理歷程、生存情境之可能，以及藉此肯定的存在與倫理意義之可能的呈示之全盤瞭解，檢驗其是否首尾一貫，圓融自足，並考慮其是否與我們的已知經驗相牴牾；其次，考慮作品是否具有單獨「闡明」，以及即使有所單獨「闡明」亦是否到達精細嚴密性質的這一同時是「認知」也是「語言」的問題，透過這種種之演繹引申，以喚起讀者清晰、深入而周知之覺知。

　　因此，文學批評之目的在文學知識整體之建構。所謂整體之建構，是一種「綜合」、「統合」之工作。文學創作是一種尋求「知識之進展」的努力，文學批評則是尋求「認識」此一「知識進展」本身的一種努力。它是一種「知識」本身的再調整，一方面形成知識的整體建構的不斷再塑；一方面導引促成知識的繼續發展。柯慶明認為：由於文學批評的本質是一種「文學知識」，其知識之性質，亦是與文學作品的知識尋求相同，是一種以人類的主體性覺知，以及基於此種覺知而有的存在與倫理意義的探索。畢竟「文學知識」之進展，方為文學批評終極的用心所在。

　　柯慶明對於文學批評之理論建構，精闢周延，王建元評其理論時指出：柯氏提出「文學知識」作為文學批評的本質，詳細地描繪整個性質及活動過程，揭示了文學作為一種特殊的知識形式如何引發「主體性覺知」，進而創造新的文學認知的理念架構，超越了「鏡」派與「燈」派文學批評之對立，將之納入一個理論系統。其能以文學批評是知識追求來包涵讀者與作品之間的整個美感經驗，而同時又能把純粹抒情而表面上沒有「知識內容」的作品也被融攝於其「文學知識」的領域中。其強調的狹義的文學批評理論，「解決了很多前人遭遇到的困雜，和處理了一些理論上的爭辯」，「的確修正了前人一直認為批評工作只是旁附於作品和對之加以驗證評估的說法」（王建元，引自賴澤涵，1987:111），誠為的論。

三、美感經驗

　　1978年高友工發表了〈文學研究的理論基礎—試論「知」與「言」〉一文（《中外文學》7:7，1978.12），則著重在文學研究的方法探索，思考文學批評的本質。其將知識的「知」的心理結構區分爲兩類:一是現實之知;二是經驗之知。前者以經驗爲原始材料，企圖使用分析語言，將經驗表現爲所謂「客觀眞理」;後者以經驗之不可分割，而使用象徵語言，企圖體現「主觀經驗」之整體。

　　就文學活動而言，高友工認爲:以上兩種知的心理結構，運用在中國傳統中，「文學研究」隸屬於「現實之知」，假設一個客觀眞理之存在，應該使用分析語言來研究文學;「文學批評」則不然。「文學批評」原則上是一種純粹的美感活動，亦是「想像」和「觀照」的創造活動，隸屬於「經驗之知」，祇能以象徵語言來把握美感過程的心象，著重的是美感經驗和判斷。

　　其後的〈文學研究的美學問題——經驗材料的意義與解釋〉（《中外文學》7:11～12，1979.4～5）一文，針對欣賞者的角度，探討美感之定義與結構、美感經驗之特點。

　　高友工認爲:所謂「美感」，它是一連串「刺激」激動感官而引起的「感性感受」（「感覺」）和「感性反應」（「情緒」和「感情」）以至「感性判斷」（「快感」）。美感經驗之特性在於經驗之不可分割的「完整統一」和可與外界脫離的「絕緣獨立」。就「經驗」而言，高友工認爲:藝術活動之

「創作經驗」為「初度經驗」，鑑賞時之「美感經驗」為「再度經驗」；鑑賞活動為一種再創造的活動，是一種再經驗創作者所經驗之「美感經驗」的活動。

文學欣賞既是「解釋」與「觀照」兩種活動交替的過程，不同的經驗材料，藉由不同的解釋方式，在欣賞者心境中，便會產生迥異其趣之感象。高友工於是將文學作品之語言材料（語料）的解釋，區分為四個層次：

首先，就欣賞者本身而言：鑑賞者對語料的「直覺的」解釋，會使欣賞者產生「印象的」感象。鑑賞者在欣賞文學作品時，其美感經驗雖受藝術現象之局限，但作品所傳達之經驗材料必須與鑑賞者個人所有的材料綜合，重組為心境中之印象，這時鑑賞者的「想像力」之運用，成為解釋過程的必要條件；而心境中之印象，亦成為鑑賞者內在的理想境界。

其次，就文學作品而言：欣賞者對語言典式的「等值的」解釋，會使欣賞者對作品產生「通性的」感象。「等值」意味著語言典式中詞的同義性。文學作品作為「中介感象」而言，「等值」原則所形成的是一種「構形」或「節奏」，是分解形象來求取語言典式的「通性」。欣賞者在鑑賞文學作品時，經驗材料雖分屬不相關聯之個體，但是欣賞者卻本能地將同類同質的材料，在概念上歸而為一，視為等值，譬如修辭學中的「隱喻」即類此等值原則。由此等值通性的結構原則，欣賞者可在千變萬化之文學語言典式中，抽繹出一個共同的「感性」的「形式」。

再者，欣賞者對創作者發言語境的「延續的」解釋，會使

欣賞者對作品產生「關係的」感象。作品的語料具有外延的指稱功用，它可以利用「外指」指向外界———一個「言者」和「聽者」所共知的「語境」；也可以利用「內指」的方式，把語料中的散漫成分，組織成一個模做「外象」的結構，這個結構就語言的內在組織而言是一個「意象」。欣賞者對作品「延續的」解釋，著重在運用「意象」來建立現實世界的「關係」。

　　最後，就創作者而言：欣賞者對創作者發言的語境和語旨的「外緣的」解釋，會使欣賞者對創作者產生「表現的」感象。藝術欣賞以藝術作品為交流的媒介，欣賞者要瞭解作品，必須要瞭解這一作品在創造過程中的作者和創作環境，欣賞者必須完全地把握住作者創作時的美感經驗，想像有一原有的經驗，並建立作者創作時的語境與語旨。

　　綜觀高友工對文學批評本質之思考，其貢獻在於精細地分析文學批評作為一「美感經驗」，欣賞者對作者、作品以及本身之美感認知之心理過程。誠如李正治指出：「其一方面既能包容分析傳統的語言和方法，另一方面亦能兼容中西文化中的美學範疇與價值」，使其理論『細密繁複及鞭辟入裡，至今尚無人能及』」（李正治，引自《文訊雜誌》，1992:5）。

第四節　後現代批評

　　八〇年代以來，台灣文學批評界充斥著各種西方文學理論與學說，針對現代主義的流弊一一加以省思，形成了後現代文

化思潮。後現代文化強調文化的差異多樣性,並以文化異質爲貴。後現代文化「抵中心」論——解構各類中心論——包括男性中心論,異性戀中心論,歐洲中心論,白人中心論等等——的迷思以及潛藏於此類迷思之中的政治意義。其中尤以女性主義與後殖民論述兩大理論,影響台灣文學批評界最鉅。自八〇年代迄九〇年代仍然餘波盪漾,直至九〇年代中期,網路文學興起之後,其勢始告稍退。

一、女性主義批評

八〇年代女性主義獨霸台灣文學批評界,各種女性主義觀點的文學批評紛紛出籠,較爲特殊之現象,是除了泛論女性主義文體特徵之外,有許多論文集中在對李昂作品之解析上。如鍾玲〈試探女性文體與文化傳統之關係——兼論台灣及美國女詩人作品之特徵〉一文,運用女性主義文學批評方法,由中美現代當代女詩人作品中顯現的一些不同的特徵出發:如美國女詩人作品中對情欲性愛的探討、對潛意識層的發掘、表現的身體意象、瓦解權威的文體風格、意象並列模式等,以及台灣女詩人作品中婉約風格及陰柔暴戾的傾向等。考察之下,往往這些內容、意象、文字風格方面的特徵只是一種個別的文化現象,不是能放諸四海的準則,而是受了個別的文化思想、女性的社會角色或文學傳統的影響。作品中顯現的女性文體特徵常是由文化傳統因素及女性生理因素二者交織造成。各種女性文體的實例中,以神話與童話最具普遍性,印證於中美女詩人作品,皆有徵可信。

　　彭小妍〈李昂小說中的語言——由〈花季〉到《迷園》〉一文，以女性主義觀點，認爲〈花季〉描寫少女懷春時自然詩般的語言；〈暮春〉以平舖直敍語言描寫女性情慾；〈殺夫〉表現下層社會的語言的粗俗而簡短；《暗夜》角色討論「道德淨化運動」時辯證式的語言；到《迷園》的語言呈現轉變流動的現象，運用繁複多變的風格、辭彙、句法，形成錯綜複雜的小說世界，整個小說第三人稱獨白系列有意安排成一個女子的情慾書寫，書寫她情慾的發生、震撼、壓抑、愉悅及恐懼被負的痛楚。

　　林芳玫〈《迷園》解析——性別認同與國族認同的弔詭〉一文，認爲李昂的《迷園》雖呈現兩個主題——兩性關係與台灣的歷史政治，然而作者在書中卻是呈現各種二元對立的顛覆與融解：女人是弱者，也是強者；女人既主動，也被動；男人既是宰制者，也有可能受到政治迫害而被陰性化；男人誘惑女人，也被女人誘惑；台灣的歷史處境既像女人，也像男人；男女兩性的關係可以被政治化，而男人與男人之間的政治關係也可以被性別化；情感的貞潔要透過性行爲的放蕩來達成；情愛的絕望激發了被虐與自虐的快感；對情愛的絕望激發了情慾的放縱，這其中的弔詭與曖昧精神：女性同時具有多重面向（強與弱；主動與被動），所以台灣及其歷史也同樣地包含多重面向，形成性與政治相互融化後的種種弔詭。林芳玫認爲李昂主要是以女性來做爲台灣的隱喻，《迷園》小說隱含著後殖民論述的精神，拒絕回歸本源的誘惑，打破殖民者／被殖民者（以及宰制者／被宰制者）的二元對立思考模式，將殖民地文化視爲混種。

　　林秀玲〈李昂〈殺夫〉中性別角色的相互關係和人格呈現〉一文，則透過小說的研究，分析兩性的權力關係，以便認識作為人的女性，她的基本生存權力和尊嚴是如何被男性抹煞和剝奪，其次，探討兩性的權力結構如何影響女性與女性間的相處關係；在分析兩性權力結構的同時，並進一步了解在這權力關係運作中人物的人格特質。

　　女性主義從興起以來，便不斷遭受質疑和批判，自九○年代初期，整體上女性主義已經「強勢」不再；相關的學術研討會或藝文活動少了，學界轉向研究範圍更狹小的同志、酷兒，而女性學的書也紛紛從市場敗退下來，代之而起的是後殖民論述的文學批評。（周慶華，2000:17）

二、後殖民論述批評

　　後殖民論述脫胎於被殖民經驗，強調和殖民勢力之間的張力，並抵制殖民者本位論述。換言之，後殖民論述有兩大特點：第一、對被殖民經驗的反省；第二、拒絕殖民勢力的主宰，並抵制以殖民者為中心的論述觀點。後殖民論述呼應了後現代文化「抵中心」的強烈傾向，此「抵中心」傾向，可謂後殖民論述的原動力。

　　後殖民論述在九○年代初引進台灣，不久便轉變成台灣鄉土、國族論述抗拒外來殖民的有力依據，試掃除強權支配和意識形態國家機器控制的煙霧。運用於文學批評，則多著眼於小說的實際批評。如邱貴芬的〈「發現台灣」：建構台灣後殖民論述〉一文，以後殖民論述「抵中心」觀點出發，強調台灣過

去幾百年的歷史、文化演進，主要基於外來殖民者與本土被殖民者之間文化和語言衝突、交流的互動模式。該文試圖一方面抵制殖民文化透過強勢政治運作，在台灣建立的文學典律，另一方面亦拒絕激進倡導抵殖民文化運動者所提倡的「回歸殖民前文化語言」的論調。台灣文化自古以來便呈「跨文化」的雜燴特性，在不同文化對立、妥協、再生的歷史過程中演進。一個「純」鄉土、「純」台灣本土的文化、語言從來不曾存在過。該文以此論點爲理論基礎，首先討論後殖民時代有關台灣文學典律瓦解與重建的問題，隨後討論王禎和的小說《玫瑰玫瑰我愛你》如何呈現後殖民文學精神。小說透過語言運作，一方面凸顯台灣被殖民經驗所塑成的台灣語言，另一方面以種種「抵中心」的語言姿態批判、顛覆殖民者文化本位的思考模式。

　　八、九〇年代的女性主義及後殖民論述的文學批評，至九〇年代中期，皆因網路文學批評的興起而逐漸被吞沒（周慶華，2000：19）。網路文學批評，成爲九〇年代中末期乃至二十一世紀台灣文學批評界的新寵兒。

三、網路文學批評

　　網路文學批評有九〇年代中期興起以來，即以其多媒體文本之特性，席捲及顛覆傳統文學批評。須文蔚即指出：網路世界多媒體文本，無疑將成爲一種新文類，這種整合文字、圖形、動畫、聲音的多媒體文本，並不僅止於純文字的表現，更包括了多向文本（hypertext）的可能性，讀者不再跟從單線

而循序漸進的思考方式閱讀，網頁程式寫作者在每一個段落結束要翻頁時，安排多重可選擇的情節，使讀者主動建構閱讀的次序與情節（須文蔚，1998：121～122）。

1997年網路文學在形式上並無多大突破，就創作與發表而言，多半還是停留在以另一種文字媒介發表的狀況。利用網路多媒體、多向文本特質寫作的作品，可以說是鳳毛麟角（須文蔚，1998：126）。眞正利用網路或電腦特有的媒介特質所創作的數位化作品，到1998年大量出現。當代文學理論上慣稱的「超文本文學」或「非平面印刷」作品，創作出新型態的「網路文學」作品，在全球網際網路吹起了文學革命與文類變遷的號角。他們的實驗成品，已經不僅止於純文字的表現，或可稱呼這種數位化的創作爲一種「新文類」，向陽甚至宣稱這是下世紀文學革命的先聲（須文蔚，1999:113）。

須文蔚在《1998台灣文學年鑑》上指出：網路文學反映出三個傳統文學創作所缺乏的特質，也就是多媒體、多向文本、互動性。也正因爲網路多媒體的體質，網路「書寫」便形成一種新的語言，傳統具有規約性的語碼在此遭到顛覆，讓實驗者透過電腦科技揉合各種文學技法，創造並重行建構新的語彙與語言。網路最吸引人的閱讀模式，莫如多向文本的跳躍與返復。互動詩則讓作者與讀者共同完成作品，作者引退，提供基本的素材，讀者利用自己的生活經驗及想像，協力創造出一個藝術品。1997年以後推出多媒體評論，這一系列的評論方式，與一般的文學評論不盡相同，除了對文本加以介紹、解讀、詮釋、分析與批評外，最大特色就在於掌握網路媒體的多媒體特質，

就其功能特長與社會文化影響面討論，形成相當特殊的評論文體。

　　1999年在網路文學理論建構的嘗試上，是相當關鍵的一年，因為數場關於網路文學的討論資料問世，以及文學刊物編輯網路文學專題，加上不少大學開設網路文學課程，都讓網路文學的創作方法、觀念、評論與理論朝著更加系統化。

第五節　結論

　　台灣的文學批評，自六〇年代引進新批評，七、八〇年代引進比較文學的各種批評方法以來，至八〇年代中期以後，新的文學批評手法陸續出現在台灣文評界。文學批評既為一主客交融的知性活動，新的解讀策略之援用，使得作品的本文展現多重面貌，文學作品既定的意義因而有了新的不同詮釋。然而，台灣的文學批評家卻因惡質化的「流行」風氣，使得新理論在流行之後，便墜入套用、重複、死亡的循環中。陳映真即指出：外來理論的影響，譬如寫情慾、身體、器官、同性戀，又或者半生不熟的後現代啊，後殖民啊，反對「大論述」、「拼貼」技法，言必稱同性戀，言必稱身體自主，一知半解。我們這個新的世代，恰恰就表現出語文的荒廢與語文的死亡，則文學的前途可想而知。我們培養了一整個世代對漢語完全沒有審美能力、沒有足夠的漢語知識和素養的一代人；我們培養了一整世代漢語的野蠻人！（陳映真，2000）因此，如何在時代的庸俗化中提升文學批評的素質，應是新世紀文學批評家的

首要之務。

再者，網路文學發展至今，亦形成諸多流弊，周慶華認為：網路主義解除了一切畛域，自己不禁又成為新的「疆界」、新的「中心」、新的「道」、甚至新的「宗教」，而不斷招來「科技毒害」的撻伐聲（周慶華，2000：22）。使得原本強調純文學、邊緣、前衛、實驗、社區與小眾的內涵精神，一夕之間在「消費市場」導向之下，開始尋求新奇、聳動、情慾以及巧變為風尚之所趨，把現實世界中的文學環境再到網路上複製一遍，須文蔚指出：此現象與顏崑陽教授所指陳九〇年代文學的特質：「寫作只需『聰明』，無需『眞誠』。」可說相去不遠。須文蔚並期待更多眞誠的文學作品投入，治癒網路和整個社會即將罹患的失語症（須文蔚，2000:136）。

綜觀台灣的文學批評界，誠如周慶華所言：台灣一地已被世界文學思潮浸染到無以復加的地步，想形塑自家面目又豈是容易？台灣文學批評表面上看似花團錦簇，實際上也依然不辨特殊面貌。台灣文人幾十年來所作的努力，幾乎都在別人的籠罩之下；而唯一可以向世人展示的，就是高密度的文人組合以及勤於學習模仿的特殊興味。我們確有需要試探一條可以贏回尊嚴的新路，而不光是像現在這樣但以撿拾別人唾餘為滿足（周慶華，2000：21）。此言誠為從事文學批評者必須正視之問題。

然而，文學批評之建構歷程，一路走來，劈荊斬棘，異常艱辛；剋就一門學科之發展而言，五十年之時光，畢竟太過青澀。當八〇年代中期，文學界兀自充斥著以西方文學理論套用

於中國文學作品之際，已有學者呼籲「建構我們自己的文學理論」（曾昭旭，1985：18〜19）。時至二十一世紀之初，文學批評仍亟待有志者戮力耕耘！

❖ 參考文獻

李正治：〈四十年來文學研究理論之探討〉，《文訊雜誌》革新號第40期，1992年5月。

沈　謙：《期待批評時代的來臨》，台北：時報文化，1979年5月。

周慶華：〈台灣當前的文學思潮〉，《1999台灣文學年鑑》，台北：行政院文建會，2000年10月。

柯慶明：〈新批評與比較文學的盛行〉，《現代中國文學批評述論》，台北：大安出版社，1987年10月，106〜142。

胡耀恆：〈鏡與燈〉，《中外文學》2卷2期，1973年7月。

格瑞斯坦（Sheldon N Grebstein）著、李宗憬譯：《現代文學批評面面觀》，台北：正中書局，1979年4月。

韋勒克、華倫合著，王夢鷗、許國衡譯：《文學論——文學研究方法論》，台北：志文出版社，1976年10月。

須文蔚：〈1997台灣文學年鑑〉，台北：行政院文建會，1998年6月。

須文蔚：〈1998台灣文學年鑑〉，台北：行政院文建會，1999年6月。

須文蔚：〈1999台灣文學年鑑〉，台北：行政院文建會，2000年10月。

陳映眞：〈文學的世界已經變了？〉（中），《聯合報》副刊，2000年

4月11日。

曾昭旭：〈建構我們自己的文學理論〉，《鵝湖》10卷7期，1985年1月。

劉若愚著，杜國清譯：《中國文學理論》，台北：聯經出版公司，1981年9月。

鄭樹森：〈結構主義與中國文學研究〉，李正治主編：《政府遷台以來文學研究理論及方法之探索》，台北：學生書局，1988年11月。

顏元叔：《何謂文學》，台北：學生書局，1976年12月。

問題與討論

一、何謂「文學批評」？其與「文學理論」之關係如何？

二、台灣的文學批評約可歸納爲哪幾大思潮？各種理論之代表人物爲何？

三、以比較文學之批評方法運用於中國文學作品之解析，你認爲適用與否？試說明之。

四、「文學批評」與「文學創作」之間，應該保持如何之關係？

五、後現代批評的思潮，影響台灣文學批評最鉅者爲何？產生如何之影響？

第五章　台灣文學的傳播與教學

張堂錡

第一節　前言

　　文學傳播（literature communication）在作品（文本）、作者、受眾、媒介、社會五個基本元素的互動組成下，形成極其複雜的網絡關係。人類的傳播行為，其主要類型可分為自身傳播、人際傳播、組織傳播與大眾傳播四種，這四種又可以簡單分為人際傳播與大眾傳播兩種，其間的差異主要是大眾媒介（mass media）的有無。大眾媒介則包括了書籍（出版）、雜誌、報紙、廣播、電視（影）、唱片、錄影（音）帶、廣告、網路等。文學在傳播的過程中，毫無疑問地須借助以上這許多通道（channel）來發揮其影響力，如此便形成了文學傳播的複雜現象。台灣社會幾十年來工業化、商品化、電子化的高度發展，促使文學傳播的型態、方式有了多元的呈現與開發，連帶對台灣文學的形成與發展也產生了共生共榮的推動作用。

　　至於有關台灣文學的教學，現在在大專院校中幾乎已是一門顯學。根據資料，「台灣文學」以一個科目名稱首次出現在

大學校園，是七十七學年度下學期李瑞騰於淡江大學中文系所
開設一學期兩學分的課程。時隔十餘年，「台灣文學」相關課
程不僅在數量上多元豐富，在質的精進上更令人刮目相看，其
興起之速、影響之深、層面之廣，大概很少有其他課程可以比
擬。新課程的廣泛開設，相關教科書的編寫，研討會的舉行，
學位論文的研究等，環環相扣，共構出一門新興學科蓬勃的生
命力與值得期待的遠景。事實上，教學活動本身即是文學傳播
的通道之一，它的重要性也許並不亞於報章雜誌等平面媒介的
傳播。因此，以下將分從文學傳播與教學（主要是大專院校）
兩部分加以述介，相信將有助於對台灣文學的理論基礎與應用
發展有不同角度的認識。

第二節　台灣文學傳播現象概述

　　台灣文學的傳播現象，錯綜複雜。本文將從以下五個不同
的切面來剖析、檢驗，這五個切面也正是五個與文學發展密切
相關的媒介，分別是報紙副刊、文學出版、文學雜誌、文學網
站以及視聽文學。分別敍述只是爲了便於說明，其實這五者之
間互動頻繁，旣競爭又合作，共同營造出台灣文學百花齊放的
繁榮麗景。除了這五種主要的傳播方式之外，還有諸如新書發
表會、作家簽名會、讀書會、以文學爲主題的旅遊活動、地方
性的文學獎、作家紀念館的設立等，都是台灣文學時興的傳播
方式，雖「小衆」卻也有可觀焉，但限於篇幅，只能點到爲
止，無法進一步詳細說明。

一、文學副刊

　　五〇年代的台灣社會，外有中共「血洗台灣」，內有戡亂戒嚴的雙重恫嚇，不免陷入白色恐怖的譟動不安。文壇多由大陸來台作家包辦，省籍作家相對沉默。1955年「中華文藝協會」倡導推展軍中文藝，作家孫陵在〈民族副刊〉上提出戰鬥文藝，一時氾濫，形成八股教條。林海音擔任聯合報副刊主編，繼承「文學副刊」傳統，提攜不少年輕作家，如林懷民、黃春明、七等生等的第一篇作品都發表於聯副，她也重視省籍作家，如鄭清文、鍾肇政、鍾理和、楊逵、陳火泉等人的作品都曾發表於聯副。六〇年代的台灣副刊，基本上延續此一文學副刊傳統。平鑫濤主編聯副，柏楊主編《自立晚報》副刊，《中央日報》副刊則是由孫如陵掌舵，副刊以靜態呈現為主。到了七〇年代，威權逐漸解體，1977年，彭歌在聯副「三三草」專欄上發表〈不談人性，何有文學〉一文，點燃了鄉土文學論戰，作家透過副刊場域紛紛為文討論、撻伐，一時煙硝味四起。至於副刊本身的變化，則是從靜態的文學副刊轉向企劃編輯、主動出擊的文化副刊。高信疆主編中國時報《人間副刊》（1973～1983）期間，將文化副刊理念充分實踐，「當代中國小說大展」、「現實的邊緣」報導文學系列、「當代中國武俠小說大展」、「時報文學季」、「陳若曦作品專輯」等，開啟了文化副刊的新時代。至於新詩論戰的「關唐事件」，也在〈人間副刊〉上引發。此外，聯副主編瘂弦（1977～1998）則企畫了「新聞詩」、「傳真文學」、「作家出外景」、「極短篇」等

專欄，都曾引起廣大的迴響。

到了八〇年代，副刊已成衆聲喧嘩的文化競技場。1982年詩人向陽接編《自立晚報》副刊（1982～1986），推出台語文學、出版月報、民俗月報等，扮演了在台灣報紙副刊中清晰地以台灣爲主體的角色。至於〈人間副刊〉則開始推動反省、批判本土及展開國際視野的風潮，其中給台灣社會帶來極大衝擊的是龍應台開闢的「野火集」專欄所引起的「野火現象」。1988年1月1日解除報禁，各報副刊紛紛開闢「第二副刊」戰場，如《中央日報》的〈長河〉、《聯合報》的〈繽紛〉等，擴大了副刊版圖，台灣報業也進入激烈競爭的戰國時代。進入九〇年代後，隨著台灣消費時代的來臨，以及影像當道、媒體充斥的環境現實，副刊的影響力日趨式微，《中時晚報》及《聯合晚報》副刊相繼停刊即是一大警訊，也因此有了副刊是「夕陽工業」的說法。不過，1997年1月，聯副盛大舉辦了「世界中文報紙副刊學術研討會」，「爲副刊的頹勢打了一劑強心針」（向陽〈1997年台灣文學傳播現象觀察〉）。聯副因刊載李昂小說〈北港香爐人人插〉而掀起「北港」風潮，以及引起廣泛討論、爭議的「台灣文學經典」票選活動等，亦足見副刊之文學傳播功能與氣勢依然存在。

五十年來台灣文學副刊發展簡史，其實就是一部台灣文學史。可以說，若沒有副刊的推波助瀾，台灣文學的發展肯定遲緩許多、遜色許多。雖然，近幾年來副刊的影響力已不如從前，但隨著副刊上網、電子報的日漸被接受，副刊轉變型態在

另一個戰場上重建聲威，應該不是夢想。

二、文學出版

　　文學圖書的出版，是文學傳播不可或缺的一環。事實上，在電腦、電子書尚未興起之前，書籍的出版一直是文學傳播的重心。作家寫書，出版社出書，書店賣書，讀者買書，不論是昔日以書爲知識象徵的文化概念，還是今日成爲商品經濟下的消費概念，作爲平面文字傳播媒介的書籍，仍然是大多數「讀書人」心中不可取代的主要傳播媒介。文學的傳播也通常以書籍出版爲其基礎，讀平面文字的書籍，依然是接近文學、認識文學最主要的閱讀行爲模式。

　　文學書籍的出版，因其自身文化商品的本質，與時代社會的脈動始終有著極密切的關係，也或者說，文學一貫以反映社會、時代、人心的變化爲其使命與功能，因此，它的現實性使它自然成爲時代的鏡子、社會的紀錄。五〇年代台灣的反共戰鬥文藝，使姜貴《旋風》、張愛玲《秧歌》、《赤地之戀》等受到矚目；爲激勵人心，抗日作品如王藍《藍與黑》、徐速《星星月亮太陽》、紀剛《滾滾遼河》等，一時風行。到了六〇年代，現代主義、存在主義的盛行，使王尚義《野鴿子的黃昏》成爲暢銷書；出國留學爲當時風潮，於是有了於梨華的小說《又見棕櫚，又見棕櫚》等。七〇年代的台灣，活躍文壇的作家如王拓、楊青矗、宋澤萊、黃春明、洪醒夫、鍾肇政、王禎和等，以其一部部充滿鄉土氣息的作品，爲回歸本土的七〇年代做了最佳見證。八〇年代因爲解嚴，兩岸交流頻繁，大陸作家作品

湧至，莫言的《紅高粱家族》、蔣子龍《蛇神》、馮驥才《怪世奇談》、陸文夫《美食家》、王蒙《加拿大月亮》等一批批出版，甚至連兩大報文學獎的獎項也被大陸作家「攻占」，文壇一時震撼。

世紀末的台灣文學出版，基本上大陸熱潮已退，多元、另類、後現代風格的作品成爲主流。周芬伶在論及解嚴後十年的小說時說：「在講求包裝宣傳的商業化社會，以文學品味爲訴求的作品漸漸成爲小衆讀物。在經濟不景氣的影響下，許多家出版社紛紛結束營業，文化刊物停刊，繼續經營的出版社以非文學類書籍爲主，大量裁減文學類書籍。長篇小說更乏人問津，有些作家乾脆停筆不寫。」她對解嚴前後文學發展的最大區別有以下四點觀察：文化英雄讓位給暢銷作家；嚴肅文學讓位給通俗作品；主流文學讓位給另類文學；現代主義讓位給後現代。對台灣文學在二十世紀末的出版生態而言，這個觀察也適用。

通俗與嚴肅，大衆與分衆，經典與另類，中心與邊緣，台灣文學的出版，正站在一個分水嶺上。

三、文學雜誌

文學雜誌的出版，始終是在堅持文學理想與商品市場的考量中擺盪、掙扎，而多半難敵商業競爭的壓力，因此停刊、休刊的消息總是時有所聞。不過，文學雜誌的生命力一如不死的青鳥，總是前仆後繼，絕地逢生。不管是爲求生存的大衆文學、綜合刊物，還是堅持純文學立場的小衆雜誌，它們都曾爲

台灣文學的興盛盡心盡力過，這些文學雜誌本身所串連起的歷史，正就是台灣文學發展史的縮影。

所謂文學雜誌，是指以傳播文學或以文學為主要傳播內容的文字平面媒介。它就如同副刊與出版可以發展為「副刊學」、「出版學」一樣，對文學雜誌加以系統、深化研究，可以建立起一門「文學雜誌學」的文藝新學科（李瑞騰〈「文學雜誌研究」專題前言〉，《台灣文學觀察雜誌》第三期）。然而，過去對此一議題的重視程度並不夠，《文訊》雜誌曾於1986年12月製作「文學雜誌特輯」，《幼獅文藝》曾於1990年5月製作「文藝雜誌與台灣文學發展專號」，《台灣文學觀察雜誌》則曾於1991年1月製作「文學雜誌研究」專題，探討了《文學雜誌》、《台灣文藝》、《龍族》、《文學界》等刊物。類此的專題製作雖然還有，但與文學雜誌的持續發展與豐富成果的呈現相比，顯然是嚴重失衡的。

在文學雜誌中，最能見出對純文學理想堅持的應該是詩刊。詩人以其共同理念與創作傾向而結社，因結社而創辦刊物，因此這一類的同仁詩刊特別蓬勃，如台灣現代詩發展史上影響較大的三個詩社：藍星詩社（1954年）、創世紀詩社（1954年）、現代詩社（1956年）都於五○年代相繼成立，而其詩刊多種，多年來一直是新詩愛好者發表創作與研究、交流情感的中介。在報紙副刊不得不改走文化副刊路線，出版界逐漸向市場經濟靠攏之際，詩刊的存在，不僅是提供發表園地而已，它事實上也成為純文學精神依靠、傳承的家園象徵。從文學傳播的角度來看，它的聲音是微弱的，影響是有限的，地位

是邊緣的，但從文學藝術長遠的發展來看，它的作用卻又是不容低估的。

以六〇年代的台灣文壇來看，《現代文學》（1960年）、《藍星詩刊》（1961年）、《台灣文藝》（1964年）、《文學季刊》（1966年）、《純文學》（1967年）等文學刊物的相繼出現，主導了台灣文學的前進發展，功不可沒。尤其是白先勇、王文興、陳若曦、歐陽子等大學生創辦的《現代文學》，在文學創作與西洋文學譯介的成就上，對台灣文學的影響就十分深遠。進入七〇年代以後，本土詩刊大量湧現，重要者如《龍族》、《大地》、《草根》、《詩人季刊》等，為本土文學地位的建立發揮了重要作用。1972年創刊的《中外文學》雜誌，由朱立民、顏元叔等台大外文系教授主編，至今依然按時出刊，且口碑不錯，以一份嚴肅、學術性強的雜誌而言，也可算是異數。八〇年代創刊的文學雜誌有《文學界》、《文季》、《文訊》、《新書月刊》、《聯合文學》等，其中的《聯合文學》屬《聯合報》系下的刊物，而《文訊》屬於國民黨文傳會，一在文學創作，一在文學史料的整理，二者發行至今，積累了相當豐富的文學材料。九〇年代創刊的則有《文學台灣》、《台灣詩學季刊》、《台灣新文學》、《雙子星人文詩刊》、《中國現代文學理論季刊》等，對台灣文學的重視程度日益加深，由此也可窺見一斑。

總之，台灣文學的傳播，文學雜誌所發揮的功能，堪稱專一而持久，且經常引領風騷，扮演實驗、先鋒的角色，掀起文學新浪潮，不可輕忽。

四、文學網站

網路文學的興起,從某個角度來說,已壓縮了平面媒體的生存空間。雖然它仍須透過「文字」現形,但隨著網際網路的快速發展,bbs、e-mail的串聯流通,一種強調數位化創作、圖文並呈、對話討論的「網路文學」開始迅速擴張,影響並改變了傳統文學傳播的觀念與通路,以及讀者獲取文學資訊的方式與習慣。不僅對傳統文學市場產生巨大衝擊,促使網路書店盛行,甚至有關網路文學的理論建構也逐漸系統化,其未來發展,特別是對文學傳播的影響值得觀察。

作家上網建站,既尋求另一個發聲通道,也提供與讀者直接交流的園地。如1996年由須文蔚、杜十三、侯吉諒等人成立的「詩路・台灣現代詩網路聯盟」,即首開作家上網建站之風氣。其後有許多作家也紛紛設立個人網頁,有的是以作家個人魅力為號召,如「水雲間裡探劉墉」、「在蒼茫中點燈」(林清玄)、「金庸茶館」、「廖玉蕙的個人網站」、「摯愛三毛」(有關作家三毛的介紹)、「管家琪故事網站」、「苦苓笑友會」、「月光海洋」(劉叔慧)、「向陽工坊」、「吳若權讀友俱樂部」、「孫瑋芒的藝術創作」、「郝譽翔文學澡堂」、「張曼娟心靈航海圖」、「淡如咖啡屋」、「陳黎文學倉庫」、「華娟的遊樂園」(鄭華娟)、「蕭蕭文學三合院」等;也有的是以文學研究、討論為主的網站,如詩人向陽經營的「台灣報導文學網」、「台灣文學與傳播實驗室」、「台灣網路詩實驗室」,學者呂興昌經營的「台灣文學研究工作室」

等。

　　還有一些文學網站，以提供作品投稿、發表為主。如以新詩為主的「心詩小站」、「台灣詩網」、「詩樂園」、「詩海」等；以小說為主的有「風林山火」、「書香園」等。這些無拘無束且能即時互動的文學發表園地，對年輕作家而言，不必像以往一樣需經過平面副刊、雜誌或出書的「洗禮」，即可以將作品「暢通無阻」地「公開發表」，如果作品確實不錯，同樣可以累積知名度而成名，如痞子蔡（蔡智恆）的作品《第一次的親密接觸》、朱少麟的小說《傷心咖啡店之歌》，都是先在網路上被不斷的轉貼及連載，贏得口碑，而後被出版社邀約出書，以文字印刷媒介出現，同樣受讀者歡迎，銷售不惡。因此，網路與出版之間，應有極大的空間可以發展。又如有些文學雜誌會將當期內容擇要先在網路上出現，以吸引讀者，如「秋水詩刊」、「創世紀詩雜誌」、「雙子星人文詩刊」、「詩路‧台灣現代詩網路聯盟」等，則是網路與雜誌兩種媒介攜手合作的良好模式。

　　對傳統平面文字媒介而言，網路的興起既是危機，也是轉機，因其「生機」無限，空間無限，對文學的傳播來說，那是更快速、更開放的文學場域，若能善加利用，對文學的發展肯定會有正面的助益。

五、視聽文學

　　文學的傳播，除了倚賴平面文字印刷，也可以透過視覺的影像及聽覺的廣播，甚至於可以說，影像有時比文字表現更吸

引人,更能獲得讀者(觀眾、聽眾)的認同。文學作品改編成電視劇、電影、舞台劇,作家作品透過文學節目的介紹,傳播得更廣遠。雖然影像取代文字的威脅始終存在,但不論如何,視聽媒介對文學的傳播確有其不可取代的功能。以報紙副刊為例,也都設法與聲光媒體合作,以擴大影響,如《中央日報》副刊曾與台北電台宋英合作推出「中副時間」,《聯合報》副刊與中廣劉小梅合作「聯副之聲」,還有〈人間副刊〉企畫的「人間電台」等,平面與立體媒介相互合作,將文學的聲音更有力、更生動、更直接地散播到各個角落。

　　以《文訊》雜誌社編印的《1999台灣文學年鑑》來看,與文藝介紹有關的廣播節目就多達80個。例如中央電台的「空中書場」(陳宗岳主持)、「台北藝文嘉年華」(黃瑋);中廣的「空中圖書館」(李瓊芬)、「書香社會」(周韶華);台灣廣播電台的「耕讀園」(汪蓓);正聲電台的「文化筆記」(練維君);教育電台的「人人書房」(葛天培);復興電台的「朱秀娟時間」、「空中讀書會」(牟科港)、「藝文之旅」(金笛);警廣的「我來讀冊給你聽」(岳玲);「空中書場」(胡雲)、「詩的小語」(張香華)等。

　　電視方面則有公視的「書寫島嶼」、「作家身影」;台視的「人與書的對話」(賴國洲);慈濟大愛台的「當代作家映象」等。如此多的頻道在為文學發聲,自然對文學的傳播產生不可忽視的影響。

　　小說家張大春近年來不斷通過主持電視及廣播的節目,為文學開闢了一條新通路,如台視的「談笑書聲」、「縱橫書

海」及廣播節目「說書人」等,對作家作品的推介可謂不遺餘力。其他作家如張曼娟、朱秀娟、張香華、楊照、張典婉等,都曾用心經營過這塊傳播文學書香的廣闊天地。文學的另一種魅力,在以上這許多有心人的努力下,得到了更豐華多姿的開發與散放。

第三節　台灣文學傳播之特色

從以上的介紹說明,及對台灣文學幾十年來發展脈絡的掌握,可以看出台灣文學在傳播方面幾項較鮮明的特色,分述如下:

一、平面文字印刷媒介仍占傳播之大宗

從五○年代至今,報紙副刊對作家的培養、作品的發表、文藝思潮的推動,可說有著舉足輕重的地位。作家的書寫活動,一般都以先投稿副刊發表爲第一渠道的選擇,其次才是雜誌,待文稿達一定數量後,再尋找出版社出書,這似乎是多年來文學作品傳播的固定模式,至今依然。副刊、雜誌與書籍出版,一直是文學傳播的主要通道。不管是改編成電影或電視劇,它都以「文本」爲基礎,而文本所帶給讀者的想像空間與美感享受,恐怕一時間也難由其他媒介所取代。

二、小衆(組織)傳播活動蓬勃發展

和報紙、影視等大衆傳媒相比,一些規模不大的傳播活

動，也正日益增多，使文學的傳播方式顯得更多彩多姿。如近年來迅速增多的地方性文學獎，對區域文學風氣的推廣大有裨益，如屏東縣政府主辦的「大武山文學獎」、台中市文化中心主辦的「大墩文學獎」、台北市政府主辦的「台北文學獎」、新竹市政府主辦的「竹塹文學獎」、台南市政府主辦的「府城文學獎」、苗栗縣政府主辦的「夢花文學獎」、澎湖縣政府主辦的「菊島文學獎」等；大專院校的文學獎，對青年學子接近文學也有莫大的鼓舞作用，如「鳳凰樹文學獎」（成大）、「道南文學獎」（政大）、「雙溪現代文學獎」（東吳）、「金筆獎」（中央）、「五虎崗文學獎」（淡江）、「西子灣文學獎」（中山）等。

　　出版社利用新書出版，與作家合作舉辦「新書發表會」、「作家簽名會」，雖然商業色彩濃厚，但對文學的傳播也有其一定的效果。至於近年來如雨後春筍般出現的各種大小型讀書會，對文學人口的增加、文學書籍的促銷，也有正面的貢獻。具代表性作家的紀念館相繼落成、開放，如賴和紀念館、鍾理和紀念館等，配合作家手稿、相關資料的陳設，以及舉辦紀念活動，對台灣文學的保存與傳播，都是極其必要的。眞理大學的「台灣文學資料館」已經成立，擴而大之的「國家文學館」獨立設館的呼聲也得到官方的正面回應，這些機構的設立，對文學的傳播必然有長久深遠的積極作用。甚至於，我們也看到了台北市政府新聞處舉辦「台北公車詩」活動，以及在捷運車廂的廣告欄上展示詩的靈思，都是別具巧思的傳播手法，這種與生活具體結合的傳播方式，值得大力推廣。

三、影像、網路的重要性、影響力日增

　　文學與影像結合，由來已久，如張愛玲、黃春明、白先勇、廖輝英、朱天文等人的小說都曾被改編拍成電影。這不僅吸引更多人走進文學世界，也使文學自身的發展有更廣闊的試驗空間。春暉影業公司、前衛出版社等製作的「作家身影」、「台灣文學家紀事系列」等作家介紹的錄影帶，使文學作家的思想與創作，得到生動的紀錄與呈現。散文與詩的出版品中，也出現不少圖文並呈的書籍，使文學的感性透過具體的圖象，相互輝映。隨著影像化時代的來臨，爲迎合讀者的需求，影像媒介的重要性已與日俱增。

　　至於網路，更是文字、聲音、影像結合，且已進入一般家庭生活中常見的便利媒介。它未來的發展實在不可限量。以「賴國洲書房」公布的一九九九年十大讀書新聞爲例，其中「網路書店世紀末發燒」與「出版數位電子化顛覆傳統閱讀形式」兩則新聞均入選，可見網路文學藉由電子化的傳播、銷售新模式，已展現出空前的盛況。「明日工作室」的「未來書城」、「聯合新聞網」的「網路文學」專區，還有「中時電子報」、「pc home電腦報」、「每日一詩電子報」等，都可以看到強大傳播媒介下無處不在的文學／文化身影。面對新世紀，這種新傳播通道的影響力將會更爲驚人。

第四節 台灣文學教學概況

「台灣文學」正式進入大學校園成為一門學科（1989年）到「台灣文學系」成立（1997年），不到十年，但它不僅對既有「中國文學系」產生劇烈的衝擊，而且也標誌著「台灣文學」發展的趨勢、力度與未來性。

「台灣文學」進入大學體制內，其實是經過一段奮鬥的歷程。從七〇年代喊得喧天價響的「鄉土文學」，到八〇年代的「本土文學」，再到八〇年代末的「台灣文學」，不同的名稱，代表著不同的文學思潮演變，以及文學身分的認同與回歸。1995年，「台灣筆會」等18個文學、文化團體連署發起「台灣文學界的聲明」，呼籲在公私立大學院校成立「台灣文學系」，以研究、探討台灣文學，使台灣文學能世代相傳，成為台灣新文化堅實的一環。「台灣文學」的主體性從此開始得到較多的注目與討論。為了回應這個呼聲，教育部於1997年通過淡水工商管理學院（現已升格為「真理大學」）設立「台灣文學系」，並於民國八十六學年度起正式招生。這是大學教育體制內的第一個「台灣文學系」，具有重要的象徵意義。該系網羅了不少專研台灣文學的學者任教，同時也陸續邀請了巫永福、陳千武、鍾肇政、葉石濤、李喬、吳錦發等數十位作家擔任特別講座，所開的課程有：台灣語文概論、台灣通史、台灣文學史、原住民文學、鄉土文學研究、台灣文化概論等，對台灣文學豐富內涵的探掘與系統理論的建構，有著強烈的使命感

與活動力。

　　繼「台灣文學系」之後，成功大學也於1999年成立國內第一個「台灣文學研究所」，民國八十九學年度起正式招生，師資陣容堅強，包括陳萬益、林瑞明、吳達芸、陳昌明、呂興昌、施懿琳、葉石濤、下村作次郎等。台灣文學的研究，至此邁開一大步。在教育部積極鼓勵成立台灣文學系、所的政策下，已有多所大學正規畫相繼籌設中。可以說，台灣文學在眾多學科研究中，其顯學的地位已經確立。

　　當前台灣文學教學的盛況、熱度，可以從課程設計、論文選題、研討會舉辦等幾個角度來加以觀察，分述如下：

一、課程設計

　　眞理大學與成功大學在台灣文學系、所的課程安排上，當然在整體架構與質量上較能朝完整的學科需求來設計，這與一般大學系、所僅有幾門相關課程的點綴自是不同。但是，在台灣文學系、所尚未全面設立之前，中文系、所及通識課程中已有的台灣文學課程，事實上也在逐漸增多之中。它與現代文學有著較高的重疊性，如台灣當代文學的部分，同樣存在於許多「現代文學」課程中，而難以一刀劃清。大致來看，突顯「台灣文學」主體性的課程大多在名稱前加上「台灣」二字，或是標明「日據時代」，而與「中國」、「現代」有所區別。以《文訊》雜誌編印之《1999台灣文學年鑑》中的「現代文學課程」爲例，相關的台灣文學課程，如台大有「台灣當代小說與性別文化」（梅家玲）；台灣師大有「台灣文學」、「台灣文學之

旅」（許俊雅）；中興大學有「台灣文學」、「台灣文學研究」（陳芳明）；成大有「台灣文學」（施懿琳）、「日據時期台灣小說專題研究」、「賴和文學專題研究」（陳萬益）、「台語文學專題研究」（呂興昌）；東吳大學有「台灣文學專題」（陳明台）、「台灣民間信仰」（曾勤良）、「台灣民俗曲藝」、「台灣俗語與歌謠」（林茂賢）、「台灣文學專題研究」（林明德）；政大有「台灣文學專題研究——女性主義」、「現代性與台灣文學」（陳芳明）；清華大學有「日據時代台灣小說選讀」（陳萬益）、「戰後台灣小說選讀」（陳建忠）、「台灣文學史專題」、「台灣新詩名家選讀：㈠林亨泰」（呂興昌）；淡江大學有「台灣現代文學專題研究」（施淑女）；文化大學有「台灣現代文學」（陳愛麗）；靜宜大學有「戰後台灣新詩專題」（陳武雄）、「台灣文學與女性主義」（楊翠）等。

　　以上這許多台灣文學課程，只是舉例說明。不論是中文系、所，還是通識課程，這類課程隨著時勢之所趨必將日益增加。這些課程或以概論為主，或以文藝思潮為中心，或以文類為對象，或以單一作家為專題，涵蓋了語言、文學、文化、社會、歷史等不同層面，展現出學科的多元性與豐富性。這些課程在校園中也頗受歡迎，選課人數不少，足見此一學科的普遍設立是符合所需、受到肯定的。

二、論文選題

　　台灣文學相關科目既已在大學系、所中立定根基，則其開花結果自不令人意外。相關的博、碩士論文開始出現，而且來勢洶湧，逐年增加。研究者的思維多向度，批評方法多元化，從文化、人類學、社會、新聞、歷史、心理學等多重視野入手，使台灣文學研究在熱情被點燃之後，隱隱然有星火燎原之勢，且後勁十足。從羅宗濤、張雙英編著之《台灣當代文學研究之探討》一書來看，它搜羅1988年至1996年的學位論文並作統計如後：從文類來看，小說64篇，新詩8篇，散文4篇，戲劇1篇，文學批評及文學史30篇，作家及其集團1篇，其他文類1篇，共計109篇；從學校來看，文化（24）台大（11）成大（10）台師大（10）清大（9）東吳（9）輔仁（8）東海（7）淡江（7）中正（3）；若從研究所來看，主要的學位論文都是出自於中文研究所，但其他人文方面的相關系所，亦有許多研究生投入台灣文學領域的研究行列，如廖淑芳《七等生文體研究》（成大史語所，1990）、余昭玫《葉石濤及其小說研究》（成大史語所，1990）、張郁琦《龍瑛宗文學之研究》（文化大學日研所，1991）、王淑雯《大河小說與族羣認同──以「台灣人三部曲」「寒夜三部曲」「浪淘沙」為焦點的分析》（台大社會所，1994）、吳秀鳳《中文報紙倡導文類之研究：以聯合報副刊「極短篇」為例》（輔仁大傳所，1995）、吳敏嘉《亦秀亦豪的健筆：張曉風抒情散文之翻譯與討論》（輔仁翻譯所，1992）、莊淑芝《台灣新文學觀念的萌芽與實踐》（清大語

言所，1992）等。這是極為可喜的現象，台灣文學的逐漸加溫發熱，也由此可以看出一些端倪。

　　學位論文的選題、撰寫，代表了這個學科朝向系統化深度發展的可能性與必要性。從1990年開始，以台灣文學為學位研究論文的篇數大抵呈穩定成長的趨勢，雖然在文類方面過於偏重小說，但這也說明了其他文類還有很大的開拓空間。基本上，這個穩定成長的局面一直持續至今，且有起飛躍昇之姿，值得期待。

三、研討會舉辦

　　學術研討會的舉辦，也可視為台灣文學傳播與教學的一環，其重要性不可低估。不論在舉辦過程中，還是論文結集成冊後，它都可以形成一個議題被討論與傳播。從發生學角度來看，一項研討會的籌辦，往往代表著某一學術議題的被重視或可期待。一般與台灣文學探討相關的研討會，多半由公私立大學、政府研究機構、文教單位及民間文化團體、傳媒等主辦，其中又以大學及民間文化團體為主力。撰稿者以學者、作家為主。研討會的主要性質與內容，較常見者有三種：

　　一是以作家、作品為對象，如「王禎和作品研討會」、「鍾理和文學研討會」、「張我軍學術研討會」、「吳濁流學術研討會」、「呂赫若文學研討會」、「葉石濤文學國際學術研討會」、「彭歌作品研討會」、「柏楊思想與文學國際學術研討會」、「坐永福文學會議」、「詩人覃子豪先生作品研討

會」、「高陽小說研討會」等。

　　二是以單一主題爲對象，如「當代台灣女性文學研討會」、「台灣文學中的歷史經驗　」、「當代台灣都市文學研討會」、「台灣文學與環境」、「現代主義與台灣文學國際研討會」、「鄉土文學論戰二十週年回顧研討會」、「台灣現代散文研討會」、「旅行文學研討會」、「海洋與文藝國際會議」、「台灣民間文學研討會」等。

　　三是以某特定範圍爲對象，如以空間爲題者有「兩岸詩刊學術研討會」、「兩岸女性詩歌研討會」、「兩岸三邊華文小說研討會」、「大陸的台灣詩學研討會」等，以時間爲題者有「50年來台灣文學研討會」、「百年來中國文學學術研討會」等，也有以年齡層爲範圍者，如《文訊》雜誌連續幾年舉辦的「青年文學會議」，撰寫論文者以不超過三十歲爲原則，會議以歡迎青年參加爲特色。

　　研討會的不斷舉辦，既深化了台灣文學研究，也是台灣文學走出學術圈、與社會大衆交流的極佳管道。隨著一個個議題的被發掘、討論，台灣文學也一步步邁向學科化。研究者的相互切磋，參與者的集思廣益，會場上的機鋒交迸，使台灣文學的教學活動，在教室之外，提供了一個更生動、寬廣的思索、討論場域。

第五節 台灣文學教學之特色

從以上的介紹中，我們可以進一步整理出以下幾項關於台灣文學在教學方面的特色，以及未來發展的方向：

一、課程以概論性質爲主，專題研究可再增多

除了專門的台灣文學系、所之外，一般大學院校能有二、三門台灣文學方面的專業科目，已屬難能，因此，若要較深入的研討，只能在研究所，大學部所開之相關課程（含通識教育），一般以入門、導覽、鳥瞰性質的概述爲主，而又以作品選讀居多（其中又以小說較多）。這當然符合一門學科在起步階段的引導功能與推廣目的。以文學科目來說，像「賴和文學專題研究」之類的單一作家研討課程，明顯不足，在未來台灣文學課程增設上，不妨考慮多開設如「黃春明作品選讀」、「白先勇作品選讀」、「余光中詩選讀」、「楊牧文學專題」，或者如「六○年代台灣文學專題」、「鄉土文學專題」、「旅行文學」等主題、專家式的微觀研究。唯有如此，台灣文學的研究才能深刻與全面兼具，宏觀與微觀並重。

二、專業師資應加緊培養，實用教材應多編寫

爲因應未來台灣文學系、所的增設，專業師資的培養已是刻不容緩。目前人力不足的窘況，在一定程度上，影響了台灣文學的教學成效。尤其是台灣文學若要在中小學扎根，相關師

資的培育更需加緊腳步才行。此外，有關的教材編寫，在作品
選讀方面，目前雖已有《日據時期台灣小說選讀》（許俊雅
編）、《台灣小說名著新探》（林政華著）、《台灣當代散文精
選》（許達然編）、《台灣文學二十年集》（李瑞騰、平路等
編）、《典律的生成》（王德威編）、《台灣報導文學十家》（陳
銘磻編）、《台灣文學讀本》（陳玉玲編）等多種；在文學史部
分，則只有《台灣文學史綱》（葉石濤著）、《台灣新文學運動
四十年》（彭瑞金著），以及陳芳明正在撰寫的《台灣文學史》
等少數幾本。但其實還有很多可發掘的空間，如各種文類的文
學史（如《台灣散文發展史》），不同類型的作品編選（如《旅
行文學作品選讀》）等。多元化的教材編寫，專業化的師資培
育，加上系統化的學術研究，是台灣文學在教學上的當務之
急。

三、作家駐校，傳承經驗

台灣文學在教學上，近年來興起一股作家駐校風潮（這是
古典文學教學較不易做到的一點），不論對當代作家寫作經
驗、理念的傳承，還是讓學生藉著接近作家而親近文學、認識
文學，這種突破制式教學模式的作法，確實使相關教學活動更
顯靈活，效果也更加直接。一些長年創作的資深作家，如鍾肇
政、李喬、葉石濤、陳若曦、黃春明、瘂弦等，都因此站上講
壇，與青年學子進行面對面的文學交流，分享創作心得。由於
這些作家的成就備受肯定，本身即是台灣文學發展史的一部
分，他們的現身說法，使台灣文學的生動性、具體性有了良好

的發揮與演繹。

第六節　結語

從冷寂到繽紛，從清靜到熱鬧，台灣文學的傳播與教學，
同時走過了這一曲折的歷程。「台灣文學」的身分、定位，如
今再也不會有人質疑或反對，它已然是當前文學傳播內容中的
主流，也是校園中文學教育的新興顯學。以傳播而言，它雖仍
須藉由報紙副刊、書籍出版、雜誌等傳統文字平面媒介，但影
像化、電子化已是不可阻擋的趨勢，台灣文學傳播的生機在
此，其隱伏的危機也在此。如何善用其快速、多元、開放的優
點，避免漫無機制的自由，值得省思。以教學而言，如何適當
規畫台灣文學的課程，避免本位主義，結合歷史、社會、文
化、語言等跨領域學門，同時在教材、教法上做活潑、多元的
設計，兼顧通論介紹與專題研析，也是必須嚴肅以對的課題。
教學本是傳播之一環，教學與傳播如何有機、效率的互動，凡
關心台灣文學發展者不可不深思。

❖ 參考書目

文訊雜誌社編：《1999台灣文學年鑑》，台北：行政院文化建設委員
　會，2000。

李瑞騰著：《文學關懷》，台北：三民書局，1992。

瘂弦、陳義芝主編：《世界中文報紙副刊學綜論》，台北：行政院文
　化建設委員會，1997。

簡恩定、唐翼明、周芬伶、張堂錡編著：《現代文學》，台北：國立
　空中大學，1997。

羅宗濤、張雙英著：《台灣當代文學研究之探討》，台北：萬卷樓圖
　書有限公司，1999。

問題與討論

一、台灣文學的傳播與報紙文學副刊有密切之關係，可否就自
　　己的的閱報經驗略抒己見？

二、有關台灣文學的網站甚多，請上網找出幾個並加以介紹。

三、請自行查閱幾本台灣文學的博、碩士論文，予以內容摘要
　　介紹。

四、文學雜誌的發展，其實就是一部台灣文學史，請舉例說明
　　二者之間的關係。

五、台灣文學在教學上有那些特色與發展方向？

第六章　台灣文學史的書寫與爭議

周慶華

第一節　前言

　　台灣文學從吳濁流於 1966 年設立台灣文學獎正式「標名」，經葉石濤於鄉土文學論戰前夕發表〈台灣鄉土文學史導論〉一文予以「闡發」或「界定」以及八〇年代初本土作家加以「驗明正身」，而後就一再的被炒作並引發前所罕見的文學論爭的熱度，如今還在斷斷續續的延燒中。考察這一波的論爭，大家不僅在爭台灣文學的名，也在爭台灣文學的實，而「穿梭」其間的是有關台灣文學史的建構。後者的出現，是台灣文學邁向「獨立自主」的最鮮明的一個標誌，但也成了最「引人非議」的一件事。如果說台灣文學的名實問題經過長達二十年的爭論已顯露出疲態，那麼台灣文學史的建構還可以說是「方興未艾」。因為台灣文學史越往後走就越多可以書寫的空間，只要文學人不缺席，那麼台灣文學史就有人會繼續寫下去。只是基於同樣對文學的關心，我們必須追問「這一路走得還算穩健」嗎？倘若不是的話，那麼又該如何調整？也就是說，台灣文學史究竟要怎麼書寫？這是本章要處理的問題。

第二節　台灣文學與台灣文學史

　　台灣文學史的書寫，跟「台灣文學」意識的出現是密切相關的。1977 年鄉土文學論戰爆發以前，縱然有過多次相關的文學論爭（包括日據時代所發生的新舊文學論爭、台灣話文論爭和鄉土文學論爭以及四○年代的台灣文學論爭、五○年代的現代派論爭和七○年代的現代詩論爭。參見陳少廷，1981；葉石濤，1987；彭瑞金，1991a；台灣文學研究會主編，1989；李牧，1990；陳鵬翔等編，1992），甚至吳濁流設立台灣文學獎要獎勵「台灣作家」，也都沒有聽說文學要含特定的「台灣意識」才能凸顯台灣文學的特性；直到葉石濤「登高一呼」以「台灣意識」限定台灣文學的內容，文學界才有人自覺要跟敵對者或反對者決裂，以至爆發了鄉土文學論戰以及後續的一波又一波的台灣文學論戰。而這一連串的台灣文學論戰，也逼出了台灣文學史的建構。換句話說，台灣文學要有歷史（或本來就有歷史），是在自主性的台灣文學的自覺（意識）之後，迫切要藉來證成論點才「成形」的。

　　由於台灣文學一名從八○年代以來逐漸消融或收編了其他課題（如寫實主義／現代主義／後現代主義、鄉土文學／台灣文學／台語文學等等爭議，都可以在隸屬「台灣」名義下而被賦予意義。參見周慶華，1997：11、26），以至有人誤以為它已經「中性化」了（見呂正惠，1992：343）。其實，在自覺台灣文學要有自主性的人眼中，並不是「歷史上在台灣地區所

產生的文學」都是台灣文學，而是得符合他所定規範的部分才算數。這樣一來，就再度的議論四起而不可收拾了。原因是誰也不服誰的界定。而這種互不妥協的態度的背後，隱藏著深重的意識形態的較量和權力的鬥爭，恐怕沒有完了的一天。所謂台灣文學史的書寫，就得從這一點切入，才有可能了解得「全面」。

從整體來看，台灣文學一名，始終沒有像英國文學或法國文學或美國文學那樣中性化過；它內部的自我「分化」以及外界的強爲「支離」，都使得台灣文學的內涵和地位一直處於未定的狀態中。

所謂內部的自我分化，是指台灣文學「意屬」幾個陣營，彼此各有宣稱：「台灣文學是胸懷台灣本土，放眼第三世界，開拓自主性及台灣意識的文學」（胡民祥編，1989：144）、「只要在作品裡眞誠地反映在台灣這個地域上人民生活的歷史與現實，是根植於這塊土地的作品，我們便可以稱之爲台灣文學」（彭瑞全，1982），這是**本土派（台灣派）的說詞**；「『台灣』『鄉土文學』的個性，便在全亞洲、全中南美洲和全非洲殖民地文學的個性中消失，而在全中國近代反帝、反封建的個性中，統一在中國近代文學之中，成爲它光輝的、不可割切的一環。台灣的新文學，受影響於中國五四啓蒙運動有密切關聯的白話文學運動，並且在整個發展的過程中，和中國反帝、反封建的文學運動，有著綿密的關聯；也是以中國爲民族歸屬之取向的政治、文化、社會運動的一環」（尉天驄編，1978：95～96）、「沒有中國現代文學的背景作爲對照，我們不可能

對台灣文學有正確和完整的認識。舉個最簡單的例子來講，日
據時代的台灣文學和同時代的中國文學具有明顯的『同質性』
（都強調反帝、反封建）；但是五、六〇年代的現代文學卻同
時背離了這兩個傳統。這既是一個台灣文學發展的『異數』，又
是一個中國文學的『異數』。如果沒有中國現代文學作爲歷史背
景，我們如何能夠『稱職』的解釋這『斷裂』現象呢」（呂正惠，
1992：346～347），這是中國派的說詞；「爲台灣文學定位則
成爲開放性的論題。文學評論者、文學史研究者、政治運動家
之類的人參與的熱忱更遠甚於作家……光復以來，台灣的文學
作品多半具有空洞化和工具化兩個特質。不少具有潛力的作
家，都把光陰和精力虛擲在文學之外的場合和無謂的紛爭中，
殊不知決定台灣文學地位的，絕不是文學以外的東西。台灣作
家寫作的客體已經呈現了台灣文學的特殊性，只有量多質精的
『台灣文學』作品，才能使『台灣』文學成爲中國或華文文學的主
流」（尹章義，1990）、「台灣文學就是生發於島嶼台灣的文
學，跟隨歷史的進程，不同的族羣先後移民入台，不同的文化
和語言相激相盪，因政經社會的變化，而呈現獨特的和多元的
面貌。其範疇可以概括如下：㈠民間文學……㈡傳統詩文……
㈢日據時代的台灣新文學……㈣戰後台灣文學……綜合以上所
述台灣文學的範疇，從歷史的發展來看，所謂『台灣文學』當然
不能自我設限在新文學的七十年，而應上溯明清的傳統詩文，
以至於口頭傳述的民間文學，雖然後兩者研究成果有限，卻不
可任意割捨。其次，從作家觀點看來，不論移民先後、居台之
久暫、土地之認同、族羣之分屬，台灣文學猶如海納百川，也

像土地之默默承受，不加排斥。至於九〇年代以後各族羣文學
的衆聲喧嘩，呈現解嚴以後的生命力，亂中有序，破壞並重
整，吾人給予『族羣共榮、多音交響』的期望，誰曰不宜」（文
訊雜誌社編，1996：16～17），這是**綜合派或折衷派的說詞**。
此外，還有**同屬中國派陣營，但僅以漢語文學**（而不泛稱中國
文學）**來統攝台灣文學**：「在台灣的作家所寫的文學作品的屬
性，不管是外省籍的作家，還是本省籍的作家，不論所寫的地
理背景是否在中國的範圍之內，也不論所寫的人物是否是漢
人，只要用的是漢語漢文，其作品自屬漢語文學」（馬森，
1993）。幾乎是各彈各的調、各吹各的曲，台灣文學焉能不在
「未定之天」？

　　至於所謂外界的強為支離，是指大陸學者「一廂情願」的
硬將台灣文學納入中國文學（由中共政權所延續的中國文學）
的旗幟下，使台灣文學成為中國文學的一部分或附屬（見白少
帆等編，1987；古繼堂，1989；劉登翰等編，1991）。這不但
讓本土派的人士「更為氣憤」，也讓中國派的人士「羞與為
伍」（因為他們的大中國意識被吃掉了）；至於綜合派或折衷
派的人士也勢必要跟它「劃清界線」！

　　台灣文學的地位，就因為有海峽對岸的「攪局」而開始
「浮動」；再加上台灣的國際處境顛危，外界多未能認同台灣
文學的「自主」發展。以至台灣文學至今只具有「脈絡意義」
（也就是只存個別論述脈絡中的意涵）而不具有「概念意義」
（也就是抽象且普遍的意涵）。在這種情況下，要書寫台灣文
學史，就更加「居心叵測」了。

第三節　台灣文學史建構的過程

　　前面說過，台灣文學要有歷史，是在自主性的台灣文學的自覺之後，迫切要藉來證成論點才成形的。這似乎跟上述「台灣文學的內涵和地位未定」有前後語意上的斷裂；但也不然，台灣文學所見的「各有主張」，並不影響大家都相信「台灣文學」的存在（也正視「台灣文學」可能有的地域的特色）。因此，此地有關的台灣文學史的書寫，就跟這一波台灣文學的自覺緊相關聯；而海峽對岸所見的台灣文學史著述縱然難脫統戰色彩，也無非是由此地相關論述的刺激而起（即使它要否定台灣文學的獨立自主性，也同樣存在著從「反面」的自覺；而這正是所謂「台灣文學的自覺」在語意上所得允許或所該概括的）。

　　比較重要的是，在走向台灣文學史書寫的路途上所隱含的「政治的角力」。這種角力，是以各自形塑特定的意識形態發端，而以爭取相關的權益爲訴求告終。如本土派部分，就形塑了「台文沙文主義」這種意識形態。這原是要推銷「只要內涵台灣意識就是台灣文學」的論述或爲反駁「台灣文學是中國文學的一部分或台灣文學是中國文學的附庸」的論調而構設的；但當它一再遭受類似「台灣文學還有中國文學的影子（如語言的使用、思維的方式和情感的表達等等都沒有什麼大差別），如何區分得開來」的質疑後，卻很巧妙的把「舊有」的說法反轉過來，說台灣文學包含中國文學，甚至台灣文學跟第三世界

文學（以尋求政治自救解放爲基調，包括印度文學、中南美洲
文學、非洲文學等等）是對立統一的（而不是互爲對抗的）
（參見周慶華，1997：14～15）：

> 台灣文學範疇裡，不但有中文文學，必然也包括了日文
> 文學、英文文學、荷蘭文學，甚至西班牙文學……台灣
> 文學實則屬於不斷發現的時代；原住民文學、客家文
> 學、本土語文學、環保文學、自然文學……相繼出現，
> 無論文學的剖面或縱深都在延伸，台灣文學的內涵出現
> 了不斷地再發現、不斷地重新聯組的現象（彭瑞金，
> 1995：95～96）。

> 目前有所謂「自主性，本土化論者」與「第三世界論
> 者」的紛爭。其實這不應該成爲論爭。因爲兩者都是台
> 灣文學不可或缺的要素。前者是屬於台灣文學的內在範
> 疇，後者是外在範疇；兩者都統一在台灣文學運動裡，
> 並且又透過文學而統一在台灣社會運動裡（胡民祥編，
> 1989：144）。

這就把「台文沙文主義」這種意識形態無限的膨脹了，結果是
越說漏洞越多（如「台灣文學」的指涉對象本就難以辨認，還
要妄爲收編未必存有「台灣意識」的中文文學、日文文學、英
文文學、荷蘭文學、西班牙文學等等，以及忽略了被歸併的作
家及其作品有不願被歸併的可能性）。又如中國派部分，就形

塑了「中文或漢文沙文主義」這種意識形態。這原是爲回應或
批判本土派的論調而構設的：

> 「台灣文學」「自主性」的追求，反而導至了另一種狹
> 隘的、自閉式的義和團心態，「自保」的成分重過於
> 「創造」的成分……總之，在我的印象裡，「台灣文
> 學」論者汲汲於在「理論」上證明台灣文學傳統的存在
> 及其「自主性」的不容置疑。至於如何在當前的現實下
> 開創台灣文學的新道路、如何在開創過程中取法於某些
> 外國作品，對於這些問題的討論，似乎很少看到。這種
> 論述的偏頗，很可以看出「台灣文學」的局限性。本土
> 論者的偏狹性格尤其表現在他們對大陸文學的漠視、甚
> 至藐視上。在我看來，大陸文學的寫實方式、大陸作家
> 對西方現代文學的「模仿」的特殊策略，以及他們揉和
> 北京話和各地地方話的語言表現模式，都有值得台灣作
> 家參考的地方。但是基於他們在政治上對大陸的強烈敵
> 意，本土論者通常不屑於對大陸作品瞧上一眼（呂正
> 惠，1992：238～239）。

但這並沒有解決對方的問題，反而同樣的落入二元對立思維模
式的泥淖。以至它所力辯的「台灣文學也是中國文學」或「台
灣文學是中國文學的一部分」（見林燿德主編，1993：263；
文訊雜誌社編，1996：39）以及在遭遇本土派質疑它有「既不
忘中國又不自覺關懷台灣的矛盾情結」時所作的「台灣是中國

的一部分，關心中國當然包括關心台灣……本土派最好不要再
說『統派』不關心台灣」的辯白（見呂正惠，1995：105～
107），也就一併把問題暴露出來了。也就是說，它不知台灣
假使已經被統掉或併入中國了，再關懷「台灣」（台灣文學）
還有意義嗎？又如綜合派或折衷派部分，就形塑了「文學純化
主義」這種意識形態。這原是想超越前二種意識形態的框框而
構設的（見鄭明娳主編，1993：158～176；廖咸浩，1995：75
～84）；但它卻不自覺超越得並不徹底（或說想超越而實際並
未如願）：

> 文學的追求，原來就是對內容與形式從事無休無止的探
> 索，而反映在作品中的，正是對生存情境無窮無盡的反
> 詰，質疑的主題永遠是：難道非如此不可嗎……無論如
> 何，藉由文學的想像，作者與讀者將共同替我們的島嶼
> 思忖一幅幅可能的未來（文訊雜誌社編，1996：25）。

> 當然，我們尊重也支持「台灣意識」的提倡，我們也能
> 諒解定義「台灣文學」的企圖，是對一般不明究裡的把
> 普通話文化稱為「中國文化」的反彈。但是即使如此，
> 這種標示「健康純正」文學路線或「框框」的作法，終
> 非文學與文化之福（廖咸浩，1995：82）

也就是說，它所提出的文學觀念，仍在更大（或包容更多）的
台灣文學或中國文學的範圍。因此，台灣文學各派論述之間，

就純是爲爭奪權益（而不是爲爭執什麼文學的眞理）而發。這
種情況，實際上早已白熱化的「端上檯面」了；所謂「戰後數
十年來，有一批『文人』環繞在國民黨政權的光環之下，躲在所
謂『中國文學系』的破廟裡，卻霸占了整個台灣的文學敎育權。
就有生命的文學定義言，文學必須接受陽光、水分，必須接受
土壤汲取養分，必須貼切人羣呼吸，必須接受台灣風的吹拂，
台灣雨的淋沐⋯⋯而依附在統治強權下的『中國文學』只能算是
飄流到台灣來的一縷孤魂了⋯⋯誣賴本土論已經取得台灣文學
的正字解釋權，已然形成對『中國文學』壓迫宰制的霸權論述集
團的幻覺，根本就是不好笑的笑話。不過，台灣文學的本土化
實質，已經對『反本土』者的虛妄，帶來圖窮匕現的壓力則是事
實」（彭瑞金，1995：56）、「最後這三股潮流（指重構台灣
文學史、台語文字化運動、心靈派和歷史派的創作）同時以
『台灣文學系』的設立要求，企圖進入大專院校，透過官方權
力，和『中國文學系』平分學院文學這塊大餅」（宋澤萊，
1996）、「我比較討厭一些『機會主義』的本土論者，他們比較
聰明，學問和見識也許好一點，但他們深深了解，在潮流之
下，喊一喊台灣文學，也許出頭比較快，可以領一領風騷。他
們爲此不惜講一些『刺激』、『痛快』的話，好凝聚台灣人的感
情。他們『迎合』台灣人的喜好，沒有考慮過：『愛』也許不只需
要『放縱』，還要去『批一批』，讓頭腦清醒一下，以便想得、看
得更清楚」（呂正惠，1995：95）等，在憤恨對方之餘，那種
「眼紅別人霸占權益」或「忌諱別人瓜分權益」的心態溢於言
表（眼紅別人霸占權益，指前二則本土派的論述；忌諱別人瓜

分權益，指後一則中國派的論述。至於尚未引述的綜合派或折衷派論述的情況，則依違在前二派之間）。而不論「眼紅別人霸占權益」或「忌諱別人瓜分權益」，都是權力欲的支使或加強（詳後）。

其中由本土派陣營「分化」出來的有一派以「語文至上論」為訴求的台語文學派，企圖「解決」台灣文學仍使用中文而可能被「併吞」的危機：「八〇年代台灣文學界出現定位之爭，中國意識論者認為台灣文學是中國文學的一部分，因此發明一個名詞——『在台灣的中國文學』來指稱台灣的文學；另外有一些稍具台灣本土認知，但仍然無法超脫『中國迷思情意結』的文化人，則擔憂台灣的文學會不會變成只是中國的邊疆文學，終究像附屬品般被歷史所遺棄和忽略，我們因此徬徨不定和自暴自棄；但已具堅定的台灣意識的台灣文學論者認為台灣文學的屬性是獨立的，獨立於中國文學之外，自成一個主體，他們不再謙稱『鄉土文學』，而直接以『台灣文學』名之。此時的台語文學論者自然都是『台灣文學獨立論』的倡導者與支持者；但他們更進一步指出，台灣作家不只是要在意識上獨立，還要從中文掙脫出來，追求台灣文學語言的獨立，以落實獨立的台灣文學」（林央敏，1996：41～42）、「鄉土文學為什麼會誕生，正是因為現代中文無法真切表達台灣人語言的細膩，更無法反映台灣人的文化與思想。現代台語文學的誕生則進一步不滿於鄉土文學所使用的文字無法真切表達台灣人語言的細膩，更無法深刻反映台灣人的文化與思想」（洪惟仁，1995：51～52）。但它內部有關「台語文字化」的各行其是（有的主張將

教會羅馬字的調符字母化，有的主張廢掉漢字而採用羅馬字，有的主張漢字及諺文式方塊拼音字結合）而互不妥協，以及原本土派人士不願被「併吞」而多方的反彈，導至它一路走來步履顛危，至今還未形成氣候。當中的關鍵在於該派所說的「台語」，僅指閩南語；這就造成非閩南族羣的不滿：「台灣需要有各母語的創作，但反對『台語』『台文』『台灣文學』存有狹義的定義……台灣文學的定義：站在台灣人立場，寫台灣人經驗的作品便是」（李喬，1991。按：此為撮述）、「美語或美語文學絕不因美語是源於英語，而減損其為獨立語言或獨立文學的事實和尊嚴……因此今日的台語應包括『普通話』（就是一般所說的『國語』）」（彭瑞金，1991b。按：此為撮述）。這種不滿，終於造成一方要以「多數為代表」的台語籠罩全局，一方則斥責以多數為代表的台語說為「霸道」、「大福佬主義」、「福佬沙文主義」、「語言壓迫」、「回到（國民黨）語言歧視的原點」而不願被收編或被同化的對立（參見周慶華，1997：47〜48）。而由此也可見，台語文學派的「竄出」，也無法自外於權益的爭奪；只是附和的人有限，始終「施展」不開來。

第四節　台灣文學史觀的爭議

各派別有關台灣文學主張的競勝，最終的決戰場自然就是實際的台灣文學史的書寫了。換句話說，台灣文學史的書寫，可以「具體」的用來支持各派別的論點以及作為反駁對手的講

法而迫使他人「住口」的一大利器；它關涉到這場台灣文學論
戰的優勝劣敗，幾乎沒有人會放過這個「大好機會」，以至有
更進一層的台灣文學史觀的爭議。

　　如本土派部分，在台灣文學「反帝、反封建、反強權」及
對台灣現實環境、人民生存的關懷（總括為台灣意識）的前提
下，就找來了賴和、楊逵、呂赫若、吳濁流、龍瑛宗、巫永
福、鍾肇政、葉石濤、李喬、鍾理和、陳火泉、廖清秀、施翠
峯、王昶雄、陳千武、黃春明、王禎和、七等生、洪醒夫、李
昂、宋澤萊、王拓、楊青矗、吳錦發、向陽、林文義等作家及
其作品，構成了所謂的「台灣文學史」（詳見葉石濤，1987；
彭瑞全，1991a）；而對於同在台灣出現的現代派及後現代派
的作家及其作品（如紀弦、余光中、洛夫、張默、瘂弦、白先
勇、王文興、於梨華、聶華苓、歐陽子、叢甦、陳若曦、施叔
青、朱西甯、司馬中原、張大春、朱天文、朱天心、林燿德等
作家及其作品），就說他們是失根、飄泊、虛無的，不在「台
灣文學」的範圍，所謂「外省族羣從五〇年代以降先由官方出
面樹立反共、戰鬥文學體制；這是脫離本土現實生活的游離文
學。外省族羣建立的文學直到今天仍然是遠離台灣的土地和人
民的失根、飄泊的文學。不管是六〇年代的西化文學以至八〇
年後代解嚴到九〇年代，這種特色未曾改變過。九〇年代現時
的外省族羣文學大體繞著同性戀、性、女性自覺抗爭等問題；
而這也是逃避本土土地和人民生活困境的失根、飄泊的文學。
這些問題並非民眾生活裡的重大困境，把問題局限在游離正當
日常性生活上，心態上也就是个認同台灣的土地和人民的表

現」(江寶釵等編,1996：Ⅱ)、「外省人最近的主流文學運動向著兩方向進展。一面是引進法國在國際上已過時的『後結構主義』『解構理論』(原注：就是不引進目前流行在美國的新實用主義和新歷史主義)。於是像『邊緣向中心進攻』『去中心化』『顚覆』……一大堆的殘餘論調就湧進台灣,兩性論述就高喊『我要性高潮』伴同『同性戀合理化』,將兩性的言說推向一種危機性高調……這是因爲這些理論和調調能給予外省人主流文學的空無、飄泊的特質取得合理性。並同時展開對本省人新權力中心的進攻……」(宋澤萊,1996),正是一種總結性的批判或排外條款的宣示(參見周慶華,1997：49~50)。

又如中國派部分,雖然還不見什麼長篇文學史的著作,但從它不斷地批評對手的論調來看,隱隱然也有自己的特定的台灣文學史觀:「我們不應該把台灣文學研究限制在一個狹窄的傳統的認同與追尋上。在詮釋上,基於個人的意識形態,也許有人可以認爲:賴和──楊逵──吳濁流──鍾肇政──李喬──宋澤萊……這一條線是台灣文學的主流,但是如果我們摒除了白先勇、王文興的現代小說,摒除了余光中、洛夫的現代詩,摒除了陳映眞,摒除了所謂的『後現代』文學,我們如何看得清楚台灣文學的複雜面相?最起碼,有主流觀念的人必須在一個更大的背景下解釋他的『主流』,這樣的『詮釋』才能更『完整』。跟這一點有關係的是,我們不能扭曲或漠視歷史眞相。譬如,對於早期台灣新文學家和大陸新文學的關係,我們不必急於撇清,也不必急於強調,應該實事求是的去求證,以找出眞正的『歷史』來。又如,我們不能以現在分離意識或台語文學

的立場，去詮釋日據時代的鄉土文學觀念及台灣話文理論。這
樣我們就不是在客觀的『尋找』歷史，而是在主觀的『改寫』歷
史」（呂正惠，1992：346）、「如果『台灣文學』的定義，只
限於『台灣人』所寫的作品，而將來又必須用『台灣話文』（福佬
話）來創作的話，使用客家話的作家和原住民的作家不是也被
排斥在外了？愛鄉愛土是每一個人自發的天性，但把愛鄉愛土
的情懷發展成為狹隘的排他意識，對一個地區的人民和文化都
不是一件有利的事。何況就現代國家的權利觀念而言，具有公
民權的人，不管他是原住民、第一代移民、第二代移民，還是
第十代移民，都享有相同的權利，沒有人甘願被人排除在外
……今日台灣的現實，已經不再是單純地對先期移民文化的繼
承，也不是單純地對日本殖民文化的繼承，而是全中國各地文
化在台灣所形成的中華文化的大熔爐，其融合性超過大陸上任
何一個地區，本體便具有了十分的包容性。在這樣一種人文薈
萃、內涵豐富的文化形態中，有沒有理由再去恢復日治以前的
單一文化形態呢」（林燿德主編，1993：212～213），這種包
容現代派及後現代派的論調如果付諸實踐，當也會有不同於本
土派的台灣文學史書寫產生。

　　此外，**綜合派或折衷派**並未有比較明顯的台灣文學史觀及
其運作（也就是它究竟會如何取捨前二派所分別容受的那些作
家及其作品，狀況還不明朗）；而海峽對岸的中國中心主義下
的台灣文學史書寫以及此地台語文學派的大福佬主義下的台灣
文學史觀的倡議，也還難獲此地大多數人的認同。因此，看不
出它能跟前二派「鼎足而三」。其中海峽對岸的作法「不但是

從一個中原懷抱邊陲的高姿態去判斷台灣文學，並且還皆身懷
重任，藉編寫台灣文學史以完成『祖國統一』的大業，一廂情願
地認定台灣文學的『反帝』、『反封建』意識正『表現了台灣作家
「胸懷大陸」的民族情感，傳達了台灣人民要求實現國家統一
的多種訊息』，因此『兩岸文學工作者面對同一世界，承擔同一
歷史使命，在同一民族心態作用下，追求著祖國美好的前途和
理想的人生」』（陳麗芬，2000：42～43），這已經被詆斥為
「和稀泥」和「自慰自欺」（同上，43），很難有饜足此地人
胃口的機會（更何況那裡面還充滿著唯物主義的影子，根本跟
此地的思想觀念不搭調呢）；而台語文學派固然也羅列了底下
這種一長串台語文學的作家及其作品：「在台灣文學界裡大部
分人都發現 1980 年代起，台語詩是台灣文學中旗幟最清楚也
最刺眼的一支，不過事實上台語文學早就存在了。如果把台語
往前延伸到它的來源語而連同中國閩南的泉州南管戲曲也包括
在內，則台語文學起碼有四百年的歷史。而純就台灣一地來說
至少在百年以上，像南管、歌仔戲、布袋戲的戲文，像民謠、
童謠、七字仔歌、流行歌的歌詞，像各類俚俗諺語，像早年西
洋傳教士或台灣人使用羅馬字母拼寫成的某些具備文學性質的
篇章，像日治時代部分作家的台灣話文創作，等等都是台語文
學作品，使用口語化或幾乎口語化的台語寫成，至少依發表後
的文字來看是這樣；只是這些作品一直『伏流』在民間，未能受
到官方和主流文化界的重視而已。台語文學之受到重視並且受
到台灣作家的提倡和耕耘而成為『顯流文學』的一支，並且奠立
『台語文學』這個名稱，確實是 1980 年以後才有，但出自作家

創作的台語詩則在 1970 年代中期就誕生了……而在台語文學
這方面，除了林宗源、向陽仍繼續耕耘之外，小說家宋澤萊
（1981）和詩人林央敏（1983）、黃勁連（1985）也陸續加入
台語詩的創作。1987 年之後，參與台語寫作的中文作家越來
越多，如詩人黃樹根、羊子喬、李勤岸、林承謨（沈默）……
另外，台語學者如洪惟仁、鄭良偉以及陳明仁、羅文傑、林錦
賢……等鼓吹台語的人士都在此時投入這個運動。到了九○年
代，又有一羣新秀從大學校園崛起，如楊允言、黃建盛、盧誕
春、張春鳳……人數之多縱貫南北，也分布海內外，已經無法
枚舉了。而且作品已不限於詩，而有小說、散文、戲劇等等；
更不限於文學創作，而有文學理論的建構和非文學性的書寫
文。因此，1980 年代的後半葉起，台語文學可算是邁進了多
元開拓期」（林央敏，1996：17～24），但它既不見容於中國
派的人，也無法討好原台灣派的人，而有著「孤軍作戰」或
「自我稱勇」的味道（參見周慶華，1997：53～55）。

　　綜觀這一場台灣文學史觀的爭議，說穿了，就是台灣意識
／社會寫實主義（本土派）、大中國意識／社會寫實主義兼現
代主義兼後現代主義（中國派）、中國意識／唯物主義（大陸
學者）和大台灣意識／社會寫實主義或語文中心主義（綜合派
或台語文學派）之間的爭議。它們在相當程度上多有重疊或交
涉，只是彼此仍堅守「台文沙文主義」、「中文或漢文沙文主
義」（在大陸學者那邊更窄化到中共統治下的中文或漢文沙文
主義）、「文學純化主義」和「福佬沙文主義」等第一級序的
意識形態，以至有上述「各自表述」（而不理會彼此可能有的

重疊或交涉）的情況。近來還有人嘗試以「後殖民史觀」來貫穿撰寫新的台灣文學史，才剛藉《聯合文學》（從 1999 年 8 月號起）披露部分篇章，就已經遭惹他人「台灣不純是殖民社會（而台灣文學史也不合用後殖民觀來貫穿）」的批評而引發雙方一來一往的論戰（見《聯合文學》2000 年 7 月號、8 月號、9 月號、10 月號、12 月號。**按**：前者是指陳芳明，他給台灣社會的分期是：殖民社會→再殖民社會→後殖民社會；後者是指陳映眞，他給台灣社會的分期是：殖民地・半封建→半殖民地・半封建→新殖民地・半資本主義→新殖民地・依附性資本主義→新殖民地・依附性獨占資本主義）。這會不會刺激新一波大規模的台灣文學史觀的爭議，還有待留意觀察。

第五節　相關爭議的幾個盲點

　　雖然台灣文學史的書寫是台灣文學各流派競勝最終的決戰場，但結果卻沒有人全面的獲勝，也沒有人全面的潰敗；只是有的仍繼續獨擎他的大纛，有的則淪落到苟延殘喘的地步（後者如中國派的主張，幾乎已經喊不出口號了；此外，台語文學派的主張在各方夾擊下，也快要奄奄一息了）。這一方面是各派別變不出新花樣（有時還會流於意氣之爭），讓人看了厭煩，不再（擇取）迎合附和，而使主導者跟著洩氣，乾脆掩旗息鼓；另一方面是近幾年網路文學興起（詳見第十章），它的跨性別、跨階級、跨種族、跨國家的特性，使得強調地域特徵或族羣意識的台灣文學主張，很難再有賣點，自然得紛紛從傳

播媒體上「敗退」下來。雖然如此，基於認知的需求，我們還是要一探這場台灣文學史觀的爭議背後所可能存在的問題。也就是說，光一個台灣文學史的書寫，就這樣歧見迭出，甚至各派別劍拔弩張的對峙，當中一定有大家所不自覺的盲點。而將這些盲點給予指出，才算對台灣文學史觀的爭議課題有一較全面性的觀照。

　　一般所說的歷史，經由後現代歷史（新歷史主義）學者反覆的討論，已經動搖了過去大家所信守的歷史是透明且有固定意義的觀念。所謂「歷史是一種由歷史學家所建構出的自圓其說的論述，而由過去的存在中，並無法導出一種必然的解讀：凝視的方向改變，觀點改變，新的解讀便隨之出現」〔詹京斯（K. Jenkins），1996：68～69〕，就是在說明歷史的「文本性」（而不是什麼不證自明的眞理）。換句話說，歷史不是「過去的事件」（舊歷史主義如此主張），而是被「敍述的」；過去的事件不能以眞實的面目出現，而僅能存在於論述（言說或話語）、符號或敍述等表徵中（參見錢善行主編，1993；張京媛編，1993）。這種新歷史觀，無疑是來自後結構主義或解構主義。後結構主義或解構主義認爲任何書寫成章的都只是個「文本」（text），而文本掩蓋的東西和它表達出來的一樣多，我們不應當只從字面讀它，也不應當只顧到如何發掘作者的意圖。同時文本也必須被解構，必須找出思路或情節之中的空白處、缺口、間斷；而一旦找到這些，就可窺見深藏在文本之中的自相矛盾、顚倒、隱密，也就是我們可以發現書寫布滿倒錯，反映出某一文化內含有的「狡詐不實」。此外，

既然一個文本可以用不同的方式來讀，那麼語言就缺乏穩定性，而作者也無力控制讀者，只得任由讀者用想像力重構作者所寫下的文字〔參見艾坡比（J. Appleby）等，1996：247；朱耀偉編譯，1992：16～22〕。雖然如此，歷史文本在被構設時，所隱藏於背後的企圖或動機仍無法抹滅，所謂「歷史是一種移動的、有問題的論述。表面上，它是關於世界的一個面相──過去。它是由一羣思想現代化的工作者所創造。他們在工作中採用互相可以辨認的方式──在認識論、方法論、意識形態和實際操作上適得其所的方式。而他們的作品，一旦流傳出來，便會一連串的被使用和濫用。這些使用和濫用在邏輯上是無窮的，但在實際上通常與一系列任何時刻都存在的權力基礎相對應，並且沿著一種從支配一切到無關緊要的光譜，建構並散布各種歷史的意義」（詹京斯，1996：87～88），傅柯（M. Foucault）的知識／權力框架在這裡「再度」的發生了效用。而這種權力欲求，又以意識形態爲中介，使得馬克思主義的精靈重新「君臨」歷史文本的構設（參見周慶華，2000：41～43）。

由此可知，台灣文學史的書寫，就無關先天的眞理（如果有的話）問題，而純是人爲的後天的建構。這類建構，以一種（或多種）意識形態貫串始末，並以爭取相關的權益爲終極訴求（見前）。因此，各人所建構成的不同的台灣文學史，就是不同意識形態的競勝，目的都在想望支配別人或影響別人以及因此而享有榮耀、尊嚴、錢財等好處（統稱爲權益欲望）。但這些在各派別卻很少有自覺，以至一逕流於相互叫囂詬啐、批

判對方的「霸權心態」（詳見彭瑞金，1995；廖咸浩，1995；
鄭明娳主編，1993）；殊不知該叫囂詬誶都是白費（大家都是
在建構台灣文學或台灣文學史），而批判對方的霸權心態本身
就是一種霸權心態的表徵（參見周慶華，1997：21）。此外，
各派別開闢了戰場，只懂得捉對廝殺或聯合同盟出擊，卻無法
預想「善後」的對策，導至一場近似「神聖」的戰事自然渙
散，並沒有留下什麼有助於「展望未來」的東西，實在可惜！
這又是盲點中的盲點。也就是說，各派別人馬在一番爭戰後，
只能以「各執己見」收場（而不能別為尋找「出路」），不啻
白費力氣，終究無益於台灣一地文學的「成長」。

第六節　化解盲點的途徑

照理說，台灣一地在經歷這一波空前的文學論戰後，大家
應該會變得更聰明，為台灣文學的前途「更進一言」；但實際
上卻不然，相關的論戰已經息兵多年了，台灣文學還是不知道
要走上那一條路。這恐怕是上述的盲點烙印太深，以至如今大
家還憣悟不過來。於是設法化解上述的盲點，也就成了當務之
急。

這不能因為台灣的社會體制（或文化體制）有「流動性」
的特徵，就順勢提議或縱容「多元並存、彼此對話、甚至相互
矛盾的批評生態」（周英雄等編，2000：15）；而得尋找有益
於台灣文學在面對世界文學時所可以凸顯獨特性的地方（否則
何必那麼大費周章的爭論台灣文學史的書寫？參見第十章）。

這就必須有系譜學式的建構。所謂系譜學，指的是「追蹤系譜脈絡，找出前身，並解釋認知本質是如何出現的一種方法」〔阿特金斯（G. D. Atkins）等主編，1991：360～361〕。這是傅柯受到尼采《道德系譜學》的啓發而建構的。傅柯認為，長久以來世人對歷史的研究都強調在時間的延伸線上，將各種散亂的史實資料重新歸納排比，以期根據邏輯推衍的順序，重新建立某個事件或時代的意義。然而，這種治史的方法往往過分重視「體系」、「始源」、「傳承」等觀念，在研究史實時容易陷入削足適履或一廂情願的歧途；不但無法重現所謂的「歷史原貌」（事實上也不可能），反而將史學範圍局限於少數主題、事件或人物的重複研究中。因此，對於史學過分凸顯某些事件和人物承先啓後的樞紐地位，熱中鑽研某一時期的「時代精神」，強求某些意識理念的來龍去脈，乃至重塑理想主義式的世界史觀等舉動，傅柯都毫不留情的大加撻伐。傅柯強調，我們不是只有「一」個歷史，所以也不應在史學研究中汲汲營營的找尋「一以貫之」的中道。這樣說，無非是要指出人文現象的產生和發展，本來就沒有固定不變的軌迹可以遵循，也沒有終極的意義目標可以迄及；我們的種種思想行為尺度，都是「知識欲求」和「權力欲求」交鋒下的產物。這也導至系譜學工作者，要以「現在」為立足點，為「現在」寫出一部歷史，而不是妄想於重建「過去」。換句話說，系譜學工作者所關心的是人們經過了什麼樣的歷程而有「今天」的局面，或者以前的這段歷程裡有什麼因素的發生轉變可為「現在」的社會思維形式作借鏡。由於系譜學否定人可以看出歷史的全貌或必然

性，於是也不求對某一時代或社會作面面俱到的描述（參見傅
柯，1993：導讀二 40～56；周慶華，1999：14～15）。今後
的台灣文學史的建構，要藉爲激發可以「創新」文學的質素以
便贏得世人的重視，就得致力於這種系譜學式的發掘（**按**：所
發掘的對象，也必須連上前面所說的是經由「敍述」而存在的
部分）；否則東拉西扯的結果，只有徒然浪費力氣，台灣依舊
會提不出什麼特殊的文學產品「以傲世人」。

　　當然，系譜學式的建構，也可能「因人而異」，再度「印
證」多音交響的情況；但這並無所謂，因爲這時已經提升了
「境界」，而不是像過去那種素樸的表現。還有系譜學式的建
構，一經凝化爲特定的意識形態，也可能「僵化」了我們對歷
史的思維，而導至文學進化減弱的重現。但也不盡然，系譜學
式的歷史文本的構設，仍可以因作者先備條件的差異而顯出多
元化的特徵（如上述）。最後勢必形成一種有理則的「衆聲喧
嘩」（多音交響）的場面，個別單聲相互抗衡對諍，也許更能
促成文學的進化（參見周慶華，2000：58～59）。

第七節　結論

　　台灣內部的族羣複雜，權益分配不均，常使落居邊緣的人
在憤慨之餘更添一分悲情！而長年以來，台灣的政治、經濟、
文化等又多受制於美日列強，再加上中共非理性的打壓，又使
得該悲情轉咎責於權力核心的無能且有擴大效應的趨勢。敏感
的文學人，自然會在這多力糾葛中尋隙「發洩」，矛頭所指

處，無不連聲威嚇，勾引出許多立場相異的人，共譜一段拚鬥
擾嚷的畫面。其中有關台灣文學史的爭議，恐怕只是一個過場
（不然大家為什麼在最近幾年不另起爐灶再爭呢），大家「真
正」想要的是爭取相關權益的自由以及參與實質戰鬥的快感；
尤其當知道「禦外」無望的時候，專事於「內鬥」，還可以減
輕心中的恐懼和悲切！然而，我們怎麼沒有想到：自我軟弱的
結果，可能會「坐以待斃」；不如從中奮起，以更強的姿態來
迎接各種挑戰，也許因此而「改變命運」。從長遠的角度看，
台灣文學勢必要躋進世界文學之林（而受世人重視），才有前
途；以至上述為台灣文學尋找新機的倡議，也就迫切要由大家
努力來踐履了。

❖參考書目

尹章義：〈什麼是台灣文學？台灣文學往那裡去？〉，《台灣文學觀
　　察雜誌》第 1 期，1990、6。頁 19～24。

文訊雜誌社編：《台灣文學中的社會》，台北：行政院文化建設委員
　　會，1996、6。

白沙帆等編：《現代台灣文學史》，瀋陽：遼寧大學出版社，1987。

古繼堂：《台灣小說發展史》，瀋陽：春風文藝出版社等，1989。

文坡比等：《歷史的眞相》（薛絢譯），台北：正中書局，1996、
　　11。

江寶釵等編：《台灣的文學與環境》，高雄：麗文文化公司，1996、
　　6。

朱耀偉編譯：《當代西方文學批評理論》，台北：駱駝出版社，

1992、4。

李　牧:《疏離的文學》,台北:黎明文化公司,1990、5。

李　喬:〈寬廣的語言大道──對台灣語文的思考〉,《自立晚報》副
　　刊,1991、9、29。

呂正惠:《戰後台灣文學經驗》,台北:新地文學出版社,1992、
　　12。

呂正惠:《文學經典與文化認同》,台北:九歌出版社,1995、4。

宋澤萊:〈當前文壇診病書〉,《台灣新文學》第4期,1996、4。頁
　　278、275～276。

林央敏:《台語文學運動史論》,台北:前衛出版社,1996、3。

林燿德主編:《當代台灣文學評論大系・文學現象卷》,台北:正中
　　書局,1993、5。

周英雄等編:《書寫台灣──文學史、後殖民與後現代》,台北:麥
　　田出版公司,2000、4。

周慶華:《台灣文學與「台灣文學」》,台北:生智文化公司,
　　1997、8。

周慶華:《佛教與文學的系譜》,台北:里仁書局,1999、9。

周慶華:《中國符號學》,台北:揚智文化公司,2000、12。

阿特金斯等主編:《當代文學理論》(張雙英等譯),台北:合森文
　　化公司,1991、9。

馬　森:〈台灣文學的地位〉,《當代》第89期,1993、9。頁61。

胡民祥編:《台灣文學入門文選》,台北:前衛出版社,1989、10。

洪惟仁:《台語文學與台語文字》,台北:前衛出版社,1995、5。

陳少廷:《台灣新文學運動簡史》,台北:聯經出版公司,1981、

11。

陳麗芬：《現代文學與文化想像——從台灣到香港》，台北：書林出版公司，2000、5。

陳鵬翔等編：《從影響研究到中國文學》，台北：書林出版公司，1992、1。

尉天驄編：《鄉土文學討論集》，台北：遠景出版公司，1978、4。

張京媛編：《新歷史主義與文學批評》，北京：北京大學出版社，1993。

傅　柯：《知識的考掘》（王德威譯），台北：麥田出版公司，1993、7。

彭瑞金：〈台灣文學應以本土化為首要課題〉，《文學界》第2期，1982、4。頁3。

彭瑞金：《台灣新文學運動四十年》，台北：自立晚報社文化出版部，1991a、3。

彭瑞金：〈請勿點燃語言炸彈〉，《自立晚報》副刊，1991b、10、7。

彭瑞金：《台灣文學探索》，台北：前衛出版社，1995、1。

葉石濤：《台灣文學史綱》，高雄：文學界雜誌社，1987、2。

詹京斯：《歷史的再思考》（賈士蘅譯），台北：麥田出版公司，1996、12。

廖咸浩：《愛與解構——當代台灣文學評論與文化觀察》，台北：聯合文學出版社，1995、10。

台灣文學研究會主編：《先人之血・土地之花——台灣文學研究論文精選集》，台北：前衛出版社，1989、8。

鄭明娳主編：《當代台灣文學評論大系・小說批評卷》，台北：正
　中書局，1993、6。

劉登翰等編：《台灣文學史》，福州：海峽文藝出版社，1991。

錢善行主編：《文藝學與新歷史主義》，北京：社會科學文獻出版
　社，1993、3。

問題與討論

一、台灣文學史書寫的背景為何？

二、台灣文學史建構的過程隱含著什麼樣的問題？

三、台灣文學史觀爭議的重點何在？

四、台灣文學史觀爭議本身存有那些盲點？

五、化解台灣文學史觀爭議的盲點的途徑？

第七章 台灣的兒童文學

林文寶

第一節 前言

兒童文學是緣於教育兒童的需要，因此，兒童文學的歷史跟人類口傳文學的歷史同樣久遠，這是學者口中的古典兒童文學，至於所謂的現代兒童文學則是萌芽於十九世紀的歐洲。兩者的差異，即是在於「個人的文學創作」。

現代兒童文學最狹義的定意，應該是：以兒童爲讀者對象的文學創作。不過，本文指的「兒童文學」定義：則涵括創作、研究、出版、傳播、教學在內。

台灣地區，由於地緣關係與歷史背景關係，自17世紀以來，一直是列強覬覦之地。也由於這種環境，使得台灣的文化發展無法以單一文化觀點視之。尤其二次大戰後的歷史變局，更促使台灣發展成爲一個很特殊的文化區域。就兒童文學的源頭而言：有民間的口傳文學、傳統的啓蒙教材、中國的兒童文學、日本的兒童文學、歐美等翻譯的兒童文學作品。

又一地區的兒童文學發展，涉及社會環境（政經、教育體制等）、兒童文學工作者（作家、畫家、編輯、理論研究者

等）的素質，和市場成熟度（圖畫、期刊出版量、國民所得、
文化消費指數、圖書館普及率、版權保護程度等）等因素。因
此，要談論一地區的兒童文學發展狀況，不能僅從作品創作的
角度來觀察。本文擬從宏觀的歷史視點，尤其是後殖民論述的
史觀。亦即是從台灣的政治、經濟、社會發展狀況，配合兒童
文學的史實來加以考查。

有關台灣現代兒童文學發展歷史分期，論述者不多，但仍
有不同的劃分方式。

台灣的現代兒童文學，一般說來，始於1945年，這一年台
灣光復，重回中國。陳芳明於《台灣新文學史》第一章〈台灣新
文學史的建構與分期〉裡，從後殖民史觀的立場，將台灣新文
學史分成日據的殖民時期，戰後的再殖民時期與解嚴迄今的後
殖民時期（見1999年8月《聯合文學》15卷10期，頁162～
173）。本文所指台灣的兒童文學，就區域而言，是以台灣地
區為主；就書寫文字而言，是漢語為主，並兼及閩、客語、原
住民語等。台灣的兒童文學，在1945年以前少有漢語書寫者，
是以本文雖是建構於後殖民論述，而論其萌芽則始自1945年。

第二節　萌芽期（1945～1963年）

從1945年台灣脫離日本統治，到台灣經濟起飛前一年，我
們稱之為萌芽期。

1945年8月6日，美國在日本長崎、廣島丟下原子彈。8日
本宣布無條件投降。台灣亦於10月25日正式脫離日本的統治，

改隸中國國民黨政府統治。由於大陸局勢逆轉,國民黨政府於
1949年12月7日由廣州遷抵台北。

　　萌芽初期,雖然政治局勢不隱定,但由於有大批學術、教
育、文化界人士隨政府來台,再加上相關機構的先後成立與刊
物的相繼創刊,對以後的兒童文學發展有著深遠的影響。若就
台灣兒童讀物的發展,自以1945年12月10日創立的東方出版社
為濫觴。

　　本期擬以具有指標性的團體(含出版社、委員會等)、報
章雜誌與其他等三項分別說明之:

一、團體(含出版社、委員會等)

㈠國語推行委員會

　　1945年10月27日教育部派何容來台主持推行國語的工作,
翌年4月2日,正式成立國語推行委員會,積極推行國語運動。
由於推廣教材工具之通俗化,這些都如國語推行委員會曾於
1957年編輯過一套《寶島文庫》,有助於童蒙教育與平民教育的
推展。

㈡東方出版社

　　台灣光復後,當時擔任財政部特派員的游彌堅有鑑於本省
同胞大部分不懂國語,於是結合一羣朋友:范壽康、吳克剛、
陳啓清、林柏壽、劉明朝、陳逢源、柯石吟、黃得時、廖文毅
等人,創立以「協助政府推行國語文教育」為職志的東方出版
社,第一個響應國語推行委員會「充分利用注音符號,大量閱

讀」口號來出版圖書。東方出版社的創立，揭開了台灣兒童讀
物出版的序幕，才有台灣兒童文學的濫觴與萌芽。

　　一直到七〇年代初期，東方出版社始終是執台灣兒童讀物
出版社的牛耳，在翻譯或改寫外國兒童文學名著及中國通俗小
說方面的確立下不少建樹。

㈢台灣省教育會

　　早在日據時期，本省即有教育會之組織。台灣光復後，於
1948年7月1日台灣省教育會正式成立，並接收前教育會的會
務，首任理事長即當時擔任台北市市長的游彌堅。該會的宗旨
在研究教育事業、發展地方教育、協助政府推行政令、教育書
刊之編輯與出版等。該會在游彌堅擔任理事長任內，曾經編過
《兒童劇選》（1948年12月）、《台灣鄉土故事》（1949年12月）
等文化叢書，以及適合幼稚園小朋友閱讀的《愛兒文庫》，皆由
東方出版社印行。

㈣中華兒童教育社

　　中華兒童教育社為兒童教育的學術團體，1929年7月成立
於杭州。大陸撤退後，隨政府遷台。於1953年間，經理監事聯
席會議決定主編《新中國兒童文庫》，由司琦規畫其事。

　　文庫共一百冊，分低、中、高三輯，低、中各三十冊，高
年級四十冊，由正中書局印行。文庫的撰寫依國小低、中、高
三個階段的教育科目，來決定冊數和內容，並要撰述者依階
段、科目和內容寫稿，力求配合各科教材。文庫中除朱傳譽

《愛爾蘭童話》、邵夢蘭《奧德賽飄流記》是譯作外，其餘均由國人撰述。文庫作者知名者如謝冰瑩、祁致賢、吳鼎、林國樑等。

在《中華兒童叢書》尚未編印之前，本文庫對倡導兒童讀物寫作，可說是不遺餘力。

二、報章雜誌

㈠《國語日報》

《國語日報》創刊於1948年10月25日，以普及與推廣國語教育為目的。〈兒童版〉同日創刊，主編張雪門。〈少年版〉則於翌年3月2日創刊，主編為魏廉、魏納。這兩個版全部是國語注音，為小學生提供了學習國語及兒童文學作品的園地。

《國語日報》原非兒童專屬的報紙，但由於附加注音，有助於兒童學習語文，且闢有許多專為兒童設計、編輯的版面，很自然成為兒童閱讀最多的報紙，也是影響台灣兒童文學發展最大的報紙。

㈡《台灣兒童月刊》

《台灣兒童月刊》創刊於1949年2月25日，這是台灣光復後創刊最早的兒童刊物，由當時台中市政府教育科支助，全市各公私立國民小學聯合發行。

《台灣兒童月刊》的創刊，為台灣地區的兒童刊物點燃了希望的火把，而在整個台灣兒童文學發展的過程中，也扮演著歷史性的角色。該刊的最大特色是內容充實，除全市師生作品

外，當時寄寓台中的孟瑤、張秀亞，北部的謝冰瑩、張淑涵，
南部的蘇雪林等馳名文壇的女作家，也有作品在該刊中發表。
這些作品後來由該社輯成《冬瓜郎》一書，列於《台灣兒童月刊》
故事叢書中。

㈢中央日報〈兒童週刊〉

中央日報〈兒童週刊〉創刊於1949年2月19日。首任主編孔
珞，後改由陳約文主編，她是在職最久的報社兒童版主編。該
刊曾提供園地讓作家發表兒童詩，而楊喚和茲茲是該刊發表兒
童詩比較多的兩位詩人，楊喚首次在該刊發表的兒童詩是〈童
話裡的王國〉（ 1949年9月5日第二十五期 ）。如果說〈兒童週
刊〉是推動兒童詩的搖籃，那陳約文就是推動這個搖籃的褓
姆。因為自創刊以來，該刊就陸續發表兒童詩、故事詩、兒
歌、童謠以及翻譯的外國兒童詩。除楊喚和茲茲外，丁眞、樂
水、阿鸞、單福官、樂園、譚聖明等是經常發表作品的作家和
畫家。

㈣《小學生》雜誌、《小學生畫刊》

1951年3月20日台灣省教育廳在當時陳雪屛廳長的指示
下，推出《小學生》雜誌。《小學生》雜誌的內容首重教育，配合
當時的教育政策。經常為《小學生》雜誌執筆的名家有如謝冰
瑩、何容、梁容若、唐守謙、高梓等人。在1953年3月，為配
合低年級小朋友的需要，《小學生》雜誌更增刊了一種《小學生
畫刊》，內容以圖畫為主，五彩精印。

　　這兩份姊妹刊物都是半月刊，發放到小學各個班級，比
《國語日報》還普及，並一直發行到教育廳另外成立「兒童讀物
編輯小組」，開始出版《中華兒童叢書》為止。它的影響力，在
早期來說，無疑是居兒童讀物正統領導地位，而它所出版的二
十幾本《小學生叢書》，如《阿輝的心》、《台灣民間故事》、《小
黃雀》、《小仙人》、《小野貓》更是五、六〇年代流行很廣的兒
童叢書。並且其中不乏優良創作作品，如林鍾隆的少年小說
《阿輝的心》，就是在《小學生》發表的。

㈤《學友》、《東方少年》

　　1953年2月台北市學友書局創辦一份兒童刊物——《學
友》。社長白善、總編輯彭震球。其編輯重點有二：灌輸民族
意識和介紹科學知識。

　　1954年元月東方出版社為慶祝開幕八週年而創辦《東方少
年》並得到「台灣省文化協進會」的全力支援。

　　《學友》、《東方少年》是五〇年代兩家同時並存長達七年的
民營刊物，風格雖然略有差異，卻不失為民間兩本最早的代表
性刊物。儘管它們在內容編排方面，深受日本影響，但它們版
面變化的活潑性與加入較多的漫畫篇幅，卻是官方系統的《小
學生》雜誌所不能及的。它們的創刊為台灣帶來第一個兒童刊
物黃金時代，也為獨立的漫畫刊物闢下生存的空間。且往後
五、六〇年代的兒童刊物，不論內容或編排均無法超越《學
友》、《東方少年》。因此，《學友》、《東方少年》可說是戰後台
灣第一階段兒童文學發展的標竿。

三、其他

其他是指不屬於上述兩項者，且與兒童文學發展亦有相關者。

㈠兒童電視劇

台灣電視公司於1962年10月10日正式開播，翌日即播出國內電視發展史上第一齣兒童電視劇——〈民族幼苗〉。該劇是單元劇，由黃幼蘭領導的「娃娃劇團」擔任演出。

由於〈民族幼苗〉兒童電視單元劇的播出，揭開了長達十年兒童電視節目的序幕。而從事兒童電視劇本工作者先後有馬景賢、黃幼蘭、陳約文、吳青萍、嚴友梅、林雪等人。

㈡政府當局重視兒童讀物

在政府方面，無論是中央圖書館、教育部都有重視兒童讀物的實際活動。

1957年兒童節，教育部舉辦了「優良兒童讀物獎」的徵選，藉以鼓勵兒童讀物的創作和譯述。入選第一名的作品是：

㈠幼稚園組：吳承硯的〈動物〉。

㈡低年級組：曾謀賢的〈愛國的孩子〉。

㈢中年級組：魏訥和陳洪甄的〈好的故事〉。

㈣高年級組：朱秀霞的〈孤帆萬里征〉。

這些作品於頒獎後洽交正中書局出版。1958年至1962年，教育部未繼續辦理，到了1963年，教育部又舉辦〈優良兒童讀物

獎〉，入選第一名的作品是：〈少年兒童歌謠〉。

1957年11月，教育部國教司和中央圖書館聯合舉辦「兒童讀物展覽」，這在政府播遷來台後尚屬創舉。展出中國兒童讀物約783冊，外國兒童讀物約 200 冊，為期一週。

從展覽目錄我們可以瞭解到當時比較著名的作者或譯者有：謝冰瑩、洪炎秋、黃得時、朱傳譽、江肖梅、施翠峯、林良、蘇尚耀等人。這次展覽是針對政府遷台後有關兒童讀物出版的成績的一次驗收。

1957年11月又有《中華民國兒童圖書目錄》的印行。這是政府遷台以後第一本兒童圖書目錄。編輯者是教育部國教司和國立中央圖書館，由正中書局印行。全書共84頁，所收圖書以1949年以後，台灣及香港出版的兒童圖書，並經參加「兒童讀物展覽」者限。

目錄之編排，是暫依國民學校課程標準所訂學科分類，計有總類、國語類、算術類、常識類、史地類、音體類、美勞類、幼稚園類等八大類，分類號碼並未列入。全書共收錄783冊兒童圖書，附錄部分是兒童雜誌、報紙的介紹（計雜誌13種、報紙1種）。

又自1960年起台灣省師範學校陸續改制為師範專科學校，於是「兒童文學」正式進入師專的課程裡，中師劉錫蘭的《兒童文學研究》（1963年10月修訂再版），即是因應教學之需的第一本教科書。

綜觀萌芽期的團體與報章雜誌等出版的作品，官方系統是語文推廣成分重於文學表達；其旨在配合政策，偏重傳遞中國

傳統文化，同時也譯介不少美國的兒童文學作品。而民間系
統，則呈現濃厚日本味，但有較豐富的本地題材。總之，這個
時期的兒童文學創作和書刊編輯的方式，大體上仍沿襲傳統較
為規矩，缺乏創新。其作品偏重民間故事或古書改寫，以及教
訓意味頗濃的故事或童話。

第三節　成長期（1964～1979）

本期始於台灣經濟起飛的第一年，止於台灣各縣市正式開
始進行籌建文化中心，該年元旦，美國正式跟我國斷交。

經過萌芽期的撫育，尤其是官方系統的支持下，台灣的兒
童文學已然邁向成長期，以下略述其間重要的指標事件。

㈠教育廳兒童讀物編輯小組

兒童讀物編輯小組係因應聯合國兒童基金會資助中華民國
編印兒童讀物出版計畫，而該出版計畫由省教育廳四科承辦，
科長陳梅生逐網羅師大教授彭震球出任總編輯，林海音擔任文
學類編輯，潘人木擔任健康類編輯，曾謀賢擔任美術編輯，柯
太擔任科學類編輯，所謂的「教育廳兒童讀物編輯小組」於
1964年6月正式成立。翌年9月推出了《中華兒童叢書》第一批
《我要大公雞》（1965.9）等十二本。

編輯小組成員均是一時之選，且由於經費充裕，加上聯合
國兒童基金會派有專家指導，編輯小組在當時可說擁有相當超
前的現代兒童讀物編輯理念。大膽使用圖片，強調空間留白，

以及採用近乎正方形的20開本和全面彩色印刷的方式，是台灣是兒童讀物出版界中所少見的。《中華兒童叢書》可說是繼《新中國兒童文庫》之後，又為國內的兒童文學創作點燃了另一盞明燈。

　　台灣的兒童讀物編，真正有比較大幅度的提昇，確實起於省教育廳兒童讀物編輯小組。而該編輯小組的成立，亦代表西方美式文化開始加大對台灣兒童文學界的影響。

㈡美國兒童文學家相繼來華訪問

　　1965年夏天，有兩位美籍兒童文學工作者先後應邀來華，介紹美國的兒童文學和兒童讀物插畫。一位是海倫・史德萊（Helen. R. Sattley）另一位是孟羅・李夫（Monro Leaf）。

　　海倫・史德萊是兒童文學家及圖書館學專家。她是受美國亞洲協會之邀，前往遠東各國訪問並介紹兒童文學時，應邀順道前來我國訪問的。

　　負責接待的省教育廳為配合她的來華，在台中師專設立「兒童讀物研究班」。招訓對象是各縣市教育局督學及各師專任兒童文學課程的老師。該研究班附屬於「台灣省師專教師及國教輔導人員研習會」，海倫・史德萊先後以「兒童閱讀心理研究」及「兒童文學研究」為題發表演講。她特別強調「培養兒童自己閱讀的習慣是最重要的。兒童需要豐富的經驗去了解事務」。此外，她也提供兒童文學研究的方向給學員參考，對而後國內研究兒童文學的風氣不無幫助。

　　孟羅・李夫是位兒童文學家，也是一位兒童讀物插畫家。

他是應美國國務院邀請前來東南亞各國考察兒童讀物的出版情形，我國是被訪問的國家之一。因此他在華期間，似乎更著重在兒童讀物的插畫。經由陳梅生的安排，先後在台中師專及台南美新處圖書館發表數場專題演講。儘管孟羅・李夫在華期間很短，至少他提供一些新觀念給本地的兒童文學工作者。他始終認為「培育兒童是造福社會的不二法門」，所以每當提到有關兒童文學寫作的問題，他總是興致勃勃地以為替兒童寫作是一件令人賞心悅目的事。更何況培育今日的孩子就是改造明日世界的主人。也就是說，培育兒童是改進人與人之間相互了解的最佳途徑。

孟羅・李夫同時也是《猛牛費地南》一書的作者，自1926年出版以來，已經被翻譯成四十多種語文。該書中文版由何凡翻譯，國語日報社出版。

海倫・史德萊女士和孟羅・李夫先生的來訪，是國內的兒童文學工作者首次和外國兒童文學家接觸。就國內兒童文學的發展而言，是一種尋求突破的契機；對從事兒童讀物寫作的人而言，不啻是一種喜訊。也許並沒有實質上的助益，但就知識和經驗分享的層面而言，為推廣兒童文學及研究兒童文學帶來一種新的氣象。

㈢國立編譯館接辦審核連環圖畫書出版

漫畫書是兒童讀物重要的一支，而影響台灣漫畫類兒童讀物出版最大的，無疑的是國立編譯館介入連環畫出版審核事宜。漫畫書原也是採行出版後審核，至1966年起才改由出版前

審核，經審核通過的才能出版。1966年原先是由教育部負責審核，次年改由國立編譯館接辦迄至1987年12月廢除審核制度為止。此一審核制度功過如何，將來當有歷史定評。唯五〇年代後期隨著《學友》、《東方少年》帶動而起的漫畫期刊、漫畫圖書黃金時代，在審核制度付諸實施後，即一蹶不振，有些創作者甚至更憤而封筆，因此有人認為審核真正抑制的是道地的創作者，而不是那些模仿抄襲者，此不論是否言過其實，卻仍存有幾許的真實。就漫畫出版審核存在的事實而言，它給台灣兒童文學界帶來的感受仍是一股「白色恐怖」的壓力。這對台灣的兒童文學發展是有無形傷害的。此外，它也造成台灣兒童文學漫畫類人才的斷層，新生代的兒童文學漫畫類人才，大部分是由成人四格漫畫或單幅諷刺畫人才兼跨或轉入者，跟早期有不少專走兒童漫畫路線的不同。

㈣兒童戲劇活動的推行

1971年由教育部文化局、中等教育司、社會教育司、國民教育司、中國戲劇藝術中心、台灣省政府教育廳、台北市政府教育局等聯合徵求兒童舞台劇。應徵的中小學教師非常踴躍，共計錄取長短劇32部。

自1968年開始，中國戲劇藝術中心主持人立法委員李曼瑰教授繼游彌堅先生之後，對兒童劇藝運動之倡導與推廣，不遺餘力。1968年她獲得台北市教育局長劉先雲先生鼎力支持，委託該中心於是年暑假舉辦台北市國中國小教師戲劇、編、導、演研習會，由各校保送教師99人，受訓兩個月。這是國內兒童

劇運的第一塊基石。翌年邀集兒童教育家與戲劇教育家成立
「兒童戲劇推行委員會」。後又成立「兒童教育劇團」，每年
暑期舉辦兒童戲劇訓練班，並作示範演出。1970年商請中國電
視公司設置兒童節目，播演兒童電視劇（1970年至1972年，由
委員吳青萍女士及王慰誠先生相繼主持）；是年暑假續辦「台
北市教師導演人員訓練班」，學員60人，仍由各校保送。1971
年於省訓團特設戲劇編導班，由省立中小學保送80位教師前往
中興新村受訓。總計三次共訓練 239 人，這些都是而後推動兒
童劇運的基本幹部。

　　前述兒童戲劇推行委員會吳青萍女士以《兒童電視劇集》榮
獲1972年度中山文藝獎。

　　翌年12月台灣省國校教師研習會第154期設「兒童戲劇研
習班」。學員35人。該中心後來曾出版《中華兒童戲劇集》（共
二十六部，分四冊出版）。李教授希望我們提倡兒童戲劇應多
採用本國題材，弘揚中華民族正大博雅的精神，以及優美的倫
理道德。創造中國式的戲劇，以教育中國的兒童，這才是兒童
戲劇運動真正的目的。

㈤兒童文學教材的編寫

　　由於師範學校改制為師專，課程中有兒童文學。兒童文學
教材的編寫始於台中師專的劉錫蘭，其後有可見的教材與論述
成書者有：

- 兒童文學　林守為編著　自印本　1964年2月
- 兒童文學研究　吳鼎編著　台灣教育輔導月刊社　1965年3

月（1980年改由遠流出版社出版）

- 兒童讀物研究（第一輯）　張雪門等著　小學生雜誌社 1965年4月
- 兒童讀物研究（第二輯）──童話研究　吳鼎等著　小學生 雜誌社　1966年5月
- 國語及兒童文學研究　瞿述祖編　台中師專印　1966年12月
- 兒童讀物的寫作　林守為著　自印本　1969年4月
- 談兒童文學　鄭蕤著　光啓出版社　1969年7月
- 童話研究　林守為著　1970年11月
- 師專兒童文學研究（上）　葛琳編著　中華出版社　1973年 2月
- 師專兒童文學研究（下）　葛琳編著　中華出版社　1973年 5月
- 兒童文學創作選評　曾信雄著　國語日報出版部　1973年10 月
- 兒童文學研究（第一集）　謝冰瑩等著　中國語文月刊社 1974年11月
- 兒童文學研究（第二集）　葉楚生等著　中國語文月刊社 1974年12月
- 兒童文學散論　曾信雄著　聞道出版社　1975年1月
- 淺語的藝術　林良著　國語日報出版部　1976年7月
- 我國兒童文學的演進與展望　許義宗著　自印本　1976年12 月
- 兒童文學論　許義宗著　自印本　1977年

- 如何實施兒童文學教學　陳東陞著　北市女師專　1977年6月
- 兒童的文學教育　王萬清著　東益出版社　1977年10月
- 西洋兒童文學史　許義宗著　台北市師專　1978年6月
- 兒童文學的認識與鑑賞　傅林統著　作文出版社　1979年10月

　　其中小學生雜誌社出版的《兒童讀物研究》第一輯、第二輯等兩冊，這兩本理論叢書是台灣第一代兒童文學工作者的心得結晶，影響不少年輕輩創作者和研究者的思考方向，迄今仍不失其價值與影響力。

㈥兒童讀物寫作班

　　前台灣省教育廳第四科科長陳梅生後來出任設在板橋的「台灣省國校教師研習會」主任，任內他開辦「兒童讀物寫作研究班」，旨在培養兒童讀物寫作人才，提高國語文教學效果。該班召訓對象為全省國小教師且有寫作經驗者。總共舉辦十一期，學員共368名。像藍祥雲、徐正平、傅林統、黃郁文、徐紹林、許漢章、張彥勳、陳正治、顏炳耀、林武憲、陳宗顯、曾信雄等是前二期的學員，目前仍然致力於兒童文學的推廣耕耘工作，是當前推動兒童文學的一股力量。

　　「兒童讀物寫作研究班」自1971年5月3日該會第136期舉辦（即一般人所稱之第一期）到1983年為止，總共是11期。可惜迄今尚未再舉辦過。此外，該會分別在第154期、第161期、

第165期舉辦「兒童戲劇研習班」。台灣省國校教師研習會「兒童讀物寫作研究班」可以說是推動國內兒童文學發展及兒童讀物寫作的推手，並不為過。這是政府有計畫、有組織的為國內培植兒童讀物寫作人才的具體表現。

㈦《國語日報、兒童文學周刊》的創刊

　　1972年4月2日國語日報社〈兒童文學周刊〉創刊，首任主編馬景賢，認為：「兒童文學」有一個值得注意的含義，那就是為兒童寫作，是有理論與技巧的，這是所有兒童讀物作家所應該講求的。因此，這個周刊的第一目標，是闢出一塊園地，讓所有兒童讀物工作者共同討論為兒童寫作的種種理論技巧。園地是公開的，文章只要是有關國內外兒童讀物動態、兒童書市場情形、書評、兒童讀物作家畫家介紹、寫作經驗和理解，都願意刊登；同時該刊為增加趣味性、可讀性，而希望能夠有圖片一齊刊出。（見發刊詞）

　　該刊曾於第29期刊載徵求兒童詩的啟事：「《國語日報》的〈兒童版〉，為了鼓勵兒童文學工作者多寫一些有益兒童的詩，決定為『兒童詩』闢出版地，向大家徵稿，希望大家共同耕耘。

㈧洪建全兒童文學創作獎的設立

　　財團法人洪建全教育文化基金會是企業聞人洪建全先生出資成立的。基金會認為中國的兒童缺乏具有代表中國文化的讀物，他們從小所接觸的兒童讀物，不是白雪公主，就是米老鼠，一直受到外國文化的浸淫，思想及行為的模式，都是西方

的型態，失去了中國人應有的特性。基金會盼望能有更多的作家，以寫故事、寫詩、畫畫，建構出具有中國文化特性的童稚世界，讓孩子們從小就認同自己的文化，建立民族的自尊心。

就是憑藉著這股力量，基金會從1974年兒童節創設了「洪建全兒童文學創作獎」，它的宗旨是：

(1)國內的孩子有更好的讀物。

(2)提高國內兒童讀物的水準。

(3)培養國內的兒童文學作家。

這個「洪建全兒童文學創作獎」，因來自民間，具有深遠的意義。它意味著民間企業界開始關懷起兒童讀物，願意每年撥款獎勵優良的兒童文學創作；它也鼓舞了已經或即將在兒童文學創作領域上努力的作家和準作家們。

洪建全教育文化基金會資助兒童文學活動，不只是提供兒童文學創作獎金，最重要的是資助設立「洪建全視聽圖書館」（1975年9月設置，1987年11月結束），附設有兒童閱覽室及資料室，不但購進許多優秀的國外兒童圖書及理論書籍，並且是長年定期邀請國內兒童文學專家作專題講演，次數之多、範圍之廣，遠比台灣分館偏重國內兒童圖書更為生色；此外同屬洪建全企業旗下的《書評書目》雜誌（1972年9月創刊至1981年9月停刊）也經常登一些有關兒童文學訊息與研究的文章，並出版了台灣第一本《兒童文學論著索引》（馬景賢編著，1975年1月25日出版）。這些有助於台灣兒童文學創作水準的提昇與研究視野的拓寬。

「洪建全兒童文學創作獎」的設立和「國校教師研習會兒

童讀物寫作研究班」的開辦,就培養國內兒童讀物寫作人才及提高兒童讀物水準而言,實在有異曲同工之效。

綜觀成長期的兒童文學,可說是遇上最艱困的時代;同時亦是再生的時代。這個時期可以說是自我覺醒的時期,其關鍵是緣於政治性的衝擊:

1970年11月的釣魚台事件。

1971年10月,政府宣佈退出聯合國。12月,台灣長老教會發表國是聲明,希望台灣變成「新而獨立」的國家。

1972年2月,尼克森和周恩來發表〈上海公報〉。

1972年9月,日本承認中共,同時廢除中日和平條約。

1975年4月5日,總統蔣中正去世。

1978年,中美斷交。

1979年12月,發生高雄美麗島事件。

這些衝擊具有足以動搖國本毀滅性的衝擊,使國人提高了反省的層次,也使得社會上層建築的文化掀起了壯大的覺醒運動。在這覺醒過程中,就新文學而言,有唐文標論現代詩事件（1972年2月～1973年）、報導文學（1975年）、鄉土文學論戰（1976年前半期～1979年底）等三大事件。這些政治衝擊與文學事件正是覺醒的觸媒。於是本土化的意識也隨著對外關係的挫折而迅速滋長。這個時期的台灣兒童文學,最值得重視的是二次大戰後在台灣受完整教育的年輕一代,開始成為兒童文學創作、編輯的第一線尖兵,他們不但是現成台灣兒童文學的開拓者;同時也是台灣新文化的傳遞者,這個時期創刊的《兒童月刊》、《小讀者》皆是由新生代所編輯、經營的刊物,它們

不論在行銷、編排都展現充分的創意，是七〇年代台灣兒童文
學發展上最具代表性的兩份兒童刊物。

申言之，這個時期的台灣兒童文學，在政府與民間的努力
下，可見且可喜的現象有二：

㈠教師作家團隊

從1960年起，師範學院陸續改制爲師範專科學校，於是課
程中安排「兒童文學」。而後成立教育廳兒童讀物編輯小組，
於是所謂的教師作家隱然成形。作品集有：

- 玉梅的心（13位小學教師文集） 黃基博主編 屏東縣潮州
  鎮 幼苗月刊社 1966年4月。
- 花神 黃基博主編 屏東縣潮州鎮 幼苗月刊社 1967年4
  月
- 自私的巨人 顏炳耀編著 台北市青文出版社 1970年12月
- 聰明的傻瓜 顏炳耀編著 台北市青文出版社 1970年12月

其後，省教育廳國民學校教師研習會開辦有「兒童讀物寫
作研究班」。自研習會136期始至380期（1989年10月2日～28
日）受訓者是在職的小學教師，而且都必須具有兒童文學創作
經驗者，於是所謂的教師作家團隊於爲形成。又1973年度，廣
播電視開始播授師專「兒童文學研究」課程，由市師專葛琳教
授主講，兒童文學也深入了各個國小，蔚起寫作的風氣。如曾
信雄的《兒童文學創作選評》（1973年10月國語日報社），亦是
針對18位教師作家而選評的。同年12月國語日報社亦出版《兒

童文學創作選集》壹套十本。內容計有：張彥勳《獅子公主的婚
禮》、許義宗《小狐狸學打獵》、林鍾隆《毛哥兒和季先生》、陳
正治《小猴子找快樂》、黃基博《玉梅的心》、康子瑛《奇異的花
園》、徐正平《大熊和桃花泉》、徐紹林《小泥人和小石人》、黃
郁文《金蝶和小蜜蜂》、顏炳耀《象寶寶的鞋》。

(二)兒童詩創作熱潮

　　台灣兒童詩的教學與創作，自1970年屏東縣仙吉國小黃基
博老師開始嘗試指導兒童寫詩後，開始漸漸的形成一股風潮，
而其蓬勃發展的原因則有下列幾個助力：

　(1)各報章雜誌開闢發表園地

　　1971年10月《笠詩刊》開闢〈兒童詩園〉。

　　《國語日報》的〈兒童文學週刊〉自1972年4月2日創刊起，便
不遺餘力的推廣兒童詩教育。而第廿九期（1972年7月13日）
更刊載徵求兒童詩的啟事。於是不但激起了寫作兒童詩漣漪，
同時，也促進了兒童詩寫作和理論探討的熱潮。

　　又1977年4月，兒童詩刊《月光光》創刊，林鍾隆是創辦人
兼主編，採同仁制。這是台灣第一份兒童詩專刊。

　(2)「洪建全兒童文學獎」的設立

　　「洪建全兒童文學獎」前五屆設立了四項創作獎，兒童詩
獎是其中的一項。這個獎的設立，除了獎金高（首獎獎金三萬
元，相當於當時教師半年的薪津），對創作者來說是一個很大
的誘因之外，同時也是對創作者的肯定與鼓勵。

　(3)各公私立機關團體「兒童文學研習會」陸續開辦

　　板橋教師研習會與台北市教育局分別於1971年、1975年起
開始舉辦「兒童文學研習會」，並將兒童詩納入研習課程。研
習會的開辦，對兒童詩寫作人才和師資的培育，產生了深遠的
影響。

　　此外，各縣市教育局文復會、文教機構所舉辦的兒童文學
研習活動，也紛紛將兒童詩納入其研習的內容中，使得全省中
小學教師及文藝青年認識兒童詩，並產生兒童詩創作的興趣，
進而參與指導兒童詩的行列。

　(4)師專兒童文學課程的開設

　　由於師專兒童文學課程受到重視，各師專的準教師也透過
課程的安排及教授的啓發，逐漸接觸兒童詩，瞭解兒童詩，並
且開始創作兒童詩或指導兒童寫詩。在台灣，兒童詩能夠全面
性被推展開來，這一羣基層的國小教師扮演了極重要的角色。

　　從兒童文學創作來看，成長期可以說是兒童詩的蓬勃期。
不論是創作量或創作人口，兒童詩都是居於領先的地位。而且
迄今爲止，台灣兒童文學唯一較具「陣容」的，也是兒童詩。

　　七〇年代台灣的兒童詩創作熱潮，至八〇年代中後期，始
爲幼兒文學熱潮所取代。

第四節　發展期（1980～1987）

　　本期始於1980年，是年12月高雄市兒童文學寫作學會正式
成立，是年7月15日零時起宣佈解除戒嚴，實施國安法，10月

15日內政部公佈〈赴大陸探親實施細則〉，12月1日宣佈自1981年元月起接受新報紙之登記，解除了36年的報禁。

　　因此這個階段的台灣兒童文學發展主力來自民間系統，並逐漸形成爭鳴與分化的發展態勢。

　　本期可見指標事件有：

㈠高雄市兒童文學寫作學會

　　高雄市兒童文學寫作學會於1980年12月成立，當時會員人數有50人。

　　高雄市開兒童文學寫作風氣之先，主要得力於當時任教育局長的陳梅生。陳梅生歷任教育行政主管，先後推動成立教育廳兒童讀物編輯小組，創辦板橋兒童讀物寫作研習班，是兒童文學發展史上開拓格局、主導趨勢的擘畫者。他結合高雄市教育界寫作人士，開發社會資源，成立學會，先後創辦柔蘭兒童文學獎，余吉春兒童詩獎，兒童文學研習營，透過教育局的支持，輔導學會舉辦各項活動。

　　目前該會活動仍以配合學校，舉辦創作及朗誦比賽為主，同時也為高雄地區兒童文學界的聯誼聚會之所。

㈡《小袋鼠》幼兒期刊創刊

　　《小袋鼠》月刊（4～7歲適合）是由信誼基金會學前教育發展中心所創辦，於1981年4月4日創刊，發行僅兩年，並不是台灣最早的專屬幼兒期刊，但在台灣兒童文學發展史上，它卻具有特殊的代表性意義：

一方面《小袋鼠》的出版者是永豐餘財團旗下的信誼基金會學前教育發展中心，爲台灣開啓大財團介入兒童期刊出版的先河（因洪建全基金會未出版兒童刊物）。它象徵台灣兒童讀物市場已發展成熟，其中幼兒讀物市場尤是潛力無窮，並宣示幼兒文學在台灣已經可以成爲獨立發展的新領域。

一方面《小袋鼠》月刊本身深具開創性。先《小袋鼠》創刊的幼兒專屬刊物有兩家：一是《紅蘋果》（1977年12月創刊，1984年8月停刊），一是《小樹苗》（1977年1月創刊，於1978年8月才改爲幼兒刊物），前者是法國的舶來品，後者雖爲國內自己的獨特風格。而《小袋鼠》內容走國內兒童文學作家創作路線，版本獨特（大九開本），全部彩色印刷，版面大膽留白。自《小袋鼠》之後，台灣的幼兒刊物全面進入大版本全彩色時代，而兒童讀物出版業界也開始重視幼兒圖畫書的開發，如漢聲《精選世界最佳兒童圖畫書》是在1984年1月開始推出。

八○年代幼兒圖畫書成爲台灣兒童讀物出版的主流，《小袋鼠》創刊是有其重大影響與導引作用的。

㈢慈恩兒童文學研習營

「慈恩兒童文學研習營」是「佛教慈恩育幼基金會」所創辦。創辦的緣起是開證法師接受林世敏先生建議，認爲救貧只能救急一時，開啓智慧才是永遠的，因而改爲支持出版兒童圖書。要編輯兒童叢書，卻遇到了人才荒的問題，因而又創辦「慈恩兒童文學研習營」，並出版兒童文學理論研究叢書。

「佛教慈恩育幼基金會」自1981年暑假起，每年均支持學

辦一期的「慈恩兒童文學研習營」，前後共辦六期，除第一期
為綜合營外，其餘均為專科研習——計有童話（第二期）、唱
唸兒童文學（第三期）、少年小說（第四期）、圖畫書（第五
期）、編輯企畫（第六期）。這種「專科研習」的方式，是就
連板橋國校教師研習會「兒童讀物寫作班」也是少見的。這六
期「專科研習」是民間唯一真正有計畫在辦兒童文學的研習活
動，可說是在板橋國校教師研習會「兒童讀物寫作班」之外，
提供有志於兒童文學活動者另一條進修的管道。從參加過的學
員對研習會的感恩贊許，以及他們日後在兒童文學界所展露的
頭角看來，它的確對台灣兒童文學界人才的培育有所貢獻。

　　此外，「佛教慈恩育幼基金會」藉著舉辦兒童文學研習營
之便，結合台灣當時眾多優秀的兒童文學作家、插畫家，出版
了20本佛教兒童叢書，並資助出版兒童文學理論研究叢書：(1)
《我國兒童讀物市場之調查分析》（楊孝濚撰，1979年12月31日
出版）、(2)《卅年來我國兒童讀物出版量之研究》（余淑姬撰，
1979年12月31日）、(3)《改寫本西遊記研究——情節取捨與標
題製作之探討》（洪文珍撰，1984年7月）、(4)《從發展觀點論
少年小說的適切性與教學應用》（吳英長撰，1986年6月）。

四師專改制為師院，兒童文學列為必修課程

　　為提高小學師資，師院自76學年度（1987年8月～）開始
改制升格為學院，兒童文學課程由原先只有語文組選修，改為
每班制中各科系必修。這一措施使台灣兒童文學的普及，由點
擴及到面。因為師院畢業生，將來都是第一線的小學老師，以

往小學老師只有語文組的少數學生接觸過兒童文學，現在則是所有的新老師都修過兒童文學，這對在小學落實兒童文學欣賞教育，必然會有積極的促進作用。並且對兒童讀物市場的擴大以及兒童文學從業人口的增加，應是非常有助益的。

　　然而師院改制對台灣兒童文學發展影響較大的，還不只是兒童文學課程列為各系必修（1994年大學法制定後，大學院校自主，已有不少師院，除語教系保留必修外，其餘科系又把兒童文學改為選修），另有兩項配合師院改制而實施的舉措：一是一年一度的「台灣區省市立師範院校兒童文學學術研討會」（1987年起連續舉辦八屆）；一是設立「師院生兒童文學創作獎」（1994年舉辦第一屆徵獎，迄今仍繼續舉辦中），對於兒童文學研究與創作人口的培養，同樣影響不小。

　　同前台灣各類兒童文學獎的參與者與獲獎者，師院畢業生所占比例逐年增加，已約略可看出它的影響。可預期的是，台灣兒童文學隨著師院畢業生的增加，將進入追求的兒童文學內涵的時代，它對台灣兒童文學發展的影響將是根本而深遠的。

　　綜觀本期的兒童文學活動與現象，除上述指標事件外，民間系統已然成為主流。洪文瓊認為這個階段的台灣文學展現出爭鳴與分化的態勢，它顯示在四方面：（詳見《台灣兒童文學手冊》頁57～59）

㈠兒童文學社團

在兒童文學社團方面，除了地方性的「高雄市兒童文學寫

作學會」率先成立外，全國性的「中華民國兒童文學學會」是在1984年成立，隨後台北市、台灣省也在1987、1989年分別成立了「台北市兒童文學教育學會」、「台灣省兒童文學協會」，這多少表示「爭鳴」的意味。

(二)論述性刊物

刊物代表言論的園地，論述性刊物的出現，也意謂著理論建構與詮釋主導權的競爭。本期論述性刊除兒童文學團性會刊外，可分為童詩與綜合性兩類。

有關童詩刊物，在七〇年代的蓬勃期中，只見《月光光》兒童詩刊（1977年4月創刊），創刊於八〇年代的計有：

- 《大雨》童詩刊　1980年1月1日創刊，1980年7月3、4期合刊後即停刊。
- 《風箏》兒童詩刊　1980年1月20日創刊，前後計出10期。
- 《布穀鳥》兒童詩學季刊　1980年4月4日創刊，前後計出15期，於1983年10月10日發行第15期後停刊。
- 《滿天星》兒童詩刊　1987年9月1日創刊，出版11期後，改為《滿天星兒童文學》，15期起，該刊物改為「台灣兒童文學協會」的會刊，目前仍在出版。

綜合論述性刊物有兩種，是台灣最早較有分量者：

- 《兒童圖書與教育雜誌》　1981年7月1日創刊，這是台灣地區第一份專業性兒童文學理論雜誌，發行到13期後遂告停刊。
- 《海洋兒童文學》四月刊　1983年兒童節創刊，這是住在台東的林文寶、吳當等兒童文學工作者所發行的同仁刊物，於1987

年兒童節發行第13期後停刊。

㈢幼兒文學

　　幼兒文學在八○年代之所以成立爲台灣兒童文學最耀眼的明星，主要來自於幼稚園階段沒有升學的壓力，其次是父母在經濟穩定無虞的情況下，開始重視幼兒的起步教育，再者是政府的重視，於是，幼兒文學的市場漸趨成熟。

　　信誼出版社在1981年創刊的《小袋鼠》幼兒期刊揭開幼兒讀物的市場序幕，1983年台北師專，台北市師專率先開設幼師科，隨後1994年英文漢聲出版公司推出《精選世界最佳兒童圖畫書》把幼兒讀物市場帶入高潮。其實，在《小袋鼠》創刊之前，信誼基金會已成立「學前教育發展中心」（1977年9月），設立「學前教育資料館」（1979年5月22日）及創刊「學前教育」月刊（1978年4月4日）；在此之後，又創設「信誼幼兒文學獎」（1987年1月13日）及「幼兒圖書館」（1988年1月18日），這些都是信誼基金會介入幼兒讀物出版的舉措。尤其是1987年信誼基金會創設高獎額的「幼兒兒童文學創作獎」，更進一步把台灣兒童文學的創作熱潮推向幼兒文學，爲台灣的幼兒文學開啓發展的大門。七○年代台灣的童詩熱潮，到八○年代中後期，可說已完全被幼兒文學熱潮所取代了。這一熱潮一直到九○年代仍未止歇，而熱潮所及，使台灣的兒童文學作家、插畫家，幾乎很少不捲入幼兒文學創作的領域。

　　幼兒文學在台灣成軍，意謂台灣的現代兒童文學已經始走

上分化的階段。

㈣民間專業兒童劇團

　　兒童劇，到了八○年代也有了突破性的發展，那就是年輕一代藝人勇敢走出來組織以娛樂性、藝術性為訴求的專業兒童劇團，擺脫傳統兒童劇團作為制式教育的工具——尤其是民族精神教育的工具。而就兒童文學來說，兒童劇也是兒童文學另一種形式的分化。也唯有到民間專業兒童劇團的成立，台灣兒童文學發展才可說全面進入「現代」的領域。何以民間的兒童劇團到八○年代才發展開來，這當然有多方面因素。最重要的不外是市場需求，由於劇團維持費用龐大，而帶兒童觀劇又遠比為兒童購書更處於消費的週邊，在消費市場需求不大的情況下，民間劇團是難以維持的。台灣經濟環境與消費能力真正有大幅度的改善正好也是在八○年代以後，也即一直到八○年代台灣才具備較成熟的專業兒童劇團發展空間。在這之前，台灣兒童劇的推動，政府一直扮演火車頭的角色。

　　除了市場需求因素外，兒童劇的發展也牽涉到人才的問題。在這方面，台灣現代的民間兒童劇團無疑的是受到「雲門舞集」成立（1973年），以及「蘭陵劇坊」成立（1980年）的影響。前者開改藝術本土化的訴求，後者則為台灣的實驗劇坊樹立新的里程碑，導致各種實驗劇坊如雨後春筍般紛紛設立。由於社會對「雲門舞集」、「蘭陵劇坊」的肯定，鼓舞年輕一代的舞劇工作者，勇於嘗試組織兒童劇團，台灣的現代兒童劇團就是在這種情況發展起來的。八○年代後期以至九○年代，

行政院文化建設委員會更是資助兒童劇團下鄉巡迴演出，也爲兒童劇提供更大的發展空間。

　　於1980至1987年間，所成立的民間專業兒童劇團有：

成立時間	劇團團名	說　明
1982	快樂兒童劇團	「快樂兒童中心」義工羅正明發起並成立，以該中心義工爲主要團員，在各社區演出。
1982.02	方圓劇場	由陳玲玲所組成的，「方圓劇場」曾參與「民間劇場」的活動，在青年公園演出三齣兒童劇，後又曾於師大禮堂演出，是爲正式戲劇演出中，成人爲兒童演出兒童劇的先例。
1984.07	湯匙劇團	由吳麗蘭所組成的，她曾在歐洲參與兒童戲劇的製作與演出，劇碼有《一湯匙的夢》。
1986.09	杯子兒童劇團	幼兒造型教育專家董鳳酈創立，以黑光劇著稱。
1985.07	水芹菜兒童劇團	由陳芳蘭創立，在國立藝術館首演由王友輝、蔡明亮改編自義大利的童話《木偶奇遇記》，該團於1990年1月解散。
1986.04	魔奇兒童劇團	隸屬益華文教基金會，由謝瑞蘭與民歌手鄧志浩等人創立，1986年8月創團，首演《魔奇夢幻王國》。
1987.9.28	九歌兒童劇團	原隸屬於「魔奇兒童劇團」的鄧志浩率部分班底另組「九歌兒童劇團」，鄧志浩重視國際交流，其演出劇目有《判官審石頭》、《頑皮大笨貓》、《兒童安全維他命》、《畫貓的小和尚》等。

1987.09	鞋子兒童實驗劇團	原隸屬於「成長兒童學園」校內兒童劇場之「鞋子兒童實驗劇團」,與「快樂兒童劇團」共同在中國時報親子月中演出《大象的鼻套》。
1987.11	一元布偶劇團	由郭承威、李錦蓉成立,首演短劇《蛀牙之舞》等劇,先後以偶劇形式演出《小紅帽》、《三隻小豬》、《夢幻山的故事》。

第五節　多元共生期（1988～至今）

1987年台灣解除戒嚴,並開放大陸探親,1988年報禁解除,1989年李登輝當選總統,可說是台灣正式告別舊社會的里程碑,也是社會體制重構的時代。對兒童文學而言,是多元共生,眾聲喧嘩的時期。

在多元共生的時期,可見的指標事件有:

㈠光復書局創辦《兒童日報》

1988年台灣解除報禁,新報刊紛紛申請創設,光復書局於1988年9月1日創辦的《兒童日報》,即是在此大環境下第一家真正為兒童創辦的報紙。在報禁解除之前,台灣並沒有兒童專屬的報紙,《國語日報》雖擁有廣大的兒童讀者羣,但是它有三分之一的版面,並不是以兒童為對象。因此嚴格來說,《國語日報》並不是兒童的專屬報紙,所以《兒童日報》的創刊是具有歷史意義。

《兒童日報》對台灣兒童文學的影響並不在於它是台灣第一
份兒童報,而是它對台灣兒童文學的發展有指標性的意義,在
於它爲兒童文學界帶來的作法及理念。《兒童日報》是台灣首家
以嚴謹態度委託洪文瓊規畫而創辦的報紙。所採行的「兒童文
化」編輯政策,更是一新台灣兒童圖書出版界的耳目。《兒童
日報》創刊後,《國語日報》被迫放大字體,調整版面,這可說
是某種程度《兒童日報》效應的最具體例證。

然而《兒童日報》對台灣兒童文學界影響最大的,應是它爲
台灣兒童文學界培養出一批具有兒童文學理念的新秀工作者。
現今在台灣兒童文學界嶄露頭角的,不乏第一代《兒童日報》的
工作者。儘管1998年2月28日,《兒童日報》正式宣佈停刊,並
改爲書本型的週刊,但它所培育的新秀,它所立下的工作典
範,依然在台灣兒童文學界流布、影響著。

㈡《小朋友巧連智》

如果說信誼基金會創刊的《小袋鼠》是爲台灣幼兒讀物時代
揭開序幕,而日本福武書店於1989年兒童節在台灣創刊的幼兒
期刊《小朋友巧連智》中文版,應是台灣幼兒讀物出版進入戰國
時代的開始。

九○年代成爲台灣幼兒讀物出版最爲蓬勃的時代,幼兒文
學取代童詩成爲台灣當代兒童文學新顯學。然而《小朋友巧連
智》的創刊,不只意謂台灣幼兒讀物市場的競爭進入白熱化,
更標示出它的發展潛力已足以吸引國際出版商的注意。也因大
財團的相繼介入,台灣的兒童讀物出版業已逐漸演變成資本密

集、技術密集（包括行銷技術）的行業，小出版社的時代已經
過去。福武創刊《小朋友巧連智》事前所做的市場調查與研究，
以及創刊前、創刊後的廣告與行銷手法，無一不令台灣的兒童
讀物出版界瞠目結舌。爲因應國際化的挑戰，台灣兒童讀物的
出版經營，以及兒童文學創作方向，在在面臨一個新的思考
點。

　　《小朋友巧連智》創刊後，不但極爲茁壯地在台灣存活下
來，而且很有野心的開拓新市場。1997年8月又進一步將《巧連
智》分齡化，分別以小班「快樂版」、中班「成長版」、大班
「學習版」，三種版本同時發行。這種開創性的舉措，除了意
謂台灣有很大的消費市場外，更有領頭主導台灣幼兒讀物市場
的意味。

㈢兩岸兒童文學交流

　　自從1987年11月，政府開放民衆赴大陸探親以來，海峽兩
岸開始步入民間交流階段。全面推動民間交流，是〈國統綱領〉
近程階段的重點，而各項交流中，又以文化交流最不具政治色
彩，爭議性最少。

　　在文化交流中，兒童文學亦不落於其他文化項目之後。雖
然，曾有有關兩岸兒童文學是否交流之爭，尤其是1991年4
月，《中華民國兒童文學學訊》七卷二期刊載邱傑〈玄奘、張
騫、吳三桂、林煥彰〉一文，引發交流之爭議，但1992年以
後，似乎再無爭議，亦即皆肯定交流之必要。但對大陸輸入台
灣的兒童文學作品，則仍有對大陸的過度依賴、社會主義思想

的入侵、打壓台灣兒童文學作家等之質疑。

　　兩岸就兒童文學交流中，在台灣就團體而言主要是以「中國海峽兩岸兒童文學研究會」、《民生報》爲主導，就個人而言，則是林煥彰、桂文亞。

　　「中國海峽兩岸兒童文學研究會」的前身是「大陸兒童文學研究會」，於1988年9月11日成立，林煥彰任會長，謝武彰任執行長。並於1989年3月創刊，1991年1月，改爲《兒童文學家》季刊，1992年6月7日正式成立「中國海峽兩岸兒童文學研究會」，林煥彰爲理事長，帥崇義爲秘書長。研究會以推動兩岸兒童文學交流爲主要職責。

　　在海峽兩岸的兒童文學交流中，早期皆以出版品爲主，即以文化的表現及活動爲主，如今，已進入對文化的價值體系與思想、道德、倫理有關的文化交流。

㈣圖畫書走向國際

　　九〇年的幼兒文學，尤其是以圖畫書最爲耀眼。九〇年代的圖畫書是以自我品牌融入國際市場，其中最大的助力來自郝廣才和格林文化出版公司，郝氏積極與國外名插畫家合作，製作精美圖畫書，同步發行中文、外文多種版本，使台灣版圖畫書，在國際童書市場中增加能見度。又台灣本土圖畫書向外推展，以參加義大利的波隆那國際書展最具可觀成效。此外，台灣插畫家的作品，亦多次入選國際童書插畫原作展：

◆國內插畫家得獎紀錄◆

得獎者	時間	獎　　項	作　品	文　字	出版社/年
徐素霞	1989	義大利波隆那國際兒童圖書插畫展	水牛與稻草人	許漢章	台灣省教育廳讀物編輯小組/1986.12
陳志賢	1991	義大利波隆那國際兒童圖書插畫展	長不大的小樟樹	蔣家語	格林文化公司/1990.4
王家珠	1991	亞洲插畫雙年展首獎	懶人變猴子	李昂	遠流出版公司/1989.6
	1992	義大利波隆那國際兒童圖書插畫展 西班牙加泰隆尼亞國際插畫展	七兄弟	郝廣才	遠流出版公司/1992.5
段匀之	1992	義大利波隆那國際兒童圖書插畫展	小桃子(MoMo)		
劉宗慧	1992	西班牙加泰隆尼亞國際插畫展	老鼠娶新娘	張玲玲	遠流出版公司/1992.10
王家珠	1993	西班牙加泰隆尼亞國際插畫展 入選布拉迪插畫雙年展	巨人和春天	郝廣才	格林文化公司/1993.8
	1994	義大利波隆那國際兒童圖書插畫展	新天糖樂園	郝廣才	格林文化公司/1994.2
劉宗慧	1994	受邀參加義大利Sarmede國際插畫 巡迴展	元元的發財夢	曾陽晴	信誼基金出版社/1994.3
	1995	義大利波隆那國際兒童圖書插畫展			
楊翠玉	1996	義大利波隆那國際兒童圖書插畫展 西班牙加泰隆尼亞國際插畫展	兒子的大玩偶	黃春明	格林文化公司/1995.11

㈤兒童文學研究

　　國立台東師範學院於1996年8月16日獲准籌設「兒童文學研究所」，1997年5月29日正式招進首屆研究生15名。

　　兒童文學理論的建構、研究，在台灣可說是極為薄弱的一環。這從台灣一直缺乏有份量的相關理論刊物，研究所也很少以兒童文學方面的問題為學位論文。當然有關研究社羣的形成以及研究風氣的激發，需要長期的培育。七〇年代洪建全文教基金會配合文學獎徵獎舉辦的專題講座與研習，八〇年代兒童文學社團，特別是「中華民國兒童文學學會」舉辦論文研討會，以及八〇年代師院改制後，連續舉辦八屆的兒童文學學術研討會，可說都有助於台灣兒童文學研究社羣的形成與研究風氣的的激發。這些講座或研討會也可說是導致台東師院兒童文學研究所得以籌設的熱身運動。東師兒童文學研究所獲准設立，正是表示兒童文學理論建構與解釋權將逐漸回歸學術單位，終於走上理論與創作正式分工的道路。就長遠來看，東師兒童文學研究所的成立，象徵台灣兒童文學的新典範已逐漸在形成。

　　綜觀本時期的兒童文學發展與現象，洪文瓊於〈九〇年代中後期台灣童書出版管窺〉一文，認為「如此時代大環境，深深影響台灣的文化出版事業，特別是與時代脈動息息相關的童書出版上」。洪氏並從內外兩方面來觀察之：

　　　台灣舊體制解體與新價值重建，基本上可從兩方面

來觀察。在內部，它意謂威權時代結束，民主政治獲得穩健發展，不但促使結社（包括組政黨）、出版自由進一步落實，而且促成經濟鬆綁、教育鬆綁，以及環保意識、本土文化意識、原住民文化意識抬頭，使得社會呈現多元價值奔騰競逐的局面；對外方面，台灣正式放棄以往「漢賊不兩立」的僵硬政策，不但跟大陸展開交流、接觸，也跟其他共產國家積極往來，使「國際化」成為台灣重要的基底政策之一。這些內外環境的改變，需要新的價值體系以為肆應，同時也影響到文化出版的走向。九〇年代中後期，台灣童書出版邁向更多元化、國際化、本土化與視聽化，基本上即是受到台灣內外社會大環境的影響。

（見1998年5月《出版界》第五十四期，頁31）

其實，洪氏所謂多元化、國際化、本土化與視聽化，似乎就可以多元化涵攝之。所謂多元化，正是有多元共生與眾聲喧嘩的勢態。以下試就五方面說明之：

⑴內容類型的多元：由於文化霸權、後殖民論述以及環保意識等觀念的抬頭，環保與本土鄉土的圖書明顯的增加與重視。又由於社會的多元化，藝能類（音樂、體育、美術）宗教等童書也一一呈現。

⑵出版媒介類型的多元：1994年德國法蘭克福書展，電子書首次以打破傳統國別的分類法進駐主題區，不啻宣告「後書本時代」（Post-book Age）的來臨。電子書改變了閱讀快感

——直接、強烈、短暫——掀起了認知的革命，加速與催化了
圖象族的出現。這種出版媒介的電子化與視聽化，乃是世界共
通性的問題。傳統閱讀偏重文字，隨著傳播科技的進步，傳播
信息的媒介不限於文字印刷。於是童書呈現視聽化的趨勢，尤
其是電子書，在九〇年代中後期，更成爲童書的新寵。

(3)文體類型的多元：童書的消費市場，亦反應在文體類型
上的多元。如散文、繪本、小說，非但數量有明顯的增加，且
亦已形成了氣候。尤其是繪本，更成爲九〇年代的主流文類。

(4)刊物類型的多元：解嚴初期，期刊報紙曾有短期的繽
紛，而後則以幼兒、漫畫等期刊爲主流，且漸趨專類化與視聽
化之途。

(5)稿源類型的多元：由於社會多元化，資訊流通快速，以
及著作權法的實施（1992年6月起），從出版社開拓稿源的層
面來看，台灣童書國際化走向有增強且多元的趨勢。1988年以
後，不再像以往大部分以美日作品爲主，德、法、義大利、加
拿大、蘇俄等國家的作品，也不斷在台灣出現。而大陸的兒童
文學作品，更是大量被引進台灣。

第六節　結語與展望

台灣自1987年解除戒嚴法，使台灣從此走向一條多元開放
的道路。但就兒童文學而言，仍有本土化與國際化之爭。這種
爭執主要是對殖民文化的反動，因此，它也是一種自然的趨
勢。每個人都將成爲世界公民，但在同時又不能失去本源頭的

認同下，每個人都必須在所屬的國家與社區扮演積極參與的角色。我們雖然要邁入國際化，但相對的，地方化、區域化的觀念愈來愈受到重視。國際化和地方本土化到底如何去化除緊張，亦是不可避免的事實。吉妮特‧佛斯（Jeannette Vos）、高頓‧戴頓（GordonDryden）於《學習革命》（The Learning Revolution）中認爲塑造明日世界有十五個大趨勢，其十是「文化國家主義」，他們說：

> 當全球愈來愈成為一個單一經濟體，當我們的生活方式愈來愈全球化，我們就愈來愈清楚的看到一個相反的運動，奈斯比稱之為文化國家主義。
>
> 「當世界愈來愈像地球村，經濟也愈來愈互賴時」，他說，「我們會愈來愈講求人性化，愈來愈強調彼此間的差異，愈來愈堅持自己的母語，愈來愈想要堅守我們的根及文化。
>
> 即使是歐洲由於經濟原因而結盟，我仍認為德國人會愈來愈德國，法國人愈來愈法國」。
>
> 再一次的，這其中對於教育又有極為明顯的暗示。科技愈加發達，我們就會愈想要抓住原有的文化傳統——音樂、舞蹈、語言、藝術及歷史。當個別的地區在追求教育的新啟示時——尤其在所謂的少數民族地區，屬於當地的文化創見將會開花結果，種族尊嚴會巨幅提升。

（見1997年4月中國生產力中心出版，林麗寬譯，頁43

~44）

本土化、國際化，皆不悖離多元化。而所謂多元化、本土化的主張，不是口號，是趨勢。在歷經長期的努力，我們已經有了對台灣與本土文化自然的情感。其實自1960年代末期，有愈來愈多的作家、學者對另一種殖民作爲——新殖民主義，尤其是美國好來塢文化及其商品侵略——開始注意。針對新舊殖民經驗，如何界定自己本土文化，珍視傳統文化再生的契機及其不同之處。

申言之，在多元化的弔詭中，我們看到的仍是殖民文學。而非後殖民文學。後殖民文學的一個重要特色，便是作家已自覺到要避開權力中心的操控。這種去中心的傾向，與後現代主義的去中心有異曲同工之處。因此，有人把解嚴後的台灣兒童文學的多元化現象，解釋爲國際化或後現代狀況。不過，我們必須辨明的是後殖民與國際化或後現代狀況之間有一最大的分野，乃在於前者強調主體性；而後者傾向於主體性的解構。國際化或後現代主義並不在意歷史記憶的重建，後殖民主義則非常重視歷史記憶的再建構。

展望台灣的兒童文學，仍是多元共生與眾聲喧嘩。但在多元性，可見我們的記憶，我們的歷史，更見我們主體性與自主性。

參考書目

壹：

我國兒童文學的演進與展望　許義宗著　自印本　1976.12

我國兒童讀物發展初探　邱各容著　自印本　1985.4

兒童文學談叢　邱各容著　自印本　1988.10

中華民國台灣地區兒童期刊目錄彙編　洪文瓊策劃主編　中華民國
　兒童文學學會　1989.12

兒童文學史料初稿（1945～1989）　邱各容著　富春文化公司
　1990.08

宜蘭縣兒童文學史料初稿　邱阿塗著　宜蘭縣教育局　1990.09

（西元1945～1990年）華文兒童文學小史　洪文瓊主編　中華民國
　兒童文學學會　1991.05

（西元1945～1990年）兒童文學大事紀要　洪文瓊主編　中華民國
　兒童文學學會　1991.06

台灣兒童文學史　洪文瓊著　傳文文化公司　1994.06

一所研究所的成立　東師兒文所編輯　東師兒文所　1997.10

台灣區域兒童文學概述　林文寶主編　東師兒文所　1999.07

海峽兩岸兒童文學交流之研究　林文寶主持　台東師院　1998.07

台灣兒童文學手冊　洪文瓊編著　傳文文化公司　1999.08

台灣・兒童・文學　東師兒文所　1999.08

台灣（1945～1998）兒童文學100　林文寶主編　行政院文建會
　2000.3

貳：

國語日報・兒童文學周刊　1972年4月2日創刊

中華民國兒童文學學會會訊　1985年2月創刊

問題與討論

一、以萌芽期問某一團體或報章雜誌為例，作深入了解與研究。

二、略述台灣兒童戲劇的演變。

三、研讀一本洪建全兒童文學創作獎作品，並分析之。

四、略述兒童詩創作熱潮。

五、閱讀《台灣（1945～1998）兒童文學100》中所列舉作品三～五本。

第八章　海峽兩岸的文學交流

陳信元

第一節　前言

　　1949年國民政府遷台以後，兩岸的現代文學循著各自的思想指導路線發展，在台灣報章雜誌上偶見的大陸文藝資訊，被列入「匪情研究」範疇，談不上深度研究。直到七○年代中後期，十年「文革」浩劫結束前後，少數旅居海外的女作家，如於梨華、聶華苓、李黎等，到大陸探親訪問，她們將台灣現代文學發展概況，介紹給大陸讀者，也將大陸文壇現況介紹給海外中國人。透過海外作家的介紹、傳播，中斷了三○年的兩岸文學總算有了初步的交集。

　　在即將邁入八○年代的倒數時刻，原本緊張對峙的兩岸關係，在瞬息萬變的國際局勢下，稍有鬆動的迹象。1979年在兩岸交流史、文學史和出版史上都是一個值得記載的年份。這一年元旦，葉劍英代表「全國人大常委會」發表《告台灣同胞書》，建議雙方盡快實現通航通郵，以利雙方進行學術文化交流。這種對外開放的政策與論調，鼓舞了大陸一批有志從事台灣文學研究的學者，配合「和平統一」政治宣傳口號之提出，

迅速開展了大陸對台灣文學的研究工作。初期的研究不免受限於當時的政治環境和氣候，呈現一定程度的政治化傾向；研究者中，也不乏遊走文學與政治之間，形成一種以政治為本位的文學研究。

1979年4月中旬，《中國時報‧人間副刊》邀約海外學者共同策畫「中國大陸的抗議文學／社會主義悲劇文學」特輯；5月下旬起正式推出反映社會主義社會悲劇的小說、散文、詩和報告文學。這個專輯的推出，讓讀者從另一個角度了解中國大陸的現狀，人民的生活真相，並「對暴力社會主義有更強的批判力，從而堅定自由民主科學的信念」；另一方面，也有意藉此聲援大陸文學工作者「為反壓迫反專制而作的艱苦奮鬥」。（鄭直，1979）。此後，《新文藝》月刊、《聯合報》、《青年戰士報》、《中央日報》、《中華日報》的副刊，相繼刊載以「文革」為題材的作品，出版社也陸續出版多部反映「文革經驗」的選集，內容涵蓋了小說、散文、詩歌、戲劇、報告文學等文類。

1979年6月，就在台灣引進大陸文學稍後，北京的人民文學出版社主辦的《當代》（季刊）創刊號上，開闢了「台灣省文學作品選載」欄目，刊登白先勇的短篇小說〈永遠的尹雪艷〉，令大陸讀者耳目一新。隨後，《上海文學》、《長江》、《清明》、《十月》、《新苑》、《收穫》、《作品》、《安徽文學》等雜誌又相繼發表了聶華苓、於梨華、李黎、楊青矗等人的小說。這一年年底，人民文學出版社相繼推出《台灣小說選》、《台灣散文選》，這是三十年來頭一遭。這些作品跨越台灣的兩個時代——日本

帝國主義占據時期和抗戰勝利以來的三十幾年，大陸評論家認為這些作品「通過不同人物的不同遭遇，以及他們的不同心理狀態，從不同的生活側面，形象地再現了半個世紀以來的台灣社會，特別是今天的台灣社會。」（張葆莘，1980：195）在長久隔閡之下，透過文學間接去了解對方的社會、制度和人民思想，是兩岸分別採取的方法；這種「保持距離」的觀照方式容或有以偏概全之弊，卻也是雙方文化交流跨出的第一步。

　　起步於七〇年代末的兩岸文學交流和大陸對台灣文學的研究，在短短的二十年間累積了不容忽視的成績，據不完全統計，這一時期大陸發表的關於台灣文學研究的論文已超過1000篇；出版的研究專著，及個人論文集約在50種左右；出版的有關台灣文學的文學史（包括斷代史及體裁史）及準文學史已超過10部；出版的有關台灣文學的辭書也至少有3、4種。「大陸台灣文學研究的一個基本軌迹，那就是：以十年為界，在後十年裡，作家作品研究全面深入地展開；思潮、流派、社團研究、研究之研究呈穩步增長之勢；兩岸文學比較研究、關於台灣文學的分期和文學史研究從無到有；綜合研究、文類研究、八〇年代以來的台灣文學研究代為『熱點』；日據時期台灣文學研究等有所進展，但仍然屬於『冷門』。」（劉俊，2000）

　　相較之下，同時起步的台灣對大陸文學的研究，受制於資料的取得不易與研究者投入此一領域的意願不高，大專院校不重視現當代文學的教學，不僅研究隊伍寥落，相關的研究著作也不多見，更談不上撰寫文學史或類文學史的專著。近年來，少數大學、研究所雖已開設大陸當代文學課程，也有研究生以

大陸文學爲主題撰寫博、碩士論文，但師資和教材都存在著問題。兩岸在對方文學領域的研究，呈現冷熱有別的差異，但在出版對方的文學作品上，卻是風起雲湧，互有千秋，在兩岸分別出現過「台灣文學熱」和「大陸文學熱」的現象，反映了兩岸中國人都想透過文學去了解對方的社會、制度，以及人民的思想與生活。

第二節　兩岸的文學出版現況

一、解嚴後大陸文學在台灣出版狀況

　　大陸出版品正式被准許在台出版，是1987年台灣解嚴以後的事，但在解嚴前夕，1986年8月，阿城的《棋王、樹王、孩子王》出版，贏得文化界和傳媒一致讚賞，並帶動一股大陸小說流行風潮，出版管理機關也朝較開放的方向來思考出版政策。

　　近十三年來，大陸文學不斷被引進台灣，至今已達千餘種（包含兒童文學），台灣的讀者對優秀的大陸文學作品，也從不吝惜給予掌聲。這種「文化寬容」的現象，並不因政府長期以來的既定政策而導致對大陸文學的全面封殺，反而以更成熟、自信的態度，坦然面對以「主流文化」自居的大陸文學，並將其「收編」進台灣文學出版體系。

　　解嚴初期，海外漢學家對台灣是否能完全客觀地引進大陸文學，抱持懷疑的態度，已故德國魯爾大學教授馬漢茂（Helmut Martin）曾指出：台灣出版大陸當代文學是有選擇

性的，不可能完全客觀。在大陸受歡迎的作家倒不一定在台灣受歡迎，而一些有爭議性作家的作品則出版較多，這是很自然的現象（馬漢茂，1987：283）。海外漢學家的顧慮自有部分道理，但台灣的讀者和出版業者多年來已建立一套互動式的文藝審美觀，對少數過分強調意識形態的大陸文學作品敬而遠之。

　　台灣讀者對大陸文學的看法，已從初期的好奇心理，進入到寫作風格和內涵的鑑賞，從阿城的文化小說，到余秋雨的文化散文風靡一時，都可印證台灣讀者閱讀大陸文學作品的口味，不限於爭議性作家的作品。

　　自七〇年代末期開展的兩岸文化觀摩、交流中，雙方是以「保持距離」的觀照方式，透過選擇性的文學作品間接去了解對方的社會和人民思想，在初期不免具有濃厚的政治意味、非文學的意義。台灣引進「傷痕文學」時，曾冠上「社會主義悲劇文學」、「浩劫文學」、「覺醒文學」等名目，大陸評論家就認為這些名詞具有極明顯的政治色彩。阿城小說的出現改變了台灣讀者「大陸文學＝抗議文學」的刻板觀念，從而留意大陸文學的藝術價值。多年來，台灣讀者已能接受多元的大陸文學作品，並推動出版業者在兼顧商業利益下，有系統地發掘、出版更多值得閱讀的大陸文學佳構。我們更期待透過良性的文學互動，能消弭兩岸人民在文化上、心態上的差距與隔閡，認真去思考民族未來的命運。

　　大陸文學作品在台灣出版的最初模式有下列幾種：

㈠先在報刊雜誌刊登，再經編輯加工結集成書。

　　如時報版《中國大陸的抗議文學》，是由在《中國時報・人間副刊》刊載的「中國大陸的抗議文學／社會主義悲劇文學」特輯結集而成。特輯裡的作品則委由海外學者系統的蒐集，部分並加注解。由於是首度公開發表淪陷區作品，多半是經必要的刪減某些不妥字句的程序，才與讀者見面。後來，《文季》文學雙月刊自第三期（1983年8月）起，陸續刊登大陸作家「反思文學」的作品，逐漸擺脫政治主題掛帥的創作模式，並結集出版《靈與肉》（新地，1984年9月）。最成功的一個出版例子，當屬阿城的《棋王、樹王、孩子王》。1986年5月起，《聯合文學》刊登已在海外造成轟動的阿城作品及評論，引起極大的回響，8月由新地出版社結集成書，果然掀起「阿城旋風」。這是早期少數幾本暢銷的大陸文學作品之一，並突破了台灣出版界不能公開刊印大陸書籍的規定。

㈡在解嚴前後，海外的華人作家、外國漢學家、愛荷華的「國際寫作計畫」都擔任過階段性的引介角色。

　　客居香港的施叔青，為台灣讀者專訪大陸作家的一系列報導，提供了認識大陸作家的第一手資料，她為「遠景」引介了不少大陸文學作品，並企畫主編「湖南作家輯」，收錄何立偉、韓少功、徐曉鶴等人的短篇小說集。「國際文化」版的《受戒》、《空巢》，是編者王孝敏博士在美國編定的中國當代文學教本。西德漢學家馬漢茂為「敦理」編的《掙不斷的紅絲

線》，介紹大陸有關愛情與兩性關係的小說。香港作家西西、鄭樹森為「洪範」編選的《紅高粱》、《閣樓》、《爆炸》、《第六部門》、《八月驕陽》、《哭泣的窗戶》等，展現了八〇年代大陸新面貌的小說。香港大學教授黃德偉主編的「當代中國大陸作家叢刊：女作家卷」五冊（新地版）、「山河叢刊」（三民版），則以作家資料翔實見稱。愛荷華「國際寫作計畫」促成了海峽兩岸作家的交流，馮驥才的《啊！》（敦理版）、張賢亮的《肯爾布拉克》、《土牢情話》（林白版）等書在台灣的出版，都拜兩岸作家在愛荷華「交流」的成果。

㈢**政府開放探親後，出版業者得以直接與大陸作家簽約，或由大陸出版單位接受作者授權簽約。**

　　早期大陸出版社混淆了「著作權」和「專有出版權」，常常未經作者的書面授權，就將此著作授權給台灣的出版社；同時，作者亦將此書授權給台灣的另一家出版社，造成了重複授權的現象。近年來，已形成台灣業者出選題，邀請大陸作家提供稿件的模式，如業強版「中國文化名人傳記」，是由我方先開列傳主名單，預計邀請的撰稿者，再與大陸專家學者討論、定案，並由他們就近執行邀稿潤稿任務。

㈣**由出版社編輯人員負責企畫、邀稿。**

　　較知名的例子有小說家陳雨航為「遠流」規畫「小說館」；後來又成立麥田出版社，推出「麥田文學」系列，兩家公司網羅的大陸作家俱為一時之選，如古華、蘇童、余華、葉

兆言、王朔、格非、王安憶、朱蘇進、馬建、扎西達娃、張潔、池莉、方方、林白、陳染等人。詩人侯吉諒爲「海風」企畫、編輯一系列大陸文學作品，如《阿城小說》、「大陸全國文學獎大系」、「中國新文學大師名作賞析」等。陳信元爲「業強」企畫「中國文化名人傳記」，爲「幼獅」企畫「番薯藤文化叢書」等。

據筆者的統計，從1987年7月15日解嚴至2000年底，台灣出版的大陸文學作品（不含古典文學評論、三〇年代文學舊書新印、翻譯、傳奇故事集及兒童文學等），大約在840種左右。其中，小說類著作約430餘種，散文、報告文學約200種，詩集40多種，評論集130餘種，合集及其他20餘種，劇本約10種。

二、台灣文學作品在大陸出版狀況

自從大陸實行改革開放後，台灣圖書始終是大陸出版界的熱點。從七〇年代末未經台灣作者授權即擅自大量翻印出版，直到現今，兩岸對著作權的相互尊重和保護，蓬勃開展版權貿易和書展活動，印證了文化交流的具體成效。

近二十年來，大陸文藝出版社出版台灣作家的作品上千種。1979年起，大陸的出版社開始推出各類台灣作家選集，掀起了第一波「台灣熱」，後來又相繼掀起了武俠、通俗和言情小說的熱潮。以九〇年代初大陸官方的統計數字爲例，港台武俠小說的總印數高達3600萬套，印數最大的前四名作者依次是：金庸、梁羽生、古龍、陳靑雲。港台言情小說總印數1800

多萬冊，印數最大的前六名作者分別是：瓊瑤、岑凱倫、姬小苔、玄小佛、嚴沁、亦舒。其他通俗小說出版種類最多的前四名作者是：高陽、倪匡、文亦奇、譚談。（于青，1992）

　　近年來，由於中共新聞部門有計畫地壓抑港台版武俠和言情小說的出版、再加上大陸也蓄意培植了一批本土的武俠小說和言情小說作家，這兩類作品的銷售量已明顯下降。以前的武俠小說和瓊瑤言情系列，少則印行十萬，多則幾十萬，甚至曾高達七十餘萬冊，現在的一般印數不超過五萬冊，多數是二至三萬冊。從這些數字的變化中可以看出，港台版的文藝圖書熱度正逐漸降溫中。

　　八〇年代中期以來，三毛、席慕蓉、羅蘭、柏楊、李敖、梁實秋、林語堂、劉墉、張曉風、簡媜、龍應台、林清玄等人的散文、雜文作品；林海音、白先勇、陳映眞、李黎、廖輝英、蘇偉貞、汪笨湖等人的小說，都曾引起大陸讀者爭相閱讀的熱潮。席慕蓉的詩集在大陸青年詩人汪國眞崛起前，堪稱一枝獨秀，對大陸詩壇及讀者層均有深遠的影響。近年來崛起的新生代言情小說家席絹，聲勢及銷量席捲大江南北，逼得大陸出版管理部門一度不得不下禁令，遏止這股四處蔓延的「野火」。劉墉、李敖、龍應台、林清玄、痞子蔡的作品，是近年來大陸書市的新貴，不論在銷售量和影響力都有相當的實力。李敖作品在大陸學術圈的持續爆發力，痞子蔡的網路文學作品讓年輕一代讀者痴迷，影響力更是不可低估。

　　一般來看，知識分子或有相當文學修養的青年讀者，比較偏重深刻反映現實社會人生、抒寫人性、探究哲理及有歷史厚

重感的作品，它們多出自純文學作家之手。但有一個得注意的
現象，就是台灣純文學的作家作品並沒有完全在大陸生根，使
得大陸讀者長期以來誤以爲暢銷的三毛、瓊瑤、席慕蓉便是台
灣純文學的正宗，而錯失了許多值得閱讀的作家作品。近年
來，雖有若干台灣作家選集的出版，但難免間雜大陸編者非文
學性的考量，或有過分商業化考量的偏差。（陳信元，1993：
247～258）

三、九〇年代兩岸文學交流

　　自政府解嚴之後，許多文學社團、作家已迫不及待地展開
文學交流活動。拔得頭籌的兩岸兒童文學交流自八〇年代末展
開以來，始終以各種形式有效地進行。1989年3月下旬，由香
港兒童文藝協會與香港作家聯誼會聯合主辦「香港兒童文學研
討會」，兩岸兒童文學作家獲邀出席，首度在香港聚會。接著
在8月中下旬，台灣的「大陸兒童文學研討會」在會長林煥彰
率領下，自費首訪大陸，並與大陸兒童文學界舉行三次交流
會，這是一趟破冰之旅，奠下了良好的交流基礎。

　　90年代以來的兒童文學交流模式，大致可歸納爲以下數
種：

　　㈠**組團參加大陸舉辦的兒童文學研討會：**如1990年5月在
長沙市舉行的首屆「世界華文兒童文學筆會」、1995年11月在
上海舉行的「第三屆亞洲兒童文學大會」、1996年9月在浙江
師範大學舉辦的「海峽兩岸兒童文學研討會」等。

　　㈡**邀請大陸兒童文學作家、學者來台訪問：**1994年5月，

首次邀請14位作家學者參加在台北舉辦的「兩岸兒童文學學術研討會」，並出版《童詩童話比較研究論文特刊》；大陸少年小說家曹文軒、張之路，文學評論家方衛平於1995、1996年應邀訪台。1998年，大陸兒童文學作家張秋生、方衛平、孫建江、湯銳等出席了在台北舉辦的「海峽兩岸兒童文學研討會」和《民生報》於3月20日召開的「兩岸童話學術研討會」。

㈢**兩岸合辦兒童文學獎**：1989年1月，《小鷹日報》與北京、上海多家刊物合辦第一屆「中華兒童文學創作獎」；1992年民生報與河南海燕出版社、北京《東方少年》雜誌社聯合舉辦「1992年海峽兩岸小說、童話徵文活動」，以後每年持續舉辦該項徵文活動。

㈣**兩岸互頒兒童文學獎項**：自1989年，大陸作家洪汎濤獲第一屆楊喚兒童文學獎特殊貢獻獎，林煥彰獲上海《少年報》讀者票選小百花獎，兩岸兒童文學作家互有斬獲，促進了兒童文學的交流。

㈤**兩岸互相出版對方的兒童文學作品及相關研究論述**：台灣引進的多屬於「入超」的局面。應設法將台灣優秀的兒童文學推廣到大陸，以平衡目前入超現象。

至於其他兩岸文學交流活動的形式則包括：

㈠**舉辦兩岸三地文學研討會**：如1992年8月，新地基金會、北京大學等邀請兩岸三地作家，在北京、南京、上海等地舉辦兩岸三地文學探討會；1993年5月，文建會主辦、香港鑪峯學會承辦，在香港中文大學舉辦「中華文學的現在和未來──兩岸暨港澳文學交流研討會」；1993年6月，香港嶺南學

院邀請兩岸三地學者在廣州暨南大學舉辦「華文文學研究機構聯席會議」等。

　㈡**在大陸舉辦特定主題研討會**：如1995年聯合報文化基金會在山東威海舉行的「人與大自然──環境文學研討會」；1997年8月歷史文學學會在承德舉行「兩岸少數民族文學研討會」等。

　㈢**兩岸文藝團體組團互訪**：如1996年11月，中國文藝協會應中國文聯之邀，赴大陸訪問；1997年9月，中國文藝協會邀請中國文聯代表團訪台等。

　㈣**邀請台灣學者參加在大陸召開的「台灣文學研討會」**：如1996年1月，陳映眞、呂正惠、林瑞明等人參加在北京召開的「台灣文學研討會」；1998年1月中旬，「全國台聯」、「中國社科院」文學所在北京舉辦「呂赫若作品研討會」；10月底，中國作家協會在北京舉辦「黃春明作品研討會」；11月初，中國人民大學在北京舉行「陳映眞作品座談會」等。2001年3月中旬，中國作家協會在北京舉辦第二次「黃春明作品研討會」。

　㈤**邀請大陸知名作家來台參加學術研討會**：如1998年10月在台北舉行的「兩岸作家展望二十一世紀文學研討會」，邀請莫言、蘇童、余華、王安憶等九位大陸代表性作家來訪。另外，也單獨邀請大陸作家來訪，如余秋雨等。1998年12月20日由中華戲劇學會召開的「姚一葦先生學術研討會」，邀請大陸學者田本相、曹明、朱雙一等出席並宣讀論文。2000年9月在台北舉行的「兩岸文學發展研討會」。2001年6月在台北

舉行的「兩岸報導（告）文學的發展與未來研討會」，邀請陳祖芬、李玲修、鄧賢等九位大陸報告文學作家來訪。

㈥**大陸學者來台研究訪問**：如1997年6月，上海復旦大學陳思和，北京大學溫儒敏教授應聯合報系文化基金會之邀來台訪問一個月。

㈦**台灣作家團赴大陸訪問**：如1998年4月，大陸委員會主辦，南華大學承辦的「台灣暢銷作家訪問團」，邀請高希均、劉墉、張曼娟、蔣勳、愛亞等人赴大陸訪問；1999年8月，文建會主辦，南華大學承辦的「台灣作家赴大陸演講、座談計畫」，邀請黃春明、張曉風、廖輝英、陳芳明、林瑞明、路寒袖等人赴大陸訪問。

㈧**兩岸文學雜誌社互訪**：如1998年7月，文建會主辦，明道文藝等年度優秀文學雜誌代表赴大陸訪問；1998年10月，以《文藝報》、《人民文學》負責人為首的「大陸期刊訪問團」來台訪問。

第三節　大陸的台灣文學研究現況

大陸的台灣文學研究，大致上經歷了三個階段：一是起步階段（1979～1982、5），著重於台灣小說作者和作品的一般性介紹；二是拓展階段（1982、6～1986），研究隊伍迅速發展，提出具體研究成果；三是深耕階段（1987迄今），由於台灣開放大陸探親，兩岸的作家、學者得以面對面溝通對文學的見解，大陸研究者的研究方法也趨於多樣，出現數部總結性的

文學史專著。

一、起步階段（1979～1982、5）

1979年下半年，由大陸全國性的大型文學雜誌和出版社領頭，開始介紹台灣文學，爲「統一大業」進行暖身運動，此舉引起文學界和學術界熱烈的關注。

1980年春，幾個學術機構，如暨南大學中文系、中山大學和廈門大學相繼成立台港文學研究室。這一年6月中旬，「中國當代文學學會」第一次學術討論會在廣州召開，與會人士一致認爲台港文學應作爲中國現當代文學的組成部分，納入大學文科課程。同時決定在廣州成立該學會的分支學科機構──台港文學研究會，有計畫、有步驟地開展台港文學研究。

1981年，暨南大學許翼心、翁光宇，中山大學王晉民、封祖盛，復旦大學陸士淸和北京大學汪景壽，先後在中文系開設了台港文學研究課程。這門課程受到學生的歡迎，但受限於相關資料不足，難免影響課程的質量和效果。這些學者爲了授課需要，在往後幾年間都曾編寫教材或研究心得，成爲第一批研究台灣文學的大陸學者。

1982年6月10日至16日，在廣州暨南大學舉行的首屆「台灣香港文學學術討論會」，共提出37篇論文。暨南大學中文系副敎授翁光宇在一篇回顧此次討論會的紀要中，積極鼓吹葉劍英的九點和平方案，說明研究和出版台港文學的意義，「就不僅僅是局限在文學領域，它是統一大業的一部分，對促進海峽兩邊的中國人的聯繫和團結，對促進祖國的統一都有積極的作

用。」他還根據列寧的「任何民族都有兩種文化」的學說，硬是將台灣的文化區分爲進步和落後的文化，強調要用「愛國主義和馬克思主義辯證唯物論和歷史唯物論的觀點和方法，去進行研究、鑒別、分析，介紹台灣愛國的、進步的、健康的作品，抵禦那些反動的、落後的、腐朽的東西。」（翁光宇，1983：268）這種二分法的論調，影響大陸的台灣文學研究至深，不少研究論文、專著中，常不加思辨地就將台灣文學分爲兩個主要流派──現代派和鄉土派，視前者爲「落後的、腐朽的」，後者爲「進步的、健康的」，他們忽略了僅僅這兩派並無法概括台灣文學的全貌，也無法概括所有藝術實踐的全部過程。

在台灣文學研究起步的三、四年間，有幾個值得注意的現象，一是對台灣文學的介紹和評析，主要集中於小說領域，對其他的文類，如詩歌、散文、劇作和理論較少觸及；二是初期介紹的台灣文學作品，大部分屬於已離開台灣，定居海外的作家成名作，台灣本土作家的比重不高；三是系統的學術研究，還只局限於少數機構和學者，整體上仍側重對作家作品的一般性介紹，並產生了一種作品選編加賞析或評介的結集形式。四是資料搜集有待加強，許多研究者都有抓到什麼就寫什麼的習慣，常寫出「見樹不見林」的淺薄文章。

二、拓展階段（1982、6～1986）

在首屆「台灣香港文學學術討論會」召開後，大陸研究台灣文學的隊伍迅速發展，福建和廣東的社科院，深圳大學和汕

頭大學等相繼建立研究機構；廈門大學、北京廣播學院、中央民族學院，以及四川、蘭州、遼寧等地的大學，也先後開設台港文學課程；一些以刊登台、港和海外文學爲主的刊物，包括《海峽》（1981年創刊）、《台港文學選刊》（1984年創刊）、《四海──港台與海外文學》（1986年開始出版）、《華人世界》、《海外華文文學》等也先後創刊。

1984年4月22日至29日，第二次「台灣香港文學學術討論會」在廈門大學舉行，共提出21篇論文。會議期間，對台灣的鄉土文學派和現代人文學派是否合流，如何看待王文興的作品《家變》的社會意義，展開了熱烈的討論。會中將這一階段的台灣文學研究，歸納出幾個特色：一是刊載、出版台灣作品趨向系統化；二是研究工作逐步深入，加強了對專題或作家的研究，研究對象由主要是旅居海外華人作家，轉向台灣本土作家，並加強對鄉土文學的研究，此外，也加強對青年作家如宋澤萊、曾心儀等人的研究，並注意對台灣戲劇和電影的介紹；三是研究者的隊伍不斷擴大並且建立了研究機構。但還存在研究薄弱的環節，如對台灣文學的現狀研究較少，對作家及其作品還不能從文學史的角度深入加以探討，對散文詩歌的研究也不夠普遍等。（梅子，1985：318-319）

第三次討論會正式改稱爲「台港與海外華文文學學術討論會」，於1986年12月在深圳大學召開，共提出78篇論文，其中有關台灣文學的論文多達40篇，分爲三個類型：(1)從史的角度來考察台灣文學。(2)研究台灣的文學批評及美學理論。(3)對台灣作家作品的專題研究。中山大學副教授王晉民指出這些論

文:「開始從宏觀的角度來鳥瞰台灣文學,有些論點有新的突破,對作家作品比較注重從藝術技巧和審美的角度來探討」(潘亞暾、徐葆煜,1988:409)。這種現象標誌大陸的台灣文學研究水平,是一步步在深化和提高。

這一個階段的具體成就,體現在一批專家學者勤奮鑽研下的系列研究成果。

屬於文學史或類文學史的專著有:封祖盛的《台灣小說主要流派初探》,黃重添、莊明萱、闕豐齡的《台灣新文學概觀》上冊,王晉民的《台灣當代文學》。

論文集有:《台灣香港文學論文選——全國第一次台灣香港文學學術討論會專輯》,汪景壽的《台灣小說作家論》,流沙河的《隔海說詩》,武治純的《壓不扁的玫瑰——台灣鄉土文學初探》、《台灣香港文學論文選——全國第二次台灣香港文學學術討論會專輯》,張默芸的《鄉戀・哲理・親情——台灣文學散論》等。

三、深耕階段(1987~至今)

1987年,台灣相繼解除報禁,取銷戒嚴令,並公布開放大陸探親,准許印行大陸地區出版品,兩岸的文化交流跨近了一大步。

1988年下半年,「中國社會科學院」和北京大學、復旦大學先後成立台港文學專門研究機構,福建和江蘇省也成立省級的台港與海外華文文學研究會。這一年11月2日至5日,由福建省台灣研究會等單位主辦的「福建省台灣文學研究會」在福州

市舉行，以台灣文學的傳統因素、鄉土特色和外來影響爲中心議題，研討會的部分論文日後結集爲《台灣文學的走向》一書出版。

　　1989年4月1日至4日，第四屆「全國台港暨海外華文文學學術研討會」在上海復旦大學召開，出席討論會的海內外作家、學者計有106人，其中包括7位台灣作家。這一屆論文的水平有明顯的提高，意味著台港及海外華文文學的研究工作又進入一個新境界。復旦大學朱文華爲本屆討論會撰寫的綜述中，特別提出在「研究方法的更新」這一方面的成績，包括：

　　(1)不少論文引入了大文化的觀念和相應的研究方法，即把具體的文學史現象和作家作品置於整個華文文學的格局上，又把華文文學置於世界文學的總格局中，宏觀著眼，微觀入手，從多方位視角來探討台港及海外華文文學的某些特點。

　　(2)引入了比較文學的研究方法，或把大陸文學與台灣文學的某些方面作比較，或把某一大陸作家作品與另一台港作家作品作對照分析，在探求兩者異同的基礎上，總結出某種藝術規律。

　　(3)引入了未來學的研究方法，即根據未來學的預測原理，在全面把握台港及海外華文文學的歷史和現狀的基本特點的基礎上，對它們的某種發展趨勢作展望。（朱文華，1990：393）

　　這一階段雖已取得顯著的成績，但在研究的深度與廣度，還有待進一步提升。廣東省社會科學院許翼心在〈台灣香港與海外華文文學研究的回顧與前瞻〉文中，指出存在此一研究領

域的幾個問題：一是廣度和深度方面的不足。在占有大量資料基礎上進行眞正宏觀把握或深入的微觀分析的不多，而就事論事或以偏概全的不少；有眞知卓見或新銳觀點的較少，而人云亦云的現象屢見不鮮，往往不能超越所在地文學界的評價範圍。二是文學觀念和研究方法上的局限。一些研究人員還未能完全擺脫「政治標準第一」、「現實主義是文學主流」等傳統的大陸文學觀念，並以此來衡量和評價台港與海外華文文學；或者是習慣用大陸社會主義文學的某些標準去要求台港與海外華文文學。三是政治化、人情化和商品化等非學術因素的干擾。如果還是將「從統一戰線出發」等觀點作爲區分和對待具體作家作品的依據，就難以做到文學評價的客觀與公正；把學術研究當作交際的手段，必然導致學術準則的放棄；某些商品化的傾向已開始侵入學術領域，值得警惕。（許翼心，1990：6～7）

　　1991年7月10日至13日，第五屆「台港澳暨海外華文文學國際學術研討會」在廣東省中山市翠亨村鎭舉行。出席會議的海內外作家、學者約160餘人，其中包括3位台灣代表。本屆會議主題是「中華民族文化在台港澳地區和海外各國華文文學中的承傳和衍變」，廣東省社科院院長張磊致開幕詞，指出這次會議的主要目的，是要尋找華文文學在世界範圍內的發展規律，探討華文文學的發展趨勢，總結華文文學發展的世界經驗，促使華文文學以新的姿態走向世界。

　　本屆研討會可以說是對十年來的華文文學研究的一次檢閱，研究的質量和水準都有所提升，形成了新的格局，具體的

成績如下：

(1)總體把握世界華文文學的觀念已經形成，這次研討會上由王潤華、許翼心、潘亞暾、汪義生、賴伯疆等所撰寫的華文文學總體研究的論文，標誌著從世界範圍總體把握華文文學的觀念已經形成。

(2)文學史的宏觀研究進入新的局面。有多篇論文都從史的角度描述各地華文文學發展變化的輪廓、深層文化背景和社會歷史原因，以及發展前景和方向，開拓了新的領域和課題。

(3)文化影響的研究深化了華文文學的研究成果。近半數的論文都涉及到中國文學和中國文化傳統對各地華文文學的影響，其中一種是從中國文學的總體格局探討某一地區的華文文學，一種是進行作家或作品的比較及影響研究，另外一種則著重分析中華民族文化和台灣鄉土文化的關係。

(4)傳統的理論和受西方現代文藝理論、批評影響的理論和方法並存，並獲得了新的活力。運用西方文藝理論或語言理論來解釋華文文學的，可舉台灣簡政珍和孟樊的2篇論文；運用傳統的理論和方法的，則有楊匡漢、李元洛、杜國清的3篇論文。後者顯現出來的新鮮活力，令人印象深刻。（陳實，1993：440～451）

1993年8月25日至28日，正式更名的第六屆「世界華文文學國際研討會」在汪西廬山召開，並擬在翌年的昆明第七屆研討會上正式成立「中國世界華文文學研究會」。出席會議的海內外代表150多人，其中包括3位台灣作家、學者。本屆會議主題是「世界華文文學的走向」。

　　江西南昌大學的公仲、江冰在論文中即從「一個中國」的角度表述「海外華文文學」和「世界華文文學」之間的關聯：「海外華文文學是中國大陸及台灣、香港、澳門地區以外的華人，以自己種族的母語，即以漢語為媒介，創作出來的文學作品。它是特指20世紀的華文文學現象，可同中國大陸文學、台港澳文學共同歸入世界華文文學這一世界性的語種文學。」（公仲、江冰，1994：48）

　　劉登翰的論文則把大陸地區以外的台灣和香港、澳門文學，當成當代中國文學的分流，「分流造成文學各異的繁複形態和不同流程，在客觀上則可能提供不同經驗的參照和藝術積累的豐富。無視文化流播可能超越政治切割的特殊屬性，就很難對當代中國文學在不同生成環境中的發展和創造有正確的認識和全面的把握。」他強調應深化對三地文學分流的研究，首先，更急切需要的是對作家作品、社團流派和文學思潮深入的個案剖析；其次，加強三地文學的比較研究，以辨識出三地文學在各自生成環境中獨異的形態和創造；再次，在具有現代意義的世界文化大背景下，進行民族文化和文學重構的共同努力。（劉登翰，1994：28）2000年底，第十一屆「世界華文文學國際研討會」是在汕頭市舉行。

　　這一個階段在文學史或類文學史的專著有：黃重添的《台灣當代小說藝術采光》；白少帆、王玉斌、張恆春、武治純主編的《現代台灣文學史》，這是兩岸第一本正式標明台灣文學史的著作；包恆新的《台灣現代文學簡述》；古繼堂的《台灣新詩發展史》，這是兩岸第一本有關台灣新詩發展的系統性論著；

公仲、汪義生的《台灣新文學史初編》；古繼堂的《台灣小說發
展史》，是兩岸第一部系統研究台灣小說發展的論著；于寒、
金宗洙的《台灣新文學七十年》（上、下冊）；潘亞暾、翁光
宇、盧菁光編著的《台港文學導論》，是一部高等學校文科教
材，上篇「台灣文學」占全書三分之二弱；黃重添、徐學、朱
雙一的《台灣新文學概觀（下冊）》；劉登翰、莊明萱、黃重
添、林承璜主編的《台灣文學史（上卷）》，計分：總論、第一
編「古代文學」（遠古到1840年）、第二編「近代文學」
（1840年至1920年代初期）、第三編「現代文學」（1920年代
初至1945年）；王晉民主編《台灣當代文學史》；古遠清的《台
灣當代文學理論批評史》；田本相主編《台灣現代戲劇概況》
等。

　　論文集有：《台灣香港與海外華文文學論文選——第三屆
全國台港與海外華文文學學術討論會》；古繼堂的《靜聽那心底
的旋律——台灣文學論》、《台灣愛情文學論》；福建省台灣研
究會等單位的《台灣文學的走向》；黃重添的《台灣長篇小說
論》；復旦大學台港文化研究所選編的《台灣香港暨海外華文文
學論文選——第四屆全國台灣香港暨海外華文文學學術研討
會》；鄒建軍的《台港現代詩論十二家》；粟多桂的《台灣抗日作
家作品論》；古繼堂、黎湘萍等著《台灣地區文學透視》；王劍
叢、汪景壽、楊正犁、蔣朗朗編著《台灣香港文學研究述論》；
古遠清的《海峽兩岸詩論新潮》；王淑秧的《海峽兩岸小說論
評》；趙朕的《台灣與大陸小說比較論》等；陸士清的《台灣文學
新論》、王震亞的《台灣小說二十家》；劉登翰的《文學薪火的傳

承與變異——台灣文學論集》；莊若江、楊大中的《台灣女作家散文論稿》；徐學的《台灣當代散文綜論》；楊匡漢主編的《揚子江與與阿里山的對話——海峽兩岸文學比較》；朱雙一的《近二十年台灣文學流脈——「戰後新世代」文學論》；趙遐秋主編《台灣鄉土八大家》等。另有三毛、柏楊、洛夫、白先勇的傳記；杜國清、羅門、蓉子、陳映眞、白先勇等人的作品論等。

另有四部工具書：徐迺翔主編的《台灣新文學辭典》；陳遼主編的《台灣港澳與海外華文文學辭典》；王晉民主編的《台灣文學家辭典》；王景山主編的《台港澳暨海外華文作家辭典》。

近二十年來，大陸從中央到地方的學術研究機構，先後成立了一批與台灣文學相關的研究機構，除了「中國社會科學院」的世界華文文學研究中心、北京大學的台港與海外華文文學中心、中國人民大學的海外華人文化研究中心外，在廣東的社會科學院、暨南大學、中山大學、深圳大學、汕頭大學、華南師範大學，福建的社會科學院、廈門大學、華僑大學、福建師範大學，上海的復旦大學、同濟大學、私立邦德學院，江蘇的社會科學院、南京大學、蘇州大學，湖北的中南財經大學，江西的南昌大學，山東的山東大學等，都成立了不同名目的研究機構或學術團體。（劉登翰，2000：88）

第四節　台灣的大陸文學研究現況

八〇年代台灣的大陸文學研究，是在引進「傷痕文學」後展開的，大致可以分為兩個階段，第一個階段（1979～

1985），大致延續了七○年代的「大陸問題研究」模式，已能從藝術技巧層面來檢視「傷痕文學」、「朦朧詩」的價值；第二個階段（1986至今），是在阿城的小說帶動一股大陸小說流行熱潮後，多位熟悉西方文學理論的當代文學評論家，相繼投入大陸文學研究領域，輕而易舉地取代了第一個階段的研究成績。

一、第一個階段（1979～1985）

研究初期正值大陸十年「文革」結束不久，「傷痕文學」崛起於久旱的文壇，並透過媒體引介到台灣來，社會主義社會中存在的陰暗面，十年浩劫帶給人民的深重災難和嚴重創傷，力透紙背，血淚交織，留給台灣讀者相當的震撼與神傷。這一階段研究「傷痕文學」的動機與目的，就不免著重在非文學性的層面。

台灣研究者對「傷痕文學」的界說，一般認爲應涵蓋非官方刊物的作品，吳豐興認爲：非官方刊物的文藝作品作者，不受官方尺度的審核，在作品創作上更爲自由，因此對同一環境事物的描繪、反映，較官方刊物作品的作者眞實。（吳豐興，1981）葉洪生的定義，顯然又擴張不少，他認爲「傷痕文學」從狹義而言，指的是盧新華公開發表短篇小說《傷痕》以後，同類作品的泛稱；但從廣義來看，「它卻涵蓋了從1966年『文革』以來，所在地上地下所流行或傳抄的抗議『共慘』、暴露『黑暗』的文藝作品。」（葉洪生，1979：313）

在大陸，「傷痕文學」又被稱爲「暴露文學」、「感傷文

學」、「批判現實主義文學」、「問題小說」等，蘊含著明顯
的貶損、不滿之意。在台灣，則稱為「社會主義悲劇文學」、
「抗議文學」、「浩劫文學」、「覺醒文學」等，大陸評論者
認為「抗議」和「浩劫」等名詞具有極明顯的政治色彩，以此
作為某種規律性和傾向性的文學現象的概說，則是從非文學性
的目的出發的，他們也認為台灣研究界尚未觸及到「傷痕文
學」的文學價值。事實上，這種論調未必正確，以張子樟的
《人性與「抗議文學」》一書為例，就闢有專章介紹「抗議文學
之藝術技巧」，他實際檢視了許多「傷痕文學」作品的文學技
巧，從而得到下列客觀的結論：「抗議文學在藝術技巧層面並
未達到完善的境界。絕大多數的作品展現在讀者面前的，只有
血淋淋的事實，缺乏較高層次的藝術處理。這些作品有激動人
心的現實性，卻沒有發人深省的哲學性。它們捕捉到的僅僅是
一些浮面的現象，沒有深入歷史事件的本質與內涵。」（張子
樟：1984：227）我們並不否認「傷痕文學」的歷史意義，台
灣讀者也正是從這個「歷史的傷口」中，拉近了與大陸同胞隔
絕四十年的民族感情，共同反思歷史的教訓，摸索民族未來的
命運。

　　在第一階段的研究中，朦朧詩和大陸新一代詩人的崛起備
受矚目，《創世紀》詩雜誌、「春風」詩社、《文星》雜誌，都曾
刊登特輯。1984年6月，《創世紀》詩雜誌64期推出葉維廉策畫
的《大陸朦朧詩特輯》，掀起了一股不小的「朦朧詩」熱潮，特
輯中，葉維廉、洛夫、藍海文的論文都指出：對大陸以外的一
般讀者而言，這些所謂「朦朧」，所謂「難懂」的詩，根本不

能算難懂。但自八〇年代初起，這些詩被批判爲不負責任的朦朧與古怪，主要的原因是他們用了「多重意義多重指涉的意象和隱喩」，令許多人在「閱讀與詮釋習慣」上頗不適應。洛夫的文章中，特別指出大陸新詩的現代化，與台灣的現代詩發展史相較，已經落後了30多年。《創世紀》這個特輯大致脫胎自1984年香港璧華、楊零編的《崛起的詩羣——中國當代朦朧詩與詩論選集》，可以印證台灣對大陸文學研究的初期，囿於現實的因素，一般學者、作家無法全面的掌握、閱讀第一手資料，仍然相當倚賴外力，研究工作不易開展，自是意料中之事。

「春風」詩社在1985年7月策畫、出版的《崛起的詩羣——中國大陸當代朦朧詩專輯》，資料來源大致同《創世紀》。兩刊策畫的重點卻有所區隔，「春風」版重在將大陸朦朧詩與台灣的現實主義文學作比較，以見兩岸詩發展的軌迹異同，另外在糾正「朦朧詩是現代主義的延伸」這種觀念。

「朦朧詩」論爭期間，曾在大陸發表十餘篇文章的評論家李黎，也於1987年10月在台灣《文星》雜誌發表〈在融合中鑄造東方現代詩魂——中國大陸新詩潮與西方現代派詩歌之間聯繫的考察〉，通過對北島、舒婷、顧城、楊煉等人詩作的考察，指出西方現代主義詩歌與中國大陸「新詩潮」之間的相通之處和某些根本不同之處。

在八〇年代中期，大陸的台港文學研究逐漸受到台灣學者的重視，周玉山的〈中共「台港文學研究」的非文學意義〉一文，除了評介兩次「台灣香港文學學術討論會」，並介紹《台

灣小說主要流派初探》、《台灣詩人十二家》、《台灣小說選》、《台灣作家小說選》（四冊）。這篇文章主要批判第一次討論會論文以辯證唯物論和歷史唯物論的觀點與方法，套用列寧的「兩種文化」說，把台灣文學區分為「愛國的、進步的、健康的」和「反動的、落後的、腐朽的」。作者指出：中共早從二、三〇年代起，就慣將作家與作品貼上「非此即彼」的政治標籤，如今故技又見復出。在介紹《台灣小說選》時，作者認為：大陸選擇台灣文學作品時，喜以反帝、社會矛盾、懷鄉等題材為對象，並將反帝的民族運動與共產運動掛鈎，因此就渲染了台灣文學在反帝之餘的階級意識了。（周玉山，1985）

　　陳秋坤在〈如何正確評斷台灣文學的本質——試評封著《台灣小說主要流派初探》〉文中，一方面指出封氏之所以主張台灣文學為中國一支，原來是為了「和平統一台灣」的政治號召而鋪設文學同流的民族傳統，這使作者的「民族主義」的觀點受到質疑，「評論文學而不遵守文學的界限，混雜主觀的政治宣傳，其實也正是作者這本書的最大致命傷」。另方面，作者指出：貫穿本書的中心脈絡，卻是不相干的馬克思階級文學論，使本書的說服力大為降低，形同政治祭品。但他還是肯定本書是當時「比較有系統地評論台灣近代文學發展的佳作」。（陳秋坤，1985）

　　鍾鎣亘的〈中共選刊台灣小說之淺析〉，分析了大陸對台灣的作家和作品的態度，除了陳若曦所說的，專挑暴露台灣陰暗面和不涉及政治是非的文章加以選刊外，還特別注重台灣文壇的派別劃分，特別注重「民族意識」、「階級意識」和「排外

意識」的強調，尤其側重思想觀念之利用，企圖以「大中國主義」、「愛國主義」拉攏台灣的作家而掩飾共產主義專制的本質。（鍾鎔亘，1985）

以上這3篇文章的論點，是兩岸開放交流前，台灣對大陸的台港文學研究較具代表性的看法。三位作者對政治介入文學都有相當程度的排斥，周玉山就說：幾家大學開設「台港文學」課程，卻被視爲一門「愛國主義教育課」，這種說法無視大陸青年對台灣香港的好奇與嚮往，而生搬硬套中共近年來的政治號召；陳秋坤也指出：封氏如能將主觀的、跟文學作品無關的教條、口號，自我約束地擺在一旁，從而就事論事地評論台灣文學流向，相信定能提高本書的說服力；鍾鎔亘認爲：大陸選刊台灣小說，是有選擇性的，是片面的，所以它的統戰目的就遠大於對大陸內部的教育意味了。

台灣的大陸文學研究的第一個階段，重點擺在對「傷痕文學」的介紹。研究專著有：吳豐興的《中國大陸的傷痕文學》，原是政治大學東亞研究所碩士論文，主要探討中共的文藝路線、「傷痕文學」興起的背景、「傷痕文學」主要的作品及其所象徵和代表的含意；王章陵的《白樺的「路」》，介紹白樺的生平，《苦戀》的創作動機與風波、評價；周玉山的《大陸文藝新探》部分篇幅探討「傷痕文學」、白樺事件、大陸作家在海外；張子樟的《人性與「抗議文學」》，原是作者於文化大學三民主義研究所的博士論文，初名《人性文學的再發揚──中共「抗議文學」研究》，本書著重探討中共文藝路線之演進、各階段文藝理論之探討，並依據「傷痕文學」的內容，按角色分

類評論大陸現實社會之各層面，剖析共同現象、藝術、技巧與
傳播功能、效果等。

二、 第二階段（1986年迄今）

1986年5月，《聯合文學》刊登了大陸作家阿城的〈棋王〉和
陳炳藻的評論〈從小說的技巧探討《棋王》〉，後來又陸續發表
〈樹王〉、〈孩子王〉、〈會餐〉、〈樹樁〉及評論，帶動一股大陸小
說流行熱潮，也將台灣的大陸文學研究帶入第二個階段。這個
階段有幾個主要的特色：

一是研究的焦點轉移到幾位「明星作家」身上，如小說的
阿城、張賢亮、汪曾祺、王安憶，報告文學的劉賓雁、蘇曉康
等。二是當代文學評論家、學者，如蔡源煌、呂正惠、王德威
等人，相繼投入大陸文學研究領域，提升了研究的質量。三是
大陸政策開放後，學者、作家不約而同的對台灣「大陸熱」所
作的文學省思。四是1988年5月，《文訊》和《聯合文學》雜誌召
開「當前大陸文學研討會」，這是台灣第一次舉辦探討「文
革」後大陸文學的學術會議，影響深遠。此後的幾次學術會議
中，也出現探討大陸文學的論文。

對第一階段的大陸文學研究者而言，1985年以後的大陸文
學出現一批題材新，寫法也新的作品，如韓少功的〈爸爸爸〉、
〈女女女〉，莫言的〈紅高粱〉、〈透明的紅蘿蔔〉，劉索拉的〈你
別無選擇〉，徐星的〈無主題變奏〉，殘雪的〈黃泥街〉等，這些
新潮的作品，顯然不是以「匪情研究」或「大陸問題研究」模
式所能掌握的，熟悉西方文學理論的學院中的學者，輕而易舉

地取代了第一個階段的研究者，開拓了大陸文學領域的視野。

在這個階段，《創世紀》詩雜誌再接再厲推出《兩岸詩論專號》（73、74期合刊，1988年8月）、《大陸第三代詩展》（82、83期，1991年），對大陸「新時期」詩壇做了概括性的呈現。《聯合文學》亦持續刊登大陸當代文學作品和評介，較具規模的專輯有《象徵與魔幻・現實與批判——名家看大陸「新小說」》（30期，1987年）、《兩岸文學》（40期，1988年）、《抗議文學特輯》（56期，1989年）、《莫言專輯》（89期，1992年）；《中國論壇》製作「當代大陸『台灣學』系列之一文學篇」（381期，1992年）；《文訊》雜誌社亦於1991年6月22日舉行第二屆「當前大陸文學研討會」，凝聚了許多大陸文學研究者的研究成果。

在這一階段，大陸的台灣文學研究也持續受到重視，但開始出現不同的聲音。杜國清的〈大陸對台灣文學的研究〉，是台灣首次詳盡又全面地介紹大陸的台灣文學研究，他首先指出這個領域的研究，是「中共為了達到國家統一這個終極目標的重要統戰工作之一」，在研究心態上有所偏頗，官方對兩岸現實主義作品，採取了兩套評價標準。他建議大陸學者研究台灣文學時，「如果能夠擺脫官方的教條和制約，能夠從文學的立場，根據文學的觀點加以客觀的研究，……必定會發現許多台灣文學之不同於大陸文學的特異性，以及值得向大陸讀者介紹的優點。」對於大陸積極研究台灣文學的事實，他也不贊同台灣官方一味斥之為「中共對台灣的文學統戰」，畢竟還有一些學者和研究員能夠站在學術的立場，就文學論文學。（杜國

清，1987）

　　文曉村的〈從《剪成碧玉葉層層》到《柔美的愛情》〉，以實事求是的態度，指出古繼堂的詩評集〈柔美的愛情──台灣女詩人十四家〉（1987年），與張默所編的《剪成碧玉葉層層》（1981年），有著「某種血緣的關係」，《柔》集明顯地從「剪」集中選出13位女作家，外加1位名不見經傳的「女工詩人」葉香；《剪》集中13位女作家選入的作品，在《柔》集中幾乎全部重複出現。在大陸其他幾部的選集中，也存在著編選作品取材上有「搭便車」的現象，間接印證大陸的「台灣文學熱」與商業利益的結合，造就了一批「急就章」的評賞集。（文曉村，1987）

　　《中時晚報》記者徐宗懋，參加第四屆台港暨海外華文文學學術討論會後，頗有所感，寫下〈坐井觀「港台文學」──大陸研究台灣文學的局限〉，他認為大陸的台灣文學研究者，因為生活環境和思考習慣，在眼界上有所不足，較偏愛有強烈「主題思想」的文章，推崇具有「歷史感」、「現實感」，強調「民族感情」的作品；此外，本能地重視刻畫各社會階層的矛盾，凸顯工人遭受不平的文章。作者也觀察到大陸研究者對八〇年代以後，以城市生活和經濟活動為主題的小說似乎認識不多。最重要的，大陸方面在毫無辯論和研討的前提下，就將台港文學當成「邊緣文學」、「中國文學的重要分支」，作者批評這種「中原心態」，指出「用地域觀念本能地將台港文學視為『中國現代文學的重要分支』是欠缺思考和分析能力的。（徐宗懋，1989）

　　八〇年代後，台灣本土文學論者受到鄉土文學運動的影響，逐漸重視對台灣文學史的解釋權，李魁賢的〈指鹿爲馬的文學共謀──初評遼寧大學《現代台灣文學史》〉，就認爲大陸來台的作家，應剔除於台灣文學史之外，因爲他們的作品「不屬於台灣文學的範疇，而應列於中國的流亡文學或海外疏離文學」。從較狹義的「台灣文學」界定出發，作者得到的結論是：這部文學史所指的鄉愁文學、通俗文學、反共八股，都是流亡文學帶來的表象和後遺症，與實質的台灣文學截然不同，「中國方面與流亡台灣的文學階層互爲呼應，共謀篡奪台灣文學主流，而淹沒了眞正台灣文學中現實主義反抗精神的眞髓，使台灣文學的實際價值掩飾在《現代台灣文學史》語言符號下不得彰顯。」（李魁賢，1989）相較之下，台灣文學評論家彭瑞金對「台灣文學」的解釋就顯得較爲合情合理，他說：「在本質上，台灣文學根本不可能是國家文學或國家文學的分支，台灣文學乃是生活在台灣的人從歷史與生活經驗裡凝聚的文化現象。……是以台灣這塊土地以及生活其上的人民爲出發、做基礎的文學，是種由下而上的文學形成型式。」（彭瑞金：1992）

　　第二階段台灣學者對大陸文學的研究成果，具體呈現在下列幾部研究專著：文訊雜誌社主編的《當代大陸文學》，主要收錄有關大陸文學思潮、大陸新詩的動向和大陸小說的角色變遷等三篇學術論文，並附台灣地區刊登、出版及研究大陸文學作品編目等資料；蔡源煌的《海峽兩岸小說的風貌》，收入以後現代思想評殘雪、葉曙明、韓少功等人的研究論文；陳信元的

《從台灣看大陸當代文學》；周玉山的《大陸文藝論衡》，論述了中共的文藝政策，大陸「新時期」文壇上8位被批判的作家，和中共「台港文學研究」的非文學意義等；葉穉英的《大陸當代文學掃描》，針對傷痕、反思、尋根文學的概述及個別作家作品的分析；張子樟的《走出傷痕──大陸新時期小說探論》，以多角度之省察，達到全方位觀照大陸小說作品中展現的三種主要精神現象──疏離、調適與超越；文訊雜誌社主編的《苦難與超越──當前大陸文學二輯》，收錄有關大陸小說的「殘酷」主題、大陸散文、王安憶小說中的女性意識、兩年來大陸文學的變貌等五篇論文及「我的大陸文學經驗」座談會發言；張放的《大陸新時期小說論》，是八〇年代大陸「新時期」小說的總結研究批判；大陸旅美學者唐翼明來台灣任教後，結集出版《大陸新時期文學（1977-1989）：理論與批評》、《大陸「新寫實小說」》；鍾怡雯的《莫言小說：「歷史」的重構》；文建會出版的「大陸地區文學概況調查研究系列叢書」八冊等。

文學評論家林燿德曾對現階段台灣地區的大陸文學研究工作，提出建議，他認為當前首要工作是全面閱讀原典，「對於彼岸文學發展建立系列詮釋觀點」，而不是對大陸學者的看法百依百順，不加檢證。另外，不經思索地以政治、社會、經濟環境變遷做為當代大陸文學發展分期的標準，或者脫離時代現場，純以陳舊的新批評模式進行形式分析，都有偏執之虞。他提出幾個值得重視與努力的研究方向，包括：方法論的重建、台灣學派的成型、解釋權的掌握和博大胸懷的醞釀。（林燿

德，1992：24-25）

　　周慶華在一篇省思十年來海峽兩岸文學交流的文章中，形容這種文學交流是「一場競賽」，如果雙方只是爲了比個高下而來從事這場競賽，那麼它可能出現一些負面的影響，「我們的目的是要透過這樣的競賽，激發兩岸中國人的熱情，攜手合作，共同思索中國的前途。因此，競賽只是達到這個目的的過程而已。」（周慶華，1990：52）

第五節　現階段兩岸文學交流的實際成效評估

　　1979年，在兩岸文學史上都是一個值得記載的年份。雙方的報刊、出版社不約而同地刊登、出版對方的文學作品，爲兩岸的文化交流跨出了重要的第一步，也邁出了重新整合中華文學的關鍵性的一步。

　　早期台灣的大陸文學研究資料取得不易，研究工作較難展開。在頭一個十年的大陸文學研究，海外華人作家扮演著「媒介者」的角色，迅速傳遞大陸文學訊息，剖析文藝思潮、流變。這種現象直到大陸出版品開放進口，台灣的研究者不再藉助第三地遞轉資料，也擺脫了對海外知識分子的依賴，但卻有部分研究者轉而依賴大陸批評家的論述觀點，缺乏爲兩岸文學建立系列詮釋觀點的能力，未能主動掌握解釋權。

　　無庸諱言，二十多年來，台灣並沒有培養出一支研究大陸文學的隊伍，極少數開設大陸當代文學課程的中文系所，都面臨師資難覓、缺乏合適的教材、大陸文學資料蒐集不易等問

題。目前當務之急，還是先成立一個「大陸文學研究中心」，系統地購置或整合各圖書館、研究單位的大陸文學圖書、期刊、專著及博、碩士論文，中心並設研究員，經常提出研究成果報告，藉以觀察、掌握大陸當代文學的現況與發展。

　　基於對二十世紀中華兩岸文學的統合研究需要，應該積極培養視野廣闊的青年師資，或遴聘學有專精的海外知名學人到台灣客座。鼓勵大專院校普遍設立大陸文學課程，或併入中國現代文學課程講授，在「寫作技巧」或「文學欣賞」之類的通識課程，應加入大陸當代文學的例子。更重要的，盡快結合專家學者編印大陸文學教材，編寫一部客觀、詳實的大陸當代文學史，為它在兩岸文學史上定位；傾全力撰寫小說史、詩歌史、散文史、報告文學史、文藝思想史、文學批評史等，將其納入20世紀中國文學史整體格局的一環。

　　大陸的台灣文學研究，從起步到深入發展，與大專院校開設「台灣文學」這門課程有密不可分的關係，大陸學者的研究專著、選編加評介的著作，都是作為這門專題課程的教材。目前，大陸學者研究台灣文學，難免有一些歷史遺留下來的局限，其中之一是：經常遇到資料嚴重缺乏的困難，另外常會為難以見到的原書原刊，或無法核實某些史料而苦惱、困惑。其次，大陸研究者對台灣社會歷史與現狀缺乏了解，在難以充分把握研究對象的情況下，自由的學術研究就不太容易做到。其他的因素還包括：圖書資料與研究經費（特別是外匯）的不足，某些非學術因素的干擾，研究隊伍中學術水準不高，文學觀念和研究方法及學風上的一些問題。台灣相關的研究單位應

儘量協助大陸的台灣文學研究者來台短期研究，與作家、學者
對話、交流，促成雙方深層的理解。

　　十多年來兩岸的文學交流，從無到有，從泛政治化逐漸轉
到文學本位，從各自發展到初步接觸，雙方均各自發展，互不
相讓。以1992年6月《中國論壇》規畫的《當代大陸「台灣學」系
列：文學篇》專題為例，對5部大陸的台灣文學史專著，均持或
嚴或寬的批判、挑剔態度，大陸學者評論台灣學者的論述亦常
持此態度「以牙還牙」。1992年12月，《台灣詩學季刊》創刊號
策畫了「大陸的台灣詩學」專題，次年3月出版的第二期，又
續推出同名專題的下篇，強調「真正的對話」，但還是引起對
岸被評者的情緒性反應。1996年3月，該刊再度推出「大陸的
台灣詩學再檢驗」專輯。讓兩岸學者多一些機會面對面去做學
術性的辯論，拉近彼此的差距，形成某些共識，應是目前這一
階段交流的重點，具體的作法包括舉辦「兩岸的台灣文學研討
會」或「兩岸的大陸文學研討會」等。過去台灣舉辦過數場文
學研討會或國際學術會議，都曾邀請大陸學者與會並提交論
文，當時分別受限於兩岸的法規，他們幾乎都未能成行。1994
年元月，由《中國時報・人間副刊》策畫主辦的「從40年代到90
年代──兩岸三邊華文小說研討會」，都曾邀請大陸學者、作
家參與討論，但未能與會者甚多。1998年10月「兩岸作家展望
二十一世紀文學研討會」首度邀請9位大陸代表性作家，與台
灣作家、評論家共同討論，為兩岸文學交流在新世紀來臨前奠
下良好的基礎。現階段正是由學術單位籌辦大型兩岸文學研討
會的適當時機。主辦單位應積極規畫研討主題，讓兩岸和海外

具代表性的學者共聚一堂，拋開意識型態的包袱，回到文學本身的討論。台灣研究者也應積極參與大陸舉辦的兩岸文學學術討論會，主動為台灣現代文學在二十世紀中國文學的整體格局中定位。

第六節　結論

為進一步促進兩岸文學交流的良性互動，在已開設對方文學研究課程的兩岸大專院校間，不妨考慮建立「交換學者」或「訪問教授」、「訪問作家」的制度，經由長期實地觀察、研究與接觸，印證兩岸文學發展的異同，化解不必要的心結，回歸到學術上的討論，並可藉機吸收對方在研究態度、方法上的長處。另可研究推動兩岸學者共同指導學位論文的可行性，例如，大陸研究生以台灣文學為論題的學位論文，除了大陸的指導教授外，再找一位台灣學者共同指導，可解決資料不足的困擾，並開闊研究視野及觀點。擴大推動兩岸學生間的學術交流活動，如跨海赴大陸舉辦「兩岸聯合文藝營」。推動青年學者或研究生的學術訪問團，召開兩岸青年文學學術會議，設定兩岸共同研究的專題，如西方現代主義對兩岸文學的影響等題目，透過共同的參與、研討，拉近兩岸學生的思想差距，凝聚兩岸中國人的智慧，達成相關論題的共識。

台灣文學能夠在十餘年的時間，深獲大陸讀者、研究者的喜愛和重視，除了拜「政治」之賜外，多少也靠著本身優勢條件和獨具的文學魅力。相較之下，大陸文學在台灣，除了捧紅

阿城、張賢亮、蘇曉康、蘇童、余秋雨少數幾位作家外，多數描寫「大陸經驗」的作品都引不起台灣讀者的興趣，也未得到文學評論家較多的青睞。台灣對大陸當代文學的研究，至今祇能算是起步階段，仍有相當大的發展空間，就看如何將散兵組織成一支專業的研究隊伍，交出一張漂亮的成績單。

　　1996年6月，文建會曾邀請多位學有專精的大陸文學研究者，撰述大陸各文類的發展概況，出版「大陸地區文學概況調查研究系列叢書」，這是邁入深層研究必經的階段。另外，也可規畫出版《大陸文壇大事紀要1949～2000》、《大陸重要作家作品目錄》等工具書，提供讀者檢索。現階段似可鼓勵研究生撰寫有關大陸當代文學的學位論文，並酌予補助或協助出版，俾加強大陸文學有關研究，並發展建立系統詮釋觀點，才能以嶄新的視野建立我們對這一學術領域的整體觀照，也才能達到兩岸文學對等的交流。

　　十餘年前在兩岸因緣際會開展的這一場文學研究的競賽，表面上，大陸以其龐大的研究隊伍，大量的研究專著，在雙方的較勁上，占盡優勢，事實卻未必盡然。一來大陸部分的台灣文學研究，是配合官方「和平統一」的論調而積極推動，政治性的訴求目的，常模糊了研究的意義，未能建立完整的學術自主性；部分研究者刻意或無知的對台灣文學的壓抑和曲解，凸顯了唯官方是從的靠攏心態。二來在各式各樣的台灣文學專著中，為了追求出版利益或其他目的，常有拼貼二手資料，斷章取義，以政治扭曲文學的缺失。我們應積極、主動地去檢視這些專著中存在的問題，對大陸的研究成績作全盤的評估、檢

討，以免良莠不齊的論述文字，混淆了兩岸人民對台灣文學的正確認知。我們不否認大陸擁有許多勤奮治學的研究者，但唯有徹底擺脫思想上的條條框框，建立開闊的研究心胸，才能實事求是，真正認識台灣文學耀眼的價值。

　　在台灣的文學研究者，也應該拋下過去那種「台灣文學是現代中國文學的正統（或主流）」這一封閉的心態，畢竟我們不能睜眼而無視於對岸中國人數十年來的文學活動與發展，不能不考慮兩岸文學在中國文學史上的定位問題，更不能不觸及「文革」後西方現代文學思潮對大陸文學的衝擊和滲透。我們應盡快結合包括大陸問題研究者、兩岸現代文學研究者、西洋文學理論研究者、文學史料工作者、文化及社會工作者在內的研究隊伍，積極對大陸文學作多角度的比較研究，相信以台灣評論界既有的研究方法和成果，必能對大陸文學建立一套新的詮釋系統，並且發揮互補互利的功能，促進兩岸文學更深一層交流。

❖參考書目

于　青（1992）：〈台港文藝類圖書出版綜述〉。《中國出版》第11
　　期。

文曉村（1987）：〈從《剪成碧玉葉層層》到《柔美的愛情》〉，《大華
　　晚報》12月27日。

公仲、江冰（1994）：〈海外華文文學中的文化傳統問題研究論
　　綱〉，收於《走向新世紀——第六屆世界華文文學國際研討會論文

集》，北京：人民文學出版社。頁46～59。

朱文華（1990）：〈領域拓寬·方法更新·水平提高〉，收於《台灣
　　香港暨海外華文文學論文選——第四屆全國台灣香港暨海外華文
　　文學學術研討會》，福州：海峽文藝出版社。頁390～395。

杜國清（1987）：〈大陸對台灣文學的研究〉，《台灣文藝》108期。
　　頁18～31。

李魁賢（1989）：〈指鹿為馬的文學共謀——初評遼寧大學《現代台
　　灣文學史》〉，《首都早報》5月8日。

周玉山（1985）：〈中共「台灣文學研究」的非文學意義〉，《自立
　　晚報》7月26日～28日。

周慶華（1990）：〈十年來海峽兩岸文學交流的省思〉，《台灣文學
　　觀察雜誌》第1期。頁44～57。

林燿德（1992）：〈掙脫偽殼——論台灣的當代大陸文學研究〉。
　　《文訊》雜誌革新號第40期（總79期）。頁19－25。

吳豐興（1981）：《中國大陸的傷痕文學》，台北：幼獅文化事業公
　　司。

徐宗懋（1987）：〈坐井觀港台文學——大陸研究台灣文學的局
　　限〉，《中時晚報》4月29日。

翁光宇（1983）：〈台灣香港文學學術討論會紀要〉，收於《台灣香
　　港文學論文選——首屆台灣香港文學學術討論會專輯》，福州：
　　福建人民出版社。頁267～273。

馬漢茂（Martin, Helmut）（1987）：〈海峽兩岸的文學交流——
　　兼談台灣文壇新氣象（代後記）〉，收於馬漢茂編《掙不斷的紅絲

線——中國大陸的愛情、婚姻與性》，高雄：敦理出版社。頁1～
4。

許翼心（1990）：〈台灣香港與海外華文文學研究的回顧與前瞻〉，
　收於《台灣香港暨海外華文文學論文選——第四屆全國台灣香港
　暨海外華文文學學術研討會》，福州：海峽文藝出版社。頁1～
　9。

梅　子（1985）：〈木棉花開時節的盛會〉，收於《台灣香港文學論
　文選——全國第二次台灣香港文學學術討論會專輯》，福州：海
　峽文藝出版社。頁318－319。

陳秋坤（1985）：〈如何正確評斷台灣文學的本質——試評封著《台
　灣小說主要流派初探》〉，《台灣文藝》94期。頁7–17。

陳信元（1993）：《兩岸出版業者合作發行書籍之現況調查與研究》
　台北：行政院大陸委員會。

陳　實（1993）：〈華文文學研究的新階段——「第五屆台港澳暨
　海外華文文學國際學術研討會」綜述〉，收於《台灣香港澳門暨海
　外華文文學論文選——第五屆台灣香港澳門暨海外華文文學國際
　學術研討會》，福州：海峽文藝出版社。頁440～451。

張子樟（1984）：《人性與抗議文學》台北：幼獅文化事業公司。

張葆莘（1980）：〈評《台灣小說選》〉，原載《紅旗》第5期。轉引自
　《中國出版年鑑1980》，北京：商務印書館。頁193～195。

彭瑞金（1992）：〈誤入歧途的「台灣文學史」撰述——以劉登翰
　等四人主編的《台灣文學史》上卷為例〉，《台灣評論》第二期。頁
　101～103。

葉洪生編著（1979）：《九州生氣恃風雷──大陸覺醒文學選集》，
　　台北：成文出版社。

劉　俊（2000）：〈台灣文學研究在大陸：1979－2000──以「人
　　大複印資料」爲視角〉，台北「兩岸文學發展研討會」論文。頁1
　　～12。

劉登翰（1994）：〈當代中國文學的分流與整合〉，收於公仲、江冰
　　主編《走向新世紀──第六屆世界華文文學國際研討會論文集》，
　　北京：人民文學出版社。頁18～29。

───（2000）：〈走向學術語境──祖國大陸台灣文學研究二
　　十年〉，《台灣研究集刊》第三期。頁84～92。

潘亞暾、徐葆煜（1988）：〈國際共研學術相互促進提高〉，收於
　　《台灣香港暨海外華文文學論文選──第三屆全國台港與海外華
　　文文學學術討論會》，福州：海峽文藝出版社。頁405～416。

鄭　直（1979）：〈胸懷中華八億同胞，關注大陸抗議文學──
　　「社會主義悲劇文學」專輯前言〉，《中國時報‧人間副刊》5月26
　　日。

鍾鎔亘（1985）：〈中共選刊台灣小說之淺析〉，《共黨問題研究》11
　　卷12期。頁49～58。

問題與討論

一、試說明大陸的台灣文學研究現況。

二、試說明台灣的大陸文學研究現況，並提出建言。

三、概述目前兩岸文學交流的實質成效，對於未來有何看法。

四、試分析阿城的《棋王、樹王、孩子王》的出版，對台灣文學
　　界的影響。

第九章 台灣的文學美學研究

林素玟

第一節 前言

「文學美學」的概念,向來與「文學批評」有密不可分之關係,然兩者終究有其不同之關懷重點。「文學批評」針對文學作品進行理論、方法之詮釋,建立批評的標準,屬於廣泛的文學研究;「文學美學」則針對文學作品進行一系列審美思潮、審美意識、美感樣態、美感境界之探究,範圍較文學批評為具體,僅限於文學作品中「美的追尋」。兩者雖有諸多重疊之處,卻也可以明顯地甄別論述。

台灣的美學研究,一則沿承傳統中國美學理論;一則受西方美學理論之影響。台灣地區對於傳統中國美學理論之建構,又可從哲學思辨、文學批評以及藝術批評三方面追索其軌跡。台灣的文學美學研究,主要成果多反映在對古典文學美學的建構上,自1949年代迄今,每個階段,均有不同風貌之展現。

五〇年代的文學界,一則沿承傳統中國文學批評的理論,一則受西方現代文學批評(尤其是新批評)理論的重大影響,使得傳統中國文學批評的研究異常活躍。在傳統中國文學批評

的研究過程中，觸及傳統中國美學的特質與藝術精神，思有以解決之道。於是，「中國美學的特質與藝術精神究竟為何？」此一問題，遂成為五○年代末期至六○年代，中國文學研究者思考的重要課題。在此期間，對傳統中國美學的建構，主要表現在以語言為基礎的文學批評中。此時期的中國文學研究者多著重在文學的語言之形式結構的分析，藉以凸顯中國文學所獨具的美感特色。

六、七○年代以後，西方文學批評在台灣地區正式興起，除了新批評（又稱形式論批評）之外，歷史論批評、社會文化論批評、心理學派批評以及創作神話論批評等理論，亦相繼譯介於台灣的文學研究界〔格瑞伯斯坦（Sheldon N. Grebstein），1979〕。同時，以外文系為主導的比較文學研究，亦於此時在台灣地區生根發展。1972年6月，台大外文系學者創辦《中外文學雜誌》，大量譯介西方文學理論，1973年「中華民國比較文學學會」成立，為台灣地區的文學研究開展出另一種運用西方新理論的文學批評方法，形成另一波思潮。比較文學研究者所關注的焦點，主要為中、西文化的同異辨識，其對傳統中國美學的建構，則表現在中、西文學的比較匯通上。尤其對詩歌之分析，是輩多追蹤中國近體詩與英美現代詩兩種文學傳統發展的脈絡，以及其相互間的影響，藉以建構傳統中國美學的特質。然究其實，此思潮主要著力點在於文學批評的範疇。

七、八○年代之際，面對西方現代文學批評與比較文學的衝擊，以中文系學者為主的傳統中國文學研究者，紛紛興起

「危機意識」，開始思索傳統中國文學的本質、文學批評的意義與價值等問題。1979年4月，以師大國文系為主的學者，創立「中國古典文學研究會」，以推動古典文學的研究風氣，造成另一波思潮（李正治，1992）。在這一波思潮中，對於傳統中國文學的美學建構，已具備意識的深層反省；對傳統中國文學的美感特質之掌握，亦形成個別系統性的理論建構。在此思潮下的美學研究者，融合了中國語言的美感特質及西方文學的理論與方法，將語言視為文化構成的基本符碼，企圖在中、西文化的對照輝映下，彰顯傳統中國文學美學的特質。

　　以上三大思潮在從事文學的美學研究過程中，皆引發了重大的文學論戰，激盪出中國美學的各層面向及重要課題。由論戰各方所討論之焦點，正可凸顯傳統中國美學的特質與藝術精神。本章就上述語言形構及文化符碼二大思潮分別敍述其代表人物之美學建構，並指出彼此之間的相關性及其發展歷程。

第二節　語言形構的美學建構

　　台灣地區以語言形式結構為主的美學建構，大抵表現於古典詩歌的語言特質之思考。中國古典詩歌由於語言文字的獨特性質，使得由語言文字構作而成的文學作品具有濃厚的美感價值。不同方式的語言構作，產生不同體類風貌的作品；不同風格的文體，亦引發相異的情感共鳴。前者形成了從語言的格式、修辭、聲律以分析詩歌語言的美感特性；後者強調文學作品興發感動的力量。

在台灣地區以語言形構而從事文學美學研究的學者，前者以王夢鷗、龔鵬程、黃永武為代表；後者則以葉嘉瑩為主要研究者。

一、語言形式

台灣地區從事文學美感本質之理論研究而卓有建構者，首推王夢鷗。王夢鷗在《文學概論》一書中提及文學是一種「語言的藝術」。王夢鷗認為：文學的本質即是「詩」的本質，而詩的本質在於藉著語言藝術提供一種超乎現實的審美經驗。文學的語言具有想像的和感情的效果。因此，文學批評必須結合心理學與語言學，一則要揭發作家所要表達的內心感受；一則要揭發作家表達其感受的語言藝術。

該書強調文學語言的重要性，揭櫫其美感要素，形成了王夢鷗以「語言形式」為理論核心的特色。在該書中，討論的對象雖為文學的普遍性原理，但王夢鷗認為文學作品的語言，是決定於一個民族的歷史條件之下，故書中討論的例子以中國特有語言文字所構成的文學作品為主，並大量運用中國傳統的文學觀念做為其理論體系中的重要一環，顯示出王夢鷗嘗試建立以中國文學觀為主體的文學理論之苦心。

基於文學本質為「語言的藝術」此一理論先設，王夢鷗對於傳統中國文學美學的建構，主要的論述文字集中在《古典文學的奧秘：文心雕龍》、《古典文學論探索》，以及《傳統文學論衡》三書之中。

在此三書中，王夢鷗以一貫的「語言形式」美學為其論述

之中心，並以此建構中國古典文學批評理論，其中最能代表其
美學思想的見解，厥惟對《文心雕龍》的一系列研究。

　　由王夢鷗所開展而來的「語言形式」美學，強調文學語言
的藝術，以及形式的審美和目的性原理，以之對《文心雕龍》所
作的詮釋，卻引發了徐復觀不同意見的討論。

　　在1965年之前，徐復觀先後撰成〈文心雕龍的文體論〉及
〈中國文學中的氣的問題──文心雕龍風骨篇疏補〉二文。在
〈文心雕龍的文體論〉一文中，徐復觀提出「文體」的觀念，作
為文學理論的根本主張。徐復觀以人的主體性──「情性」來
規定文體，認為作品語言風格之異，乃由於作者才性之殊，文
體論的功效在於文學創造與批評鑑賞。由此形成了「人格即風
格」的批評理論。

　　自徐復觀以降，文體出於情性、文體與文類分開、文體之
異是由人物品鑒而來等論點，成為討論六朝文論的一貫主張，
影響力可謂甚鉅。但其間持不同論點以相究詰者，亦不乏其
人。如前述王夢鷗的《文心雕龍》研究，即從與徐復觀完全相異
的論述系統來進行討論。徐復觀對此，亦曾撰文以商議之。其
在〈王夢鷗先生「劉勰論文的觀點試測」一文的商討〉文中，批
駁王夢鷗「以『語言』抹煞『文體』的觀念，曲解『文體』的觀
念。」徐復觀以「文體」為《文心雕龍》全書的中心思想，認為
「語言」僅為文章表現的媒介，並非劉勰論文的用心所在。此
與王夢鷗以「語言形式」為《文心雕龍》的重心之要旨，似乎南
轅北轍。

　　繼徐、王的《文心雕龍》論戰之後，龔鵬程亦提出一己的見

解。龔鵬程對文學本質之理論建構，完成於八○年代初期，至
於對《文心雕龍》實際批評，則表現在八○年代末期。

八○年代初期，龔鵬程對文學本質之美感建構，主要在
「語言形式」之界定。《文學散步》一書即從語言構成的角度來
闡述文學的美感特質，認爲文學的本質，是一種特殊構組的語
言。面對此種特殊語言，需要一套知識，以尋找了解它的方
法。龔鵬程試圖藉由該書建立「語言美學」的方法論，並將文
學作品區分爲「意義形式」和「結構形式」，企圖解決長久以
來文學內容與形式之爭，建立一套新的文學美學理論。在該書
中，龔鵬程融攝了西方的新批評、形式主義、結構主義、詮釋
學、讀者反應論等理論與方法，並提出了中國重視主體性與主
客合一、主客交融的藝術精神。由此不難見出，此時期龔鵬程
對文學美感本質之理解，主要承王夢鷗「語言形式」之美學思
想而來。其在1987年12月連續發表的〈從《呂氏春秋》到《文心雕
龍》──自然氣感與抒情自我〉、〈《文心雕龍》的價值與結構問
題〉，以及〈《文心雕龍》的文體論〉等三篇文章，其見解均與徐
復觀相左。

對於「文體論」觀點，龔鵬程認爲：「文體」，依《文心》
之義，乃「指文章的辭采、聲調、序事述情之能力、章句對偶
等問題」，文體論是以語言形式爲中心的，由文體論創作，自
然會顯示了：「一切情志意念都在此語言形式中表現，及語言
形式是可以規範並導引情感內容的立場」。此說係王夢鷗「語
言形式」美學觀念之延續。

對於王夢鷗、徐復觀、龔鵬程等人的《文心雕龍》論戰，雖

人人言殊，卻正可凸顯台灣地區在文學批評方面對傳統中國美學特質之思索，亦即以「創作主體」為主的「人格」，與以「語言形式」為主的「風格」之論辨。不論以何者為主，「人格」與「風格」之爭，向為傳統中國美學的中心課題，由「文心雕龍」所引發的論戰，也促使文學批評者開展出「才性主體之美」與「語言風格之美」的討論。

繼王夢鷗之後，台灣地區從「語言形式」角度以建構傳統中國文學美學的文學研究者，以黃永武較具代表。

七○年代的台灣地區，面對西洋文學批評與比較文學的衝擊，傳統中國文學研究者開始思索如何建立一套適合中國文學的理論。黃永武適在1976～1979年出版了《中國詩學》，成為七○年代研究中國古典詩歌的代表作。

《中國詩學》的內容共分設計、思想、考據、鑑賞四篇。在該書中，黃永武主要闡發的詩學理論核心，在於「完全鑑賞」。所謂「完全鑑賞」，亦即以「鑑賞」為依歸，終其目的在搏合「辭章、義理、考據」成為一體的詩學理論。

首先，《中國詩學：設計篇》一書，著重於詩歌結構的藝術性。內容以詩歌的意象之浮現、時空、密度、強度、音響等格律、修辭的形式結構之設計，以求作品之「美」；其次，《中國詩學：思想篇》一書，著重於內容的思想性，以求作品之「善」。黃永武認為：中國詩歌中的思想型態，其先決事實，「是民族特有的社會結構與形上哲學」。此形上哲學，包括儒家、道家及佛家都主張的「天人合一」、「人神一體」之思想。此「天人合一」的思想反映在詩歌中，是「情景交融」的

境界，沒有「主客對立」的距離；而「人神一體」思想在詩歌中的表現，則是「心神融合」而沒有迷信的神秘觀念。詩歌本此「物我與也」的合一心態，促成感觸的主觀化。在一時一境的主觀情趣下，自然形成了「抒情的傳統」。

　　再者，《中國詩學：考據篇》一書，著重於研究的科學性，以求作品之「眞」。在該書中，黃永武提出詩歌研究的十種途徑，並指出其中校勘、箋註、辨僞的方法。最後，《中國詩學：鑑賞篇》一書，則融合「眞、善、美」的「考據、義理、辭章」爲一鑪，將詩歌理論核心歸之於美感經驗的鑑賞。黃永武有鑑於西方文學批評成爲國內談文學鑑賞者附響景從之錫像，於是該書分別從「讀者的悟境」、「作品的詩境」以及「作者的心境」三方面論述，企圖建立一套有別於傳統角度、比較公允的鑑賞標準。在〈作品的詩境〉方面：黃永武指出詩歌的欣賞除了從內容上——時空、情景、理性之交互作用——的欣賞之外，在形式欣賞方面，黃永武特別提出「結構美」、「辭采美」、「聲律美」以及「神韻美」作爲詩歌的形式美感。由此可知，其「完全鑑賞」的美學理論，雖強調作者、作品、讀者三者並重，然其重心仍偏向於形式美的追求，由詩歌的語言結構、辭采、聲律等美的構作，以達成「神韻」的美感境界。此乃繼王夢鷗之後，「語言形式」美學一系的後續發展。

二、興發感動

　　五〇年代末期以來，從形式結構的角度以建構傳統中國美

學特質者，除了以「語言形式」建構中國古典詩歌的美感特質之外，另一系承接王國維「境界說」所開展的文學美學研究，亦爲傳統中國美學建構的一大特色。該系統從語言的章法、句法之分析詮解，企圖彰顯詩歌興發感動的美感精神。在諸多研究者中，尤以葉嘉瑩的理論最具代表性。

葉嘉瑩是台灣地區研究王國維「境界說」著力最深的文學批評家。其美學理論乃沿承王國維《人間詞話》「境界說」加以深入開展，而提倡一套「興發感動」的詩學理論與方法。自1957年首篇作品〈從義山嫦娥詩談起〉一文發表以來，葉嘉瑩陸續提出了爲數頗豐、見解獨特的關於中國古典詩詞的評論文字。各篇作品寫作的時間與地域雖不盡相同，然而就葉嘉瑩所著重於詩歌評賞的感發之本質而言，其間卻有著超越時間地域之外的一致性。由《迦陵談詩》、《迦陵談詞》、《迦陵論詞叢稿》、《王國維及其文學批評》、《中國古典詩歌評論集》，乃至《迦陵談詩二集》爲止，葉嘉瑩的文學美學體系大致形成。其後所出版的論著，皆爲前此思想體系之整合延伸。因此，討論葉嘉瑩對傳統中國美學之建構，則以上述諸作爲主要對象。

葉嘉瑩對傳統中國文學美學的建構，若借用其論鍾嶸評詩標準的說法，則可區分爲基本理論與批評實踐兩部分。其美學的基本理論認爲：廣義的中國古典詩歌，實包含了古典詩、詞，兩者同爲「美文」，同具「興發感動」的作用。「美文主要之作用則原在使人感受而不在使人知解。這是一切講美學及文藝批評的人所共知的原理。所以表達及喚起一種『具體而眞切的意象』，也就成了一切美文的一個基本要求。」這個「具

體而真切的意象」，即所謂的「境界」。

在《王國維及其文學批評》一書中，「境界」一義，葉嘉瑩的詮釋是：「我以爲『境界』就作者而言乃是一種『具體而真切的意象的表達』；就讀者而言則是一種『具體而真切的意象的感受』。」質言之，所謂「境界」，「乃是專以感覺經驗之特質爲主的。境界之產生全賴吾人感受之作用，境界之存在全在吾人感受之所及。」葉嘉瑩認爲此「境界」實乃詩歌的基本生命力。凡是能夠將內心的意境與情思作鮮明真切之表達，使讀者從中得到鮮明真切之感受者，則爲「有境界」的作品。

然而，表達的產生與感受的獲得，每每因各人之性格、情趣、修養、經驗之不同而有所差異，作者如何將內心的理想情境與抽象情思化作具體之意象以表現？讀者又如何自作品中所呈現的具體意象，去感受創作者抽象之情思？抽象之情思與具體之意象如何結合？爲了解決上述問題，葉嘉瑩提出了文學創作與欣賞中的「聯想」作用。

所謂「聯想」，在葉氏的理論體系中，乃是指「詩歌之創作與欣賞中之一種普遍作用」。就創作而言，創作者所致力的，乃是如何將自己「抽象之情思」經由聯想而化成爲「具體之意象」；就欣賞而言，欣賞者所致力的，則是如何將作品中所表現的「具體之意象」經由聯想而化成爲「抽象之情思」。藉由聯想的作用，使創作者與欣賞者皆能獲得生命之共感。大抵聯想愈豐富的，其境界也愈深廣。創作如此，欣賞亦然。

「聯想」既爲創作與欣賞之間生命交感的橋梁，然則，創作者如何經由聯想而將自己抽象之情思化爲具體之意象？欣賞

者又如何經由聯想而將作品中的具體意象化為抽象之情思？此涉及創作者的表達方式以及欣賞者的感受方式。

在創作方面，葉嘉瑩指出：詩歌創作的表達方式有賦、比、興三種，三者皆表明了詩歌中情意（心）與形象（物）之間互相引發、互相結合的關係和作用。其中「比」、「興」二者皆源於「聯想」的作用，所不同的是：「興」的作用大多是具體意象（物）的觸引在先，抽象情思（心）的情意感發在後，「比」的作用則相反；且「興」的感發大多由於感性的直覺的觸引，不必有理性的思索安排，「比」的感發亦反是。然而由於二者同源於「聯想」作用，因此，「比」與「興」常合併言之。「比興」即詩歌中「託喻」、「象徵」的表達技巧。創作者將內心中能感之的理想意境與抽象情思，透過能寫之的「比興寄託」方式，化為具體意象之表現。此刻創作者內心中的「情」與外在具體的「物」揉合感應，作者心中興發感動的力量化作具體而真切的意象之表達。如此，便可產生「有境界」的作品。

其次，在欣賞方面，葉嘉瑩一則引用西方現代詩論，強調「一詩多義」（Plurisignification）、「作者原意謬論」（Intentionalfallacy）的自由聯想之欣賞方式，認為詩歌「興發感動」的特質，本身即富於聯想，欣賞者「不可只以一種拘執的解說來限制其含義」；另一方面又堅持作者之為人與生平對於詩歌的欣賞有極為重要的關係。因此，在評賞詩歌時，欣賞者如何自詩歌中獲致生命的共感，除了自由聯想之外，葉嘉瑩更結合傳記式批評，考索詩人的為人及生平，以作為論析立

說的根據。對於如何衡量詩歌作品感發生命之質量的標準，葉嘉瑩亦提出了「能感之」、「能寫之」兩項基本要素。「能感之」即欣賞者經由作者生平、性格及為人等傳記資料，作為衡量詩歌所傳達興發感動之生命質量的多寡與優劣；「能寫之」即欣賞者透過「比興寄託」的表達技巧之理解，詮釋詩歌中所表現的精神意境是否具感發生命之力量。透過上述興發聯想的表達與感受，葉嘉瑩認為「確實可以傳達出詩歌中之感發的生命。而且可以在作者與讀者之間形成一種活潑的生生不已的感發之延續。」

綜上言之，葉嘉瑩對傳統中國詩歌美學的建構，乃是以「具體而真切的表達與感受」來詮釋「境界」，復以境界的「興發感動的作用」作為詩歌的基本生命力，且提出「聯想」作為創作與欣賞中生命共感的橋梁，並區分「情」與「物」揉合感應的賦、比、興三種方法，由此建構其文學美學的基本理論。

綜觀葉嘉瑩諸多評論文字，吾人可以清楚地看出，葉嘉瑩對傳統中國美學的建構，主要貢獻在古典詩詞方面。而其理論的基礎則建立在王國維《人間詞話》「境界」一義之上。首先，王國維以「境界」為評詞的美學基準，葉嘉瑩亦提出「真切鮮明的表達與感受」為「境界」之義，並以之作為詩歌的美感特質；再者，王國維由「境界」一義之推衍，進而標舉「真」為其文學評價觀，葉嘉瑩亦推崇陶淵明、李後主性格的「任真」，以之譽為中國詩人中心靈之最精純者；三者，葉嘉瑩喜以《人間詞話》的理論為標準以評論詩歌之欣賞，如〈由《人間詞

話》談到詩歌的欣賞〉、〈從《人間詞話》看溫韋馮李四家詞的風格〉、〈談詩歌的欣賞與《人間詞話》的三種境界〉等文，皆以《人間詞話》之觀點作更深入的發揮①；其四，葉嘉瑩從語言用字、章法、句法之解析以討論古典詩詞的美感風格，與王國維同為強調藝術形式與內容兩者並重的文學批評家。至於葉嘉瑩何以會以王國維為理論的承續者，除了葉嘉瑩認為王國維「境界說」內涵足以掌握中國文學藝術的整體生命及精神之外，另一重要因素，若借用葉嘉瑩之辭，或許為兩人同具有「知性與感性結合」、「知與情兼勝」的生命遙契之所致。

第三節　文化符碼的美學建構

　　七、八〇年代，台灣文學研究界正值中西文學大論戰之際，面臨比較文學批評者以新理論、新方法對傳統中國美感經驗所作的理論建構，以中文系為主的傳統中國文學研究者，亦開始積極反省思索，並進一步建構傳統中國美感經驗的特質。一方面除了譯介西洋的批評理論和方法；另一方面則對傳統中國文學、美學、藝術加以有系統的整理和評析，重新發揚傳統的理論與方法。由這二方面進行傳統中國文化特質之思索，企

①柯慶明認為葉嘉瑩「她所承受於王國維的不只是『境界說』所發展出來的欣賞理論，事實上更是對於許多詞人的實際批評，她的論溫韋馮李詞、論大晏詞實在都是王國維《人間詞話》觀點的深入發揮。」（柯慶明，1987：98）

圖兼攝傳統中國文學批評與西方文學理論，在中、西文化差異的比較中，凸顯傳統中國美學特質與藝術精神。其間在理論建構方面用力較深，已蔚然成一體系者，厥爲高友工、蔡英俊、柯慶明、龔鵬程等人。是輩視語言文字爲符號語碼，以此符號語碼的特性在中國社會中所產生的文化現象，進行文學性的分析思考。其人文關懷所在，則爲整體中國文化之根本精神。

一、抒情言志

七〇年代的台灣地區，西方語言形構批評正風起雲湧，蔚成主流。不論台灣地區的傳統中國文學研究者，抑或海外研究中國文學的華人學者，莫不受此思潮之影響，思有以融合之。

七〇年代初期，高友工與梅祖麟曾共同在《中外文學》雜誌發表多篇討論唐代詩歌的論文。其研究方法主要從語言的聲韻、節奏、語法、語義、意象等方面的結構入手，結合西方語言分析的方法，以建構唐代詩歌的美感特質。

七〇年代後期，高友工陸續發表許多文學批評的理論文字，諸如〈文學研究的理論基礎——試論「知」與「言」〉、〈文學研究的美學問題〉、〈律詩的美典〉、〈中國語言文字對詩歌的影響〉等。在以上諸文的研究中，高友工以早期語言結構的研究成果爲基礎，更兼容中西文化中的美學範疇與價值，進而建構其「抒情美典」的美學理論。

在〈中國語言文字對詩歌的影響〉一文中，高友工認爲：原始詩、歌、舞三者合流，是中國文化中禮樂之中心，自先秦迄漢代皆然。漢代以後，中國詩歌由樂府分化爲「口語」聲傳的

表演藝術與「文字」形傳的抒情藝術，造成往後中國語言傳統中「口語文化」和「文字文化」兩股力量的消長。簡言之，「口語文化」發展爲後世講唱、戲弄、院本、南戲、雜劇、傳奇等表演藝術，內容純爲客觀的敍事，具有外向反映現實及娛樂的效果，屬於聽覺的藝術或時間藝術，統稱之爲「敍事美典」或「外向美典」；「文字文化」則與之對立。詩歌由漢末〈古詩十九首〉發展以來，經六朝玄言詩、山水詩、宮體詩乃至唐代律詩，形成抒情藝術的主流。「抒情藝術」內容爲詩人主觀的抒情言志，具有內向的抒寫自我的傾向，屬於視覺的藝術或空間藝術，統稱之爲「抒情美典」或「內向美典」。高友工認爲：不論「敍事」或「抒情」，兩者同爲中國文化中重要的傳統。然而「抒情」傳統的地位與其對文學及其他藝術的影響，似乎更能凸顯中國文化的理想。因此，高友工認爲「抒情美典」的傳統實爲中國文化的主流。

　　然則，何謂「抒情美典」？在〈文學研究的美學問題〉一文中，高友工對「抒情」所下的定義爲：「『抒情』顧名思義是抒發感情，特別是自我此時的感情的。但這感情既屬於心境，即不能限於心感中之任何一端；所有詩人的心理狀態與活動都有被抒發的可能。而且就表現此一不可分割、不可直述的心體來說，用種種象徵、間接的手法只要能把握住心感的一角，就也許比直接代表更有效。因此我們也可以把中國言志傳統中的一種以言爲不足、以志爲心之全體的精神視爲抒情精神的眞諦，所以這一『抒情傳統』在中國也就形成『言志傳統』的一個主流。」在〈律詩的美典〉一文中，高友工繼而爲「美典」的定義

作如下的詮釋:「這美典基本上是一種解釋符碼,藉著它,詩人可以超越字面的意思,讀者可以領會相關的意義。通過這符碼,詩人與讀者得以溝通,並排除不相干的第三者。這種美學符碼無法以規則、指引或禁令的形式被習得,它只能悟自對典範的心領神會,不論是否有明白的解說、規定之助。」換言之,「抒情美典」指的是詩人藉著某種藝術媒介或美學符碼,以表現個人內在的整體感情,包括感覺、想像、情感、認知、記憶以及理想等人格與心境。讀者通過對此藝術媒介或美學符碼的體悟,領會詩人的整體人格與心境。高友工認為:「抒情美典」它肯定個人經驗所構成的「心境」,以為生命的價值即寓於此經驗的「心境」之中。它是溝通詩人與讀者的中介,不可習學,亦無法言說。其精神與真諦,在中國文化傳統中,可稱之為廣義的「詩言志」。

「詩言志」傳統,究其根源,乃為中國詩歌批評的最早理論。在「抒情美典」的美學理論中,高友工賦予「詩言志」以廣大豐富的意涵,視其為中國抒情傳統的根本精神。那麼,何謂廣義的「詩言志」?高友工認為:廣義的「志」,指個人整個人格的浮標;廣義的「言」,指藝術的表現方法。「詩言志」由早期單純的「以語言表達個人願望」的詩學理論發展為「以藝術媒介整體地表現個人的心境與人格」的美學理論。「詩言志」在高友工的建構下,成為具有涵攝中國文化的基本精神之內涵。而此抒情美典之說,亦因與徐復觀向來主張的「人格即風格」觀點相符,而備受徐氏推崇。

然而「詩言志」為何足以涵攝整個中國文化的基本精神?

究其原因乃在於：中國傳統思想中對語言及知識的反省，以及對直覺（指向自由的心靈及純樸生活）的推重。高友工認為從先秦「以言為不足」的觀念發展至後期的「言不盡意」的語言哲學，咸認為日常語言無法忠實表達個人經驗所構成的「心境」，分析語言亦無法表徵個人想像與觀照等美感活動。唯有以感性觀念的象徵語言或意象語言，才能直抒個人感情心境。因此，高友工在〈文學研究的理論基礎──試論「知」與「言」〉一文中，區分語言為「分析語言」與「象徵語言」。並認為「分析語言」是外向的，追求一個外在的，客觀的，絕對的真理；「象徵語言」是內向的，只求創造一個內在的，主觀的，相對的想像世界。在〈中國語言文字對詩歌的影響〉一文中，高友工重申：文學藝術等美感活動所追求的理想是「自然」境界，此境界無法以分析語言表述之，必須運用特殊的象徵、隱喻、意象之語言，才能傳達抽象的美感境界。由於中國這種幽微隱曲的象徵語言的特性，使中國民族能巧妙地、忠實地記錄內在經驗。高友工認為「內在經驗居然能用純形象語言保存。這是文化史中一個關鍵。它奠定中國語言，甚至思想的發展方向；決定了文學和美學的理想」。

　　如上所述，「詩言志」的抒情美典傳統既是涵蓋了整個文化史中的價值與理想，那麼，此理想最具體、最圓滿的體現該如何展示？高友工認為，中國古典的「抒情詩」可謂「抒情美典」最理想圓滿的體現。「抒情詩」此一體類中，尤以律詩（尤其是五、七律）最能表現中國文化的理想，體現生命的智慧。

　　至於唐代「律詩美典」的具體內涵又如何？在〈律詩的美典〉一文中，高友工提出「境界」為「印象」與「表達」的整合之概念。其區分唐代律詩的美典為：初唐美典、盛唐美典、盛唐末期美典三種。初唐美典以初唐四傑為代表，盛唐的美典以王維為代表，盛唐末期的美典則以杜甫為代表。高友工認為：杜甫的詩歌藝術為整個中國抒情傳統中無人可比的典範。

　　高友工本人雖在美國執教，但其文章在台發表後卻引起極大迴響。他返國在台大、清華等校講學，亦頗有影響。呂正惠、蔡英俊等都曾針對他的講法再予拓展。在二人主持聯經出版公司《中國文化新論》之編務，編輯《意象的流變》時，便看得出高氏「抒情美典」論的痕跡。其後繼高友工「詩言志」的「抒情美典」理論建構，蔡英俊亦提出了「情景交融」的美學理論，作為反映中國文化基調與特質之表徵。

　　在譯介西方文學理論及整理中國文學批評之後，1986年蔡英俊出版了《比興物色與情景交融》一書。其主旨在討論「情景交融」在中國詩歌批評理論中的發展情況及其理論的內涵與意義。該書立論的基礎，主要乃沿承高友工「抒情言志傳統」的架構，作進一步的理論闡述。在該書中，蔡英俊首先肯定中國古典詩歌的基本要素在於「情」，「古典詩歌的創作根源是來自於對『情』的體會」。由於詩歌創作是根源於創作者主體的性情，因此，抒情詩中的主體──所謂「抒情的自我（lyric self）」便成為探索抒情詩的精神之所在。

　　由前文高友工的美學理論可知：抒情傳統一向被視為中國文學傳統之本質，抒情詩又為抒情傳統之代表。那麼，抒情詩

的主體——「抒情自我」是如何被發現的？依蔡英俊的說法：《詩經》、《楚辭》乃中國抒情傳統的兩個精神上的原型（prototype），「前者以素樸率眞的情懷描繪出田園山水的景致，其中所蘊涵的圓足與歡愉的意境成爲一種精神的嚮往與指標；後者則以激切奮昂的情緒揭露了個體的有限與世界的無限間的糾結、阻隔，其中所表露的孤絕與哀求賦予抒情傳統以文化上的深度與力感」。兩者「爲傳統的文學領域開示了兩種不同的生命形態與創作典範」。因此，兩者不只是詩歌創作的歷史起點，更是文學價值的歸趣。繼而，蔡英俊進一步承高友工的說法，認爲〈古詩十九首〉爲中國抒情傳統的「歷史起點」。其理由乃因〈古詩十九首〉「完美的呈現了五言詩體的藝術形式，並且揭露了抒情的主體與人類存在處境之間的關係」，因而啓引了魏晉以後「緣情」的詩歌創作理論。

　　蔡英俊指出：魏晉時期爲「抒情自我」發現的初步階段，其因乃由於「政治權勢對知識分子的殘酷的摧殘」、魏晉名士所顯現的「袒尙虛無」、「自然與名教的衝突」、以及人物「品鑒」風氣的流行，因而造成魏晉名士普遍對自我生命醒悟與自覺。「這種生命意識的轉變是中國文化史上一項重大的突破」。此自我生命意識的醒悟與自覺反映在文學傳統上，導致自我價值的發現與肯定。而這個「自我」的內容爲何？蔡英俊認爲便是所謂的「情（性情）」，亦即「抒情主體」。魏晉時期，「『抒情主體』的發現，對於中國傳統的美學理論與文化創造具有深遠重大的影響」。

　　抒情自我的發現，成爲魏晉時期最主要的思潮。在此思潮

影響下，文學創作轉向「緣情」的詩觀，詩歌創作主要在發抒作者個人主觀的情志。然而人情易感，世變無常，面對瞬息萬化的世界，主體情志又將如何安頓？對此問題，蔡英俊認為：魏晉時期的唯美主義者「找到了一個解決的方案：因於『自然』」，亦即將形上意義的「自然」具體化爲山水的世界，「而成爲抒情的『自我』主體寄意託情的世界」。「自然山水」成爲魏晉名士安頓生命與人生歸趨之終點，這種意識表現在文學批評上，先是出現陸機的「詩緣情」觀，其後有劉勰的「物色」理論、鍾嶸「巧構形似之言」的批評觀點。六朝時期「由是而啓引了『物色』、『形似』等具有時代性與創建性的理論上的反省與架構——至是，『情』的偏勝與『景』的獨出，完全明朗化，終而衍成中國文學批評史上『情景交融』的理論」。蔡英俊指出：「傳統批評理論在情景交融這個觀念上的發展是形成一個緊扣的循環，具有抒情的文化特色」。

　　問題是，「情」與「景」兩者所涉及的對象不同，「情」是指涉詩人內在主觀之情志；「景」則爲外界客觀景物。一內一外，兩者如何達致「情景交融」的境界？蔡英俊參照黑格爾對「抒情詩」的理論分析，認爲：詩歌創作，「必然是以詩人主觀情感、思想活動爲主要的內容與依據」，「自然景物在詩歌中的表現方式是對應著詩人主觀情思的運轉或觀照，在詩的美感活動中，它無法客觀獨立存在」，亦即自然景物必須與情感相互發用，交會運作，才能使詩歌臻至「情景交融」的境界。

　　然則，詩人自我情志與自然景物如何交會運作？此乃涉及

詩歌的表現方式。歷代對此「情」、「景」關係的表現方式之
理論的闡釋，形成了各種不同的語彙。蔡英俊在該書中申論了
「情景交融」觀念自先秦以迄兩宋的表達方式理論之演變。首
先，在先秦《詩三百篇》中，初民已直接簡單地運用自然景物來
表達內心情感，完成無心而妙的詩的表現效果；再經由兩漢經
學家以「比、興」等術語加以理論闡釋之後，「比興」便具有
文學批評史上的根源意義。接著，魏晉以後又以「形似」、
「物色」的觀念來描述詩人情感觀照下的自然景物之形貌及其
意義。蔡英俊認為「這是『情景交融』理論的奠基階段；『情』成
為個人生命的特質的代稱，而『景』則是個人生命所以安頓、能
夠寄託的超越現實的理想世界的代稱」。至於唐代的詩歌批評
理論，率皆沿襲六朝的觀念，鮮有獨創性的成就。直到唐末司
空圖《詩品》一書出現，極力闡揚「思與境偕」、「象外之
象」、「韻外之旨」的理論，才為「情景交融」的美學旨趣提
供了一個新的領域與發展方向。蔡英俊認為司空圖的《詩品》
「啟引了宋代詩話批評家對於美感經驗與『詩境』的關心與理論
架構」。宋代詩學乃在以情觀物、以物起情的超以象外，表現
「物我同一」的「道」的境界。因此，至南宋中期，終於確立
「情景交融」的觀念與術語。

　　最後，「情景交融」理論何以能反映中國文化的特質？其
在中國文化中所彰顯的意義與理想究竟為何？前已言及，「情
景交融」理論乃在於說明「情」、「景」妙合所產生的美感經
驗的境界。然而，中國傳統文學批評家普遍有以「情」為價值
判準的傾向，並賦予「情」以獨尊的地位。在過度強調主體

「情」的傳統下，易使「情」流於泛濫、不當。由是，傳統文
學批評又發展出一套「風格與人格合一」的理論，強調「作品
的藝術表現與作者生命姿貌之間具有力動的關係，由是而構成
藝術（風格）的整體性」。爲了控制疏導「主體情志」使之合
宜，「情感的內容、品質」自然便成爲抒情傳統裡最受注目的
批評與理論上的論題，因爲它牽涉人的存在本質的價值問題，
而「價值的問題，甚至人存在本質的問題，是中國文化傳統的
旨趣理想」。於是「情景交融」的美學理論遂和生命存在的倫
理問題融合，在美感經驗中求道德生命之體現。南宋中葉以
後，批評家致力於解決「情景交融」理論所造成的中國文化傳
統中「美善合一」的問題、清代王夫之從「詩敎」的觀念上探
究情景遇合的現象、朱庭珍提出「性情眞摯」作爲「情景交
融」理論的根底，在在皆顯示了傳統中國美學在抒情傳統的理
論與批評的特質。

二、文學美

與高友工、蔡英俊「抒情美典」的美學建構同時，柯慶明
亦提出「文學美」的美學建構。其美學思想，在七〇年代至八
〇年代的台灣地區，可謂一極具獨創性的體系。其對傳統中國
美學的建構，亦由此成體系的美學思想而展開。縱觀其美學理
論，大抵可區分爲前、後兩期。前期以七〇年代的研究成果爲
主，關注重心主要在「中國文學的方法的探索」（柯慶明，
1977）。後期以八〇年代的研究成果爲主，建構了理論精闢、
自成一家的以「生命意識之昇華」爲中心的「文學美」體系。

其「對文學的基本性質,以及文學美的諸般型態:抒情、敍事;悲劇、喜劇;言志、神韻;以及苦難的諦視與和諧的感悟等等層相,皆能有所涵蓋」(柯慶明,1983),並勾勒出現代中國文學批評的發展歷程。用力之深,搜羅之富,理論之縝密,堪稱當代台灣地區獨樹一幟的文學美學家。

七〇年代末期,柯慶明的美學思想大致成型。《文學美綜論》一書,可謂其美學理論的代表作。該書中〈文學美綜論〉一文,柯慶明提出「文學美」一辭以界定文學的本質。其主張「文學美」作爲「使文學作品自其他的語言作品中區分出來的特質」,「一種其他的語言作品所不具有的『文學』的美」。

然則,何謂「文學美」?「文學美」的內涵與特質爲何?「文學美」在文學活動——包括作者創作、作品結構,以及讀者欣賞三方面——所呈現的意義又如何?面對以上的問題,柯慶明作了以下的詮解。

首先,「文學美」的基本意義是「『生命意識』的『昇華』」。所謂「生命意識」,柯慶明採取狹義的觀點,即「生命對其自身之存在以及其存在之狀態的知覺」。「生命意識」又可區分爲兩種類型的意識:「其一是時空中的具體情境的意識;其二爲意識者的自身意識」。前者爲意識初步發生的階段,可稱爲「情境的感受」,又可細分爲「情境狀況」與「自我反應的覺知」二階段;後者乃意識充分開展的階段,可稱之爲「生命的反省」。「情境的感受」與「生命的反省」兩者同爲「生命意識」的根本型態,也是一般文學作品的根本「內容」。

其次，關於「文學美」的性質，柯慶明認爲它應包含三種層次的素質：「首先是文字型構的諧律，造句遣辭的靈巧與優美」，「其次則是作品所描寫的『經驗歷程』中所蘊涵的經驗的『直接意義』的變化與豐富」，「最後則是透過文字型構與『經驗歷程』以表出的觀照生命的『智慧』，一種生命的倫理意義的發現與提出」。

再者，「文學美」究竟在文學活動中呈現何種意義？關於此問題，柯慶明從文學活動的三個層次立論。就文學作品而言：文學作品的「內容」是一種「生命意識」的呈現，語言構作的「形式」乃是決定語言「內容」的因素。因此，「美的『語言』『形式』的創造或達成，正是文學創作的基本尋求」，也是「它所達成的『文學美』的判準」；就作者創作而言：文學創作的心靈狀態，是一種心靈自由、生命意識昇揚的境界，是一種「普遍的『自覺、倫理』之生命實現的尋求」。就讀者欣賞而言：「文學『欣賞』是一種對於文學『創作』所要透過語言加以捕捉的精神狀態的，透過語言的再捕捉」。柯慶明指出「欣賞」的意義在於「透過與更高或更清明的作者的『生命意識』的接觸、默契、結合，而達致讀者據以面對人生與生活的自己的『生命意識』的覺醒與昇華，才是『欣賞』的眞正目的」。因此，柯慶明的結論指出：文學乃爲了讓人「欣賞」而創作的。其認爲文學活動的三種過程：創作、批評、欣賞之中，「應以欣賞爲最大」。

基於「文學美」的理論，柯慶明進行對傳統中國美學的建構。其沿承高友工「敍事美典」與「抒情美典」的理論，將傳

統中國文學的「文學美」型態大別爲「敍事傳統」與「抒情傳統」。前者的發展主要表現在民間文學；後者則反映在「士」人階層的文學作品中。

在《中國文學的美感》一書中，柯慶明著力於建構中國古典詩的「抒情傳統」。柯慶明將中國抒情詩就內容與形式的特質區分爲「言志詩」、「神韻詩」、「格律詩」以及「格調詩」四種類型。柯慶明認爲：言志詩和神韻詩的美學規範，基本上都是內容性的規範，前者側重和現實情境的關係；後者偏向美感的形象觀照。格律詩與格調詩則主要是基於一種形式畫分的美學規範。

「言志詩」的內容，指的就是意向性心理活動所指向的對象，被視爲是社會人生之中的深入人心之眞實的揭示。它所揭示的眞實，大致包涵三種層次：首先，它反映作者，甚至賦詩者的個性人格，其次，它們同時反映了社會敎化與時地風氣的特性；第三，它同時反映了政治社會的基本現實。詩歌因此一方面成爲個人情志、社會風敎、國家政治的指標；一方面也就負有正得失與美敎化的使命。因此言志詩顯然有相當的政敎倫理的意涵，並不完全只爲了美感的愉悅。

「神韻詩」的內容，指的就是意向性的心理活動的歷程。柯慶明認爲：專注於心理歷程自身，往往就成爲一種美感觀照的呈現與傳播的過程。因此，詩所表達的就是一種美感觀照中詩情而非現實、倫理的感情。因此具有畫意的象，以及呈示這種深具畫意之象的語言，就成爲自然且是最有效的表現方法。這種掌握「立象以盡意」原理，而以美感觀照下的心理歷程自

身為表現之目標，充分的透過深具「畫意」的景象來表達詩情，因而形成一種詩情畫意之呈現，卻又在欣賞之際要求欣賞者「得意忘象」、「得象忘言」以掌握其「象外之意」的詩，就是所謂神韻詩。

至於「格律詩」的潛在的美學規範，則是承認詩是一種「語文組構」的創造。因此，「格律詩」提供了雙重的美感：情境事件心志景象諸「內容」的美感；以及語言文字組構「形式」的美感。「格律詩」所強調的方式為「對」，即對稱、對偶。使用「對句」來表達時，就顯出一種「刻意造作」的「美感距離」來。這種「整齊」甚至刻意「對稱」的語言「形式」，正要強調「語言」是一個獨立於「事件」的美學客體，「詩歌」是一種「語言的創造」而不是「事件的敘述」。

最後，「格調詩」則指對典範作品的美感風格的學習與取法，這種衍生自既有作品而具近似美感風格類型的詩作，不論其原來作品為古人或同時代人所作，皆稱為「格調」詩。柯慶明認為格調詩一般被視為是「模擬」之作，評價不高，然這類「模擬」其實不只是「構言」、「立象」而已，事實上它顯然包含了一種對於「原作」的「尋言以觀象」、「尋象以觀意」的欣賞與領會；格調詩以本身即極具美感意味的「形象語句」，來呈示掌握「原作」之美感風格。

就抒情詩之內容美感而言，柯慶明舉出漢詩、唐詩、宋詩三大類型，分別說明其美感樣態。漢詩基本上表現的是一種「素美」；唐詩表現的是一種「優美」；宋詩表現的則是一種「畸美」。漢詩所表現的，基本是一種情意倫理之美；唐詩所

表現的是一種美感形象化的情景交融之美；宋詩所表現的是一種經過疏離之後的造作之美。唐詩所注重的美的範疇是秀美與雄渾；宋詩所注重的美的範疇是抽象、滑稽、怪誕，有時則偏向清冷、疏淡、衰殘；而漢詩所注重的美的範疇，稱之爲：溫厚。因此就以與所描寫的人生情境的距離而論，漢詩所寫的是境內之感，唐詩所寫的是境緣之觀，宋詩所寫的境外之思。因之，漢詩以情勝，唐詩以景勝，宋詩以意勝。漢詩的思辨方式，出於直感，近於賦；唐詩的思維方式，出於想像，近於興；宋詩的思維方式，出於幻想，近於比。

綜觀柯慶明對傳統中國文學美學的建構，其方法進路乃一方面接受西方的美學思想；另一方面融合王國維「境界說」的理論，終能自成一家，體系明備。其美學理論的特色，乃深入思考中國文化中「美」與「倫理」的關係，企圖論證文學的精神意義終必極於倫理，此亦中國美學「美善合一」的精神所在。其主要成就則在於「生命意識之昇華」的「文學美」之提出，以及由此所建構的傳統中國「敘事文學」與「抒情文學」之特質的區分。

三、文化美學

與柯慶明同時，台灣地區從事文學研究以建構傳統中國美學者，龔鵬程亦爲其間用力最深、卓然自成一格者。

七〇年代，台灣地區正經歷過中西文化比較的洗禮。「現代人如何重新認知並感受傳統」之問題，成爲當時代知識份子亟思解決之重點。面對中西文化的比較與衝突，龔鵬程著眼於

藉由西方文化的差異對照，以凸顯傳統中國美學的特質。其對傳統中國美學理論之建構歷程，正如其在論述一己的學思歷程時謂：「我個人的學思歷程……先熟稔傳統之詩詞曲律學，進而能以修辭學觀點去討論作品的文字構成，以窺作者鍊字鑄句之匠心所在。再進而參酌西方的新批評、形式主義、結構主義、敍事理論和當代漢語語言學，嘗試對中國文學有所解說，並企圖建立一個新的語言美學架構。……通貫語文與文化之研究，乃是我不能規避的方向。」（龔鵬程，1992）簡而言之，龔鵬程的美學體系，乃由早期的語言美學進入到文學美學，再由文學美學通貫至文化美學，默契於生命美學之路。亦如其自述：「由文字，進而通貫文學與文化，一方面重構一個新的符號學規模，一方面則以此符號學來展開我對中國『文字、文學、文化』一體性結構的總體解釋」。

　　七〇年代末期，西方新批評與比較文學理論，已成為台灣地區比較文學研究者不可或缺的解詩方法。其詮釋傳統詩學的活動，亦引起傳統中文學者的質疑。1979年，龔鵬程撰成《春夏秋冬：中國古典詩歌中的季節》一書。該書一方面嘗試由傳統發展出新方法及語言風格；另一方面希望對治比較文學研究者「誤讀」的活動。該書透過四季之變化，來勾勒中國詩人感知生命的方式與經驗內容。龔鵬程藉由《文心雕龍・物色篇》之分析，以建構其文學審美理論，並舉與西洋神話原型批評相對勘。故該書雖為感性文字的通俗讀物，卻是龔鵬程文學美學思想的最初型式（龔鵬程，1994）。

　　八〇年代中期，龔鵬程出版了《文學與美學》，作為探討文

學與美學的紀錄。該書對中國美學精神的掌握，提出了「境界型態美學」一辭。龔鵬程指出：「中國哲學普遍肯定內在主體，講究反身、復、常心等主觀價值來說，中國哲學中的形上學，都是依實踐所達至的心靈狀態而呈現的世界，因此，境界型態應該是儒道釋形上學的一般性格。」由此種儒道釋皆同具的境界型態形上學所衍生的審美判斷，則是「平淡簡遠」、「含蓄」的境界型態美學觀，不論表現在詩文、小說、音樂、書法、繪畫，乃至於內家拳、太羹玄酒，莫不以此爲最高境界。

八〇年代末期，龔鵬程則提出了以「文化史學」理論來進行對傳統中國文學與美學的理解。1988年《文化、文學與美學》一書出版，成爲龔鵬程「文化史學」理論之基石。在該書中，龔鵬程指出：「我們必須經由文化意識去理解、感知文學的流變與內涵，也必須透過文學藝術來省察審美意識的底蘊，才能通貫古今，並有以融攝中西。」因此，龔鵬程「提倡一種具有歷史文化意識的文學研究，和一種聯貫文學與美學的文化史學」。該書以方法論的思考爲主，將各種文學現象視爲文化的一部分，進行文化史學的考察。

例如在〈論詩文之「法」〉一文中，龔鵬程將齊梁以降永明體發展成律體、詩格詩例之書增多的現象，以及《文心雕龍》總術理論的提出，視爲一個新的文學批評運動，並將之納入文化史的綜合考察；〈書法藝術的品鑒〉一文，則將六朝同時出現「詩品」、「書品」、「棋品」、「畫品」等藝術理論現象，亦視爲文化史的特殊表現；即使在〈詩歌人物志——詩品、主

客圖、宗派圖與點將錄〉一文中，亦舉出六朝鍾嶸《詩品》、唐代張爲〈詩人主客圖〉、宋代呂本中《江西詩社宗派圖》，乃至於清代〈乾嘉詩壇點將錄〉，此一系列的批評方式，「是在中國哲學與社會發展中形成的。它一方面强烈顯現了我們對藝術世界中個體生命人格的關注，一方面也展露了我們對藝術世界之體制組織的思考，以及作者價值評估問題的重視，達成了主觀與客觀、批評者個體與社會性的一體統會，以照看整體風格、整個詩壇。……因此它大概也可以看成中國藝術批評的基本原則之一。」

八〇年代末期，文學與美學的研究，爲台灣地區文學批評的重要路徑。1989年龔鵬程在淡江大學中文系創辦首屆「文學與美學」研討會，開展文學與美學的關係之研究。此後透過歷屆會議不同主題的討論，對於傳統中國文學與美學特質之建構，掘深探廣，建樹頗豐。

九〇年代之後，龔鵬程繼續貫徹在《文化、文學與美學》中所提出的「歷史文化意識的文學研究」，以及「聯貫文學與美學的文化史學」。1990年，《文學批評的視野》出版，該書對於文體的規範與流變、文法的講究與發展，以及主體性情和文辭之間的辯證關係等，著墨頗多。如〈說「文」解「字」——中國文學藝術發展的結構〉一文，由作爲一門藝術的文學與非藝術（如經、史、哲學）的分合關係、文學與諸藝術（如音樂、書法、繪畫、戲曲）的分合關係，以及不同時代與風格（如詩中的唐宋之爭）的分合關係、不同文類（如杜甫、韓愈之以文爲詩）的分合關係等變動中，觀察社會與文化，以此藝術的文

學本性來發展其文學社會學。

　　1992年，龔鵬程在《文化符號學》一書中，又完成其「文字、文學、文化」的理論體系，認爲中國的文化社會乃「超出西方界限之外的文字之歷史與系統」。因此，在該書中，龔鵬程從文字的考察開始，第一部分由〈中國文人傳統之形成：論作者〉一文，討論我國文人傳統的形成、文學創作的出現、文學批評的基本路向。其次以〈中國文學藝術發展的結構：說「文」解「字」〉與〈文字藝術中的辯證：由張懷瓘書論觀察〉二文，以論證文學與諸藝術間分合起伏之發展歷程，以說明我國各種藝術如何文字化與文學化。第二部分則以文字爲中心，觀察我國哲學、宗敎、歷史等各方面的文化表現。在哲學方面，〈深察名號：哲學文字學——中國哲學之主要方法與基本型態〉一文，龔鵬程認爲：「中國的思考，係以字爲單位；解釋文字，乃我國哲學的主要方法與基本態度」。基於此信念，中國人相信文字與眞理是相關的。在宗敎方面，〈以文字掌握世界：有字天書——中國宗敎（道敎）的性質與方法〉一文，龔鵬程指出：「文字可以見道、道即在文字或道與文字相關聯，這是所有文學家都深信不疑的，但最深刻極至的表現，則在宗敎。」在歷史方面，〈文學的歷史學與歷史的文學：文史通義——中國史學對歷史寫作活動的思考〉一文，龔鵬程又提出：「文學書寫活動不但關聯於道，關聯於宇宙秩序與終極眞理，也關聯著歷史的開展」，「中國史學主要是對歷史寫作活動的表現與思考，因此它與文學本質上是一致的。」在第三部分，〈文學崇拜與中國社會：以唐代爲例〉一文，龔鵬程以唐代

文學崇拜、儒學轉爲吏學並出現文書政治、五四新文化運動對
中國文化的衝擊等方面爲例，繼續探索中國這個文字化的社
會。龔鵬程在該書中，一方面進行文化符號學的方法論創構，
一方面運用此文化符號學之方法，來論析中國文化。全書既爲
一文學研究，亦是文字研究和文化研究。龔鵬程以此「文化史
學」的研究，來凸顯中國文化之特質，從而建構傳統中國美學
與藝術精神之意涵。

綜觀龔鵬程對傳統中國美學建構之歷程：七〇年代末期爲
其美學思想之發軔；八〇年代中期完成「語言美學」的方法論
架構；末期提出「文化史學」理論，將中國美學的發展視爲歷
史文化中的特殊現象，加以史學詮釋；九〇年代之後，則通貫
歷史、文化、文學與美學思考，默契於生命美學之路，「認爲
整體人文學之意義即在於强化我們對生命意義的理解。因此美
學情境就在於人的倫理關係和價值抉擇之間」，從而發展出
「文化符號學」的方法建構。職是之故，龔鵬程實爲台灣地區
治文學批評者中，方法意識較銳敏之學人。其方法之自覺所象
徵的時代意義，正標幟著九〇年代的台灣地區，傳統中國美學
的研究，已然成爲探討人類生命自身之價值的獨立學科。

第四節　結論

台灣的文學美學研究，自二十世紀五〇年代末期以迄九〇
年代，成果斐然，爲哲學美學、文學美學、藝術美學三大思潮
中聲勢最龐大的一系。自五、六〇年代開始，文學界受西方新

批評的衝擊，出現了語言形構的美學研究。一方面，以王夢鷗、黃永武、龔鵬程爲主的語言形式美學研究，從語言的形式、結構、格律、修辭之分析，討論文學的本質及美感樣態，引發了以徐復觀爲主的《文心雕龍》論戰，「風格」與「人格」之爭，成爲傳統中國文學美學的重要課題；另一方面，葉嘉瑩則承接王國維的「境界說」，由古典詩詞的語法、章法分析，建構出以主體「興發感動」爲基點的詩學理論。

　　由外文系爲主的比較文學研究，對中國美學特質之討論，其方法的適用與否，受到中文學界相當強烈的質疑，引發了一場規模浩大的「比較文學大論戰」。一般咸認爲：中西文學傳統迥不相侔，以西方文學理論套用於中國古典文學研究，並無法眞正探觸中國文學的美感本質。比較文學研究者在論戰之後，對西方新理論運用於中國文學之適用性與局限性的質疑，開始進行反思；傳統中國文學研究者，面對西方新的批評方法之衝擊，亦無不思加以調和。於是，中國文學研究界一方面積極譯介西洋的批評理論與方法，另一方面重新詮釋傳統中國文學的美感意識。其中如高友工、蔡英俊確立中國的「抒情言志」傳統；柯慶明闡發中國文學的「文學美」本質；龔鵬程架構「文化美學」的批評方法等，皆著重於整體中國文化特質之掘發，試圖融貫中西，建構傳統。文學美學的理論，在前人的努力建構中，已蔚然有成。新世紀之初，如何在前人基礎上再開展另一視野，則端賴後起之秀有以致之。

❖參考文獻

中國古典文學研究會主編：《文心雕龍綜論》，台北：學生書局，
　1988，5。

王建元：〈台灣二、三十年文學批評的理論與方法〉，收入賴澤涵主
　編，《三十年來我國人文及社會科學之回顧與展望》，台北：東大
　圖書公司，1987，4，108～113。

李正治：〈四十年來文學研究理論之探討〉，《文訊雜誌》革新號第40
　期（總號79期），1992，5。

柯慶明：《境界的探索》，台北：聯經出版事業公司，1977，6。

柯慶明：《文學美綜論》，台北：長安出版社，1983，5。

柯慶明：《現代中國文學批評述論》，台北：大安出版社，1987，
　10。

格瑞伯斯坦（Sheldon N. Grebstein）著、李宗慬譯：《現代文學
　批評面面觀》，台北：正中書局，1979，4。

龔鵬程：《文學批評的視野》，台北：大安出版社，1990，1。

龔鵬程：《文化符號學》，台北：學生書局，1992，8。

龔鵬程：《春夏秋冬：中國古典詩歌中的季節》，台北：月旦出版
　社，1994。

問題與討論

一、台灣的文學美學研究，表現在哪兩大思潮？各種理論之建
　構者為何？

二、「語言美學」的理論內涵與主張如何？

三、何謂「抒情美典」？「抒情美典」何以能作爲中國文學及文化之基本精神？

四、何謂「文學美」？「文學美」在抒情詩歌中可大別爲哪幾大類型？試略論之。

五、「文字」、「文學」與「文化」三者之關係如何？試由美學的角度將三者之關係作一說明。

第十章　台灣文學的展望

周慶華

第一節　前言

　　就在「台灣文學」究竟要如何定位而還爭議不休時，台灣內部已經發生過無數的文學創作、文學批評、文學傳播、文學教學、文學美學研究，甚至跟海峽對岸的文學交流等等。這顯示著文學自有其發展的「規律」，任何人為的後發的定位（包括文學史的建構），都只是嘗試以當世意識去統攝「過去和未來」（參見陳國球等編，1997：7）。而這種統攝能否成功或進而能否引領風潮，就充滿著不確定的變數。依目前的情況來看，「台灣文學」還是一個缺乏確切符旨的符徵；不但外界常帶「有色」的目光在看它，內部也分化許多陣營而自我抵銷了「前進」的步伐。因此，「定位」台灣文學，還會是大家所期盼的一件事。只是這種定位，不能再像過去基於權益的爭奪所出那種「一廂情願」式的認定，它毋寧要面向世界文壇來尋找出路。由於這條出路還不知道是否能有效的找著，以及找著後也不知道能否順利的向前開展，以至還需要有一章來專作「展望」的工作。

第二節　台灣文學的定位問題

　　台灣文學所以需要定位，大體上是由本土派所帶出來的。本土派的一些「決絕」的說詞〔如「以台灣文學的發展史看，台灣作家主張台灣文學的『台灣』二字，早已排除僅有地理位置標示意義的說法，甚至也從未有人主張台灣文學是在單獨反映台灣的地理環境特質的文學。更明確地說，台灣文學發展史已清楚的說明，台灣文學上所冠的台灣二字，絕非純因地域因素自然發生的，僅有消極作用的地理名詞；反之，它是經由台灣作家，以將近七十年的持續奮鬥的成果，台灣文學的台灣化，導引著台灣新文學七十年來的發展」（彭瑞金，1995：69～70）、「台灣文學論述作爲一種意識形態，其對立面乃是『中國文學論述』此一統治者所推鋪支配的意識形態，而非在台灣的任何擁有不同意識形態、身分、背景或國籍的人民、作家，除非他們自甘內化，且認同意識形態國家機器的敎化，並信其爲眞，而自以爲是地對立於人民的論述」（向陽，1996：33）等〕以及由本土派分化出來的台語文學派的一些「挑激」的話語〔如「詩必須用母語創作，因爲母語是精神與感情的結晶體；無用母語，台灣的文學永遠是具有奴性的殖民地文學」（鄭良偉編，1988：13）、「台灣文學本土化的徹底完成，有待完成台灣語的台灣文學；並且透過台灣文學的台灣語，奠定台灣語的學術地位，建設台灣語的民族文學」（台灣文學研究會主編，1989：230）、「要保留或更新台灣本土文化，捨台

灣本土語言便無法完全做到。因此，在台灣，必須發展台語的
書寫文……近四十年來的事實，已讓我們看到要振興台灣文
化，必須發展台語書寫文，而台語文學就是淬煉台文最好的途
徑」（林央敏，1996：115～116）等〕，都會讓不苟同或敵對
陣營的人難以「嚥氣」（詳見龔鵬程，1997；廖咸浩，1995；
李瑞騰，1991；周慶華，1994）；同時本土派和台語文學派的
隔空喊話對罵〔如本土派人士數落台語文學派人士故意「點燃
語言的炸彈」或「大福佬主義作祟」（見彭瑞金，1991；李
喬，1991）；而台語文學派人士也反脣相譏本土派那些反對者
都是「客家人」（見林錦賢，1991）〕，也不禁讓人搖頭嘆
息！至於相對峙的中國派「以大吃小」的策略，又給人有「自
我矮化」（依附「中國」）的感覺；而隨後起的綜合派或折衷
派將台灣結或中國結「抹除」的作法以及海峽對岸的「招安」
企圖，也始終不曾奏效或實現（詳見周慶華，1997：36～
54）。就因為有這種種「續發性」的歧見在相互抗衡對立，才
使得「台灣文學」一名至今還得不到安頓。

　　這樣說，是否表示當初要不是有本土派挑起台灣文學的爭
議，就沒有了台灣文學的定位問題？這一點很難確定；但從台
灣一地始終存在著文學創作、文學批評、文學傳播、文學教
學、文學美學研究等等不輟的現象來推，即使不自我稱號（台
灣文學），也應該不致對台灣構成什麼「不利」才對。因此，
台灣文學的定位問題還要在此刻（或將來）再度的提出，就不
是純為「統合」內部的意見（也就是找出大家都可以接受的說
法），而是兼行考慮取得國際上的「法定」身分，甚至能深受

國際人士的矚目。這麼一來，台灣文學就需要有所謂的大敍述和後設敍述。這是比照歷史學的思維而來的：「所謂的『大敍述』，便是思想家們有關人類社會歷史的帶規律性的理論，也即我們通常意義上的『歷史哲學』。主要的例子，有黑格爾『精神』在歷史中演化的辯證法、馬克思的歷史唯物主義以及亞當‧斯密的財富說。而所謂的『後設敍述』，則是指這些理論隱含的基本哲學前提，即對普遍理性的承認」（王晴佳等，2000：73）。換句話說，台灣文學不是內部自我標名的（如果內部有需要，但稱「文學」就行了），它是外界在思考區域文學時客觀認定的，這就必須有足以爲外人區別於其他文學的特色，才能堅固台灣文學的名號。而目前我們就是迫切需要構設一個具有「普遍性」特徵的台灣文學的大敍述（及其背後的後設敍述），以便讓外人刮目相看。但遺憾的是，台灣內部一直流於無關「前途」的細碎的爭議，還無力或無暇形塑一種能深爲人所稱道且別無分號的文學。

第三節　台灣文學的減法與加法

　　所以說台灣內部一直流於無關前途的細碎的爭議，其實早有「教訓」了。如長期以來被本土派摒除於台灣文學範圍的外省籍作家及其作品，並無法在海峽對岸取得「中國文學」的身分，而仍然被劃歸在「台灣文學」的範圍（見林燿德主編，1993：212）。海峽對岸是「這樣」在看待我們的文學，其他國家的人那會例外？因此，倘若再持續區分你／我或敵對／同

盟，又如何有助於台灣文學在世界文壇上挺立？最後豈不逕讓
人家看笑話？

　　當然，台灣文學各派別人士所以不顧外界的恥笑而要這般
競勝到底，內裡自有不易拭去的權力情結在。所謂「權力不應
被看成否定、壓抑、控制或禁令。相反，它應總被視為『一種
可能性』，一種能產生特定行為和產品的開放性領域。由於權
力自我分散，它打開了可能性特定的領域；透過對那些絕大部
分是由我們自己製造的制度和學科的駕馭，它建構了有關行
為、知識及社會存在的全部範疇。在這些範疇內我們成為個
人、主體，它們組成了『我們』……『權力』透過它分散的制度化
中介使我們『主體化』：此即它使我們成為『主體』，並使我們服
從於控制性法則的統治，此法則為我們社會所授權、並給人類
自由劃定了可能的、允許的範圍──這就是說，它『擺布』著我
們……我們甚至可以假定，權力影響我們反抗它所採取的形
式。換言之，根據這個觀念，權力之外並不存在本質的自我；
相應地，對權力任何特定形式的反抗──即對任何散布的『真
理』的反抗──依賴於權力而非某些有關自由或自我的抽象範
疇」〔蘭特利奇（F. Lentricchia）等編，1994：76～77〕，台
灣文學各派別至今仍不放棄自己的主張，就是相仿於這種情
況。問題是爭鬥的結果，大家都在原地踏步，一點「長進」也
沒有，這就讓人懷疑該爭鬥本身的意義和價值。

　　就本土派來說，它始終以「減法」的方式在界定台灣文學
（雖然它偶爾也會氣極敗壞的以「台灣文學範疇裡，不但有中
文文學，必然也包括了日文文學、英文文學、荷蘭文學，甚至

西班牙文學……」來回應中國派的質疑。詳見第六章），最後
只剩下一個社會寫實主義（且限定「台灣意識」為其內涵）。
姑且不說現代主義和後現代主義這些前衛和超前衛的文學因該
派人士的厭惡而被唾棄了，就連同為寫實系列的機械寫實主
義、社會主義寫實主義、超現實主義和魔幻寫實主義等文學，
也不曾看到被引為同夥，這未免「潔癖」過頭了（台語文學派
同一模式）！而就中國派及綜合派或折衷派來說，又約略以
「加法」的方式在界定台灣文學；但它所包容的各類寫實主義
以及現代主義和後現代主義等文學，卻依然不辨台灣文學的獨
特面目。因為這些類型，不論是在意義的蘊涵上，還是在形式
的經營上，或是在創作和接受的心態上，幾乎都沿襲自西方；
要以它們來「傲視羣倫」，豈不是緣木求魚？平心而論，以大
中國圈來說，源遠流長的古典文學傳統，才真正有它的特色。
如格律化的詩詞歌賦，所顯現的精美別緻，舉世無雙；為佛教
（講唱文學）所浸染的小說戲曲，韻散夾雜及宿命色彩，古來
也「僅此一家，別無分號」；甚至各種詩話、詞話、賦話、文
話、評點等論評，依然散采動人，在西方有體系的文學批評外
自成一格。可是這些在當今的台灣都已經一如黃花被委棄於
地，重新拾起的是飄洋過海而來的西方的零縑碎羽。這麼一
來，我們將要如何自我看待所要跨出的每一步（參見周慶華，
2000：15）？因此，如果各派別還是依照現有的方式「加減」
台灣文學，那麼台灣文學想「出頭天」就有得等了。

其實，這不是「加法」或「減法」的錯；如果有一種「加
法」或「減法」可以為台灣文學規模出新路，它還是值得我們

採用。只不過各派別的人士都沒有「對準」方向,以至蹉跎至今。這一為台灣文學尋找出路的作為,前提正如我曾經說過的:「台灣文學所以冠上『台灣』一名,它的意義是要在面對其他地區(世界各國)的文學時凸顯的。因此,我們必須想想以目前本土派所限定的『社會寫實主義』和中國派所容許的『現代主義』或『後現代主義』,都不足以使台灣文學在世界文壇上綻放異彩。因為這些類型別人已經全部實踐過了,台灣不過『隨人腳跟』或『拾人牙慧』罷了,那能喚起世人的注意?倘若要喚起世人的注意,就必須開發新的類型。這才是強調『台灣』這個品牌所需獨力追求或合力追求的目標」(周慶華,1997:61~62)。因此,以目前還少有人這般覺悟的情況來看,未來的道路仍會是荊棘滿布!

第四節　邁向一種新興民族的文學

不論台灣是一個怎樣多民族的國家(參見施正鋒編,1994),也不論台灣的政治、經濟、文化是什麼類型(參見黃國昌,1995;張茂桂等,1994;張家銘,1987),它在面對國際環境時,都得以「高度成就」的姿態出現,才能贏得尊嚴和正面的聲譽;而文學的表現也不例外。這就涉及一個自我認同和智慧創發的問題。

現在台灣內部還處在「分裂的國族認同」階段:「若將台灣國族主義的發燒現象取以衡諸世界各地國族主義的發展,相形之下可得而言者如下。台灣的例子有兩點特色:其一,同樣

是後殖民情境，別人的殖民主率其子民降旗歸國，但台灣的殖
民主於新喪原有宰制地位後，猶自留下來打拼；其二，台灣國
族主義作為島上後起的國族主義形式，卻處在中華帝國主義陰
影之下，別國的例子則是在帝國無力反撲之下關起門來高唱無
謂的國族主義。易言之，頂著『中國陰影』從事國族打造工作的
台灣國族主義者，其影響力相對有限。在這樣特色之下，台灣
不易產生單一而且堅凝的國族主義」（盧建榮，1999：
297）。從論者帶「一偏之見」的「特色」說來看，即使是現
在由民進黨掌權，台灣的國族認同還是會四分五裂（不因為是
過去由國民黨執政的關係），畢竟這裡有內在的權力糾葛和外
在的政治干預等多重因素在；解決不了這些內在的權力糾葛和
外在的政治干預，台灣就不可能有單一的國族認同。然而，我
們要的自我認同，卻不是指這個（既然「吵嚷」了幾十年都無
法形成單一的國族認同，現在再怎麼提倡呼籲還是會白費力
氣），而是指認同未來而創造一個新民族。

　　「認同」一詞，原本是心理學中的概念，指人的個性在發
展的過程中，對自己的本質、信仰及人生趨向的自我選擇。這
是跨文化的人類普遍的心理現象；1960 年代它被引進社會
學、文化學的研究，則指根據自身的環境對自己的本質及價值
作一種文化上認知形式的取向，同樣具有普泛的性質（參見包
遵信，1989：35）。但一般在運用認同的概念時，卻把它局限
在對自己所經歷或所信仰的過去或傳統的緬懷、承繼和發揚
上。好比「新儒家有的學者雖然也承認有各式各樣的『認同』，
但他們所以要講『認同』的主旨則是意在強調『認同傳統』，所以

他們把對傳統持批判態度這種『逆向認同』說成是『認同脫序』，只有『肯定自己的傳統』，才是『健全的認同』。難怪國內有的學者把新儒家講的『文化認同』和『尋根意識』等同了起來，並肯定這是標誌民族自覺，要求創造具有民族特色的現代化」（同上）。這並沒有什麼不好，只是「入手處」一有閃失或「進路」太過偏狹，就會出現問題（好比當代新儒家僅撷取原始儒家的道德形上學，就狂想接合西方的科學和民主而開展現代式的內聖外王學，其「慘敗」可想而知。參見李翔海，2000）；何況認同還有「開創未來」的積極面並未被認真或好好的計慮過呢！

　　台灣文學各派別在將文學和台灣連在一起而進行認同時，也存有類似上述的問題。他們都聲稱自己所認同的對象「真」的存在過，而且「史迹斑斑，不可改易」。可是為什麼各派別所見會如此歧異？難道不是各派別都「錯估」了自己所見的嗎？由很多迹象顯示，史實（經由敍述而成的）的認定並無絕對客觀的標準，任何人所提出的「標準」，最多只具有相互主觀性（能邀得同一社羣或同一背景中的人的信賴）；而這還不是最重要的，最重要的是史實認定者的企圖。正如尼采所提示的，並無所謂「純粹的認知」，認知本身就是一種詮釋和評價的活動，一種意義和價值的設置建構。因此，大家所認定的「史實」，從來就不是什麼純粹的「史實」，而是一個意義價值界定的範疇。這個範疇，其實已形同一個崇高的「理念」，它不僅僅是可作為討論相關問題的依據，更是指導行動、定位行動主體的最高價值體系。而當大家在爭論誰所認定的「史

實」才是真史實時，那並不是它更客觀或更真確，而是因為它更理想或更崇高。換句話說，史實的判定並不是認知層面上的「真／假」問題，而是價值層面上的「信仰抉擇」或「意識形態鬥爭」問題（參見路況，1993：122～123；周慶華，1996：43～44）。因此，如果大家再躑躅於這種「無謂的爭議」和「偏狹的認同」的衚衕裡，只會白白錯過改造台灣文學命運的機會。倒不如一起來為台灣文學尋找出路，締造一個有高度成就的「新興民族」的文學遠景。

第五節　開發新的類型與新的方法

　　所謂新興民族的文學，是要去創發的。當今還在倡導「台灣文學」的人，所看中的僅限於本土作家或寫實性的作品（詳見鍾肇政，2000；趙天儀，2000；陳玉玲，2000）。這如果不是刻意的「排外」，就是帶有追趕不及而不願接納非寫實性作品（如現代派、後現代派的作品）的「忸怩心理」。倘若是後面這種情況，那麼可能會越來越「嚴重」；因為一個具有全新傳播媒體和寫作觀念的網路文學興起了，它的「新數位技術的線上出版」和「利用 HTML 或 ASP 語言、動畫或 JAVA 等程式語言而創作出多向鏈結且可以即時互動的作品」等趨勢（參見文訊雜誌社編，2000：129～136），恐怕將有更多人「折煞」在它面前。以至類似上面那種「揀容易」似的偏好，就很難讓人想像台灣文學是可以被帶「活」起來的。先前一些同類型的著作（見宋澤萊，1988；葉石濤，1990；彭瑞金，

1995；陳芳明，1996；林瑞明，1996；許俊雅，1994；張良澤，1996；陳明臺，1997），已經無法發出什麼特別的「預期」，現在還是儘多這種見解，個人就不禁要更積極的籲請大家趕快想想「下一步」。

換個角度看，大家如果以為談台灣文學只要去樹立一些「紀念碑」就好了，那麼這跟當今整個社會沈浸在民主生活的「歡悅」和「消費」裡又有什麼兩樣？所謂「就台灣社會的歷史特質來看，民主化之基本制度形式的具體化，大抵上讓這個社會長期存在之基本『大問題』的癥結解除掉，因而社會似乎一時喪失了需要創造或尋找『大論述』的動力。如今我們面對的，最重要的莫過於是：依附在既有民主理論的『大論述』旗幟下，對『民主體制』進行細部的修補工作。基本上，這是一種消費（而非生產）『大論述』內涵之理路的活動。用句通俗的話來說，這是一個收割而不是播種與耕耘的時代。無疑的，一旦人們以消費的態度來對待國族（文化）認同的問題，那麼其原先內涵的神聖嚴肅性與緊張對立性等等特性，都會為消費所內涵的喜悅歡愉的娛樂心理特質所沖淡。到頭來，國族（文化）認同的問題，成為只不過是歷史殘留下來的『陳腔濫調』東西，被人當成古董而懷著歡愉的心情來『把玩』，原先的意義於是乎被懸擱或甚至被撤銷掉」（《思與言》2000 年 9 月號〈「共識與多元」對談會〉葉啟政語），這對比於現有的台灣文學的思考，豈不同樣會從此激喚不起「創造」的動力？因此，台灣文學要面對世界文學，捨開發新的類型和新的方法一條路，是禁不起考驗的。

　　大家將會看到，時間越往後推移，原先自己所加冕的「台灣文學」就會越加沈晦（即使本來有人注意，久了也會感到厭倦，甚至加以唾棄），以至於被世人所淡忘。因此，我們終究要追問「如何才能使台灣文學起死回生」？這就得有勇於創新的心理準備。我們看世界文壇不論是所能風行的文學作品，還是諾貝爾文學獎桂冠所獎賞的文學作品，幾乎都有某些「獨特性」作為標準。如前者就具有象徵主義、未來主義、表現主義、存在主義、超現實主義、魔幻寫實主義、現代主義、後現代主義」等類型和「形式主義或新批評、精神分析學批評或神話原型批評、結構主義、符號學、現象學、詮釋學、讀者反應理論、接受美學、對話批評、後結構主義、解構主義、新馬克思主義、女性主義、新歷史主義、後殖民主義、混沌學批評、系譜學批評」等方法特徵；而後者也有「人文精神」此一理想傾向的考量（參見周慶華 1996；茉莉，2000）。台灣文學如果不能在這一新創的層面上「力求與人異」，就只好繼續被邊緣化。而前面所說的大敘述和後設敘述，就是特指開發一種（或多種）可以「匯入世界文學之流」的新作品類型和新批評方法；而它的「光大世界文學」的內在驅力（也就是合乎世界文學運作的規律），也將是獲得普世認同的最佳保證。至於開發新的類型和新的方法的途徑，則有待大家勉為嘗試，或獨力猛闖，或合力經營；而藉來創新的資源，或古或今，或中或西，都無不可。

第六節 結論

從整體來看，台灣文學所受到國內外關愛的眼神並不少（詳見文訊雜誌社編，1997；1998；1999；2000），而「研究的成績」也不遜於其他領域（參見羅宗濤等，1999）；尤其是1997 年和 1999 年分別於淡水工商管理學院（已改名爲眞理大學）和成功大學成立的台灣文學系和台灣文學研究所，更讓人覺得是台灣文學持續「顯學化」的徵象（參見孟樊，2000）。此外，有些作家（如李昂、羅青、朱天文等）的作品，也被翻成多國語文，多少也讓外國人知道「台灣」是有文學的。然而，這一波「躍動」，還是看不出台灣文學在世界文壇上具有舉足輕重的地位。內部的「自吹自擂」或「相互征伐」，始終產生不了「新意」，也推出不了「新作品」；而外界所「看重」的或所「吹捧」的，也僅止於在台灣重現的西式的女性主義、後現代主義、同志論述等作品，這除了讓他們滿足一點窺伺慾，對台灣文學並沒有增加「重量」的作用。台灣文學仍然展現不了特殊的色彩（即使是正在興起的比以解構爲核心的後現代主義還要激進的「超解構」式的網路文學，它是否能帶領風潮，也還是個未知數），我們必須努力的地方還很多。2000年瑞典皇家學院把諾貝爾文學獎頒給留法的中國大陸作家高行健，被認爲「政治考慮」多於「文學考慮」（詳見仲維光，2000；馬建，2000；馬森，2000）；因爲百年來「中國人」都在諾貝爾獎上缺席，現在頒給一個並不符合諾貝爾遺囑所說的

「理想傾向」的作家，其「補憾」或「安慰」的意味濃厚。而
對「台灣人」來說這又有什麼意義？我想文學的桂冠固然可
貴，但最重要的是人類的文化需要「新生」，而文學人不可能
從這裡逃遁。只要我們在更新人類的文化上有了貢獻，自然就
會有人垂青賞愛；而即使緣慳於什麼獎勵，也無礙於它在人類
歷史上所綻放的光芒。正可以這一點，期待此地的文學人來體
證實現。

❖ 參考書目

王晴佳等：《後現代與歷史學：中西比較》，台北：巨流圖書公司，
　　2000、4。

文訊雜誌社編：《1996 台灣文學年鑑》，台北：行政院文化建設委
　　員會，1997、6。

文訊雜誌社編：《1997 台灣文學年鑑》，台北：行政院文化建設委
　　員會，1998、6。

文訊雜誌社編：《1998 台灣文學年鑑》，台北：行政院文化建設委
　　員會，1999、6。

文訊雜誌社編：《1999 台灣文學年鑑》，台北：行政院文化建設委
　　員會，2000、10。

包遵信：《批判與啓蒙》，台北：聯經出版公司，1989、8。

向　陽：《喧嘩、吟哦與嘆息──台灣文學散論》，台北：駱駝出版
　　社，1996、11。

仲維光：〈高行健得獎看德國的學界與媒體〉，《當代》第 160 期，
　　2000、12。頁 12～17。

李　喬：〈寬廣的語言大道——對台灣語文的思考〉，《自立晚報》副
　　刊，1991、9、29。

李翔海：〈尋求宗教、哲學與科學精神的統一——論現代新儒學的
　　內在向度〉，《孔孟學報》第 78 期，2000、9、28。頁 269～288。

李瑞騰：《台灣文學風貌》，台北：三民書局，1991、5。

宋澤萊：《台灣人的自我追尋》，台北：前衛出版社，1988、5。

孟　樊：〈風起雲湧的九○年代台灣文壇〉，《文訊》第 182 期，
　　2000、12。頁 39。

林央敏：《台語文學運動史論》，台北：前衛出版社，1996、3。

林瑞明：《台灣文學的歷史考察》，台北：允晨文化公司，1996、
　　7。

林錦賢：〈愛用筆寫出咱家自的尊嚴〉，《自立晚報》副刊，1991年
　　11、7。

林燿德主編：《當代台灣文學評論大系・文學現象卷》，台北：正中
　　書局，1993、5。

周慶華：《秩序的探索——當代文學論述的省察》，台北：東大圖書
　　公司，1994、11。

周慶華：《文學圖繪》，台北：東大圖書公司，1996、3。

周慶華：《台灣文學與「台灣文學」》，台北：生智文化公司，
　　1997、8。

周慶華：《文苑馳走》，台北：文史哲出版社，2000、3。

馬　建：〈中國文學的缺失——大陸文學和海外漢語文學的處境〉，
　　《當代》第 160 期，2000、12。頁 32～41。

馬　森：〈榮譽與幸運——諾貝爾文學獎所給予中國作家的夢魘〉，

《當代》第 160 期，2000、12。頁 46～53。

茉　莉：〈高行健離諾貝爾理想有多遠〉，《當代》第 160 期，2000、
　　12。頁 18～31。

施正鋒編：《台灣民族主義》，台北：前衛出版社，1994、12。

陳玉玲：《台灣文學讀本》，台北：玉山社出版公司，2000、11。

陳芳明：《危樓夜讀》，台北：聯合文學出版社，1996、9。

陳明台：《台灣文學研究論集》，台北：文史哲出版社，1997、4。

陳國球等編：《書寫文學的過去——文學史的思考》，台北：麥田出
　　版公司，1997、3。

張良澤：《台灣文學、語文論集》（廖為智譯），彰化：彰化縣立文
　　化中心，1996、7。

張茂桂等：《族羣關係與國家認同》，台北：業強出版社，1994、
　　2。

張家銘：《社會學理論的歷史反思——韋伯、布勞岱與米德》，台
　　北：圓神出版社，1987、10。

許俊雅：《台灣文學散論》，台北：文史哲出版社，1994、11。

黃國昌：《中國意識與台灣意識》，台北：五南圖書出版公司，
　　1995、7。

彭瑞金：〈請勿點燃語言炸彈〉，《自立晚報》副刊，1991、10、7。

彭瑞金：《台灣文學探索》，台北：前衛出版社，1995、1。

路　況：《虛無主義書簡——歷史終結的遊牧思考》，台北：唐山出
　　版社，1993、2。

葉石濤：《走向台灣文學》，台北：自立晚報社文化出版部，1990、

3。

趙天儀：〈台灣文學研究的方向〉，《文學台灣》第 36 期，2000、
　　10。頁22～35。

廖咸浩：《愛與解構——當代台灣文學評論與文化觀察》，台北：聯
　　合文學出版社，1995、10。

台灣文學研究會主編：《先人之血‧土地之花——台灣文學研究論
　　文精選》，台北：前衛出版社，1989、8。

鄭良偉編：《林宗源台語詩選》，台北：自立晚報社文化出版部，
　　1988、8。

盧建榮：《分裂的國族認同：1975～1997》，台北：麥田出版公司，
　　1999、2。

鍾肇政：《台灣文學十講》，台北：前衛出版社，2000年11月。

羅宗濤等：《台灣當代文學研究之探討：1988～1996》，台北：萬卷
　　樓圖書公司，1999、5。

蘭特利奇等編：《文學批評術語》（張京媛等譯），香港：牛津大學
　　出版社，1994。

龔鵬程：《台灣文學在台灣》，台北：駱駝出版社，1997、3。

問題與討論

一、台灣文學需要再定位的原因何在？

二、什麼是台灣文學的加法與減法？

三、邁向一種台灣新興民族文學的可行性？

四、創發台灣新興民族文學的途徑？

五、你將能爲台灣文學貢獻什麼？

國家圖書館出版品預行編目資料

台灣文學／林文寶、林淑貞、林素玟、周慶華、張堂錡、陳信元.
　--初版. --臺北市：萬卷樓，民90
　　面；　　公分

　ISBN 957-739-358-6(平裝)

1.台灣文學-論文，講詞等

820.7　　　　　　　　　　　　　　　　　90012465

台灣文學

著　　　者：林文寶　林淑貞　林素玟
　　　　　　周慶華　張堂錡　陳信元
發　行　人：許錟輝
責 任 編 輯：李冀燕
出　版　者：萬卷樓圖書有限公司
　　　　　　台北市羅斯福路二段 41 號 6 樓之 3
　　　　　　電話(02)23216565・23952992
　　　　　　FAX(02)23944113
　　　　　　劃撥帳號 15624015
出版登記證：新聞局局版臺業字第 5655 號
網 站 網 址：http://www.wanjuan.com.tw/
E - mail：wanjuan@tpts5.seed.net.tw
經 銷 代 理：紅螞蟻圖書有限公司
　　　　　　台北市內湖區文德路 210 巷 30 弄 25 號
　　　　　　電話(02)27999490
　　　　　　FAX(02)27995284
承 印 廠 商：晟齊實業有限公司
電 腦 排 版：浩瀚電腦排版股份有限公司
定　　　價：400 元
出 版 日 期：民國 90 年 8 月初版